高职高专“十一五”规划教材

★ 农林牧渔系列

植物检疫技术

ZHIWU
JIANYI JISHU

王中武 赵秀娟 卢颖 主编

化学工业出版社

·北京·

内 容 提 要

本书是高职高专“十一五”规划教材★农林牧渔系列之一。全书理论部分共分十五章，第一章是国内外植物检疫的概述；第二章是植物检疫的工作原理；第三章介绍我国国内农业植物检疫工作；第四章介绍我国进出境植物检疫的相关知识；第五章介绍植物检疫检验的技术措施；第六章介绍国内外的检疫处理方法；第七章至第十章主要介绍了一些有代表性的检疫病害的症状、分布、病原物、发病规律及传播途径、检验技术、检疫和防治方法等；第十一章至第十四章介绍有代表性的检疫性害虫的分布及危害性、形态特点、发生规律及习性、传播途径、检验方法、检疫与防治方法等；第十五章介绍检疫性杂草的相关知识。为加强学生的技能培养，本书后还设计了十一个相应的实训项目。为了便于学生识别各类检疫性有害生物及其病害，本教材还随书配有“检疫性有害生物图解”光盘，教学效果更为直观。

本书可作为高职高专院校植物保护专业教材，也可供农林类、生物类和外贸类相关专业教学使用。

图书在版编目（CIP）数据

植物检疫技术/王中武，赵秀娟，卢颖主编．—北京：化学工业出版社，2010.9

高职高专“十一五”规划教材★农林牧渔系列

ISBN 978-7-122-09171-0

Ⅰ．植…　Ⅱ．①王…②赵…③卢　Ⅲ．植物检疫-高等学校：技术学院-教材　Ⅳ．S41

中国版本图书馆 CIP 数据核字（2010）第 139096 号

责任编辑：李植峰　梁静丽　　文字编辑：高　霞
责任校对：战河红　　装帧设计：史利平

出版发行：化学工业出版社（北京市东城区青年湖南街 13 号　邮政编码 100011）
印　　刷：北京云浩印刷有限责任公司
装　　订：三河市前程装订厂
787mm×1092mm　1/16　印张 14　字数 352 千字　　2010 年 9 月北京第 1 版第 1 次印刷

购书咨询：010-64518888（传真：010-64519686）　　售后服务：010-64518899
网　　址：http://www.cip.com.cn
凡购买本书，如有缺损质量问题，本社销售中心负责调换。

定　　价：29.00 元（附光盘）

“高职高专‘十一五’规划教材★农林牧渔系列”建设委员会成员名单

“高职高专‘十一五’规划教材★农林牧渔系列”编审委员会成员名单

“高职高专‘十一五’规划教材★农林牧渔系列”建设单位

（按汉语拼音排列）

安阳工学院
保定职业技术学院
北京城市学院
北京林业大学
北京农业职业学院
本钢工学院
滨州职业学院
长治学院
长治职业技术学院
常德职业技术学院
成都农业科技职业学院
成都市农林科学院园艺研究所
重庆三峡职业学院
重庆水利电力职业技术学院
重庆文理学院
德州职业技术学院
福建农业职业技术学院
抚顺师范高等专科学校
甘肃农业职业技术学院
广东科贸职业学院
广东农工商职业技术学院
广西百色市水产畜牧兽医局
广西大学
广西职业技术学院
广州城市职业学院
海南大学应用科技学院
海南师范大学
海南职业技术学院
杭州万向职业技术学院
河北北方学院
河北工程大学
河北交通职业技术学院
河北科技师范学院
河北省现代农业高等职业技术学院
河南科技大学林业职业学院
河南农业大学
河南农业职业学院
河西学院
黑龙江农业工程职业学院
黑龙江农业经济职业学院
黑龙江农业职业技术学院
黑龙江生物科技职业学院
黑龙江畜牧兽医职业学院
呼和浩特职业学院
湖北生物科技职业学院
湖南怀化职业技术学院
湖南环境生物职业技术学院
湖南生物机电职业技术学院
吉林农业科技学院
集宁师范高等专科学校
济宁市高新技术开发区农业局
济宁市教育局
济宁职业技术学院
嘉兴职业技术学院
江苏联合职业技术学院
江苏农林职业技术学院
江苏畜牧兽医职业技术学院
金华职业技术学院
晋中职业技术学院
荆楚理工学院
荆州职业技术学院
景德镇高等专科学校
丽水学院
丽水职业技术学院
辽东学院
辽宁科技学院
辽宁农业职业技术学院
辽宁医学院高等职业技术学院
辽宁职业学院
聊城大学
聊城职业技术学院
眉山职业技术学院
南充职业技术学院
盘锦职业技术学院
濮阳职业技术学院
青岛农业大学
青海畜牧兽医职业技术学院
曲靖职业技术学院
日照职业技术学院
三门峡职业技术学院
山东科技职业学院
山东理工职业学院
山东省贸易职工大学
山东省农业管理干部学院
山西林业职业技术学院
商洛学院
商丘师范学院
商丘职业技术学院
深圳职业技术学院
沈阳农业大学
沈阳农业大学高等职业技术学院
苏州农业职业技术学院
温州科技职业学院
乌兰察布职业学院
厦门海洋职业技术学院
仙桃职业技术学院
咸宁学院
咸宁职业技术学院
信阳农业高等专科学校
延安职业技术学院
杨凌职业技术学院
宜宾职业技术学院
永州职业技术学院
玉溪农业职业技术学院
岳阳职业技术学院
云南农业职业技术学院
云南热带作物职业学院
云南省曲靖农业学校
云南省思茅农业学校
张家口教育学院
漳州职业技术学院
郑州牧业工程高等专科学校
郑州师范高等专科学校
中国农业大学

《植物检疫技术》编写人员

主　　编

王中武　吉林农业科技学院

赵秀娟　广东科贸职业学院

卢　颖　黑龙江农业经济职业学院

副 主 编

陈　青　厦门出入境检验检疫局

刘桂兰　河北旅游职业学院

王爱武　商丘职业技术学院

窦瑞木　河南农业职业学院

编写人员（按姓名笔画排序）

王小颀　广西农业职业技术学院

王中武　吉林农业科技学院

王爱武　商丘职业技术学院

卢　颖　黑龙江农业经济职业学院

刘玉兰　吉林农业科技学院

刘桂兰　河北旅游职业学院

李宛泽　吉林农业科技学院

张　帷　广东科贸职业学院

张新燕　河北旅游职业学院

陈　青　厦门出入境检验检疫局

范文中　吉林农业科技学院

赵秀娟　广东科贸职业学院

窦瑞木　河南农业职业学院

主　　审

高　洁　吉林农业大学

序

当今，我国高等职业教育作为高等教育的一个类型，已经进入到以加强内涵建设，全面提高人才培养质量为主旋律的发展新阶段。各高职高专院校针对区域经济社会的发展与行业进步，积极开展新一轮的教育教学改革。以服务为宗旨，以就业为导向，在人才培养质量工程建设的各个侧面加大投入，不断改革、创新和实践。尤其是在课程体系与教学内容改革上，许多学校都非常关注利用校内、校外两种资源，积极推动校企合作与工学结合，如邀请行业企业参与制定培养方案，按职业要求设置课程体系；校企合作共同开发课程；根据工作过程设计课程内容和改革教学方式；教学过程突出实践性，加大生产性实训比例等，这些工作主动适应了新形势下高素质技能型人才培养的需要，是落实科学发展观、努力办人民满意的高等职业教育的主要举措。教材建设是课程建设的重要内容，也是教学改革的重要物化成果。教育部《关于全面提高高等职业教育教学质量的若干意见》（教高［2006］16号）指出“课程建设与改革是提高教学质量的核心，也是教学改革的重点和难点”，明确要求要“加强教材建设，重点建设好3000种左右国家规划教材，与行业企业共同开发紧密结合生产实际的实训教材，并确保优质教材进课堂”。目前，在农林牧渔类高职院校中，教材建设还存在一些问题，如行业变革较大与课程内容老化的矛盾、能力本位教育与学科型教材供应的矛盾、教学改革加快推进与教材建设严重滞后的矛盾、教材需求多样化与教材供应形式单一的矛盾等。随着经济发展、科技进步和行业对人才培养要求的不断提高，组织编写一批真正遵循职业教育规律和行业生产经营规律、适应职业岗位群的职业能力要求和高素质技能型人才培养的要求、具有创新性和普适性的教材将具有十分重要的意义。

化学工业出版社为中央级综合科技出版社，是国家规划教材的重要出版基地，为我国高等教育的发展做出了积极贡献，曾被新闻出版总署领导评价为“导向正确、管理规范、特色鲜明、效益良好的模范出版社”，2008年荣获首届中国出版政府奖——先进出版单位奖。近年来，化学工业出版社密切关注我国农林牧渔类职业教育的改革和发展，积极开拓教材的出版工作，2007年底，在原“教育部高等学校高职高专农林牧渔类专业教学指导委员会”有关专家的指导下，化学工业出版社邀请了全国100余所开设农林牧渔类专业的高职高专院校的骨干教师，共同研讨高等职业教育新阶段教学改革中相关专业教材的建设工作，并邀请相关行业企业作为教材建设单位参与建设，共同开发教材。为做好系列教材的组织建设与指导服务工作，化学工业出版社聘请有关专家组建了“高职高专‘十一五’规划教材★农林牧渔系列建设委员会”和“高职高专‘十一五’规划教材★农林牧渔系列编审委员会”，拟在“十一五”期间组织相关院校的一线教师和相关企业的技术人员，在深入调研、整体规划的基础上，编写出版一套适应农林牧渔类相关专业教育的基础课、专业课及相关外延课程教材——“高职高专‘十一五’规划教材★农林牧渔系列”。该套教材将涉及种植、园林园艺、畜牧、兽医、水产、宠物等专业，于2008～2010年陆续出版。

该套教材的建设贯彻了以职业岗位能力培养为中心，以素质教育、创新教育为基础的教育理念，理论知识“必需”、“够用”和“管用”，以常规技术为基础，关键技术为重点，先进技术为导向。此套教材汇集众多农林牧渔类高职高专院校教师的教学经验和教改成果，又得到了相关行业企业专家的指导和积极参与，相信它的出版不仅能较好地满足高职高专农林牧渔类专业的教学需求，而且对促进高职高专专业建设、课程建设与改革、提高教学质量也将起到积极的推动作用。希望有关教师和行业企业技术人员，积极关注并参与教材建设。毕竟，为高职高专农林牧渔类专业教育教学服务，共同开发、建设出一套优质教材是我们共同的责任和义务。

介晓磊

2008年10月

植物检疫是以法律为依据，行政和技术手段相结合，防止危险性有害生物的传播蔓延，保护农林生产安全的一项重要措施。植物检疫经历了一百多年的发展历程，其法规和技术措施都得到不断完善。尤其是近十年来，国际交流日益频繁，各国为保护本国的农业生产安全和促进对外贸易发展，通过加强研究，使植物检疫各项措施更趋完善，在贸易过程中实施强制性的检疫制度已为世界各国所接受。我国在加入WTO以后，对外贸易和交流得到快速发展，每年进出境的农副产品及调运植物种苗数量和范围在不断扩大，危险性有害生物传入的风险性也在加大。同时，世界各国对检疫也提出更加严格的要求，使检验检疫面临着更加严峻的挑战。为充分发挥检疫对贸易的促进作用，减少检疫技术壁垒对我国货物出口造成的影响，我国近年来加大了检疫检验的研究力度，及时调整了相关的政策，逐步与国际植物检疫法规、标准和惯例接轨。

植物检疫学是高等农业院校植物保护类各专业（植保、植物病理、昆虫学）的重要专业课，而且其他生物类专业也多开设了此课程，还有一些对外贸易类专业也在开设这门课程。而目前植物检疫的教材建设还没有跟上国内外植物检疫工作的发展要求，特别是还没有一部针对高职高专的检疫教材。为了满足各高等学校广大师生，特别是高职高专师生的迫切需求，我们在总结前人工作的基础上，尽可能多地收集新资料、新技术、新方法，并结合厦门出入境检验检疫局的工作实践，编写了此部教材。在编写过程中，按照教学大纲的基本要求和高职高专学生的培养目标，尽可能地扩大学生的知识面，达到简明易懂，可操作性强。本书适应面广泛，内外检专业技术人员都可以参考借鉴。本书不仅可供农业院校使用，而且也适合于生物类及外贸类学校教学需要。

全书共分十五章，第一章是国内外植物检疫的概述；第二章是植物检疫的工作原理；第三章介绍我国国内农业植物检疫工作；第四章介绍我国进出境植物检疫的相关知识；第五章介绍植物检疫检验的技术措施；第六章介绍国内外的检疫处理方法；第七章至第十章主要介绍了一些有代表性的检疫病害的症状、分布、病原物、发病规律及传播途径、检验技术、检疫和防治方法等；第十一章至第十四章介绍有代表性的检疫性害虫的分布及危害性、形态特点、发生规律及习性、传播途径、检验方法、检疫与防治方法等；第十五章介绍检疫性杂草的相关知识。为了加强学生的技能培养，本书后还设计了十一个相应的实训项目。为了便于学生识别各类检疫性有害生物及其病害，本教材还随书配有“植物性有害生物图解”光盘，教学效果更为直观。

由于植物检疫涉及面广，加之编者水平有限，疏漏与不足之处在所难免，恳请广大读者提出宝贵意见。

编者

2010年5月

目
录

第一章　绪　论

本章学习要点与要求

本章主要介绍植物检疫、植物检疫学的概念及植物检疫的意义，国内外植物检疫的发展概况。要求学生掌握植物检疫、植物检疫学的含义，了解植物检疫的意义和国内外植物检疫的发展概况。

第一节　植物检疫的概念及植物检疫的意义

一、检疫的由来

检疫“quarantine”一词源由拉丁文 quarantum，原意为“40 天”，最初是在国际港口对旅客执行卫生检查的一种措施。早在 14 世纪，欧洲先后有黑死病（肺鼠疫）、黄热病、霍乱、疟疾等疫病流行。当时在意大利的威尼斯为防止这些疾病传染给本国人民，规定外来船只在到达港口前必须在海上停泊 40d，使传染病患者渡过潜伏期，表现症状，经强制检查无病船员方可登陆。这种措施对当时在人群中流行的危险性疫病的控制起到了重要作用。所以 quarantine 就成为隔离 40d 的专有名词，并演绎为现在的“检疫”。

二、植物检疫的概念

世界上开展植物检疫的国家很多，但人们对植物检疫概念的认识并不一致，随着各国植物检疫工作的广泛开展，植物检疫的概念也不断得到发展，日趋完善。现将国际植保、植检组织、国内外植检专家、学者对植物检疫的解释记述如下。

① 1973 年，英联邦农业局编著的《植物检疫名词术语使用指南》一书中将植物检疫定义为：“植物检疫是防止任何不需要的生物体在不同地区之间传播的一切努力。”

② 1977 年，丹麦种子病理学专家 P. Neergard 对植物检疫的解释是：“防止植物病原物和有害生物从一地区传入另一通常是未曾侵染过的地区的官方预防措施。”

③ 1980 年，澳大利亚学者 Morschel 认为植物检疫是“为了保护农业和生态环境，由政府颁布法令限制植物、植物产品、土壤、生物有机体培养物、包装材料和商品及其运输工具进口，阻止可能由人为因素引进植物危险性有害生物，避免可能造成的损伤”。

④ 1983 年，英联邦真菌研究所编著的《植物检疫袖珍手册》一书中的定义是：“严格地讲，植物检疫就是将植物阻留在隔离状态下，直至确认是健康时为止。然而习惯上往往将这个词的含义扩大到关于活的植株、活的植物组织和植物产品在不同的行政区域或不同的生态区域之间调运的法规管理的一切方面。”

⑤ 1986 年，中国植物检疫专家刘宗善先生认为：“植物检疫是国家以法律手段与行政措施控制植物进口和在国内（或在一个地区之内）的移动，以防止病虫害等危险性有害生物的传入和传播，它是整个植物检疫保护事业中的一项传统的带有根本性的预防措施。”

⑥ 1988 年，中国植物检疫专家曹骥先生给植物检疫下的定义是：“植物检疫是贯彻制

止人为传播病、虫、草害法规的行为准则和技术措施。”

⑦ 1997 年，中国植物检疫专家李祥教授认为：“植物检疫是为了防止人为地传播植物危险性病虫，保护本国、本地区农业（广义的）生产和农业生态系统的安全，服务农业生产的发展和商品流通，由法定的专门机构，依据有关法规，应用现代科学技术，对在国内和国际间流通的植物、植物产品及其他应检物品，在流通前、流通中、流通后采取一系列旨在预防危险性病虫传播和定居的措施所构成的包括法制管理、行政管理和技术管理的综合管理体系。”

尽管各国学者对植物检疫的解释不尽相同，但基本观点是一致的。按照世界贸易组织（WTO）的《实施卫生与植物卫生措施协定》（简称《SPS 协定》）和联合国粮食及农业组织（FAO）的《国际植物保护公约》（IPPC）的定义，植物检疫是为保护各成员境内植物的生命或健康免受由植物或植物产品携带的有害生物的传入、定居或传播所产生的风险，为防止或限制因有害生物的传入、定居或传播所产生的其他损害的一切官方活动。

三、植物检疫学的概念

植物检疫学是一门为保护植物的健康，防止某些对植物及植物产品有严重危害的危险性有害生物随植物、植物产品或其他应检物调运而传播与扩散，对有害生物的生物学特性、危害性等进行分析研究；研究、制定与执行检疫法律法规、检验和检测技术及检疫处理技术，提出检疫决策的科学。因此植物检疫学是一门与法学、商品贸易学、政治经济学、植物学、动物学、昆虫学、微生物学、植物病理学、气象学等许多学科密切相关的综合性学科。

四、植物检疫的意义

植物检疫是植物保护工作的一个重要组成部分，是贯彻“预防为主，综合防治”植保方针的重要措施。随着改革开放的深入特别是我国加入 WTO 以后，植物检疫工作愈发显现出它的重要性。

1. 保护农林牧业的健康生产

加强植物检疫是抑制病虫、杂草传播的根本性措施。当一些病虫、杂草传入到一个新的适宜其生长繁殖的地方，而没有原产地的气候条件、天敌和防治技术的控制，往往会大量繁殖，迅速扩展，给农林牧业生产造成巨大损失。如 1830 年，欧洲人从南美洲调运马铃薯时传入了晚疫病，1845 年在爱尔兰大暴发，马铃薯大面积死亡几乎绝产，成为毁灭性病害，造成欧洲历史上著名的大饥荒，其中爱尔兰岛有 800 万人口，死于饥荒的竟达 20 万人，外出逃荒者达到 200 万人。又如原产于美国的葡萄根瘤蚜，1860 年随苗木传入法国。1880～1885 年间，当地因此虫毁灭的葡萄园达 1010000hm^2，致使一些葡萄酒厂倒闭。1880 年该虫又传入俄罗斯，并在短期内传遍了欧洲、亚洲和大洋洲，成为许多国家葡萄生产的重大病害。20 世纪由原产于北美的松材线虫引起的松材线虫萎蔫病在日本造成严重危害，每年发病面积超过 600000hm^2，损失木材约 2000000m^3，每年用于防治松材线虫的费用达 74 亿日元。据考证，19 世纪初因造船业的兴起，日本从美国进口了大量原木而导致松材线虫萎蔫病在日本的严重发生。1982 年在我国南京发现松材线虫，因此生而 265 株，到 1987 年江苏的受害松树数量已猛增到 24 万株。追查松材线虫病原的来源，发现最初发病地附近单位曾从日本进口过用木质包装箱装运的仪器和设备。甘薯黑斑病在 1937 年随侵华日军的喂马甘薯传入我国辽宁，20 世纪 60 年代初期大流行，主要甘薯产区均发生，造成重大产量损失。人、畜吃了病薯，引起中毒。稻水象甲于 1987 年首次由日本传入我国河北省唐山市，后传入浙江、福建、安徽、湖南等地，每年以 30km 以上的速度迅速扩散。该虫危害性极大，受害稻田少则减产20%～30%，多则减产54%～85%，甚至绝产，给粮食生产带来不可估量的损失。

为防止危险性有害生物的入侵，必须高度重视植物检疫工作，将危险性病虫、杂草拒之门外；或传入后采取有力的措施消灭，防止其扩散蔓延；对不能短时间消灭的，要将其封锁在局部地区，防止扩大危害，保障农林牧业的安全生产。

2. 促进对外贸易，维护我国在国际上的政治地位和国际信誉

我国加入WTO以后，农产品国际贸易日益频繁，植物检疫工作显得尤为重要。只有做好植物检疫工作，才能使进出口农产品不携带危险性病虫、杂草，才能保证农产品国际贸易的顺利进行，打破一些国家对我国的检疫壁垒，让更多的创汇农产品走向国际市场，促进对外贸易，维护我国在国际上的政治地位和国际信誉。

第二节　国内外植物检疫的发展概况

一、国外植物检疫的发展概况

由于各国的地理位置、自然环境、经济社会发展水平、植物检疫技术的发展情况不一，纵观世界各国的植物检疫，按照是否公布检疫性有害生物名单可将各国植物检疫分为全面检疫和重点检疫两大类型。

(1) 全面检疫型　这些国家具有独特的地理环境，农业生产发达、经济实力较强，国内有害生物控制措施得力，对进境植物检疫要求极高。因此实行全面检疫，即对进口的物品实施全面的检疫检验。这些国家包括新西兰、澳大利亚、日本、韩国等。

(2) 重点检疫型　这些国家农业生产一般不很发达，经济基础相对较差，对有害生物的控制受经济等因素的影响较大，因此往往由国家公布要检疫的有害生物名单，采取对进境植物实施重点检疫的植物检疫措施。中国、泰国、马来西亚、印度及大多数的非洲国家属于此类型。

下面介绍美国和日本两国的植物检疫概况。

1. 美国的植物检疫

美国大部分领土位于北美洲中部，自然条件十分优越，国内农业发达。政府高度重视植物检疫工作。早在1912年，美国就制定了《植物检疫法》，1944年颁布了《组织法》，1957年又制定了《联邦植物有害生物法》，随后又制定了许多植物检疫法规。目前，美国的植物检疫在世界上处于领先地位，法规健全，立法严密，美国农业部动植物检疫局（APHIS）主管全国动植物检疫，内设10个工作部门，植物检疫处是其中之一。它在全美设立了4个区域办公室，分片负责辖区内各州的动植物检疫工作，在国际口岸设立动植物检疫机构。

2. 日本的植物检疫

日本位于亚洲东部、太平洋西部，主要由北海道、本州、四国和九州四岛及附近的岛屿组成。由于农业资源及土地资源的限制，农业在国民经济中地位越来越小，但为保护本国农牧业生产及生态环境，日本政府高度重视植物检疫，十分重视对农业的投入及农产品市场的保护。

1867年以来，由于日本大量从国外引种，导致许多有害生物传入，使农业生产一度遭受严重损失。惨痛的教训唤起日本政府及人民对植物检疫重要性的认识，从而在1914年，制定了《输出入植物取缔法》，开始实施植物检疫，1950年制定《植物防疫法》及其实施细则，1976年又经修订并以政令形式重新颁布。该法规公布了允许入境的有害生物名单，该

名单虽仅有40余种，但可使日本更好地根据国内市场的需要来灵活应用法规为本国市场服务。现行的检疫法规定，日本植物检疫的立法机关是国会，具体的实施条例、检疫操作规程由农林水产省制定，由农蚕园艺局植物防疫课负责实施。

二、中国植物检疫的发展概况

1. 早期的植物检疫

20世纪初期，随着农产品国际贸易的发展，植物检疫受到世界各国的普遍关注。1914年2月14日至3月4日，在罗马召开国际植物病理学大会，会议讨论通过了《国际植物病害公约》，徐球代表签字。1928年浙江建设厅张祖纯先生向中国政府农矿部报送了《呈请农矿部创建植物检查所详细计划书》；12月5日农矿部公布《农产物检查条例》，先后在上海、广州成立了农产物检查所，开展进出口农产品的品质检查和病虫害检验。1929年农矿部颁布了《农产物检查条例实施细则》及《农产物检查所检查农产物处罚细则》。1930年农矿部又公布了《农产物检查所检查病虫害暂行办法》，4月10日，工商部公布《商品检验暂行条例》。1931年农矿部和工商部合并成实业部，全国的商品检验工作由实业部主管，并将农产品检验所归入商品检验局。1932年12月14日，实业部颁布了《商品检验法》，检验项目包括植物病虫害、种苗检验等。1934年，张景欧先生在《上海商品检验局业务报告》(第二辑)上刊登《植物病虫害检验》列举了我国没有发现或已有发生但分布不广的植物病虫害2095种，其中害虫1250种，病害845种，为植物检疫工作的开展奠定了基础。1935年4月，上海商检局成立植物病虫害检验处，下设稻谷害虫、园艺害虫、植物病理、熏蒸消毒4个实验室。1936年1月，上海商检局开始进口邮包植物检验，10月江湾熏蒸室和养虫室建成使用。1937年抗日战争爆发，各地商检局相继被迫停止工作，直到1945年才陆续恢复建制，后因内战发生，国民经济日渐崩溃，进出口贸易基本停止。与此相关的植物病虫害检验工作也几乎停止。

2. 新中国成立后的植物检疫事业

1949年新中国成立后，党和政府十分重视植物检疫工作。1950年农业部成立植物病虫害防治司，开始探索、开展国内植物检疫工作，先后在上海、天津、广州等地的商品检验局及其分支机构内开设了口岸农产物的检验业务。1951年中央贸易部委托北京农业大学举办植物检疫专业培训班，培训了新中国第一批植检专业人员。1951年12月，中央贸易部公布了《输出入植物病虫害检验暂行办法》，并编制了《各国禁止或限制中国植物输入的种类表》和《世界植物危险性病虫害表》。1953年11月对外贸易部制定了《输出入植物检疫操作规程》和《植物病虫害检验标准》。1954年2月22日，对外贸易部制定了《输出入植物检疫暂行办法》及《输出输入植物应施检疫种类与检疫对象名单》。同年农业部植物保护局成立植物检疫处，从此，从商品检验性质的病虫害检验更名为植物检疫。1957年国务院批准由农业部颁布了《国内植物检疫试行办法》、《国内植物检疫对象名单》和《应施检疫的植物和植物产品名单》，并授权各省（自治区、直辖市）根据当地情况制定补充的植物检疫对象名单及应施检疫的植物和植物产品名单。

1983年1月国务院颁布了《植物检疫条例》，1983年8月农牧渔业部还会同林业部、铁道部、交通部、邮电部、国家民航局联合发布了《关于国内邮寄、托运植物和植物产品实施检疫的联合通知》。1983年10月及1984年9月农牧渔业部及林业部分别制定了《植物检疫条例实施细则（农业部分）》和《植物检疫条例实施细则（林业部分）》，1992年5月13日，国务院修订了《植物检疫条例》的部分条款，共分八章五十条。1992年10月1日由农业部颁布实施《中华人民共和国进出境植物检疫危险性病、虫、杂草名录》。1995年农业部修订了全国植物检疫对象名单及应检物名单，各省、自治区、直辖市针对各地具体情况相继制定了检疫办法。1997 年 7 月 29 日修订了新的《中华人民共和国进境植物检疫禁止进境物名录》。2007 年我国政府新公布了禁止 365 种检疫性有害生物入境的规定，农业部则公布了禁止 43 种检疫性有害生物在国内传播的规定。

（1）出入境植物检疫　1981 年 9 月 24 日，成立了中华人民共和国动植物检疫局总所，后来更名为中华人民共和国动植物检疫局，统一管理全国口岸动植物检疫工作。1986 年 1 月，农牧渔业部公布了的《中华人民共和国进出口植物检疫对象名单》和《中华人民共和国禁止进口植物名单》。1991 年 10 月 30 日，第七届全国人民代表大会常务委员会第 22 次会议审议通过了《中华人民共和国进出境动植物检疫法》，自 1992 年 4 月 1 日起执行。1996 年 12 月 2 日，国务院颁布了《中华人民共和国进出境动植物检疫法实施条例》，自 1997 年 1 月 1 日起实施。1998 年，为简化口岸手续，严格依法行政，国务院将原进出境动植物检疫局、进出口商品检验局、进出境卫生检疫局合并成国家出入境检验检疫局。2001 年 4 月，国务院再次将国家出入境检验检疫局与国家技术质量标准监督局合并组建新的国家质量监督检验检疫总局，直属国务院领导。目前国家质量监督检验检疫总局主管有关进出境植物检疫工作。

（2）国内植物检疫　国内植物检疫的立法与植物检疫工作仍由农业部和国家林业局领导实施。农业部及国家林业局分别主管国内农业植物检疫和林业植物检疫工作。1979 年国家恢复了林业部南方森林植物检疫所，1980 年恢复了林业部北方森林植物检疫所，1985 年于沈阳将上述两检疫所合并为林业部森林植物检疫防治所，1990 年改建为森林病虫害防治总站。

1990 年，我国加入了亚洲和太平洋地区植物保护组织（APPPC），2001 年 12 月 11 日我国正式加入世界贸易组织（WTO），成为其第 143 个成员，2005 年加入国际植物保护公约组织。

为更好地执行国际植物检疫措施标准，农业部决定从 2000 年起对全国植物危险性病虫害实行全面普查，经过 6 年的普查，2007 年全面修订了应检疫的有害生物名单。

思考与练习题

1. 简述植物检疫的概念。
2. 举例说明加强植物检疫的意义。
3. 了解国内外植物检疫的发展概况。

第二章　植物检疫原理

本章学习要点与要求

本章主要介绍有害生物风险分析的必要性、主要内容、程序和方法，植物检疫法规的概念、基本内容及中国植物检疫法规简介。要求学生掌握有害生物风险分析的程序和方法、植物检疫采用的主要方法；了解有害生物风险分析的必要性、主要内容和中国植物检疫法规及植物检疫的原则。

第一节　有害生物风险分析

一、有害生物

有害生物（pest）是指任何对植物或植物产品构成伤害的植物、动物或病原微生物。根据有害生物的发生分布情况、危害性和经济重要性、在植物检疫中的重要性等不同，IPPC把有害生物区分为限定的有害生物和非限定的有害生物两类（表 2-1）。在限定的有害生物中，又根据检疫意义的重要性大小，进一步区分为检疫性有害生物（quarantine pest，QP）和限定的非检疫性有害生物（regulated non-quarantine pest，RNQP）两种。

表 2-1　有害生物类型的比较

类　型	限定的有害生物(RP)		非限定的有害生物(NRP)
	检疫性有害生物(QP)	限定的非检疫性有害生物(RNQP)	
分布现状	无或极有限	存在,可能广泛分布	很普遍
经济影响	可以预期	已经知道	已经知道
官方防治措施	如存在,目标必须被根除或封锁在官方控制之下	属于特定种植用植物的,官方目标是抑制其危害	官方不采取检疫措施
官方检疫要求	对任何货物与传播途径	仅限于针对种植材料有要求	不检疫,无要求

检疫性有害生物是指一种对受威胁地区具有潜在经济重要性的，目前尚未分布，或虽有分布但分布未广，且正在被官方防治的有害生物，如地中海实蝇、梨火疫病就是世界各国的检疫性有害生物。限定的非检疫性有害生物是指一种在种植用植物上存在，危及这些植物的原定用途而产生无法接受的经济影响，因而要受到输入方限制的非检疫性有害生物。

二、有害生物风险分析的产生

有害生物风险分析（PRA）以生物学的或其他科学和经济学证据评价确定一个生物体是否为有害生物，该生物体是否应限定以及为此采取何种植物检疫措施的力度的过程。

从植物检疫产生的时候起，人们就面临着对外来的有害生物给本国或本地区造成的威胁进行评估。最初，人们注意到气候和地理环境等不同条件下，生物的分布和种群数量有所不同，Cook 在 1929 年便开始了生物适生性的研究，用来预测生物的适宜生长区。随着有害生物适生性分析的逐步深入，人们认识到仅有适生性分析还远远满足不了植物检疫决策的需要，进而开始考虑有害生物的为害情况、定殖可能、扩散可能、受害植物的经济价值和社会价值、防治成本、根除的可能性等。

随着科学技术的发展和学科之间的相互渗透，人们开始把工程中的“风险”概念引入到植物检疫中来，即将某一植物或植物产品或有害生物从一地运到另一地，就会带来一定的风险，但这种风险的大小随具体情况的不同而异，因此有必要对这种风险进行评估，以便决定采取什么样的植物检疫措施。这样就逐步形成了有害生物风险分析的概念。Kahn（1979）用图形的方法对PRA进行了描述。

在我国，多年沿用下来的叫法是“病虫害危险性分析”，后来有人提出“病虫害”的叫法不能包括杂草、软体动物和脊椎动物，就改用“有害生物”来代替“病虫害”，称“有害生物危险性分析”。关于“危险性”，其英文翻译以前一直用“dangerous”或“hazard”，后来国外文献开始用PRA时，为了沿用中文的习惯，仍翻译为“有害生物危险性分析”。由于国际交往的不断增加，特别是20世纪90年代以来植物检疫全面参与中国“复关”谈判，人们开始认识到“危险性”的提法不够准确，1995年在广泛征求植物检疫专家意见基础上，正式将PRA的中文名翻译为“有害生物风险分析”。

目前各国植物检疫机构普遍采用的PRA，就是按照联合国粮食及农业组织（FAO）的国际标准和准则概念上的有害生物风险分析。

三、有害生物风险分析的必要性

一种有害生物对农业生产是否有害，其危险性多大，是属检疫性有害生物还是属限定的非检疫性有害生物，在国际贸易中是否有必要采取植物检疫措施及实施植物检疫措施的后果等，都应予以分析。只有经过充分严格的分析论证，确认其风险大小后，才能确定是否有必要采取相应的植物检疫措施。因此，进行PRA无论从保护农业生产方面或促进国际贸易方面都是十分必要的：

① PRA是WTO各成员国植物检疫决策的主要技术支持。

② 开展PRA工作是遵守SPS协议及其透明度原则的具体体现。

③ 随着新的世界贸易体制的运作，进行PRA可保持检疫的正当技术壁垒作用，充分发挥检疫的保护功能。

④ PRA能强化植物检疫对贸易的促进作用，增加本国农产品出口的市场准入机会。

四、有害生物风险分析的主要内容

有害生物风险是指有害生物传入并具有潜在的经济影响的可能性。有害生物风险分析包括三个方面内容：一是有害生物风险分析开始阶段（起点）；二是有害生物风险评估；三是有害生物风险管理。有害生物风险分析的核心内容是风险评估和风险管理。有害生物风险评估是指确定有害生物是否为检疫性有害生物并评价其传入的可能性。有害生物风险管理是指为降低检疫性有害生物传入风险的决策过程。

开始阶段的工作涉及明确需要进行有害生物风险分析的有害生物或传播途径。有害生物风险评估确定每种查明的或与某种传播途径有关的有害生物是否为检疫性有害生物，描述其进入、定殖、扩散的可能性和经济重要性方面的特点。有害生物风险管理涉及拟定、评价、比较和选定减少这种风险的选择方案。

五、有害生物风险分析的程序和方法

（一）第一阶段：开始进行有害生物风险分析工作

有害生物风险分析一般有三个起始点：一是从可能被视为检疫性有害生物的有害生物本

身开始分析；二是从可能会使检疫性有害生物传入和扩散的传播途径开始分析，通常是指某种进口商品；三是因检疫政策的修订而重新开始作风险分析。无论来自有害生物、传播途径及制定或修订检疫政策开始的PRA，最终都是对特定的有害生物进行风险分析。对于非种植用的商品或调运物，只需要开展检疫性有害生物的PRA。针对种植用植物材料，同时应当开展限定的非检疫性有害生物的PRA。

1. 从有害生物开始的有害生物风险分析

自有害生物开始的新的或修订的PRA经常在下列情况下开始或启动：

① 在PRA地区发现某种新的有害生物的定殖侵染或暴发所出现的紧急情况；

② 在输入商品中截获到某种新的有害生物而出现的紧急情况；

③ 科学研究已查明某种新的有害生物风险；

④ 某种有害生物传入到PRA地区以外的新地区；

⑤ 据报道某种有害生物在另一地区造成的破坏比原产地更大；

⑥ 检查发现，某种有害生物多次被截获；

⑦ 应进口生物者的要求，提出输入某种生物的要求；如研究人员、教育人员、商业公司（宠物商店店主）等；

⑧ 查明某种生物为其他有害生物的传播媒介；

⑨ 通过科学研究，确定有害生物带来的新的风险；

⑩ 为制定和修订关于特定商品的植物检疫条例或要求而作出政策决定；

⑪ 另一个国家或国际组织（粮农组织、区域植物保护组织）提出建议，而新的处理系统或程序或新信息影响到早先检疫政策的。

然后，对已确定的特定有害生物进行PRA过程的第二阶段。

2. 从传播途径开始的有害生物风险分析

因特定的传播途径所产生的新的或经修改的PRA在下列情况下开始：

① 某一国家或地区的植物或植物产品首次输入PRA区前；

② PRA区为选育和科研目的而需要引进新的植物品种前；

③ 查明商品输入以外的传播途径（包括自然扩散、包装材料、邮件、垃圾、旅客行李等）。

然后列出可能通过该种传播途径（如由商品携带）的有害生物清单，每一种有害生物要经过有害生物风险分析过程的第二阶段。如果查明没有任何潜在的检疫性有害生物或限定的非检疫性有害生物可能通过这一传播途径，PRA到此停止。

3. 第一阶段的结论

当有害生物被确定后，同时需划定PRA地区。在第一阶段结束时，有害生物已被确定是否是潜在的检疫性有害生物，并确定是否是单独的或与某一传播途径相联系的。然后进入下一阶段。

（二）第二阶段：有害生物风险评估

第一阶段已经确定了应进行风险评估的某一有害生物，或有害生物的清单（在从某一传播途径开始的情况下）。第二阶段将逐个考虑并审核这些有害生物是否属于限定的有害生物，评估检疫性有害生物侵入和扩散的可能性。

1. 有害生物归类

明确有害生物是否具有检疫性有害生物的特性或限定的非检疫性有害生物的特性，核实其是否存在于PRA地区、官方控制情况、定殖和扩散的可能性、造成经济影响的可能性等。

2. 评估传入和扩散的可能性

评价有害生物进入的可能性、定殖的可能性和定殖后扩散的可能性。查明PRA地区中生态因子利于有害生物定殖的地区，以确定受威胁地区。

3. 评估潜在的经济影响

有害生物潜在的经济影响，包括直接影响（对PRA地区潜在寄主或特定寄主的影响，如产量损失、控制成本等）和间接影响（如对市场的影响、对社会的影响等），分析经济影响（包括商业影响、非商业影响和环境影响），查明PRA地区中有害生物的存在将造成重大经济损失的地区。

4. 第二阶段的结论

如果该有害生物能传入且具有重大经济影响，即具有高的风险，就应采取适当的检疫措施，则进入PRA的第三阶段。如果不是，对该有害生物的PRA就到此为止。

（三）第三阶段：有害生物风险管理

有害生物风险管理主要包括可接受风险水平的确定，及其与之相一致或相适应的管理措施方案的设计和评估。为了保护受威胁地区或PRA地区，应采取与风险评估中评定的风险水平相对应的风险管理措施，并努力将风险降低到可接受水平。即确认可以降低风险的选择方案，评价这些方案的效率和影响，并决定或推荐可以接受的降低风险的措施。

1. 风险水平及其可接受性

根据所确定的适当的保护水平，如果风险不能接受，就需要考虑选择将风险降低到可接受的水平或低于可接受水平的植物卫生措施。

2. 确定和选择适当的风险管理方案

考虑选择各种植物卫生措施和各种植物卫生措施的组合，包括：应用于货物的措施，为阻止或减少在作物中蔓延的措施和确保生产地区、产地或生长点或作物没有有害生物的措施，国内的控制措施以及禁止输入的措施。

（1）风险管理措施的备选方案　风险管理措施的备选方案有：

① 列入禁止的有害生物名单；

② 出口前的植物检疫检查和颁发检疫证书；

③ 规定出口前必须达到的要求；

④ 进境时检查，禁止特定产地的特定商品进境；

⑤ 入境后检疫扣留或限制商品进境时间或地点；

⑥ 在进境口岸、检疫站或适当时在目的地进行处理。

这些措施可以单独使用，也可以组合后使用。最后需要评价备选方案对降低风险的效率和影响。

（2）备选方案的效率和影响　应当据以下因素评价各种备选方案使风险降低到可接受水平的效率和影响：

① 各因子的有效性；

② 实施的效益；

③ 对现有法规、检疫政策、商业、社会、环境的影响；

④ 植物检疫政策考虑；

⑤ 实施新法规的时间；

⑥ 备选方案对其他检疫性有害生物的效率。

有害生物风险管理的结果是选择一种或多种措施来使有害生物风险降低到可接受的水平。植物检疫规程或检疫要求应建立在这些管理方案之上。这些规程的执行和维持具有一定的强制性，包括IPPC缔约国或WTO成员国。通过风险分析后确定的所有有害生物都应列入限定的有害生物名单中。应将此名单提供给IPPC秘书处和其他相关组织。如果要采取植物检疫措施，应按合同伙伴的要求提供检疫要求的理由，按照要求必须将风险分析的报告公开出版发行，并且通知其他国家。WTO成员国必须遵从正式通知的有关步骤。

有害生物风险分析要确认风险评估和降低风险的风险管理措施相关的“不确定性”，明确不确定性的领域和不确定性的程度。不确定性是由于信息的不完整或可获得的信息的不断变化造成的。确认不确定性的目的是给决策者提供尽可能完整和客观的意见。

第二节 植物检疫法规

一、植物检疫法规的概念

植物检疫法规是指为了防止植物危险性有害生物传播蔓延，保护农、林、牧业的安全生产和生态环境，维护对外贸易信誉，履行国际义务，由国家制定法令，对进出境和国内地区间调运植物、植物产品及其他应检物进行检疫的法律规范的总称。植物检疫法规是开展植物检疫工作的法律依据，使植物检疫工作有法可依，有章可循，充分发挥其保护我国农业生产，促进经济发展的职能作用。它包括植物检疫法律、条例、细则、办法和其他单项规定等。

二、植物检疫法规的法律地位

植物检疫法规都是经过有关国家机关制定或认可，上升为国家意志，具有国家的强制性和普遍性的约束力，是社会必须遵守的行为规则。在我国颁布的一系列法律中，如《中华人民共和国农业法》、《中华人民共和国种子法》、《中华人民共和国铁路法》、《中华人民共和国邮政法》等，都涉及植物检疫，要求任何组织和个人都必须遵守有关植物检疫的法律和行政法规。

植物检疫条例、细则、办法和规定等，对违反检疫法规的行为规定了其法律后果。植物检疫法规规定的法律责任主要有行政处罚、刑事处罚和民事责任三方面。行政处罚主要包括罚款、没收非法所得、责令赔偿损失、责令改变被检物的用途等。刑事处罚，是指对违反植物检疫法规规定，构成犯罪的当事人依据《刑法》的规定给予的处罚，如：伪造、涂改、买卖、转让植物检疫单证、印章、标志、封识的，如果情节严重可以比照刑法第280条的规定追究刑事责任。另外，可以用《刑法》中的破坏生产罪、妨碍公务罪、行贿罪、受贿罪、渎职罪等，来给违反检疫法规规定的当事人量刑定罪。民事责任是一种财产责任，一般以赔偿责任为主要形式。

三、植物检疫法规的基本内容

1983年联合国粮食及农业组织（FAO）公布了《制定植物检疫法规须知》。从目前公布的各国检疫法规来看，植物检疫法规主要包括国际性法规与公约、地区性法规与各个国家的法规、规章与条例等。内容包括名称、立法宗旨、术语解释、检疫范围与检疫程序、检疫主管部门及执法机构、禁止或限制进境物、法律责任、生效日期及其他说明。

（一）国际性法规与公约

1.《国际植物保护公约》

《国际植物保护公约》（International Plant Protection Convention，IPPC）是联合国粮

食及农业组织（FAO）在1951年通过的一个有关植物保护的多边国际协议，1952年生效。1979年和1997年，FAO分别对《国际植物保护公约》进行了两次修改。IPPC的主要任务是加强国际间植物保护的合作，更有效地防止植物危险性有害生物的传播及防治有害生物、统一国际植物检疫证书格式、促进国际植物保护信息交流，是目前有关植物保护领域中参加国家最多、影响最大的一个国际公约。IPPC虽然名为“植物保护”，但其中心内容均为植物检疫。《国际植物保护公约》包括序言、条款、证书格式附录三个方面。其中条款有23条。

2.《实施卫生与植物卫生措施协定》

为限制技术性贸易壁垒，促进国际贸易发展，1979年3月，在国际贸易和关税总协定（GATT）第七轮多边谈判东京回合中通过了《关于技术性贸易壁垒协定草案》，并于1980年1月生效。《关于技术性贸易壁垒协定草案》在第八轮乌拉圭回合谈判中正式定名为《技术贸易壁垒协议》（TBT）。由于GATT、TBT对这些技术性贸易壁垒的约束力仍然不够，要求也不够明确，为此，乌拉圭回合中许多国家提议制定针对植物检疫等的《实施卫生与植物卫生措施协定》（简称《SPS协定》）。该协定对检疫提出了比GATT、TBT更为具体、严格的要求。《SPS协定》是世贸组织成员为确保卫生与植物卫生措施的合理性，并对国际贸易不构成变相限制，经过长期反复的谈判和磋商而签订的。

《SPS协定》是所有世界贸易组织成员都必须遵守的。目的是促进国家间贸易的发展，保护各成员国动植物健康、减少因动植物检疫对贸易的消极影响。包括14项条款及3个附件。由此建立有规则的和有纪律的多边框架，以指导动植物检疫工作。

《SPS协定》要求各缔约国采取的检疫措施应建立在风险性评估的基础之上；规定了风险性评估考虑的诸因素应包括科学依据、生产方法、检验程序、检测方法、有害生物所存在的非疫区相关生态条件、检疫或其他治疗（扑灭）方法；在确定检疫措施的保护程度时，应考虑相关的经济因素，包括有害生物的传入、传播对生产、销售的潜在危害和损失、进口国进行控制或扑灭的成本，及以某种方式降低风险的相对成本。此外，还应该考虑将不利于贸易的影响降低到最小限度。

各成员国制订的植物检疫法、实施细则、应检有害生物名单，既要经过充分的科学分析，又要符合国际法或国际惯例，各国不能随意规定检疫性有害生物名单，所列名单必须经过PRA。

（二）区域性的植物保护组织

国际区域性植物保护组织是在较大范围的地理区域内，若干国家间为了防止危险性植物病虫害的传播，根据各自所处的生物地理区域和相互经济往来的情况自愿组成的植物保护合作组织。每个组织都有自己的章程和规定，它对该区域内成员国有约束力。各组织的主要任务是协调成员国间的植物检疫活动、传递植物保护信息、促进区域内国际植物保护的合作。

目前，全世界有9个区域性植物保护组织，分别为：亚洲和太平洋区域植物保护委员会、加勒比海地区植物保护委员会、欧洲和地中海区域植物保护委员会、安第斯共同体委员会、南锥体区域植物保护委员会、非洲植物检疫理事会、北美洲植物保护组织、区域国际农业卫生组织、太平洋植物保护组织。这些区域组织的最高权力机构是成员国大会，各自都制定有区域性的植物检疫协议或协定。各组织均设有秘书处，负责本组织的日常工作。

（三）双边检疫协定、协议及合同条款中的检疫规定

双边检疫协定是两个国家政府间针对检疫业务达成的一致意见，两国共同信守和实施的国际文本，在两个国家内具有法律效力。议定书一般是指两国间相应的政府主管机构就某一方面的业务通过友好协商达成的一致意见，并在今后双方需要共同遵守的，不同文字形式签署的议定书具有同等的法律效力。近年来中国政府先后与法国、丹麦、南非等许多国家签署了近100个政府间双边植物检疫协定或协议和协定书，如《中华人民共和国政府和法兰西共和国政府植物检疫合作协定》(1998年7月28日)、《中华人民共和国政府和智利共和国政府植物检疫合作协定》、《中华人民共和国政府和蒙古国政府关于植物检疫的协定》(1992年5月9日)、《中国苹果出口南非植物检疫要求议定书》和《中国梨出口南非植物检疫要求议定书》(2007年)等。此外我国还与美国、加拿大、荷兰等许多国家签订了植物检疫协定。在植物、植物产品的贸易合同中经常有植物检疫的要求，这些要求也是贸易双方必须遵守的。

四、中国植物检疫法规简介

我国自1951年开展植物检疫以来颁布了多项植物检疫法律、法规、规章和其他植物检疫规范性文件。

1.《中华人民共和国进出境动植物检疫法》

《中华人民共和国进出境动植物检疫法》是我国第一部由全国人民代表大会颁布的以动植物检疫为主题的法律。该法于1991年10月30日在第七届全国人民代表大会常务委员会第二十二次会议通过，自1992年4月1日起施行。该法共八章50条，包括总则、进境检疫、出境检疫、过境检疫、携带与邮寄物检疫、运输工具检疫、法律责任及附则等内容。《中华人民共和国进出境动植物检疫法实施条例》共十章68条，条例是为了更具体贯彻执行《中华人民共和国进出境动植物检疫法》而制定的实施方案，也是检疫法的组成部分，包括总则、检疫审批、进境检疫、出境检疫、过境检疫、携带、邮寄物检疫、运输工具检疫、检疫监督、法律责任及附则等方面。

《中华人民共和国进出境动植物检疫法》及《中华人民共和国进出境动植物检疫法实施条例》规定，凡进境、出境、过境的动植物、动植物产品和其他检疫物，装载动植物、动植物产品和其他检疫物的装载容器、包装物、铺垫材料，来自动植物疫区的运输工具，进境拆解的废旧船舶，有关法律、行政法规、国际条约规定或者贸易合同约定应当实施动植物检疫的其他货物、物品，均应接受动植物检疫。

2.《植物检疫条例》

1983年1月3日，国务院颁布了《植物检疫条例》，1992年5月13日，经国务院修订后重新颁布，是目前我国进行国内植物检疫的依据。该条例共24条，包括植物检疫的目的、任务、植物检疫机构及其职责范围、检疫范围、调运检疫、产地检疫、国外引种检疫审批、检疫放行与疫情处理、检疫收费、奖惩制度等方面。

为贯彻执行植物检疫条例，农业部和林业部还分别制定、颁布了各自的实施细则（农业部分和林业部分)，同时还颁布了农业和林业上的检疫对象名单和应施检疫物的名单。

3.《中华人民共和国种子法》

《中华人民共和国种子法》是2000年颁布实施的。该法的第四十六条至第五十条，是有关对种子进行检验检疫的内容。

国家严格禁止生产、经营假、劣种子。第四十六条对种子质量有明确规定，下列种子为假种子：a. 以非种子冒充种子或者以此种品种种子冒充他种品种种子的；b. 种子种类、品种、产地与标签标注的内容不符的，下列种子为劣种子：质量低于国家规定的种用标准的；质量低于标签标注指标的；因变质不能作种子使用的；杂草种子的比例超过规定的；带有国家规定检疫对象的有害生物的。

第四十九条规定，进口种子和出口种子必须实施检疫，防止植物危险性病、虫、杂草及其他有害生物传入境内和传出境外，具体检疫工作按照有关植物进出境检疫法律、行政法规的规定执行。

思考与练习题

1. 名词解释
   IPPC；SPS
2. 什么是检疫性有害生物？什么是限定的非检疫性有害生物？试比较两者的区别。
3. 什么是 PRA？为什么要进行 PRA？
4. 简述检疫性有害生物风险分析的基本过程。
5. 植物检疫的国际法规与国内法规有哪几种？

第三章　国内农业植物检疫

本章学习要点与要求

本章主要介绍国内农业植物检疫的概况，包括目的、执行机构和主要任务；国内农业植物检疫的检疫对象及检疫范围；疫区和保护区的划定；调运检疫的程序及检疫证书；产地检疫的必要性及程序；国外引种检疫的程序及限制条件等。要求学生掌握疫区和保护区的划定程序，调运检疫的程序及有关检疫证书的规定，产地检疫的程序，国外引种检疫的程序和限制条件。了解国内农业植物检疫的管理和执行机构、主要任务，国内农业植物检疫对象和检疫范围，我国有哪些主要的疫区和保护区，检疫证书的格式等。

一、国内农业植物检疫的概况

1. 国内植物检疫的目的

防止国内局部发生的或新传入的危险性病、虫、草传播蔓延，保护农业生产安全。

2. 主管部门及执行机构

农业部主管全国的农业植物检疫工作，各省（自治区、直辖市）农业主管部门主管本地区的农业植物检疫工作。农业部所属的植物检疫机构和县级以上地方各级农业主管部门所属的植物检疫机构负责执行农业植物检疫任务。

3. 主要任务

实施植物检疫对象的调查、划定疫区和保护区、实施调运检疫、产地检疫、国外引种检疫以及植物检疫的组织、管理和培训工作。

二、检疫对象和检疫范围

1. 检疫对象

植物检疫对象是由检疫法规所明确规定的有害生物种类。凡局部地区发生、危险性大、能随植物及其产品人为传播的病、虫、杂草应定为检疫对象。

2. 检疫范围

农业植物检疫范围包括粮、棉、油、麻、桑、茶、糖、菜、烟、果（干果除外）药材、花卉、牧草、绿肥、热带作物等植物、植物的各部分，包括种子、块根、块茎、球茎、鳞茎、接穗、砧木、试管苗、细胞繁殖体等繁殖材料，以及来源于上述植物、未经加工或虽经加工但有可能传播疫情的植物产品。全国农业植物检疫性有害生物名单和应施检疫的植物及植物产品名单由农业部制定（附录一、附录二），各省可根据本地区的需要制定补充名单。

全国农业植物检疫对象名单共制定了 5 次。第 1 次，1957 年 12 月 4 日国务院授权农业部公布了《国内植物检疫对象和应施检疫的植物、植物产品名单》，自 1958 年 1 月 1 日起在全国施行，包括了 32 种检疫对象，其中植物病害 8 种，害虫 12 种，杂草 2 种。第 2 次，1966 年 6 月农业部公布了修改后的《国内植物检疫对象名单》，包含 29 个植物检疫对象，其中病害 15 种，害虫 13 种，杂草 1 种。第 3 次为 1983 年公布的《农业植物检疫对象和应施检疫的植物、植物产品名单》，包括16种国内植物检疫对象，其中病害8种，害虫7种，杂草1种。第4次，农业部于1995年4月17日公布了《全国植物检疫对象和应施检疫的植物、植物产品名单》，列出检疫对象32种，其中病害12种，害虫17种，杂草3种。第5次，农业部2006年以公告形式公布了《全国农业植物检疫性有害生物名单》和《应施检疫的植物及植物产品名单》，列出检疫对象43种，其中害虫17种，病菌及线虫21种，杂草5种。

三、疫区和保护区划定

1. 概念

（1）疫区　疫区是用行政手段划定的已发生检疫对象的局部地区。近年来，在国内已划定的疫区有辽宁丹东、陕西武功的美国白蛾疫区；浙江温州的柑橘黄龙病疫区；新疆伊犁的小麦矮腥黑穗病疫区、塔城黑森瘿蚊和马铃薯甲虫疫区；四川凉山和云南昭通的马铃薯癌肿病疫区；河北唐山、山东东营与天津水稻象甲疫区等。

（2）保护区　保护区是在检疫对象已较普遍发生的地区用行政手段划定的未发生区。如新疆作为我国无棉红铃虫保护区。

2. 划定的程序

疫区和保护区的划定，由省（自治区、直辖市）的农业部门提出，报当地人民政府批准、公布并报农业部备案。疫区和保护区的改变和撤销的程序与划定相同。

3. 具体工作

（1）植物检疫机构定期进行植物检疫对象和其他危险性有害生物调查，编制其分布资料，作为划定疫区和保护区的基本依据。

（2）植物检疫机构还需周密研究检疫对象的传播规律，当地地理环境、生态条件、交通状况以及农业生产特点等因素，严格、慎重地控制划区范围，做到既有利于控制和扑灭检疫对象，又尽可能地有利于经济发展和商品流通。

（3）在划定疫区和保护区时，要制定相应的封锁、消灭或保护措施。在发生疫情的地区植物检疫机构可派人参加道路联合检查站或者经批准后成立植物检疫检查站，开展植物检疫工作。在疫区内尤应采取有效的紧急防治措施，以尽早消灭检疫对象。疫区的种子、苗木和其他繁殖材料以及应施检疫的植物、植物产品只限在疫区内使用严禁调出。当疫区的检疫对象已被基本消灭或取得控制蔓延的有效办法以后，应按照疫区划定时的程序，办理撤销手续。

四、调运检疫

（一）概念及范畴

1. 概念

调运植物检疫指植物检机构在种子、苗木及其他应施检疫的植物、植物产品调运过程中的检疫，多在车站、码头、机场、公路、市场、仓库、邮局以及其他调运现场实行。

2. 范畴

法定应施检疫的植物和植物产品运出发生疫情的县级行政区域之前，种子、苗木和其他繁殖材料，不论是否列入应施检疫的植物、植物产品名单，也不论运往何地，在调运之前都必须经过检疫。可能被检疫对象污染的包装材料、运输工具、场地、仓库等也需检疫。

（二）调运检疫的程序

（1）省（自治区、直辖市）间调运种子、苗木和应施检疫的植物、植物产品时，调入单位或个人必须事先征得所在省（自治区、直辖市）植物检疫机构或其授权的地（市）县级植物检疫机构同意，并取得调运检疫要求书，向调出单位提出检疫要求。调出单位或个人必须根据该检疫要求向本省（自治区、直辖市）植检机构或其授权的当地植检机构申请检疫，填写植物检疫申报单，交纳检费。调出省（自治区、直辖市）植检机构按调入地检疫要求受理报检，并实施检疫。检疫合格后签发植物检疫证书，准予调运。若发现带有检疫对象时，则出具检疫处理通知书，要求进行除害处理，合格后签证放行，未经除害处理或处理不合格的，不准放行。调入地检疫机构应核查检疫证书，必要时可进行复检。复检中发现问题的，应与原签证单位共同查清事实，由复检机构按规定处理。

（2）通过邮政、民航、铁路和交通运输部门邮寄、托运种子、苗木、繁殖材料和其他应施检疫的植物、植物产品时，须事先到当地植检机构办理检疫手续，领取检疫证书，上述部门凭检疫证书收寄或承运。

（三）《植物检疫证书》和签证

1. 概念

《植物检疫证书》是由检疫机构签发的证明植物或植物产品符合检疫要求的凭证，是应检货物调运所必备的单证。

2. 有关规定

（1）《植物检疫证书》的格式由农业部制定，证书一式四份，正本一分，副本三份，正本交货主随货单寄运，副本一份由货主交收寄或托运单位留存，一份交收货单位或个人所在地植检机构，一份留签证单位备查。检疫证书不能转让也不能逾期使用。

（2）检疫证书由发证机关加盖植物检疫专用章，由专职检疫员签发。

（3）授权签发的省间调运植物检疫证书还应盖有省级植检机构的植检专用章。

（4）在无植物检疫对象发生地区调运种子、苗木等繁殖材料时，应凭产地检疫合格证签发《植物检疫证书》。

（5）对产地植物检疫对象发生情况不清楚的植物、植物产品，必须按照《调运检疫规程》进行检疫，证明不带检疫对象后，签发检疫证书。

五、产地检疫

1. 概念

产地检疫是在植物或植物产品调运前，由植物检疫人员在其生长或生产期间到原产地进行检验、检测和必要的监督除害处理，并根据检验、检测和除害处理结果出具相关证明的过程。

产地检疫是我国对调运植物和植物产品，尤其是植物种苗检疫的一项重要制度，在我国的《植物检疫条例》中明确指出："各级植物检疫机构对本辖区的原种场、良种场、苗圃以及其他繁育基地，按照国家和地方制定的《植物检疫操作规程》实施检疫，有关单位或个人应给予必要的配合和协助。""种苗繁育单位或个人必须有计划地在无植物检疫对象分布的地区建立种苗繁育基地。新建的良种场、原种场、苗圃等，在选址以前，应征求当地检疫机构的意见。""植物检疫机构应帮助种苗繁育单位选择符合检疫要求的地方建立繁育基地。""已发生检疫对象的良种场、原种场、苗圃等，应立即采取有效措施封锁消灭。在检疫对象未消灭以前，所繁育的材料不准调入无病区；经过严格除害处理并经检疫机构检疫合格的，可以调运。""试验、示范、推广的种子、苗木和其他繁殖材料，必须事先经过植物检疫机构检疫，查明确实不带植物检疫对象的，发给植物检疫证书后，方可进行试验、示范和推广。"在这些条款中明确规定了植物检疫机构对种苗繁育基地的监督管理职责。

2. 产地检疫的必要性

（1）提高检疫结果的准确性、可靠性　在植物生长期间，植物病、虫、草等有害生物的为害状况以及其自身的形态特征处于最明显的时期，易发现，因此更有利于诊断和鉴定，而使检验结果的准确度大大提高。

（2）简化现场检验的手续，加快商品流通　经过产地检验和预检合格的植物和植物产品，在进出境时一般不需再检疫，因而简化了现场检验程序，对于鲜活产品尤为有利。

（3）避免货主的经济损失　货主事先申请产地检疫和预检，能够在检疫部门的指导和监督下采取预防措施，在植物生长或植物产品生产过程中防止和消除有关的有害生物的为害，从而获得合格的植物和植物产品。在进出境或国内调运时，可避免因检疫不合格需进行检疫处理而造成的经济损失。

3. 产地检疫的基本程序

（1）申请　由申请检疫的单位和个人填写《产地检疫申请书》，并提交植物检疫部门。

（2）材料受理　植物检疫（植保植检）站受理申请单位提出的申请，确定检疫方。

（3）实施产地检疫　在生产期间或调运之前，由检疫人员按照产地检疫技术规程或参照相应的检疫技术标准、技术规范进行检疫。

（4）检疫处理与出证　经产地检疫调查并结合室内检验，未发现检疫性有害生物或其他危险性有害生物的，由检疫部门签发《产地检疫合格证》。《产地检疫合格证》不具有《植物检疫证书》在流通领域里的功能，不能作为办理调运手续的凭证。经产地检疫合格的植物及植物产品，在调运前可凭《产地检疫合格证》直接换发《植物检疫证书》。《产地检疫合格证》有效期为6个月。对发现检疫性有害生物或其他危险性有害生物的产地，由检疫部门签发《检疫处理通知单》。并由检疫人员监督、指导生产（经营）单位（个人）进行除害处理。经除害处理并复检合格后签发《产地检疫合格证》。对新发生的检疫危险性有害生物，必须采取措施彻底扑灭，并向当地植物检疫机构和省级主管部门报告疫情。

4. 非疫区的建立

除种苗的产地检疫外，对出口农产品实施产地检疫也是十分重要的。为避免有害生物传入和保护国内农产品贸易，各国政府对农产品采取了严格的检验检疫措施。为正确发挥植物检疫防止危险性有害生物扩展蔓延的作用，同时避免因不恰当使用植物检疫作为技术壁垒对贸易造成的不利影响，在《SPS协定》中提出“非疫区”和“低度流行”的概念。在联合国粮食及农业组织（FAO）制订的一系列的国际标准中，包含了《建立非疫区的要求》和《建立无疫生产地和无疫生产点的要求》两个标准，对非疫区的选择、保持和核查等作了明确的规定，并指出：“标准使用‘非疫’的概念，以便输出国向输入国保证其植物、植物产品和其他限定物无一种或多种特定的有害生物，满足输入国从无疫产地进口时的植物检疫要求。”这些概念的建立更有利于各国间贸易的发展，从一定程度上可以避免以往因一个国家的某地发生某种有害生物而完全拒绝该国相关产品进境的现象。对来自双方政府间认定的非疫区、无疫生产地或无疫生产点的植物产品应允许进境。

非疫区的建立对各国的对外农副产品贸易起到很好的促进作用。美国、澳大利亚、智利、墨西哥等国家通过非疫区的建设，扩大了其农产品出口的种类和数量。例如，美国是地中海实蝇发生区，影响了其水果的出口。但美国在加利福尼亚州、佛罗里达州、得克萨斯州和亚利桑那州建立了地中海实蝇非疫区，成功地将上述4个州的柑橘出口到中国等国家和地区。

非疫区的建设已得到我国各级政府部门高度重视，从2001年起国家设立专项资金，对全国的农业植物有害生物进行了普查，现已基本掌握了具有出口优势的经济作物的有害生物发生和分布情况，并已开展了苹果、柑橘非疫区建设试点。在非疫区的建设中必须确保疫情监测、防除和技术指导等各项措施落实到位。

5. 预检

预检是产地检验的另一形式，是在植物或植物产品入境前，由输入国的植物检疫人员到原产地对进行检验、检测或监督处理的过程。

根据双边协议或工作计划，输入方的植物检疫人员可到输出地调查、了解、核实输出方的检疫机构是否改造了双边协议的所有承诺，包括对整个生产过程、储藏、运输、包装、检疫标识、装载等各个环节的监督检查，输入方的植物检疫人员确认产品合格后方可输入。这是一种与输出方的检疫机构的配合、协助或监督的过程，也是一种主权的体现。

近些年来，预检在世界许多国家受到高度重视。预检是美国对进口农产品进行检疫的一项重要措施，如对智利进口的苹果和葡萄、南美的落叶水果、新西兰的苹果、日本的橙子以及比利时和荷兰的郁金香和蕨类植物等进行了预检。加拿大出入境检验检疫机关在每年春秋派员赴荷兰对输入的郁金香种球实施产地检疫。在过去很长时期内，日本因认为我国新疆哈密瓜产区有瓜实蝇可能对本国的水果、蔬菜生产带来威胁而禁止进口。近年根据中日双边协定，中日双方检疫人员进行协作，经调查确定该地区无瓜实蝇分布，也不适合瓜实蝇的定殖，即该地区为瓜实蝇的非疫区，日本解除了对新疆哈密瓜的进口禁令。我国从美国华盛顿州进口苹果和从佛罗里达州等地进口柑橘，采取了预检措施，于生长或采收期派人到生产现场进行检疫以确认无苹果蠹蛾、地中海产蝇等检疫性有害生物，根据检疫结果确定是否准予进入中国市场。对来自巴西、土耳其、美国、加拿大等地的烟草，也开展了针对烟霜霉病菌预检工作。

六、国外引种检疫

（一）意义

随着我国对外交往增多和商品经济的发展，从国外引进种子、苗木等繁殖材料的种类、批次和数量越来越多。国外引种主要包括种质资源交换和商品种苗引进两种类型，尤以后者数量巨大，来源复杂，进境后分散种植，传播疫情的危险性最大，检疫和隔离均有困难，为切实防止国外危险性病、虫、草害随种苗侵入，我国实行了国外引种检疫审批制度，并对引种施行限制措施。

（二）引种检疫审批

1. 审批程序

从国外引种的单位在填写订货卡的同时，要填报《引进种子、苗木检疫审批单》，向有审批权的检疫机构提出申请。审批单需写明引进的植物、植物部位和品种名称，引进用途、引种数量、原产国家或地区以及引入后种植地区等重要事项。

（1）国务院有关部门所属在京单位、驻京部队单位、外国驻京机构等引种，应在对外签订贸易全责、协议前30日前向农业部农业司或其授权单位提出申请，办理审批手续。

（2）京外单位和各省（自治区、直辖市）的种苗引进单位或者代理进口单位向种苗种植地的省（自治区、直辖市）植物检疫机构提出申请，办理引种审批手续。

（3）引种数量较大的，由种苗种植地的省（自治区、直辖市）植物检疫机构审核并签署意见后报农业部农业司或其授权单位审批。

（4）审批机关对申请单位提出的引种申请进行审查后认为符合引种要求，则签发检疫审批单，填写检疫要求和审批意见。

2. 引种检疫审批的作用

引种检疫审批有效地避免了从疫区或危险性有害生物严重发生的国家或地区引种，可以事先有计划地作好种苗入境后的隔离试种准备，还可以在涉外合同和协议中申明国家规定的检疫要求，一旦种苗入境时口岸检疫机关发现种苗带有检疫对象或其他规定不得入境的病虫时，作为向种苗输出国提出退货或索赔的依据。

3. 引种限制措施

引入种苗的种类和品种多，来源复杂，对其国外原产地的疫情不易了解，审批机关所提出的检疫要求难以准确、全面，种苗在装运、转口过程中可能受到病虫污染，入境时口岸检疫机关因抽样方法、检验技术、检验时间等诸多因素的限制可能难以检验，因而我国有关检疫法规对国外引种规定了必要的限制。

（1）出具检疫证书　引种单位或者代理单位必须在对外贸易合同或协议中申明中国法定的检疫要求，并要求输出国家或者地区政府植物检疫机关出具检疫证书。

（2）必须隔离试种　引进者在申请引种前，应安排好试种计划。引种后，应按植检机构的要求，在指定地点集中进行隔离试种。隔离试种时间，一年生作物不得少于一个生育周期，多年生作物不得少于 2 年。在隔离试种期间，经当地植检机构检疫，证明确定不带检疫对象的方可分散种植。如发现检疫对象或其他危险性病、虫、杂草，应认真按植检机构的意见处理。引进商品种苗，应先少量引进，经隔离试种合格，并提出隔离试种报告后方得从同一来源扩大引进。

（3）限制引种数量　据现行规定，农作物种质资源交换和科研试种者，每品种小粒种子（烟草、牧草、油菜等）一般不超过 3g，大粒种子（稻、麦、玉米、豆类、棉花、花生、甜菜等）一般不超过 50 粒，苗木每品种一般不超过 5 株。热带作物的特大种子（如椰子）一般不超过 20kg，大粒种子（如腰果）一般不超过 1kg，中粒种子（如咖啡等）一般不超过 0.5kg，小粒种子（如牧草等）一般不超过 3g，苗木每品种不超过 5 株。商品种苗第一次引进以 0.13hm^2 地用量为限，后继扩大引种省级植检机构审批权只限于 3.33hm^2 地种苗用量。

思考与练习题

1. 简述我国疫区和保护区的划定原则和程序。
2. 简述国内农业植物检疫中调运检疫的程序。
3. 简述国内农业植物检疫中产地检疫的重要意义。
4. 我国对国外引种有何限制措施？

第四章　进出境植物检疫

本章学习要点与要求

本章主要介绍我国进出境植物检疫的管理和执行机构、目的和法律依据，检疫对象和检疫范围，检疫措施和检疫制度，进境检疫、出境检疫和过境检疫的工作程序以及旅客携带、邮寄物检疫、运输工具检疫、包装物和铺垫材料检疫、集装箱检疫、废旧船舶检疫和废纸检疫等。要求学生掌握我国进境检疫、出境检疫和过境检疫的工作程序，了解我国进出境植物检疫的机构、适用法律，检疫对象和检疫范围，以及旅客携带、邮寄物检疫、运输工具检疫、包装物和铺垫材料检疫、集装箱检疫、废旧船舶检疫和废纸检疫等相关规定。

一、进出境植物检疫概述

1. 管理执行机构

我国进出境检疫由国务院设立的国家动植物检疫机关（国家质量监督检验检疫总局）统一管理。该机关在对外开放的口岸和进出境检疫业务集中的地点设立口岸动植物检疫机关（口岸动植物检疫局）实施检疫。与国内植物检疫体制不同，进出境动植物检疫机关统筹管理植物检疫和动物检疫，以及植物检疫中的农业植物检疫和森林植物检疫。

2. 目的

进出境植物检疫的宗旨是防止植物危险性病、虫、杂草以及其他有害生物传入、传出国境，保护农、林、牧、渔业生产和人体健康，促进对外经济贸易的发展。

3. 法律依据

进出境动植物检疫的主要法律依据是《中华人民共和国进出境动植物检疫法》。

二、检疫对象和检疫范围

1. 检疫对象

进境检疫对象即进境植物危险性病、虫、杂草和其他有害生物名录由农业部制定并公布，我国制定对外植物检疫对象名单共有6次。

第一次，1954年对外贸易部制定了第一个《输出输入植物检疫对象名单》，共有病虫30种。

第二次，1966年农业部修改了植物检疫对象名单，删去了稻矮化病毒、亚麻斑点病、梨园介壳虫、棉斑实蛾等10种病虫害，增加了小麦矮腥黑穗病、烟草霜霉病、谷斑皮蠹、谷象等14种病虫害，使当时的进境植物检疫对象增加到了34种。

第三次，1980年从原名单中删去棉红铃虫、红麻炭疽病等7种害虫、2种病害，恢复了玉米细菌性枯萎病和美国白蛾2种病虫的检疫地位，又增加了大豆象、黑森瘿蚊、橡胶南美叶疫病、栗疫病等33种病虫害，使病虫害名单增至58种。

第四次，1986年农业部会同林业部及其他有关部门，对1980年的名单又进行了较大的调整和修订，删去了棉枯萎病、橘小实蝇、油橄榄癌肿病、四纹豆象等21种病虫，在1980

年新增加的33种病虫害中，这次被删掉的就有16种。

第五次，1992年农业部根据新颁布的《中华人民共和国进出境动植物检疫法》的规定，对1986年的名单又进行了修订，发布了《中华人民共和国进境植物检疫危险性病、虫、杂草名录》，包括84种有害生物。该名单中将危险性病虫害分成一类、二类两类。

第六次，2007年5月28日由国家质检总局、农业部共同制定的《中华人民共和国进境植物检疫性有害生物名录》发布并实施。该名录将我国进境植物检疫性有害生物由原来的84种增至435种。新名录检疫性有害生物种类大幅增加，不再分一类、二类。

检疫中发现在该名录之外的其他危险性病虫害时，需按照农业部的规定进行检疫处理。

出境检疫对象，习惯上称为“应检病虫”，根据不同国家或地区检疫法规、外贸合同、双边协定或检疫备忘录的规定执行。

2. 检疫范围

进出境植物检疫的检疫范围包括以下内容。

(1) 植物和植物产品。这里的植物是指栽培植物、野生植物及其种子、种苗和其他繁殖材料等。植物产品是指来源于植物未经加工或者虽经加工但仍有可能性传播病虫害的产品，如粮食、豆、棉花、油、麻、烟草、籽仁、干果、鲜果、蔬菜、生药材、木材、饲料等。

(2) 与植物、植物产品有关，可能受病虫害污染的其他货物、物品。例如植物性废弃物，特许进口的土壤、有机肥料等。

(3) 装载植物、植物产品以及其他检疫物的装载容器和包装物。

(4) 来自疫区的运输工具，包括火车、飞机、船舶、各类机动车、畜力车等，装载出境和过境植物、植物产品和其他检疫物的运输工具，进境供拆船用的废旧船舶。

(5) 其他可能受病虫害污染或检疫法规、贸易合同所规定的货物、物品。

三、检疫措施和检疫制度

1. 检疫措施

检疫措施是法律所规定的由植物检疫机关采取的强制性行政措施。

(1) 禁止进境的措施　检疫法规定的禁止进境物有植物病原体、害虫及其他有害生物，植物疫情流行国家和地区的有关植物、植物产品和其他检疫物和土壤。已由国家进境植物检疫禁止进境物名单规定的有玉米、大豆（种子）、马铃薯（种用块茎及其他繁殖材料）、榆属植物（插条）、松属植物（苗、接穗）、橡胶属植物（芽、苗、籽）、烟属植物（繁殖材料、烟叶）、水果及茄子、辣椒果实，并分别开列了禁止进境原因和禁止的国家或地区（附录四）。对旅客携带和邮寄物也规定禁止进境的植物名录。

(2) 检疫检验措施　包括口岸现场检验、实验室检验、产地检验和在进境目的地的检验等。

(3) 检疫处理措施　包括除害处理、退回、封存、限制使用地区，规定特殊的加工方法和销毁处理等。

(4) 防疫消毒措施　对进境的车辆、装载植物、植物产品及其他检疫物的运输工具和被污染的场地作防疫消毒处理。

(5) 紧急预防措施　国外发生重大疫情并可能传入中国时，国务院采取紧急预防措施，必要时可下令禁止来自疫区的运输工具入境或者封锁有关口岸，受疫情威胁地区的地方人民政府和有关口岸动植物检疫机关也应立即采取紧急措施。

2. 检疫制度

检疫制度是进出境检疫的法定制度，用以确保检疫措施的贯彻，达到保护农、林、牧业生产和人体健康，促进对外经贸发展的目的。现行进出境检疫法主要规定了下列 7 项制度。

(1) 检疫审批制度　输入植物种子、种苗和其他繁殖材料在进境前必须提出申请，办理检疫审批手续。

禁止进境的第一类物品，即各种病原体、害虫及其他有害生物，如因科研或生产的特殊需要必须进境的，须由检疫机关特许审批。携带、邮寄植物种子、种苗及其他繁殖材料进境的，也必须事先办理审批手续。

(2) 报检制度　输入、输出植物、植物产品和其他应检物以及运输过境的，必须向检疫机关申报检疫。旅客携带、邮寄植物、植物产品以及其他应检物，亦须按规定报检。

(3) 现场检验制度　进出境、过境检疫，携带、邮寄物检疫，运输工具检疫以及其他类型的检疫都实行现场检验。检疫人员有权登船、登车、登机实施检疫，有权进入港口、机场、车站、邮局以及检疫物的存放、加工、养殖、种植场所实施检疫，并依照规定采样。

(4) 隔离检验制度　输入植物根据需要在口岸动植物检疫机关指定的隔离场所检疫。

(5) 调离检疫物批准制度　任何单位或个人调离检疫物，必须经口岸动植物检疫机关的批准或同意。输入检疫物未经口岸检疫机关同意不得卸离运输工具。检疫物在过境期间未经批准不得开拆包装物或者卸离交通工具。

(6) 检疫放行制度　检疫合格的，由口岸动植物检疫机关签发检疫证书和检疫放行通知单或在报关单上加盖印章同意放行。

(7) 检疫监督制度　检疫机关对进出境植物、植物产品的生产、加工、存放过程实行检疫监督制度。检疫机关有权进入有关生产、贮存等场所进行疫情监测、调查和检疫监督管理，有权查阅、复制、摘录与检疫有关的运行日志、货运单、合同、发票及其他单证。

此外，检疫法还规定了废弃物处理制度，实行检疫收费制度和法律责任等条款，都是为了保证进出境检疫的有效实施。

四、进境检疫

输入植物、植物产品或其他检疫物进境，需由口岸动植物检疫机关实施进境检疫。

1. 进境检疫的意义

进境检疫保证国家对进境植物、植物产品等的宏观调控，有效防止危险性病、虫、杂草及其他有害生物传入。

2. 进境检疫的程序

(1) 检疫审批　输入种子、种苗及其他繁殖材料的，必须在进境前先提出申请，办理检疫审批手续。因科研和生产的特殊需要引进禁止进境的第一类物品（各种病原体、害虫及其他有害生物）必须事先提出申请，经国家动植物检疫机关批准。

(2) 报检和审证　货主或其代理人应当在货物到达口岸前或到达时，填写《动植物检疫报检单》，向入境口岸检疫机关报检。报检时应提供检疫审批单、输出国家或地区官方检疫证书、贸易合同及货运单等有效单证。经检疫部门审证接受报检后制订检疫方案，准备检疫。

(3) 检疫检验　在进境口岸实施检疫检验，包括登车、登轮、登机进行现场检验。需要抽样做实验室检验的，根据货物的品种和数量决定抽样份数和每份样品重量，按操作规程抽样并出具抽取样品凭证。输入植物需隔离检疫的，在口岸检疫机关指定的隔离场所检疫。因口岸条件限制等原因无法实施检疫的，可由国家动植物检疫机关决定运往指定地点检疫。需调离海关监管区检疫的，海关凭口岸动植物检疫机关签发的《检疫调离通知单》验放。

(4) 检疫处理　经检验发现有危害性病、虫、杂草的，由口岸检疫机关签发检疫处理通知单，通知货主或其代理人作除害、退回或者销毁处理。

若发现带有未列入危险性病、虫、杂草名录，但仍有严重危害的其他病虫害，需按农业行政管理部门的规定，由口岸检疫机关通知货主或其代理人作检疫处理。凡检疫不合格需要进行检疫处理的，均由检疫机关签发检疫证书，作为对外索赔的证据。

(5) 签证放行　检疫合格的，或经除害处理合格的，准予进境。由口岸检疫机关签发放行通知单或在报关单上加盖检疫放行章放行，海关据以验放。

五、出境检疫

口岸动植物检疫机关依法对出境植物、植物产品和其他检疫物实施检疫，并根据检疫结果准予或不准进境。

1. 出境检疫的意义

① 出境检疫有利于维护我国商品在国际市场上的地位和信誉，履行国际检疫的义务。

② 有利于国家对出口贸易的宏观管理，促进国内农牧业生产、扩大外贸出口。

③ 有利于杜绝货物由于漏报、漏检而被输入国退回或销毁的现象，避免造成经济损失。

2. 检疫依据

出境检疫时，凡贸易合同中列明检疫条款的，按条款规定的检疫要求执行，若该条款无具体检疫要求，则按我国有关规定执行。

输入国与我国签订检疫双边协定的，按订明的检疫要求执行。既无检疫条款，又无检疫要求的，按我国有关规定检疫。非贸易性植物及其产品按物主检疫要求或我国有关规定执行。

3. 检疫程序

(1) 报检　货主或其代理人在检疫物出境前，向口岸动植物检疫机关报检，填写报检单，并提供贸易双方签订的协议合同、信用证或输入国家检疫要求等单证。输出国家禁止出口的濒危植物、珍贵或稀有植物和物种资源时，报检人员需提供国家有关主管部门签发的特许批准出口的审批证件。

(2) 审证　口岸动植物检疫机关审核报检单和所提供的其他单证，若符合要求则接受报检。

(3) 检疫检验　输出植物种苗、花卉和其他繁殖材料，口岸检疫机关派人员到现场或存放地点检疫。检疫人员要查阅国外检疫条款和检疫要求，了解检疫物在种植期间有害生物发生情况并进行现场检验。根据检验情况和国外检疫要求，可采集样品进行实验室检验。

检验出境植物产品，亦需先审核报检单和有关单证，了解国外检疫要求。

在检验现场，要了解应检货物加工、贮存情况，核对货物状态、数量与报检单是否相符。

检验时应首先查看货物表包装外部和铺垫材料是否附有昆虫等有害生物，然后按有关操作规程倒包和抽样检查。还要检查货物存放场地、仓库和其周围环境有无害虫，以采取措施避免侵害检验合格或处理合格后的货物。现场检查发现的有害生物可携带回室内鉴定，需要时，还可以取样进行病原物检验。

(4) 处理　检疫不合格，由口岸检疫机关签发《植物处理通知单》，通知其货主或代理人作除害、退回或者销毁处理。检疫人员应将处理的具体内容填写在报检单内。此外，凡贸易合同、信用证中有出境前熏蒸处理具体规定的，检疫机关应对处理进行监督，检查处理效果，填写处理评语。

(5) 签证放行　经检疫合格后或经除害处理合格的，准予出境。输入国或报检人明确要求出具检疫证书的，口岸检疫机关依法签发植物检疫证书，否则可在出境物品报送单上加盖检疫放行印章。海关凭检疫证书或在报关单上加盖的印章验放。检疫不合格又无有效方法作除害处理的，不准出境。

在检疫合格后，货主或其代理人如更改输入国家或地区，更改后的输入国家或地区又有不同检疫要求的，改换包装或者原未拼装后来拼装的，以及超过检疫规定有效期限的，货主或其代理人应当重新报检。

六、过境检疫

1. 概念及意义

一个国家或地区输出的物品，需经我国境内运往另一个国家或地区的称为过境。过境植物检疫可防止危险性有害生物随过境的植物、植物产品和其他检疫物传入我国，保护国内农牧业生产安全。过境检疫又是维护国家主权，保证国际贸易正常进行的重要手段。

过境检疫由进境口岸检疫机关实施。过境植物、植物产品不得来自危险性病虫害的检疫区，本身不得带有我国禁止进境的危险性有害生物。要求过境的输出一方，对其过境物应实行检疫检验并有检疫证书，运输工具应是经过消毒处理而无污染的，包装、填充材料不得来自植物病虫害疫区，包装应完整无损、内容物不撒漏。过境货物未经检疫机关批准，在过境期间不得拆开包装和卸离运输工具。过境飞机降落我国机场后，装载的应检物品不得卸离飞机，如需卸货换装另一架飞机，应由口岸检疫机关派人员按进境检疫要求进行检疫。

2. 检疫程序

(1) 报检　过境植物、植物产品和其他检疫物抵达入境口岸时，由承运人或者押运人向口岸检疫机关报检，填写报检单，并提供货运单、输出国家或地区检疫机关出具的检疫证书。

(2) 检疫检验　由海运运至口岸后换装车辆过境的，口岸检疫机关应在船舶未靠港前，在锚地检疫。由陆地口岸过境的，根据可以直车过境运输和车体不能直车过境而需换装等不同情况以及具体应检内容，进行现场检验。过境植物和植物产品现场检验主要应检查运输工具、包装材料及填充、铺垫材料等有无发生危险性有害生物，对散装粮则需按操作规程取样作室内检验。

(3) 处理　若发现带有我国规定的危险性病、虫、杂草，需作除害处理或者不准过境。过境动物的饲料受病虫害污染的，作除害、不准过境或者销毁处理。经远洋轮船运抵我国口岸后需换装火车过境的植物产品，经检验发现带有危险性病虫害的，应在大船上进行除害处理，合格后卸船过境。或者在口岸检疫机关指定的地点除害处理后过境。不宜在大船上和口岸进行除害处理、在过境途中对我国农牧业生产又有威胁的，不准过境。

(4) 放行　经检验合格的，由口岸检疫机关在铁路运单上加盖检疫放行章，出境口岸凭章放行。若发现没有进境检疫放行章的漏检车体，应予以截留，通知进境口岸检疫机关处理，或接受其授权或委托，在出境口岸处理。

七、携带、邮寄物检疫

(一) 携带物检疫

1. 概念及意义

旅客携带或托运进境的植物、植物产品以及可能带有危险性有害生物的其他物品都要进行检疫。禁止携带进境的植物、植物产品和其他检疫物的名录由国务院农业行政主管部门制定并公布。旅客携带物品种类繁多，数量较少，来源广泛，产地不明，疫情复杂且难以掌握，加之旅客人数多、进境停留时间短促，检疫难度较大。旅客进境后分散各地，传播危险性病、虫、杂草的概率也很大。

2. 有关规定

(1) 旅客携带植物种子、种苗及其他繁殖材料进境的，必须事先提出申请，办理检疫审批手续。

(2) 旅客不得携带国家禁止进境名录中的检疫物。

(3) 若携带名录以外的植物、植物产品和其他检疫物的，在进境时向海关申报并接受口岸植检机关检疫。

(4) 旅客携带物检疫以现场检查为主，主要在车站、码头、机场的进出境联检大厅或过境关卡进行。

(5) 经检验未发现危险性病、虫、杂草的，随检随放，不开具单证。

(6) 需进行实验室检验的或隔离检疫的，由口岸动植物检疫机关签发截留凭证（进出境旅客携带物留检/处理凭证）交旅客，截留检疫合格的，旅客持截留凭证限期领取。留检不合格的销毁。

(7) 旅客携带植物种子、种苗以及其他繁殖材料进境，而事先又办理检疫审批手续的，应先截留检疫。若旅客因特殊情况无法事先办理审批的签发截留凭证，补办批文。检疫合格后准予进境。

(8) 旅客携带物经检疫发现有危险性病、虫、杂草的，凡能进行除害处理的，在处理后合格者放行，无有效处理或难以处理的，可退回或销毁。

(9) 携带国家规定禁止进境的植物、植物产品或其他检疫物，例如水果、蔬菜（番茄、茄子、辣椒果实）、大豆、玉米种子、烟叶等均按规定退回或没收销毁。

(10) 出境旅客携带物不作检疫，但若旅客有检疫要求的，由口岸检疫机关检疫。

(二) 邮寄物检疫

通过国际邮递渠道进出境的植物、植物产品及其他检疫物需实施检疫。邮寄物系国家禁止进境物名录之内的，作退回或者销毁处理，若不是名录中规定的，由口岸动植物检疫机关在国际邮件互换局实施检疫，必要时可以取回口岸检疫机关检疫，未经检疫的不得运递。经检疫合格的，加盖邮寄动植物检疫放行章，由邮局交收件人。经检验不合格的，经除害处理合格后放行，无有效方法作除害处理的，予以销毁或通知邮局通知邮局原包退回。邮寄植物种子、种苗及其他繁殖材料进境的，必须事先申请办理检疫审批手续。邮寄进境后，须送实验室检验，如合格，则通知收件人凭审批单放行。经检验不合格或收件人未办检疫审批单的，由口岸检疫机关作检疫处理。

邮寄出境的植物、植物产品和其他检疫物，物主有检疫要求的，经检疫合格后签发检疫证书，准予邮寄出境。其出境合格的依据与货物出境检疫相同。

八、运输工具检疫和其他检疫

(一) 运输工具检疫

来自疫区的进境船舶、飞机、火车抵达口岸后，由口岸检疫机关在联检现场登轮、登机、登车执行检疫。检疫合格的，准予进境。发现危险性病虫害的，作不准带离运输工具、除害、封存或者销毁处理。

发现有禁止或限制进境的植物食品应予封存或销毁。进出境运输工具上的泔水、植物性废弃物，依照口岸检疫机关的规定处理，不得擅自抛弃。进境的车辆，由口岸检疫机关作防疫消毒处理。装载出境植物、植物产品和其他检疫物的运输工具，应当符合植物检疫和防疫的规定，经熏蒸消毒处理并经口岸检疫机关检查合格的出境运输工具，可出具熏蒸消毒证书。

（二）包装物和铺垫材料检疫

应检范围包括：

① 用植物产品作包装物的材料，如木质的箱、板、藤竹、麻袋、农作物的茎秆等。

② 非植物产品材料，但用于包装运送植物产品，有可能污染疫情的编织袋、布、纸箱（袋）等包装。

③ 作货物充、铺垫的植物产品，如谷壳、棉花、茎秆、木质材料等。

④ 混装货物被同批货污染的其他包装物，如海绵、纸箱等。

进境运载植物产品的包装物、铺垫材料经检疫或消毒合格的，同意进境；不符合要求的按有关规定处理。运载非植物产品的应检包装物和铺垫材料经检疫发现危险性病虫害的不准进境，经除害处理合格后准予进境。来自疫区的植物及其产品的包装物、铺垫材料应进行严格的防疫消毒或销毁处理。

出境货物的包装物及铺垫材料检疫按双边协议、贸易合同中规定的检疫条款，或货主要求实施，出境检疫应在货物装运前进行。出境植物及其产品的包装物、铺垫材料检疫，在检验该货物的同时结合进行，合格的准予出境，不合要求的按照规定处理。出境货物发现应检病虫，在除害处理合格后或改换符合要求的包装后出境。

（三）集装箱检疫

装载植物、植物产品和其他检疫物的进出境、过境集装箱，箱内货物带有植物性包装物或铺垫物的进境集装箱以及来自疫区的进境集装箱需实施检疫。

集装箱检疫由货主或代理人提前报检。对进境集装箱要求在集装箱到达口岸前或到达口岸时报检。出境集装箱在受检货物装箱前报检。

进境集装箱检疫，由报检人会同海关和检疫机关一起拆封开箱进行。经检验，无危险性害虫的予以放行。需作病害检查的，抽取样品进行实验室内检验，合格的放行；检验不合格的，通知报检人做熏蒸消毒或其他除害处理，检疫机关监督处理全过程，担任处理的技术指导，签发检疫证书或熏蒸消毒处理证明书，供货主对外谈判和索赔。不在口岸开箱，直接发运到达地的，入境口岸检疫机关只检查集装箱外表，核对单证并通知到达地检疫机关检疫，检疫后将结果告知入境口岸检疫机关。

出境植物产品在产地装箱的，由产地检疫机关检疫和出证，受检货物运抵口岸装箱或拼箱的，以及产地在口岸附近的，由出境口岸检疫机关出证。检疫不合格的通知货主处理或换货，新换的货物必须经检疫合格后方能出证。装载过植物、植物产品的集装箱和来自疫区的集装箱，本身也可能传带昆虫，必须在装载前进行检疫和处理。

过境集装箱来自非疫区的，口岸检疫机关一般不作检疫。来自疫区的或装载过植物产品的，由口岸检疫机关接到报检后进行现场检疫。因检疫需要开箱检查时，应会同海关、铁路或其他有关部门一起开箱检疫。

（四）废旧船舶检疫

进境供拆船用的废旧船舶，由口岸动植物检疫机关实施检疫。随着拆船业的发展，废钢船进境增多，废钢船上带有水果、茄果类蔬菜以及其他禁止进境的植物产品，带土壤的花卉、盆景、动植物性废弃物、生活垃圾等都可能传带有害生物，废旧船舶曾航行于世界各地，船舱船体本身也可能传带有害生物。经登轮检疫发现危险性病虫害的，应作除害处理，船上的垃圾杂物需进行无害化处理。

（五）废纸检疫

进境废纸夹杂农牧产品，可能附带危险性病虫害。废纸进港前，口岸检疫机关派人员登轮检疫，随机拆包检查，若发现残留的农牧产品中带有危险性病虫，应予退回或做除害处理后进境。进口废纸的卸货场所、储放仓库、加工厂等，事先需经检疫机关考察认可。堆放、贮存、加工进口废纸的厂、库和场所，应具备一定的防疫和除害设施，符合检疫机关的要求。

思考与练习题

1. 我国进出境植物检疫的检疫措施及哪些？
2. 我国进出境植物检疫有哪些检疫制度？
3. 简述我国进境检疫的工作程序。
4. 在国家的进出境植物检疫中有关旅客携带物检疫有哪些规定？

第五章　植物检疫检验技术

本章学习要点与要求

本章主要介绍植物检疫检验中的样品和取样，昆虫、螨类和杂草种子的检验，植物病原真菌的检验，植物病原细菌的检验，植物病毒的检验，植物寄生线虫的检验，其中植物病原真菌、植物病原细菌、植物病毒的检验是本章的重点和难点。要求学习了解各类有害生物的检测方法，重点掌握种菌中有害生物的检测方法，对一些典型的有害生物检测方法能熟练操作。

一、植物检疫检验抽样方法

在植物、植物新产品或其他商品的调运过程中，应检物的数量通常很大，在现有的条件下尚无法对所有的应检物进行检验，一般是采取抽样检验的方法，即抽取有代表性的样品进行检疫检验，然后根据所抽取样本的检验结果来判断所检验货物携带有害生物的状况。因此抽样的均匀性和代表性是影响检验结果准确性的重要因素。为此各国都制定了相关的标准，力求抽样的科学性。我国国家质量监督检验检疫总局、国家标准化管理委员会2009年4月27日发布了国家标准《农业植物调运检疫规程》(GB 15569—2009)，该规程是目前我国检疫检验的重要依据之一。

1. 基本概念

在有关法律、法规和标准中涉及许多的名词术语，国际法规中对这些名词都有一定的解释，以下所介绍的是在检疫检验中常涉及的一些术语。

商品：被调运的贸易性或其他用途的植物、植物产品或其他限定物。

货物：从一个国家运往另一个国家，注明在同一植物检疫证书中的植物、植物产品或其他限定物（货物可一批或数批）。

检疫：根据植物检疫法规对植物、植物产品采取的官方限制，以便观察和研究，或进一步检查、检测或处理。

检验：对植物、植物产品或其他限定物进行官方的直观检查以确定是否存在有害生物或是否符合植物检疫法规。

批次：成分和产地等均相同的单一商品的数量单元，是货物的一部分。

产地：单一生产或耕作单位的设施或大田的集合体。

抽样检验：是从产品总体中随机抽取部分产品或原材料进行检验，并根据结果对总体质量作出判断。

总体：即是指被检验的产品或原材料的全体，它是由单位产品构成的。

单位产品：为实施抽样检验的需要而划分的基本单位。

批量：批中所包含的单位产品数，用 N 表示。

样本单位：从批中抽取的用于检验的单位产品。

样本：所抽部分单位产品的全体，即样本单位的全体叫做样本。

样本量：样本所包含的样本单位数叫样本量（或样本大小），用 n 表示。

抽样：就是指从产品批中随机抽取样品组成样本的活动过程。

原始样品：以垛为单位，从各垛位（散装按扦样比例）按要求开采件数，对每件随机或等量提取的样品。

复合样品：以批为单位将提取的多个原始样品在混样布上加权混合均匀称复合样品。

保留样品和工作样品：将全批货物中抽取的复合样品分成四份，按对角或平均棋盘格方法缩分，使复合样品最后形成2.5～3kg，将此样品再一分为二，留一份作保留样品，另一份1～1.5kg供完成植物病害检验、洗涤镜检，余下部分做昆虫、杂草籽、螨类、线虫等检查，此样品为工作样品。

同一批检疫物：调运的货物人同一国家或地区来的或同一运输工具来的同一样品名的货物（种、苗）。一般海运进口的应按船作批；陆运进口的按列车作批；出口货物以检疫证书或报检单作批。

件：在同一批货物中可能有许多个包装容器，每一容器即为一件。检查时只能在同一批货物中抽查一定的件数来检查，对旅客携带的植物及植物产品，则应逐件检查。

小样（初级样品）：由一批货物的不同容器（件）中抽取的样品。

混合样品（原始样品）：所取的小样在适当的容器内混合形成的样品。

平均样品（送检样品）：将混合样品按机械分样或对角线分样以减少样品量，直到足够检验用的数量。

试验样品（试样）：这个样品也称送检样品。有时小样数量少，可直接作为送检样品，送检样品到实验室有时仍偏多，需再次分样供测试用。

2. 抽样原则和取样方法

在抽样检验时，因植物及其产品包装材料、运输工具、堆存场所和铺垫材料等可能带有或混有的检疫性病虫杂草不同，抽样的部位及数量也有所不同。同时要考虑某些有害生物的趋性，特别注意从最有可能潜藏病虫的部位抽取一定数量的样品，在害虫易滋生聚集的部位应适当增设抽样点。

(1) 抽查件数及样品数量　抽样一般是建立在批的基础上的，为保证检查物品的代表性和均匀度，需逐级取样，抽查样品数按货物类型而定。散装货物以100～1000kg为一件，每批货物现场抽样件数标准如下。

① 种苗类：5%～20%，不少于100株或10件。

② 粮谷豆类：0.1%～5%，散装的以100kg为一件计算。

③ 棉麻纤维类：1%～10%，最少应有5件。

④ 果蔬类：0.2%～5%，最少应有5件。

⑤ 烟叶、生药类：0.5%～5%，最少应有5件。

⑥ 原木、竹藤类：0.5%～5%，最少应有5件。

在食品用或工业用材料中，取样件数可减至0.1%～0.5%，作种苗用的材料当数量很大时，可减至1%～5%。

从每件货物中取小样数量则视货物种类而定，如表5-1所示。

(2) 取样方法　取样方法主要根据有害生物的分布规律及生物学特性、货物种类、包装、数量、存放方式、存放场所及装载方式等因素而定。要兼顾货物的上、中、下不同层次及堆垛的四周。常用的取样方法有对角线取样法、棋盘式取样法和随机布点或分层随机取样法等。样品抽取后混匀装于盛器内带回。每份样品都必须附有标签，记明植物或产品的种类、品种、来自何地、批次、件数、取样日期及货物堆放（装运）场所。

表 5-1 不同种类的货物每件中取小样数量

植物种类		每份样品数量/g或株
种子类	块茎、块根、葱头、大蒜、大枣等	2000～2500
	花生、玉米、大豆、蚕豆、菜豆等	1000～1500
	稻谷、麦类、高粱、绿豆、棉籽等	1000
	谷子、小米、芝麻、油菜籽、亚麻籽等	500
	蔬菜、牧草籽、花卉籽等	100
	烟籽等	10～30
苗木类	柑橘、苹果、花卉、薯苗等	10～100
果实类	柑橘、苹果等	2000～2500

二、昆虫检验

有害昆虫、螨类和杂草种子的检验在检疫现场和实验室内实施，在发现和检出这些有害生物后，进一步根据形态特征进行种的鉴定。少数情况下，昆虫需经过饲养后，杂草种子经过种植后，获得适当的材料再行鉴定。

1. 昆虫的直接检验

在检疫现场。注意有无害虫的排泄物、蜕皮壳、卵、幼虫、蛹、茧和成虫以及食痕和为害状等。取样携回室内进行过筛检验，按粮谷、油料、豆类颗粒形状和大小，选用不同孔径的规格筛（表 5-2)。

表 5-2 样品种类及其适用规格筛

样品	筛径规格/mm	层数	备注
花生、玉米、大豆、豌豆、蓖麻籽	1.5～2.5～3.5	1～3	圆孔筛
小麦、大麦、高粱、大米	20×1.75 或 1.5～2.5	1～2	长孔或圆孔筛
谷子(小米)、芝麻、莱籽	1.0～2.0	1～2	圆孔筛
面粉	42 目		绢筛或铜丝筛

将需用的筛层按筛孔大小顺序套好（小筛孔放在下面）将样品放入上层筛内（不宜过多，约达筛层高度的 2/3)，套上筛盖，电动或手动回旋转动一定时间后按筛层将筛上物和筛下物分别倒入白瓷盘中，用放大镜或解剖镜检查，检出昆虫和螨类，同时还可检出虫粒、病粒、杂草籽和其他夹杂物。若检查时室温低于 10℃，最下层筛出物须在 20～30℃下处理 15～20min，促使害虫活动，再行检查。

2. 隐蔽害虫的检验

(1) 染色检验　检查粮粒中的谷象、米象等可将样品放在铁丝网中，在 30℃的水中浸 1min，再移入 1%高锰酸钾溶液中 1min，然后用清水洗或用过氧化氢硫酸液洗涤 20～30s，用放大镜检查，挑出有直径约 0.5mm 黑斑点的籽粒，再行剖检。豆类可用 1%碘化钾或 2%碘酊染色 1～2min，再移入 0.5%氢氧化钠液或氢氧化钾液中 20～30s，取出用水冲洗 30s，如粒面有直径 1～2mm 的黑斑点，则内部可能隐藏豆象。

(2) 密度检验　根据有害籽粒和正常籽粒密度不同，用盐溶液漂检。检查谷象时可将种子倒入 2%硝酸铁溶液中搅拌，静置后被害粒浮在表面。检查豆象可用 18.8%的食盐水漂检。密度检查亦适用于检出线虫瘿、菌核和杂草籽等。

(3) 解剖检查　切开有明显被害状、食痕或可疑的种子、果实以及其他植物产品检查。

(4) 软 X 射线机检验　用国产 HY-35 型或其他型号软 X 射线机透视和摄影，检查可疑种子内的隐蔽害虫，检出率和检查效率均很高。

三、螨类检验

除可过筛检查外，还可利用螨类怕干畏热的习性，用螨类分离器电热加温检出粮谷中的螨类。将样品平铺在分离器的细铜丝沙盘上，厚度 5mm 左右，加热使盘面温度保持在 43～45℃，经 30s，仔细检查盘下玻璃板上的螨类。

四、杂草种子检验

粮谷和种子样品过筛后检取筛上物和筛下物中的杂草种子（果实），目测或借助解剖镜观察。根据其外观形态特征，诸如形状、大小、颜色、斑纹、种脐以及附属物特征等进行鉴定。应充分注意地理环境、植物本身的遗传变异和种子成熟度等因素对种子外部形态的影响。必要时，将种子浸泡软后解剖检查其内部形态、结构、颜色、胚乳的质地和色泽以及胚的形状、尺度、位置、颜色、子叶数目等特征。

采用上述方法如不能鉴定的，可行幼苗鉴定，检查其萌发方式及胚芽鞘、上胚轴、下胚轴、子叶和初生叶的形态。幼苗期的气味和分泌物有时也有重要鉴定价值。必要时还要种植观察，观察花、果特征。

五、植物病原真菌的检验

病原真菌的检验方法有直接检验法、洗涤检验法、培养检验法、种子分部透明检验法和生长检验法等多种。直接检验法只能检出具有明显症状的植物材料，作出初步诊断。当症状不明显或多种真菌复合侵染时，应作进一步检验或用常规方法分离病原菌，获得纯培养，进行种的鉴定。种子表面带菌多采用洗涤检验法，内部带菌可行培养检验，种胚部传带的专性寄生性菌可行胚透明检验。有时需采用多种检验方法，检验结果互相补充和互相参照。

病原真菌的属、种主要依据其形态特征鉴定，有时形态相似的近似种类需接种寄主，测定其致病性。鉴定病原真菌专化性和小种，也需接种鉴别寄主。

除洗涤检验法的检验结果用单位重量种子的孢子负载量表示外，其他检验方法都能获得带菌百分比或发病百分比。

1. 直接检验

以肉眼或借助手持放大镜、实体显微镜仔细观察种子、苗木、果实等被检物质症状。

种子、粮谷等先过筛，检出变色皱缩粒和菌核、菌瘿以及其他夹杂物。发现明显症状后，挑取病菌制片镜检鉴定。有些带菌种子需用无菌水浸渍软化，释放出病菌孢子后才得以镜检识别。

带病种子可能表现出霉烂、变色、皱缩、畸形等多种病变，种子表面产生病原菌的菌丝体、微菌核和繁殖体。例如，大豆紫斑病病种子生紫色斑纹，种皮微具裂纹；灰斑病病籽粒生圆形至不规则形病斑，边缘暗褐色，中部灰色；霜霉病病粒生溃疡斑，内含大量卵孢子。玉米干腐病病种子变褐色，无光泽，表面生白色菌丝和小黑点状分生孢子器。

种子过筛后可检出夹杂的菌瘿、菌核、病株残屑和土壤，都需仔细鉴别。小麦被印度腥黑穗菌侵染后，籽粒局部受害，生黑色冬孢子堆，而普通腥黑穗菌和矮腥黑穗菌为害则使整个麦粒变成菌瘿。形成菌核的真菌很多，常见的有麦角属、核盘菌属、小菌核属、葡萄孢属、丝核菌属、轮枝孢属、核瑚菌属以及其他属真菌。菌核可据形状、大小、色泽、内部结构等特征鉴别。

直接检验多用于现场检查，在室内检验中常用作培养检验之前的预备检查。

2. 洗涤检验

用于检测种子表面附着的真菌孢子，包括黑粉菌的厚垣孢子、霜霉菌的卵子、锈菌的夏孢子及多种半知菌的分生孢子等。

洗涤检验的操作程序如下。

① 洗脱孢子：将一定数量的种子样品放入容器内并加入定量蒸馏水或其他洗涤液，振荡5～10min，使孢子脱离种子，转移到洗涤液中。

② 离心富集：将孢子洗涤液移入离心管，低速离心（2500～3000r/min）10～15min，使孢子沉集在离心管底部。

③ 镜检计数：弃去离心管内的上清液，加入一定量蒸馏水或其他浮载液，重新悬浮沉集在离心管底部孢子，取悬浮液，滴加在血球计数板上，用高倍显微镜检查孢子种类并计数，据此可计算出种子的带菌量。

④ 孢子生活力测定：用常规孢子萌发测定法、分离培养法或红四氯唑染色法判定孢子死活。

洗涤检验法能快速、简便地定量测定种子外部带菌数量，现已用作检验麦类腥黑粉菌种子带菌的标准方法。此法不能用于检测种子内部的病原真菌。

3. 吸水纸培养检验

主要用于检测在培养中能产生繁殖结构的多种种传半知菌。包括交链孢属、离蠕孢属、葡萄孢属、尾孢属、芽枝孢属、弯孢霉属、炭疽菌属、德氏霉属、镰刀菌属、捷氏霉属、茎点霉属、喙孢霉属、壳针孢属、匍柄霉属和轮枝孢属等属种传真菌。

具体做法如下：通常用底部铺有三层吸水纸的塑料培养皿或其他容器作培养床。先用蒸馏水湿润吸水纸，将种子按适当距离排列在吸水纸上，再在一定条件下培养，对多数病原真菌，适宜的培养温度为20～25℃，每天用近紫外光灯或日光灯照明12h。培养7～10d后，检查和记录种子带菌情况，检查时，用两侧照明的实体显微镜逐粒种子检查。本法依据种子上真菌菌落的整个形象，即“吸水纸鉴别特征”来区分真菌的种类。

检查时应特别注意观察种子上菌丝体的颜色、疏密程度和生长特点、真菌繁殖结构的类型和特征，例如，分生孢子梗的形态、长度、颜色和着生状态，分生孢子的形态、颜色、大小、分隔数，在梗上的着生特点等。在疑难情况下，需挑取孢子制片，用高倍镜做精细的显微检查和计测。

吸水纸培养检验法简便、快速，可在较短时间内检查大量种子，是许多种传半知菌检验的适宜方法，但不能用于检测在培养中不产生特征性繁殖体的种类。另外，植物营养器官的发病部位未产生真菌繁殖体时，常用吸水纸保湿培养诱导孢子产生，以确切地诊断鉴定。

4. 琼脂培养基培养检验

主要用于病植物中病原真菌的常规分离培养，以获得病原菌纯化培养。进行种类鉴定，也适用于快速检验生长迅速且生成特定培养特征的种传真菌。常用的琼脂培养基有马铃薯葡萄糖琼脂培养基（PDA）、麦芽浸汁琼脂培养基（MEA）、燕麦粉琼脂培养基（OMA）等。在检测待定种类的病原真菌时，还可选用适宜的选择性培养基。

用琼脂培养基法检验种子带菌时，具体做法如下：种子先用1%～2%次氯酸钠溶液或抗生素表面消毒5～10min，然后植床于培养基平板上，在适宜温度和光照下培养7～10d后检查。为便于检测大量种子，多用手持放大镜从培养皿两面观察，依据菌落形态、色泽来鉴别真菌种类，必要时挑取培养物制片，用高倍显微镜检查。有些种传真菌在培养中生成特定的营养体和繁殖体结构，可用于快速鉴定。例如，带有蛇眼病菌的甜菜种球，植床于50mg/kg 2,4-D的1.6%水琼脂培养基平板上，在20℃、不加光照的条件下培养7d移去种子，用实体显微镜由培养皿背面观察菌落，可见由菌丝分化的膨大细胞团。带有颖枯病菌的小麦种子用 PDA 在 15℃和连续光照的条件下培养 7d 后，种子周围形成大量分生孢子器。

5. 种子分部透明检验

主要用于检测大、小麦散黑穗病菌，谷类与豆类霜霉病菌等潜藏在种子内部的真菌。

该法先用化学方法或机械剥离方法分解种子，分别收集需要检查的胚或种皮等部位，经脱水和组织透明处理后，镜检菌丝体和卵孢子。以检测大麦种子传带的散黑穗病菌为例，其操作过程如下：先将种子在加有锥虫蓝的 5%氢氧化钠溶液中浸泡 22h，再将浸泡过的种子用 60～65℃的热水冲击或小心搅动，使种胚分离，并用孔径分别为 3.5mm、2.0mm 和 1.0mm 三层套筛收集种胚。种胚用 95%乙醇脱水 2min，再转移到装有乳酸酚和水（3：1）混合液的漏斗中，胚漂浮在上部，夹杂的种子残屑沉在底部并通过连在漏斗下端的胶管排出。纯净的种胚用乳酸酚煮沸透明 2min，冷却后用实体显微镜检查并计数含有散黑穗菌菌丝体的种胚，计算带菌率。

6. 生长检验

主要用于植物繁殖材料的入境后隔离检疫。供试材料种植在经过高压蒸汽灭菌处理或干热灭菌的土壤、沙砾、石英砂或各种人工基质中，在隔离场所和适宜条件下栽培，根据幼苗和成株的症状鉴定。

检测种子传带的真菌还可用试管幼苗症状检测法，即在试管中水琼脂培养基斜面上播种种子，在适宜条件下培养，根据幼苗症状，结合病原菌检查，确定种传真菌种类。生长检验花费时间长，使其应用受到限制。

六、植物病原细菌的检验

在产地检疫和现场检疫中，根据植株、苗木、果实、块茎、块根等植物材料的特有症状和细菌溢检查等简单的细菌学检查可作出初步诊断，在多数情况下仍需分离病原细菌做进一步鉴定。种子带菌检验的方法也比较复杂，因带菌率低，不可能逐粒分离培养，而以种子样品为单位，检查该样品是否带菌，并按特定的试验设计，运用统计学方法分析，估计带菌水平。

常规种子带菌检验过程包括细菌的提取富集、分离纯化以及种类鉴定等三个步骤。病菌细菌的分类和鉴定包括检测细菌培养性状、形态特征、染色反应、生理生化反应等一系列项目，所需时间长。在检疫中多应用快速鉴定方法，包括致病性测定、过敏反应测定、噬菌体测定和血清学鉴定等。噬菌体法和血清学法不需要复杂的设备，有时可直接使用粗提液测定，适用于检验是否有特定的目标细菌。

1. 直接检验

植物细菌病害有软腐、环腐、萎蔫、溃疡、疮痂、枝枯、叶斑、组织增生（瘿瘤、须根）等多种症状。叶片上病斑常呈水渍状，上有细菌溢脓。病部切片镜检可见细菌溢。

检验甘薯瘟，可选取可疑薯块未腐烂部位，取一小块变色维管束组织，制片镜检，若有细菌溢出现，结合症状特点，可诊断为甘薯瘟。检验马铃薯环腐病菌，尚需挑取病薯维管束的乳黄色菌脓涂片，革兰染色测定呈阳性反应。

某些病原细菌侵染的种子可能表现症状。例如，菜豆普通疫病，病种子种脐部变黄褐色；感染溃疡病菌的辣椒种子瘦小变褐色；白色种皮的菜豆种子在紫外光照射下发出浅蓝色荧光，表明可能受到晕蔫病菌侵染。但是，并非所有带菌种子都表现症状，直接检验有很大的局限性。即使表现症状的种子，仍需用较精密的方法进一步鉴定。

2. 生长检验

常用幼苗症状检验法，即将种子播种在湿润吸水纸上或水琼脂培养基平板上，根据幼芽和幼苗症状作出初步诊断，然后接种证实病部细菌的致病性或做进一步的鉴定。检验甘蓝种子传带黑腐病菌（Srinivasan 方法）用 200mg/kg 的金霉素浸种 3～4h 后，播种于培养皿内的 1.5%水琼脂平板上，在 20℃和黑暗条件下培养 8d，用实体显微镜观察幼芽和幼苗的症状。带菌种子萌发后芽苗变褐色，畸形矮胖化，迅速腐烂，表面有细菌溢脓，由子叶边缘开始形成“V”形褐色水渍状病斑。幼苗症状检验需占用较大空间，花费较长时间，难以检测大量种子。有时发生真菌污染，症状混淆，难以鉴定。带有细菌的种子还可能丧失萌发能力，从而逃避了检验。在检疫中生长检验多作为初步检验或预备检。

3. 种传细菌物提取

种传细菌的实验室常规检验包括细菌提取、分离和鉴定等步骤。由种子样品提取细菌的常用方法有以下 3 种。

（1）浸种法　用灭菌水、灭菌生理盐水等液体浸渍或振荡洗涤种子，使细菌释放出来，制得细菌提取液。此法的缺点是不利于种子内部细菌释放且可能抑制好气性病原细菌的繁殖。

（2）干磨法　将种子研磨成粉，加入灭菌水充分振荡后静置，细菌富集于上清液中。此法有利于种子深部的细菌释放。

（3）湿磨法　种子加灭菌水湿磨成糊状物，静置后取用上清液。

4. 种传细菌分离

常用普通营养培养基、鉴别性培养基或选择性培养基分离纯化提取到的细菌。在鉴别性培养基上，目标细菌菌落有明确的鉴别特征，选择性培养基则促进目标菌生长，而抑制其他微生物的生长。

检测菜豆种子传带晕蔫病菌，可将提取液系列稀释后分别在金氏 B（KB）培养基平板上涂布分离，在 25℃和无光照条件下培养 3d 后，在紫外光或近紫外光照射下有蓝色荧光的菌落，为假单胞杆菌，可能是晕蔫病菌，需选择典型菌落做进一步的鉴定。

检测甘蓝黑腐病病原细菌时，提取液在蛋白胨肉汁淀粉琼脂培养基（NAS）平板上划线分离，在 28℃下培养 3d 后，检出蜡黄色有光泽的菌落。该菌有水解淀粉的能力，在检出的黄色菌落上滴加鲁戈尔试液，若菌落周边培养基不被染色，则表明淀粉已被水解，该菌落可能为目标菌，再用生物学方法或血清学方法鉴定。

5. 致病性测定

用植物病部的细菌溢或分离纯化的细菌培养物接种寄主植物，检查典型症状。

例如，鉴定甘蓝黑腐病黄单胞杆菌时，用针刺接种法接种甘蓝叶片中肋的切片，切片置于 1.5%水琼脂平板上，在 28℃和黑暗无光条件下培养 3d。如确系该菌，则接种部位软腐、维管束褐变。致病性测定是一种辅助性鉴定方法，多用于验证分离菌的致病性以排除培养性状与病原菌相近的腐生菌。

6. 过敏性反应测定

用接种寄主植物的方法测定细菌培养物的致病性要花费较长的时间，用过敏性反应鉴定，只需 24～48h，便能区分病原菌和腐生菌。

烟草是最常用的测定植物。取待测细菌的新鲜培养，制成细菌悬液，用注射器接种。注射针头由烟草叶片背面主脉附近插入表皮下，注入菌悬液。若为致病细菌，1～2d 后，注射部位变为褐色过敏性坏死斑块，叶组织变薄变褐，具黑褐色边缘。

7. 噬菌体检验

噬菌体是感染细菌的病毒，能在活细菌细胞中寄生繁殖，破坏和裂解寄主细胞，在液体培养时，使混浊的细菌悬液变得澄清，在固体平板上培养时，则出现许多边缘整齐，透明光亮的圆形无菌空斑，称为“噬菌斑”，肉眼即可分辨。

国内已采用噬菌体法检查水稻稻种是否带有白叶枯病菌。病田稻种的稻壳中通常都带有专化性的噬菌体或存活细菌，可据以确定稻种确系带菌。

(1) 专化性噬菌体测定　提 10g 稻种，脱下谷壳剪碎或磨碎，放入已灭菌处理的烧杯中，加灭菌水 20ml，浸泡 30min，过滤后分别吸取滤液 1.0ml、1.0ml 和 0.5ml，置于 3 个灭菌培养皿内，各加 1ml 新培养的白叶枯细菌指示液（浓度为 9×10^8/ml 以上）混匀后加入 10ml 融化的肉汁胨琼脂培养基，摇匀凝成平板后，放在 25～28℃温箱中，培养 10～12h 后，记载各培养皿中噬菌斑数，然后再换算成每克种子的噬菌斑数。若试样为健康稻种，不带有专化性噬菌体，则不形成噬菌斑。此法简便易行，已被普遍采用。缺点是不能测出样品中实际存在的活的病原细菌数。

(2) 稻种存活细菌测定　用噬菌体增殖法测定。取 10g 谷壳，粉碎后放在无菌水（或蛋白胨水）中浸泡 10min，低速（2000r/min）离心 10min，留取上清液，并加足量白叶枯细菌的噬菌体（3×10^4～4×10^4/ml），离心（8000r/min）5min，留取沉淀物，加缓冲液混匀后再加入白叶枯噬菌体抗血清，以除去游离的噬菌体，作用 5min 后洗涤，离心（8000r/min）5min，以避免抗血清对新生噬菌体的中和作用。离心下沉物加缓冲液稀释后，取样用前述琼脂平板法测定稀释液含有的噬菌体数（吸附噬菌体的细菌在平板上形成噬菌斑），余下的测定液培养 4h 后再取样测定噬菌体数，噬菌体数量有明显增加则表明稻种带有存活的病原细菌。

噬菌体法的主要优点是简便、快速，能直接用种子提取液测定。缺点是非目标菌多量存在时敏感性较差，噬菌体的寄生专化性和细菌对噬菌体的抵抗性都可能影响检验的准确性。

8. 血清学（鉴定）检验

最常用的血清学检验方法是玻片沉淀法和琼脂双扩散法，近年趋向于利用荧光抗体法和酶联免疫吸附法（ELISA 法）。

荧光抗体法具体做法：先将荧光染料与抗体以化学方法结合起来，形成标记抗体，抗体与荧光染料结合不影响抗体的免疫特性。当与相应的抗原反应后，产生了有荧光标记的抗原抗体复合物，受荧光显微镜高压汞灯光源的紫外光照射，便发出荧光。荧光的存在就表示抗原的存在。

荧光抗体法有直接法和间接法两种。直接法是将标记的特异抗体直接与待查抗原产生结合反应，从而测知抗原的存在。间接法是标记的抗体与抗原之间结合有未标记的抗体。

国内用间接法检测玉米种子传带的玉米枯萎菌，该法先将种子提取液在载玻片上涂片，火焰固定后滴加目标菌抗血清，在 38℃下培养 30min 后，用磷酸缓冲液冲洗玻片，晾干后再滴加羊抗兔 IgG 荧光抗体（异硫氰酸荧光黄标记的羊抗兔免疫球蛋白，用葡聚糖凝胶 G-25 过滤层析法除去游离荧光素形成），培育、冲洗、晾干后用荧光显微镜检查。

七、植物病毒的检验

带有病毒的植物种子、苗木和其他无性繁殖材料外观很少表现特定的症状，难以直接检验，通常要在隔离条件下种植，在生长期间根据症状作出初步诊断，然后进行常规的病毒鉴定，或者利用血清学方法检验。也可以用种子、苗木、无性繁殖材料等作试材，利用血清学方法检验。

1. 直接检验

带毒种子或其他植物材料表现明显症状，能以肉眼或手持放大镜直接识别的实例甚少，大豆花叶病毒侵染的大豆种子有以种脐为中心的放射形黑褐色斑纹，豌豆种传花叶病毒（PSBMV）造成种皮变色和开裂，蚕豆染色病毒使蚕豆种子产生坏死斑。但是，种子症状仅表示母株受到病毒侵染，而不一定表明胚内有病毒侵染，从而不一定传毒。

2. 生长检验

种子、苗木需在实验室内或防虫温室内适于植物生长与症状表现的条件下栽培，在生长期间根据症状检出病株。种子带毒可根据幼苗症状作初步鉴定，但仅适用于苗期有特征性症状的少数寄主-病毒组合。例如，检验莴苣种子传带莴苣花叶病毒（LMV）、大麦种子传带大麦条纹花叶病毒（BSMV）、菜豆种子传带菜豆普通花叶病毒（BCMV）等。通常单凭症状难以作出诊断，这是因为病毒症状常与其他病原微生物引起的症状甚至缺素症相混淆，病毒症状还因品种和病毒株系不同而有较大变化，以及可能发生潜伏侵染等，这些均限制了生长检验的应用。

3. 指示植物鉴定

种子、苗木带毒以及在生长期检验中所发现的潜伏侵染的可疑病株，常用接种指示植物的方法予以鉴定。鉴定时多用病植物汁液、种子浸渍液或种子研磨后制成的提取液摩擦接种指示植物，依据指示植物症状鉴定病毒种类。种传病毒的带毒率很低，对于危险性的病毒即使指示植物鉴定得出阴性结果，仍需采用血清学方法或电镜观察做进一步鉴定。使用指示植物鉴定法时要正确选择指示植物，表 5-3 列出了几种马铃薯病毒的指示植物及其症状。

表 5-3 马铃薯病毒在主要指示植物上的症状

病 毒	接毒后检查时间/d	指示植物	症 状
PVX	5～7	千日红	叶片出现红环枯斑
PVM	12～24	千日红	接种叶片出现紫红色小圈枯斑
PCS	14～25	千日红	接种叶片出现紫红色小斑点，略突出的圆或不规则小斑点
PVG	20	心叶烟	系统白斑花叶症
PVY	7～10	普通烟	初期明脉，后期沿脉出现纹带
PCA	7～10	普通烟	微明脉
PSTV	5～15	莨菪	沿脉出现褐色坏死斑点

4. 血清学检验

血清学检验依据抗原与抗体反应的高度特异性，在具备高效价抗血清情况下，血清学方法不需要复杂的设备，便于推广使用。常用的血清检验方法有以下几种。

（1）沉淀反应测定　含有抗原的植物汁液与稀释的抗血清在试管中等量混合，培育后即可产生沉淀反应，在黑暗的背景下可见絮状或致密颗粒状沉淀。为节省抗血清，提出了许多改进方法，如微滴测定法、玻璃毛细管法等，这些方法都适用于检疫检验中的病毒检索，但是灵敏度较低。

（2）琼脂扩散法　将加热融化的琼脂或琼脂糖注入培养皿中，冷却后形成凝胶平板，在板上打孔，孔的直径为 0.3～0.4cm，两孔间距 0.5cm，然后将待测植株种子提取液和抗血清加到不同的孔中。测定液中若有抗原存在，则抗原、抗体同时扩散，相遇处形成沉淀带。

经典的琼脂扩散法只适于鉴定能在凝胶中自由扩散的球形病毒。琼脂中加入十二烷基硫酸钠（SDS）后，使病毒蛋白质外壳破碎，即克服这一缺陷而适用于多种形状的病毒。

在检测大麦种子传带大麦条纹花叶病毒时，有人用剥离的种胚压碎后直接测定；在检测大豆花叶病毒和豌豆黑眼花叶病毒时，用幼苗胚轴切片供测，均取得较好的结果。在检疫检验中，琼脂双扩散法可用作常规病毒检索方法，该法灵敏度较高。用豆科植物种子提取液测定时，常出现非特异性沉淀，这可能是因为豆科种子富含凝集素的缘故。

（3）乳胶凝集法　用致敏乳胶吸附抗体制成特异性抗体致敏乳胶悬液，它与抗原反应后，乳胶分子吸附的抗体与抗原结合，凝集成复杂的交联体，凝集反应清晰可辨。检查大麦种子传带大麦条纹花叶病毒时，可取1周龄大麦幼苗嫩尖的榨取汁测定。

(4) 酶联免疫吸附法　该法是用酶作为标记物或指示剂进行抗原的定性、定量测定。

直接酶联法用特异性酶标抗体球蛋白检出样品中的抗原。操作时，先将待测抗原置入微量反应板凹孔中培育，在吸附抗原后洗涤，保留吸附孔壁的抗原，随后加入特异性酶标记抗体，经洗涤后保留与抗原相结合的酶标抗体，形成抗原抗体复合物，再加酶的底物形成有色产物，用肉眼定性判断或用分光光度计定量测定。

间接酶联法利用抗家兔或鸡球蛋白的山羊抗体与酶结合制备的酶标记抗体，只要制备出抗原的家兔特异抗血清，不需要再制备酶标记抗体就可用以检出抗原。国内多用辣根过氧化物酶标记。操作时先将待测抗原吸附于微量反应板孔壁上，培育一定时间后洗涤，加入特异性抗血清，经培养和洗涤后再加入羊抗兔酶标抗体，最后加入酶的底物，并及时观察结果。酶联法已成功地用于检测包括种传病毒在内的多种病毒，其灵敏度高，有些病毒的浓度低至0.1μg/ml也能被检测出来，用种子提取液供测，效率高，可快速检测大量种子。该法有高度的株系专化性，可能将某些病毒感染的材料误判为健康的。

(5) 免疫电镜法　该法将病毒粒体的直接观察与血清反应的特异性结合起来检测病毒。现已用于检测多种作物种子传带的各类病毒。该法对抗血清质量的要求不甚严格，能使用效价较低或混杂有非特异性（寄主）抗体的抗血清，另外，该法灵敏度高，特异性范围较宽，无严格的病毒株系专化性，尤适于种传病毒检验。从干种子磨粉用缓冲液悬浮起到透射电镜观察的整个操作过程最快只需1.5h。

八、植物寄生线虫检验

植物寄生线虫少数侵入花序，破坏子房，形成虫瘿，或者潜藏在种子颖壳内，大多数线虫危害植物地下部。线虫随土壤颗粒、植物碎屑等混杂于种子之间。种子、幼苗、带根的苗木、砧木、鳞茎、球茎、块茎、块根以及附着的土壤等都是线虫检验的重要材料。检验植物寄生线虫，通常先采用症状观察、解剖、染色分离等方法检出线虫，然后直接镜检或将线虫麻醉、固定后制片镜检，依据形态特征鉴定。

1. 直接检验

适用检验固着在植物体内或以休眠状态生存于植物组织内的线虫，如粒瘿线虫、根结线虫、胞囊线虫、水稻干尖线虫等。

首先以肉眼和手持放大镜仔细检查种子，检出畸形、变色、干秕种子以及夹杂的土粒杂质等，做进一步检查。小麦粒瘿线虫和剪股颖粒线虫都使寄主子实形成虫瘿。水稻茎线虫侵染的病粒变褐色，颖部不闭合，谷形瘠细或成为空谷。

无性繁殖材料从根系到茎、叶、芽、花等部位均应仔细检查，要特别注意根、块茎等部位有无根结、瘿瘤，根部有无黄色、褐色或白色针头大小的颗粒状物，须根有否增生，根部有否产生斑点、斑痕等症状。块根、块茎是否干缩龟裂和腐烂，茎或其他组织是否有肿大、畸形等症状。

病材料可用浸泡、解剖和染色等方法检出线虫。可疑种子放入培养皿内，加入少量净水浸泡后，在解剖镜下剥离颖壳，挑破种子检查有无线虫。根、茎、叶、芽或其他植物材料洗净后切成小段置于培养皿内加水浸泡一定时间后，在解剖镜下解剖检查植物组织中有无线虫。检查水稻茎线虫可将病粒连颖及米粒在室温（20～30℃）下加灭菌水浸泡4～12h，振荡10min，低速（1500r/min）离心3min，弃去离心管内的上清液，吸取沉淀物制片镜检。

2. 染色分离

适于检验植物组织中的内寄生线虫。烧杯中加入酸性品红乳酸酚溶液，加热至沸腾，加入洗净的植物材料，透明染色 1～3min 后取出用冷水冲洗，然后转移到培养皿中，加入乳酸酚溶液褪色，用解剖镜检查植物组织中有无染成红色的线虫。

3. 分离检验

将病原线虫由寄主体内、土壤或其他载体中分离出来，再鉴定种类。

(1) 改良贝尔曼漏斗法　此法适于分离少量植物材料中有活动能力的线虫。基本装置是一个直径适当的漏斗，漏斗颈末端接一段乳胶管，用弹簧夹把管子夹住。漏斗放置在支架上，其内盛满清水。把检验的植物材料洗掉泥土后，切成 0.5cm 长的小段，放在纱布中包起来，轻轻地浸入漏斗内。线虫从植物组织中逸出，经纱布沉落到漏斗颈底，经 12h 或过一夜后，打开弹簧夹使胶管前端的水流到玻皿中，镜检线虫。

(2) 过筛检验法　本法用于从大量土壤中分离各类线虫。将充分混匀的土壤样品置于不锈钢盆或塑料盆中，加入 2～3 倍的冷水，搅拌土壤并振碎土块后过 20 目筛，土壤悬浮液流入第二个盆中并喷水洗涤筛上物，弃去第一个盆中和筛上的剩余物，第二个盆中的土壤悬浮液经沉淀 1min 后再按上法过 150 目筛，从筛子背面将筛中物冲洗到烧杯中，盆中土壤悬浮液再继续过 350 目和 500 目筛。筛中物收集在烧杯中静置 20～30min，线虫沉集底部，弃去上清液，将沉集物转移到玻皿内镜检或吸取线虫鉴定。

(3) 漂浮分离法　本法利用干燥的线虫胞囊能漂浮在水面的特性分离土壤中的马铃薯金线虫和各种胞囊线虫。

芬威克漂浮法利用称为“芬威克罐”的装置进行分离。使用时先将漂浮筒注满水，并打湿 16 目筛和 60 目筛。风干的土壤经 6mm 筛过筛并充分混匀后取 200g 土样，放在 16 目筛内用水流冲洗，胞囊和草屑漂在水面并溢出，经簸箕状水槽流到底部 60 目筛中，用水冲洗底筛上的胞囊于瓶内，再往瓶内注水但不溢出，静置 10min，胞囊即浮于水面，然后轻轻倒入铺有滤纸的漏斗中过滤，胞囊附着滤纸上，滤纸晾干后，放在双目解剖镜下观察。

简易漂浮法适于检查少量含有胞囊的土样。该法用粗目筛筛去风干土样中的植物残屑等杂物，称取 50g 筛底土放在 750ml 三角瓶中，加水至 1/3 处，摇动振荡几分钟后再加水至瓶口，静置 20～30min，土粒沉入瓶底，胞囊浮于水面，把上层漂浮液倒入铺有滤纸的漏斗中，胞囊沉着在滤纸上，再镜检晾干后的滤纸。

思考与练习题

1. 如何用洗涤检验法来检测种子表面附着的真菌孢子？
2. 如何用改良贝尔曼漏斗法检测植物材料中的病原线虫？
3. 如何采用噬菌体法检查水稻稻种是否带有白叶枯病菌？
4. 如何用染色检验法检查粮粒中的谷象、米象？

第六章 植物检疫处理技术

本章学习要点与要求

本章主要介绍植物检疫处理的原则和方法，在熏蒸处理中的主要熏蒸剂的性质及其应用，化学处理的主要方法及应用，物理处理的主要方法及应用情况。要求学习植物检疫处理的原则和方法，掌握常用熏蒸剂的性质及应用方法，化学处理的常用方法及主要方法的应用，物理处理的主要方法和应用。

一、检疫处理的原则和方法

（一）检疫处理的原则

为使检疫处理达到预期的目的，应遵循以下基本原则。

（1）检疫处理必须符合检疫法规的规定，并应设法使处理所造成的损失减低到最小。

（2）处理方法应能彻底除虫灭病，完全杜绝有害生物的传播，应安全可靠，不造成中毒事故，无残毒，不污染环境，不降低植物存活能力和植物繁殖材料的繁殖能力，不降低植物产品的品质、风味、营养价值，不污损其外貌。

（3）凡涉及环境保护、食品卫生、农药管理、商品检验以及其他行政管理部门的处理措施，应取得有关部门的认可并符合有关规定。

植物检疫处理措施与常规植物保护措施有许多不同，它是由植检机关规定、监督而强制执行的，要求彻底铲除目标有害生物，而植保措施仅将有害生物控制在经济危害水平以下。检疫处理往往采用最有效的单一方法，而植物保护则需要协调使用多种防治手段。

（二）处理措施

检疫处理可采取除害、避害、退回、销毁等多种措施。

（1）除害措施　除害是检疫处理主要的措施，它通过直接铲除有害生物而保障贸易和引种安全。

① 机械处理：利用筛选、风选、水选等多种方法汰除混杂在种子中的菌瘿、线虫瘿、虫粒和杂草种子，人工切除植株、繁殖材料已发生病虫危害的部位或挑选出无病虫侵染的个体。

② 熏蒸处理：利用熏蒸剂在密闭设施内处理植物或植物产品，以杀死害虫和螨类，部分熏蒸剂兼有杀菌作用。熏蒸是当前应用最广泛的检疫除害方法。

③ 化学处理：利用除熏蒸剂以外的化学药剂杀死或抑制有害生物，并保护检疫物在贮运过程中免受有害生物的污染。化学处理是种子、苗木等繁殖材料病害防除的重要手段，也常用于交通工具和贮运场所的消毒。

④ 物理处理：常用高温、低温、微波、超声波以及核辐照等处理方法，多兼具杀菌、杀虫效果，对处理种子、苗木、水果、食品等有较好的应用前景。

（2）避害措施　不直接杀死有害生物，仅使其“无效化”，不能接触寄主或不能危害，称为“避害措施”。避害的原理是使有害生物在时间上或空间上与其寄主或适生地区相隔离。主要避害处理方法有以下几种。

① 限制卸货地点和时间：热带和亚热带植物产品在北方口岸卸货、加工，北方特有的农作物产品调往南方进行加工。植物产品若带有不耐严寒低温的有害生物，则可在冬季进口、加工。

② 改变用途：例如，植物种子改用于加工或食用。

③ 限制使用范围和加工方式：进口粮食可集中在少数城市采取合理工艺加工，以防止有害废弃物进入田间。种苗可有条件地调往有害生物的非适生地区使用。

(3) 退货和销毁　退货和销毁也是重要的处理措施。当不合格的检疫物没有有效的处理方法或虽有处理方法，但在经济上不合算、时间不允许的，应退回或采用焚烧、深埋等方法销毁。国际航班、轮船、车辆的垃圾、动植物性废弃物、铺垫物等均应用焚化炉销毁。

在各类有害生物中，昆虫、螨类、杂草种子等已有较好的大量除害处理方法，而植物病原物多缺乏简便、易行、效果较好的处理方法，需进行进一步研究。即使是成功的处理方法，随着有害生物、植物和环境条件诸因素的变化，也需不断改进和提高。

二、熏蒸处理

熏蒸处理是利用熏蒸剂产生的有毒气体在密闭设施或容器内杀死有害生物。熏蒸剂产生的气体经呼吸系统或体壁进入昆虫体内产生毒害作用。部分熏蒸剂还兼有杀鼠、杀螨、杀线虫或杀菌作用。

熏蒸处理是目前检疫处理中应用最为广泛的一种化学除害处理方法。熏蒸处理具有很多突出的优点，如杀虫灭菌彻底、操作简单、不需要很多特殊的设备、能在大多数场所实施而且基本上不对熏蒸物品造成损伤、处理费用较低。熏蒸剂气体能够穿透到货物内部或建筑物等的缝隙中将有害生物杀灭，这一特性是其他很多除害处理方法所不具备的。

在植物检疫中，调运前和调运后的预熏蒸都是属于官方所要求的，其目的是为了防止有害生物传播。它与保证货物品质的商业熏蒸是不相同的，它的要求更为严格。特别是检疫熏蒸，其熏蒸效果必须保证能够防止检疫性有害生物传入所要求的检疫安全。如美国检疫机关规定，对于实蝇等检疫性有害生物，通过检疫处理能够保证检疫安全，其检疫性有害生物的死亡概率值必须达到 9（死亡率 99.9968%）。

熏蒸处理可以分为常压熏蒸处理和真空熏蒸处理。常压熏蒸是在帐幕、仓库、集装箱、船舱、筒仓和车厢等可密闭的容器内进行的熏蒸。真空熏蒸处理也称减压熏蒸处理，是在一定的容器中通过抽出空气达到所需的真空度，然后导入定量的熏蒸杀虫剂或杀菌剂，这样有利于熏蒸剂蒸气分子迅速地扩散，渗透到熏蒸物体内，可大大缩短熏蒸杀虫灭菌所需时间。但目前可用于真空处理的熏蒸剂种类有限，在植物检疫中可使用的包括环氧乙烷、氢氰酸、溴甲烷和丙烯腈。

20 世纪 60 年代，由于溴甲烷还没有广泛地应用于检疫除害处理，加上当时世界各国对进口棉花等产品的特别关注，促进了真空熏蒸技术及真空熏蒸设备的发展和应用。但是，真空熏蒸设备笨重、不可移动性和体积有限等，限制了真空熏蒸的应用。当前，随着溴甲烷面临淘汰，鲜货蔬菜、水果和花卉等产品的国际贸易的不断发展以及人们对无化学农药残留除害处理的极大兴趣，国际上又开始了真空或减压熏蒸技术的研究和应用。

美国和以色列研究人员一道经过数年研究，成功开发出一种全新的不用化学熏蒸剂的真空快速杀虫方法。该方法已经申请专利。他们利用一种高强度、抗紫外线的聚乙烯薄膜制成了一种全封闭容器，将货物放入其中后封闭并抽负压至 4.7kPa（35mmHg），然后充入二氧化碳。实验证明，一般害虫在这种情况下经过 3d 就会全部死亡，很多国家也正在研究蔬菜、花卉和水果等的真空熏蒸处理。

(一) 熏蒸的基本概念与常识

1. 熏蒸

熏蒸是用一种以完全或主要呈气态的化学药剂对检疫物进行处理，将其中所传带的有害生物杀灭的技术或方法。熏蒸是以熏蒸剂气体来杀灭有害生物的，所以熏蒸效果（k）与熏蒸剂的气体浓度（c）和密闭熏蒸时间（t）呈正相关。

2. 熏蒸剂

熏蒸剂是指在一定温度和压力下，能够保持气态且维持将有害生物杀灭所需的足够高的气体浓度的一类化学物质。

3. 熏蒸剂气化

熏蒸剂从液态变成气态的过程，就是熏蒸剂的气化。熏蒸剂气化速度与熏蒸剂的沸点和气化潜热有关。

4. 熏蒸剂的沸点

指熏蒸剂从液态迅速转变成气态时的温度。有机化合物的沸点与它的分子量有密切的关系，分子量越大，沸点越高。在常用熏蒸剂中，溴甲烷和硫酰氟的沸点例外（溴甲烷相对分子质量为94.95，沸点为3.56℃；硫酰氟相对分子质量为102.6，沸点为－59.2℃）。

5. 熏蒸剂的气化潜热

气化潜热是以每气化1g液体所损耗的热量（单位：J）来表示的。如环氧乙烷和溴甲烷的气化潜热分别是581.6J/g和61255.2J/g。

6. 熏蒸剂气体的扩散与穿透

(1) 熏蒸剂气体的扩散　在一个温度和压强均匀的混合气体体系中，如果有某种气体成分的密度不均匀，则这种气体将由密度大的地方向密度小的地方迁移，直到这种气体成分在各处的密度达到均匀一致为止。气体由密度大的地方向密度小的地方的迁移就叫扩散。

扩散速度与气体密度梯度及扩散系数成正比。扩散系数则与气体本身的性质有关，分子量大的气体，其密度也大，但扩散系数小。例如溴甲烷气体，当被引入一个密闭空间后，其下沉速度要比水平扩散速度大得多；当其下沉后，气体向上迁移的速度就变得非常缓慢。因此在一定时间内，如果没有外力的推动，溴甲烷气体在密闭空间内是很难达到均匀分布的。这就是所谓的溴甲烷气体在密闭空间内的分层现象。

气体扩散速度与温度成正比，温度越高，扩散速度越快。

如果在引入密度较大的熏蒸剂气体进入密闭空间的同时就使其与空气充分混匀，那么熏蒸剂气体分子下沉的速度会变得非常缓慢，其原因是熏蒸剂气体与空间混匀后，不再存在熏蒸剂气体分子的迁移扩散，而只有因熏蒸剂气体的相对密度比空气大而引起的下沉运动。所以在投药过程中，利用空气循环等方法使熏蒸剂气体在被引入密闭空间的同时就与空气混匀是非常重要的。

(2) 熏蒸剂气体的穿透　是指熏蒸剂气体由被熏蒸货物的外部空间向内部空间扩散（迁移）的过程。熏蒸剂的穿透能力和速度受到很多因素的影响。熏蒸剂气体浓度越高，穿透的能力越强，穿透速度也越快；熏蒸剂的分子量越大，自上而下的沉降速度越快，但在货物内部的水平扩散性较差；熏蒸剂的沸点越高，穿透性越差，吸附性增加。货物本身的性质也与穿透性有密切的关系。货物的比表面积、含水量、含油量以及紧密结合程度等，都可以通过影响熏蒸剂气体分子的运动速度和对熏蒸剂的吸附，造成熏蒸剂气体浓度不同程度的下降，而影响熏蒸剂气体的穿透性及穿透速度。货物内部温度的均匀程度也能影响熏蒸剂气体的穿透性。

7. 吸附

吸附是指在整个熏蒸体系中，固体物质对熏蒸剂气体分子的保留和吸收的总量。吸附使熏蒸体系中部分熏蒸剂气体分子不能自由扩散或穿透进入货物内部，表现为熏蒸空间熏蒸剂气体分子的减少。因此，在熏蒸中，熏蒸剂气体的散失，除了泄漏而外，主要就是由于被处理货物的吸附所造成的。吸附引起的熏蒸剂气体浓度的降低与熏蒸体系的气密性无关，而只与货物的种类、装载系数和温湿度有关。在气密性很好的熏蒸系统中，吸附是引起熏蒸剂气体浓度降低的主要原因。如在密闭性非常好的熏蒸室内用 $32g/m^3$ 溴甲烷熏蒸水果，由于装载量的不同，即放入熏蒸室内的水果箱数不同，熏蒸空间熏蒸剂气体浓度也随之发生变化。吸附不仅直接影响密闭空间内熏蒸剂气体的实际浓度的高低，而且还影响解吸时间的长短。吸附包括以下几种。

(1) 表面吸附　表面吸附是指熏蒸剂气体分子和固体物质表面接触时，固体物质表面分子和熏蒸剂气体分子之间相互吸引而引起的对熏蒸剂气体分子的滞留现象。被固体表面滞留的气体分子是可以重新回到自由空间的。在一定的温度和浓度条件下，被固体表面滞留的熏蒸剂气体分子数量和从固体表面返回到自由空间的气体分子数量，在一定的时间内是可以达到平衡的。达到平衡后滞留在固体表面的气体分子数量的多少，就是该种固体物质表面对某一熏蒸剂的饱和吸附量。

吸附是一个渐进的过程，熏蒸初期货物对熏蒸剂气体的吸附速率快一些，然后逐渐降低，其表现为在整个熏蒸过程中，熏蒸剂气体浓度逐渐降低。用溴甲烷熏蒸吸附性强的货物时，一定要在整个熏蒸过程中多次测定密闭空间内溴甲烷气体的浓度，以确定是否达到了规定的最低浓度要求和 cf 值。对于这类货物，不要在不能测定熏蒸剂气体浓度的熏蒸室内熏蒸。

(2) 物理吸收　物理吸收是指熏蒸剂气体分子进入物体内部后，被存在于物体内部毛细管中的水或脂肪所溶。物理吸收的量直接与被熏蒸物品的种类和熏蒸剂在水或脂肪中的溶解度相关。

(3) 化学吸收　化学吸收是指熏蒸剂气体分子与被熏蒸物品的构成物质之间通过化学反应而生成新的化学物质。这种化学反应是不可逆转的，因而新生成的化合物就成了永久性的残留物。这也是引起被熏蒸物品变质，被熏蒸的植物或种子产生药害的重要原因。如用溴甲烷熏蒸粮食后粮食中就有无机溴元素的形成；用环氧乙烷熏蒸小麦后，小麦中就会有氯乙醇、溴乙醇和乙二醇形成。化学吸收的多少与熏蒸期间及熏蒸后贮存期间的温度成正相关，温度越高，化学反应的速度越快，生成的残留物也越多。

8. 解吸

解吸是与吸附相反的过程，即被货物吸附的熏蒸剂气体分子解脱货物表面分子的束缚或从毛细管中扩散出来，重新回到自由空间中。解吸过程是在熏蒸结束后的散气期间进行的。解吸的快慢与环境温度直接相关，温度越高，解吸越快。但存在于毛细管内水或脂肪中的熏蒸剂气体分子，温度越高，越不容易解吸出来，这是因为温度越高，熏蒸剂在水或脂肪中的溶解度越大，而且在这种条件下，熏蒸剂分子越容易与货物的组成物质发生化学反应，生成永久性的残留物。由此说明，被物理吸收（毛细管吸收）的熏蒸剂分子，随熏蒸剂和货物的种类不同，其解吸速度和解吸比例都是不相同的。例如，Dumas（1980）的试验证明，用不同浓度的磷化氢熏蒸处理小麦，在散气后的 2～3d，大多数被吸附的磷化氢气体分子都能从小麦表面和内部解吸出来，但是在以后的数星期乃至 220d 以后，仍有极微量的磷化氢气体从小麦中解吸出来。这一试验说明，被小麦内部毛细管吸收的磷化氢，要完全解吸出来是比较困难的，同时还说明磷化氢气体很难与小麦组成物质发生化学反应，生成永久性的残留物。

9. 剂量与浓度

(1) 剂量　是指熏蒸时单位体积内实际所用的药量。理想的剂量通常是浓度高到足以杀灭有害生物，而低到足以避免损害农产品或形成过多的有害残留物，并且两者之间要有一个较小的安全系数。在剂量的表示单位中，通常用 g/m^3 来表示。这是因为在实际熏蒸中，熏蒸剂的质量和被熏蒸场所的体积容易确定。

(2) 浓度　浓度是指在熏蒸体系中，单位体积自由空间内熏蒸剂气体的量。因此，浓度和剂量之间虽然有联系，但也有本质的区别。熏蒸期间熏蒸剂气体浓度的高低是判断熏蒸效果的唯一依据。常用的浓度表示方法有 3 种，即：a. 质量浓度，如 g/m^3；b. 体积分数，如 L/m^3；c. 质量分数，如 g/100g 或质量分数，如 $\mu g/g$。

10. *ct* 值

在一定的温湿度条件下和一定的熏蒸剂气体浓度及熏蒸处理时间变化范围内，使得某种有害生物达到一定死亡率所需的浓度和时间的乘积是一个常数，即在 $ct=k$ 式中，c 是指熏蒸剂气体浓度；t 是指熏蒸时间的长短；k 是一个常数。

因此，从理论上讲，熏蒸剂气体浓度可以变化，熏蒸时间长短也可以变化，但二者的乘积相同，其熏蒸效果就是一定的。在一定的范围内，可以通过提高熏蒸剂浓度来缩短熏蒸时间，也可以通过延长熏蒸时间来降低熏蒸剂使用浓度。

(二) 常用熏蒸容体类型及配套设备

1. 熏蒸容体

熏蒸必须在熊保留住熏蒸剂并在处理期间尽可能减少毒气散失的容体中进行。目前作为熏蒸用的容体主要有固定式熏蒸室、仓库、筒仓和临时性或可移动的容体，如帐幕、集装箱、船舱、车厢或货运机舱。固定式熏蒸室可达到相当的气密程度，最适合植物检疫处理。帐幕熏蒸可不受条件的严格限制，使用方便，可对堆放的货物、运输工具等随时熏蒸。帐幕和一些其他临时性容体在熏蒸期间可能会有毒气散失，应尽可能密封。熏蒸剂的逸出会降低处理效果，有时可能导致周边工作人员中毒。

真空熏蒸是在减压条件下应用熏蒸剂的过程。在熏蒸过程中需要抽掉熏蒸室大部分空气并用一小部分含有毒气的空气取代。因此对真空熏蒸容体的要求较常压熏蒸容体更严格，必须在能承受减压作用的坚固气密室内进行。

2. 配套设备

在进行熏蒸的过程中涉及药剂的投放与扩散、熏蒸剂是否散失的检查等，因此，除熏蒸容体本身必须按规定保证一定的气密程度外，还必须配备有效的气体循环和排放系统、熏蒸剂分散系统、合适的固定装置（以便进行压力渗漏检测和气体浓度取样）等。

(1) 气体循环与排放系统　循环系统是使气体均匀分布所必需的，使用一般的鼓风机即能满足熏蒸室的气体循环需要。排气设备用于将熏蒸室的气体排放到外部的空气中，应能以每分钟最低排气量相当于熏蒸容积的 1/3 的速率排气。

(2) 熏蒸剂的气化系统　熏蒸剂必须以气态进入熏蒸室，溴甲烷进入熏蒸室前需气化，气发器是熏蒸剂气化的装置。因为经气发的熏蒸剂必须在熏蒸室内与空气很好地混合，所以要把熏蒸剂的出口安装在气体循环系统（或气体搅拌系统）的适当位置上。

(3) 加热和制冷系统　植物材料在熏蒸前需要达到一定的温度，有时需要加热或制冷。

(4) 熏蒸剂气体检漏及浓度检测仪　包括热导式气体浓度检测仪、卤素检漏仪、磷化氢或环氧乙烷检测管等。

(5) 其他　包括投药管、药盘、取药管等。

(三) 常用药剂熏蒸的操作程序

为了使药剂熏蒸能达到安全、有效的满意效果，必须严格按照正确的操作程序进行熏蒸。其程序可概括为准备工作、施药、测漏、散毒、药效检查、处理药物残渣等。

(1) 准备工作　包括技术准备、人员准备、所需物质条件准备。首先应根据有关规定、协议中的技术要求制定合理的熏蒸方案，由指定人员进行熏蒸。《中华人民共和国进出境动植物检疫法实施条例》规定，"从事进出境动植物检疫熏蒸、消毒处理业务的单位和人员，必须经口岸动植物检疫机关考核合格，口岸动植物检疫机关对熏蒸、消毒工作进行监督、指导，并负责出具熏蒸、消毒证书"。1998 年，原国家出入境检验检疫局印发的《熏蒸消毒监督管理办法》对动植物检疫除害处理单位及人员资格认可作出了具体规定，并特别规定从事船舶熏蒸的单位必须经国家局批准。

(2) 施药　由于所用熏蒸剂种类、剂型、理化性质不同，熏蒸的对象各异，因此施药的方式和方法要根据具体情况而定，有操作规程的严格按照有关的规程进行操作。

(3) 测漏　在施药结束后，要用检漏仪器采用有效的方法，检测熏蒸容器和场所有无漏气现象。一旦发现漏气现象，立即采取弥补措施堵洞，并根据需要增加药量。药剂不同，测漏的方法也不同，在准备阶段，应对其测漏的技术、方法、仪器等事先准备好。

(4) 散毒　在任何场所熏蒸，达到预定的熏蒸时间后，都要拆封、散毒，等药剂彻底散尽后，才能对熏蒸物进行搬运。因各种熏蒸物对不同熏蒸剂的吸附能力强弱不同，所需要的散毒时间也不一样，需因药因物而异。另外，气温高低与气体扩散快慢有关，气温高，散毒较快，气温低时，散毒较慢。

(5) 药效检查　包括检查杀虫效果和检查对熏蒸物品有无不良影响。如果熏蒸物为种子，还需检查对种子发芽率有无影响。

(6) 处理药物残渣　用磷化铝熏蒸处理散毒后，应及时将各施药点的药物残渣收集起来，按规定的方法妥善处理。

(四) 影响熏蒸剂气体浓度衰减的因素

所有熏蒸过程都可以这样三个阶段来表征：熏蒸初始阶段，即密闭空间中熏蒸剂气体浓度建立阶段；熏蒸剂气体浓度衰减阶段，在此阶段中熏蒸剂气体浓度慢慢降低；熏蒸结束后的散气阶段，即达到了所需 ct 值后将熏蒸体系中残存熏蒸剂气体排出的阶段。

在整个熏蒸期间，人们总是期望熏蒸剂气体浓度能够维持在某一水平上，以满足杀灭某种有害生物所需的 ct 值。在给定数量的熏蒸剂和特定的熏蒸环境条件下，整个熏蒸期间所能达到的 ct 值，主要取决于衰减阶段熏蒸剂气体的损失率。

1. 环境因素

影响熏蒸剂气体衰减的环境因素主要是风的影响和温度变化等。

(1) 风的影响　事实上，任何用于熏蒸的密闭空间都是漏气的，因此风的影响是造成熏蒸剂气体损失和导致熏蒸失败的主要原因。风使密闭仓迎风面的压力增加，外界空气进入密闭熏蒸空间；同样，风使背风面的压力降低，熏蒸剂气体外泄出密闭空间。因此风使密闭空间内熏蒸气体外泄而导致其浓度降低，熏蒸剂气体外泄的速度与风速成正比。但是，风对熏蒸剂气体泄漏的影响程度还取决于密闭空间的气密性。如在同样风力条件下熏蒸，气密性特别高的熏蒸仓的熏蒸剂气体泄漏速度比气密性差的要慢 200 倍以上。由此说明，密封好坏是决定熏蒸成功的重要因素之一，然而在风力比较大的条件下最好不要进行熏蒸。

(2) 温度的影响　密闭空气内外的温度不同，气体的密度也不相同，由此会导致密闭空间内外气体压力的差异。如夏天在太阳光直射下进行帐幕熏蒸，由于帐幕内的气体受太阳光的照射而温度升高，密度变小，压力升高，此时帐幕内的熏蒸剂气体就会通过孔洞缝隙迅速外泄。夏天阳光直射下的集装箱熏蒸也是如此。因此夏天在这些场所进行熏蒸时，要特别注意密封。

2. 吸附的影响

货物吸附熏蒸剂气体分子的能力不但与熏蒸剂的种类有关，而且也与货物的性质和环境条件有关。货物吸附熏蒸剂气体主要发生在熏蒸刚开始的数小时。

一般说来，熏蒸剂分子量越大，沸点越高，越容易被吸附，越不容易解吸；货物颗粒比表面积越大，含水含油越高，吸附能力越强；温度越高，货物的吸附能力越低；货物的装载量越大，被吸附的熏蒸剂气体总量也越大。吸附造成熏蒸气体浓度的降低与气密性无关。为了弥补因吸附而造成的浓度衰减，必须增加投药量。

3. 泄漏的影响

泄漏包括熏蒸剂气体通过扩散并穿透熏蒸帐幕上的微孔而发生的渗漏和通过因密封不严所留下的孔洞而发生的泄漏两部分。熏蒸剂气体分子通过扩散穿透帐幕发生外泄的量，与熏蒸剂的种类、性质和帐幕的种类及厚度有关。一般情况下，通过帐幕泄漏的量是很少的，而熏蒸空间气密性差才是造成熏蒸剂泄漏的主要原因。

（五）影响熏蒸效果的因素

1. 温度

温度是影响熏蒸效果最重要的一个因素。在通常的熏蒸温度范围内（10～35℃），杀灭某种害虫所需的熏蒸剂气体浓度，随着温度的升高而降低。因温度升高，昆虫的呼吸速率加快，昆虫从环境中吸入的熏蒸剂有毒气体随之增多；同时，昆虫体内的生理生化反应速度加快，进入昆虫体内的熏蒸剂有毒气体更易于发挥毒杀作用；此外，被熏物品对熏蒸剂气体的吸附率降低，熏蒸体系自由空间中就有更多的熏蒸剂气体参与有害生物的杀灭作用。

当温度低于10℃时，温度对熏蒸效果的影响比较复杂。温度降低，昆虫的呼吸速率也随之降低，昆虫从环境中吸入的熏蒸剂气体的量也相应地下降，但昆虫虫体对熏蒸剂气体的吸附性增加了，从熏蒸剂气体进入虫体的量来看，后者补充了前者的不足。另一方面，在低温下有些昆虫对熏蒸剂的抗药性减弱了，因此对一些熏蒸剂来说，低于或高于某一温度都可以用较低的浓度来杀灭这些昆虫。总的来说，对于溴甲烷，温度在其沸点以上时，随着温度的降低，杀虫效果以比较缓慢的速度随之降低；当温度低于其沸点以下时，杀虫效果降低的速度加快；对于硫酰氟，当温度低于10℃时，杀虫效果急剧下降。因此，在检疫熏蒸中，熏蒸前测定大气温度和货物内部温度，并据此确定正确的投药剂量，是保证熏蒸成功的基本条件。

熏蒸前和熏蒸时昆虫所处的环境温度不一样，熏蒸处理效果也不一样。如果某种昆虫在熏蒸前处于较低的环境温度下，然后立即移至一个较高的环境温度下进行熏蒸处理（如水果熏蒸可能会遇到如此情形），并按熏蒸时的环境温度确定用药剂量，那么熏蒸效果就不会太理想。因为此时昆虫体内的状态仍和温度低时的一样，其生理生化反应速度处于较低的水平，而且呼吸速率也没有明显提高，从而表现为较高的耐药性。

2. 湿度

湿度对熏蒸效果的影响不如温度对熏蒸效果的影响明显，但对于落叶植物或其他生长中的植物及其器官，熏蒸时必须保持较高的湿度；对于种子等的熏蒸，湿度越低越安全。用磷化铝和磷化钙进行熏蒸，湿度太低，影响磷化氢的产生速度，因此必须延长熏蒸时间。

3. 货物装载量及堆放形式

在一定温湿度条件下，每种货物（货物相同、容量也相同的条件下）对每种熏蒸剂都有一固定的吸附率。因此熏蒸体系中货物装载量不同，整个货物对熏蒸剂的吸附量也不相同，用相同的投药剂量就会导致不同的熏蒸结果。对于熏蒸室内的熏蒸，水果、蔬菜等的装载量不能超过总容积的 2/3；其他农产品的装载量限于其堆垛顶部与天花板之间的距离不少于 30cm。

货物的堆放形式直接影响熏蒸剂气体的穿透扩散。因此，货物应堆放整齐，货物与地面之间、货物堆垛每隔一定高度，都要用木托盘垫空，以保证熏蒸剂气体能顺畅地环流扩散。

4. 密闭程度

投药期间，熏蒸体系中的压力随着投药的继续而不断升高，熏蒸剂气体浓度不断增大，如果密封不好，即使是比较小的空洞，也会造成熏蒸剂气体的大量损失和有效浓度的降低，严重影响熏蒸效果。对于磷化铝的熏蒸，由于密封不好，不能在较长时间内（数天内）保持熏蒸杀虫所需的有效浓度而导致熏蒸失败，在实际熏蒸中往往加大用药剂量，但高浓度的磷化氢会使昆虫迅速麻醉而昏迷，降低了磷化氢的杀虫效果。由此可以看出，磷化铝熏蒸要求更高的气密性，如用帐幕熏蒸，最好用高密度聚乙烯作熏蒸帐幕，而且厚度在 0.30mm 以上。目前大多数人认为，昆虫对磷化氢的抗药性普遍存在，直接源于非正确的熏蒸措施及不良的密闭方式。

（六）熏蒸剂的残留

1. 基本概念

（1）残留　是指植物或动物体内或体表残存的化学农药及其衍生物和辅助剂。残留量是指其残存的质量占物品质量的比值（$\times10^{-6}$）。

（2）残留允许量　根据食物最初消费时的实际残留量范围和最初允许残留浓度的情况综合考虑而得出来允许食物内外残留某种化学农药的浓度。残留允许量也是用比值（$\times10^{-6}$）来表示的。

（3）熏蒸剂的残留　熏蒸剂的残留是指用熏蒸剂熏蒸食物后，在一定时间内，食物中仍然残存因物理吸收还没有完全解吸的微量熏蒸剂气体和因化学吸收而新生成的化合物。这两部分的总和，就是熏蒸剂在食物中的残留量，用比值（$\times10^{-6}$）来表示。

2. 影响熏蒸剂残留的一些因素

（1）熏蒸剂的种类　沸点越高，分子量越大的熏蒸剂，越容易被固体物质吸附并且越不容易解吸，因此这类熏蒸剂在食物中残留的时间越长，如丙烯腈、四氯化碳等；在水中的溶解度越大，越容易在食物中形成残留，如环氧乙烷、氢氰酸等；易同食物中的组成成分发生化学反应的熏蒸剂，越容易在食物中形成永久性的残留物，如溴甲烷、环氧乙烷等。

（2）货物的种类　含油量高的食物就比含油量低的食物吸附和保留更多的熏蒸剂。因此不宜用溴甲烷熏蒸处理诸如肉、黄油等食物；食物中不同部位熏蒸的残留量也不同，如用溴甲烷熏蒸苹果等，在果皮、果肉和果核中的残留量就不相同；粉状食物比颗粒状食物更易吸附和保留熏蒸剂；含有某些物质的食品不宜用某一熏蒸剂进行熏蒸处理，如不宜用溴甲烷熏蒸含硫的食物，否则容易形成难闻的异味。

（3）用药剂量　剂量越大，熏蒸时间越长，残留量越大。

（4）含水量和空气湿度　食物中的含水量越大，空气中的湿度越高，熏蒸剂的残留量越大。

（5）温度　温度越高，虽然熏蒸剂解吸的速度加快，但熏蒸剂在食物中溶于水的能力也增强，和组成物质发生化学反应的速度也加快，因此形成永久性残留物的量也越多。

（6）重复熏蒸次数　重复熏蒸次数越多，残留量越大。

（七）熏蒸剂

1. 熏蒸剂的特点

用于检疫处理的理想熏蒸剂应具有以下特点：

① 作用迅速、毒杀有害生物效果好。

② 不溶于水。

③ 有效渗透和扩散能力强，吸附率低，易于散毒。

④ 对植物和植物产品无药害，不降低植物生活力和种子萌发率。

⑤ 不损害被熏蒸物的使用价值和商品价值，不腐蚀金属，不损害建筑物。

⑥ 对高等动物毒性低，无残毒。

⑦ 不爆炸、不燃烧，操作安全简便。

实际上，现在熏蒸剂很难全部具有上述特点。应根据药剂理化性质、被处理的货物类别、有害生物种类的和气温条件等综合考虑，选择熏蒸剂。

2. 主要熏蒸剂品种

（1）溴甲烷　气体无色无溴，相对密度 3.27（0℃）。液体无色，相对密度 1.73（0℃），沸点 3.6℃，冰点 −93.7℃。溴甲烷难溶于水，易溶于有机溶剂。化学性质稳定，但在乙醇的碱溶液中可被分解。在一般熏蒸作用浓度下，不易燃烧，不爆炸，但空气中含溴甲烷体积达 13.5%～14.5%时，遇火花可以燃烧。溴甲烷气体对金属、棉、丝、毛织品和木材等无不良影响，液体则可溶解脂肪、橡胶、树脂、颜料和亮漆等。

溴甲烷是神经毒剂，有广谱杀虫、杀螨作用，对各个虫态都有效，兼具杀鼠、杀菌作用。水溶性低，对植物及植物产品的危险性小。由于沸点低，气化快，在冬季气温较低时也能熏蒸。商品溴甲烷是压缩在钢筒中的无色或淡黄色液体，打开钢筒阀门，就能自动喷出并气化，气体侧向和向下方扩散快，向上方扩散慢，熏蒸后易散毒。

溴甲烷广泛用于熏蒸粮食及其加工产品、种子、苗木、鳞茎等繁殖材料、生长期植物、水果、蔬菜和多种植物产品以及仓库、面粉厂、船只、车辆、集装箱、包装材料、木材等，也可用作土壤熏蒸。不适于熏蒸脂肪、骨粉、皮毛、毛织物、橡胶、大豆粉和其他高蛋白植物粉。

被熏蒸的生长期植物应没有机械伤，并预先在暗处放置 2～3h，带土壤的有叶植物需在熏蒸前 12h 喷水，高湿可减轻药害，熏蒸应在黑暗处进行，熏后亦应放置暗处，每天至少喷 2～3 次水。松柏科植物只在休眠期和带土的情况下熏蒸。国内试验表明，高粱、红豆、番茄、花生和苜蓿种子熏蒸后发芽率可能有所降低。根据对熏蒸水果和瓜果的安全范围测定结果，21～24℃时，*ct* 值（用药量与处理小时数的乘积）130～150 范围内，28～30℃时，*ct* 值 90～120 范围内，仅菠萝和库尔勒香梨不能用溴甲烷熏蒸，芒果需慎用。

溴甲烷剧毒，且无警戒性，一旦中毒，不易恢复，需严格实施防毒措施。溴甲烷熏蒸亦有残毒问题，需严格按各国规定的标准操作。

（2）磷化铝　商品片剂是磷化铝、氨基甲酸铵、硬脂酸镁及石蜡等混合压制的。黄褐色、圆形，每片直径 20mm，厚 5mm，重 3g。内含磷化铝 52%～67%。磷化铝片吸收水分后分解，放出磷化氢而杀虫。

磷化氢为无色气体，具大蒜气味，气体相对密度 1.183（0℃），沸点 −87.5℃，在空气中浓度达 26mg/L 即能自爆，但因氨基甲酸铵分解产生二氧化碳和氮气，控制磷化氢自燃，使用上较安全，但仍需注意防火。磷化氢微溶于水，易溶于有机溶剂，对铜、铁等金属有腐蚀作用。

磷化铝用于仓库和帐幕熏蒸，防治多种仓贮害虫和螨类，但不能毒杀休眠期的螨类。磷化铝熏蒸不受气温影响，磷化氢气体在空气中上升、下沉、侧流等方向的扩散速度差异不大，渗透力强，适用范围广，既能熏蒸原粮、成品粮，又能熏蒸种子和仓储器材。仓库内熏蒸每 $1m^3$ 用药 1～4 片或每 1t 粮食用 3～10 片，露天囤每 1t 粮食用 4～12 片，散装粮可分层均匀分散施放药片，袋装粮可将药片放置袋的中部粮内或粮袋之间，药片要分散放置，以免药片分解时产生的热量引起自燃。万一着火应使用干沙压盖，严禁用水。12～15℃时密闭熏蒸5d，16～20℃时4d，20℃以上3d。熏蒸结束后通风散气5～6d。

磷化氢对人畜高毒，主要作用于神经系统。空气中含磷化氢7mg/kg时，人停留6h就会出现中毒症状，含400mg/kg时，停留30min以上有生命危险。熏蒸时操作人员不能在库内停留太久，必须戴防毒面具和胶皮手套，做好安全防护。

磷化氢一般不降低干燥种子发芽率。但若气温高，熏蒸剂量高，时间长时，也能使棉花、三叶草、绿豆、甘蓝等作物的种子发芽率降低。磷化氢可严重损伤生长中的植物。

(3) 氢氰酸　液态为无色液体，沸点26.5℃，相对密度0.7156（0℃）、0.6874（20℃）。气体无色，带杏仁气味，易溶于水和乙醇，相对密度0.9，沸点26℃。在空气中燃烧浓度限度为5.6%～39.8%（按体积计算）。固体为白色晶体，熔点－13.5℃。

氢氰酸多用于船舶、仓库和温室熏蒸，也用于熏蒸休眠期的苗木、原粮、种子、棉花和棉织物等。可毒杀害虫和鼠类，对病原物无效。现有被溴甲烷、环氧乙烷和其他熏蒸剂取代的趋势。

氢氰酸蒸气不腐蚀金属，能被多种物质吸附，渗透力不强，吸附量较少，熏蒸后毒气能很快散去。对植物有药害，不用于熏蒸生长期植物、新鲜水果和蔬菜。该剂能污染某些食品，不用于熏蒸成品粮。氢氰酸熏蒸主要毒杀表面害虫，对植物内部和土壤内的害虫效果低，卵和休眠期昆虫抗药性较强。

氢氰酸有多种使用方法，通常用氰化钠或氰化钾加上硫酸和水，发生氢化氰气体。罐装液态氢氰酸，可在压缩空气或氮气的压力下蒸散，或直接用于真空熏蒸。也有的用惰性物质吸附氢氰酸制成的片剂。仓库熏蒸用氰化钠1份、浓硫酸1.5份、水3份配合，氰化钠用量为30～40g/m^3，采用仓外滑轮投药法，将氰化钠投入仓内耐酸罐内稀释的硫酸中，即产生氢化氰气体。熏蒸柑橘树和苗木插条，则用氰化钠1份、浓硫酸1份、水3份的配比。苗木熏蒸前数日应停止浇水，在遮阴棚内放置2～3昼夜，熏蒸前黑暗处理数小时。苗木应带土或埋入沙土中。熏蒸后亦移于遮阴棚内黑暗的环境中，每天用水或1%高锰酸钾液冲洗2～3次，连续3～4d。

氢氰酸及其气体有剧毒，经呼吸器官或皮肤吸收均引起中毒，空气中含量达100mg/m^{3}时即有致死危险。

(4) 二溴乙烷　无色液体，有气味，23.9～26.1℃为液体，相对密度为2.15～2.19，沸点131.6℃，冰点－8.3℃。稍溶于水，溶于有机物质。化学性质稳定，不易着火。气体相对密度6.487，易向下方或侧方扩散，不易向上方扩散。

主要用于熏蒸水果和蔬菜，毒杀实蝇和其他害虫。例如，熏蒸樱桃毒杀黑实蝇、细实蝇时，在熏蒸室内装载量50%，温度21℃以上用药量16g/m^3，18～20.5℃时用药量20g/m^3，15.5～17.5℃时用药量24g/m^3，皆处理2h。熏蒸菠萝、香蕉毒杀地中海实蝇和其他实蝇时，21℃用药量8g/m^3，处理2h。用药超量、蒸气分布不均匀或熏蒸时间过长都可造成药害。该剂对生长期植物有较强的药害，亦可降低种子萌发率。熏蒸后发散较慢，需数日方能散尽。该剂对人的毒性比溴甲烷强。因残毒问题，美国已禁止用于熏蒸在美国上市的水果。

(5) 氯化苦　纯品为无色油状液体，遇光变淡黄色，相对密度1.6576（20℃），低温下凝结成固体，熔点－69.2℃，沸点112.4℃，在常温下能自行挥发为气体，气体无色，相对密度为5.65，对眼黏膜有强烈刺激作用，催泪。氯化苦难溶于水，易溶于有机溶剂，易被多孔性物质吸附，化学性质稳定、不燃烧、不爆炸。

氯化苦主要用于仓库熏蒸和土壤处理，杀灭害虫、鼠类、线虫和真菌等。对昆虫成虫和幼虫的熏杀作用很强，但对卵和蛹的作用较差。整仓熏蒸贮粮时，用药量以空间体积计算为20～30g/m³，以粮堆体积计算为35～70g/m³。此外，还用于空仓、器材和加工厂农副产品和水分含量低于14%的豆类种子熏蒸。用氯化苦处理土壤，在土温10℃和土壤含水量较高的条件下进行效果较好，用药量60g/m²，打出20cm深的孔后注药，每穴注药5ml，穴间距20～30cm，施药后用土覆盖孔穴并踏实，挥发的气体在土壤中扩散，杀死葡萄根瘤蚜、土壤线虫和某些病原真菌。仓内杀鼠用药量每洞5g，田间每洞5～10g。

氯化苦渗透力较强，但挥发速度较慢，使用时应尽量扩大蒸发面。该剂易被多孔性物体如面粉、墙壁、砖木、麻袋等吸附，散气迟缓，不宜熏蒸加工粮。种子含水量高时，熏蒸后发芽率降低，熏蒸能损害植物芽、叶，使果实变黑。对金属有腐蚀性，金属机件在熏蒸时应涂机油或凡士林保护。对人、畜有剧毒，轻者眼黏膜受刺激、流泪，重者咳嗽、呕吐、窒息、肺水肿、心律失常、虚脱以至死亡。中毒者可用硼酸水洗眼，人工输氧，但禁止施行人工呼吸，立即送医院抢救。

(6) 环氧乙烷　低温时为无色液体，相对密度0.887 (7℃)，沸点10.7℃。常温下为气体，相对密度1.52。易溶于水和大多数有机溶剂。环氧乙烷易着火爆炸，因而常与二氧化碳以1∶9混合使用。

该剂对昆虫、真菌、细菌毒性强，渗透力高，散毒容易，适用于熏蒸原粮、成品粮、烟草、衣服、皮革、纸张、空仓等，一般用药量为15～30g/m³，密闭48h，该剂对植物有药害，不适于处理萌芽的和生长期的植株、水果、蔬菜等。能严重降低小麦等禾谷类种子以及其他植物种子的发芽率。环氧乙烷对人、畜毒性较低，当空气中含有3000mg/kg时，人在其中呼吸30～60min就有致命危险。它与粮食中的氯离子、溴离子反应，生成物毒性比环氧乙烷高。

10%环氧乙烷和90%二氧化碳混合剂熏蒸粮食，在21～25℃时，用药量384g/m³，处理24h，真空熏蒸粮食、面粉等，在25℃以上，用药量800g/m³，处理6h；干果在20℃以上，用药量640g/m³，处理3h。空船舱毒杀非洲大蜗牛等在12.5℃以上，用药量360g/m³，处理24h。国内用环氧乙烷处理小麦，在15～25℃，用药量175～200g/m³，熏蒸3～5d，可杀死小麦矮腥黑粉菌，但降低种子发芽率，只能用作进口粮食熏蒸。另外，在15～25℃，用药量50～75g/m³，熏蒸玉米种子3～5d，可杀死玉米枯萎病病原细菌，但种子发芽率降低4.5%～79%。

(7) 硫酰氟　无色无臭气体，常压下沸点为−55.2℃，不燃烧，化学性质稳定，难溶于水。蒸气压力高，渗透力强。气体相对密度2.88，液体相对密度1.342 (4℃)。该剂对昆虫卵以外的各虫态毒性强，为广谱性熏蒸杀虫剂。对植物有药害，不能熏蒸活植物、水果和蔬菜等。对大多数植物种子萌发力无不良影响。熏蒸时不需加热设备，货物吸附量比溴甲烷少，熏后废气发散快，对多种货物安全，对人、畜毒性比溴甲烷低。美国用于熏蒸木材、木制品等，21℃以上用药量64g/m³，10～15℃时用药量80g/m³，熏蒸24h。国内试验，处理玉米、小麦、水稻、豆类、蔬菜种子，防治仓贮害虫，温度为25～30℃、20～24℃、15～19℃和11～14℃时，用药量分别为30g/m³、35g/m³、40g/m³和50g/m³，皆熏蒸24h，防治谷斑皮蠹，熏蒸延长12h，真空熏蒸谷类、豆类种子防治皮蠹类、豆象类和其他害虫，在真空度99750～94430Pa、温度11～12℃条件下，用药量70～90g/m³，熏蒸3h。

3. 熏蒸方式

有常压熏蒸和真空减压熏蒸两种方式。

(1) 常压熏蒸　在帐幕、仓库、船舱、筒仓以及其他可密闭的设施或容器内于正常大气压下熏蒸。帐幕熏蒸时地面需铺垫塑料布，放上货物，再覆盖塑料布，接口处卷折夹紧，四周用泥土、沙袋压紧。仓库、船舱均应糊封，防止漏气。施药后按时测定设施内熏蒸剂浓度，并全面查漏，发现漏毒要及时采取补救措施，熏蒸达到规定时间后，实施散毒。检查虫样的熏蒸效果，并安全处理残留熏蒸剂和熏蒸用具。

(2) 真空减压熏蒸　货物装入真空熏蒸室后，抽气减压，达到设定的真空度，施入药剂进行熏蒸。真空有利于熏蒸剂气体分子的扩散和渗透，可大大缩短熏蒸时间，杀虫效果好。熏蒸结束后，抽出熏蒸剂气体，反复通入空气冲洗。熏蒸处理必须严格按各种药剂的使用方法和操作规程进行，切实采取各项防护措施，严防中毒。

4. 影响熏蒸效果的因素

熏蒸效果受药剂的物理性质、熏蒸条件、熏蒸物品与有害生物种类、生理状态等多种因素的影响。

熏蒸剂的挥发性和渗透性强，能迅速、均匀地扩散，使熏蒸物品各部位都接受足够的药量，熏蒸效果较好，所需熏蒸时间较短。溴甲烷、环氧乙烷和氢氰酸等低沸点的熏蒸剂扩散较快，二溴乙烷等高沸点的熏蒸剂，在常温下为液体，加热蒸散后，借助风扇或鼓风机的作用，方能迅速扩散。植物检疫中应用的多数熏蒸剂，气体相对密度大于空气，向上扩散慢，多积聚下层，需由货物顶部施入，鼓风扩散。

药剂的渗透性强，易于进入物品内部，杀虫效力高。沸点较低、分子量较小的药剂渗透性较强。有毒气体浓度越高，物品透入空隙越大，渗透量也越高。熏蒸物品对气体分子的吸附作用阻碍气体的渗透。物体温度高时吸附作用较弱，低温时较强，因而温度较低时，需要增加药量，才能保持毒气有效浓度。熏蒸物体所占容积越大，吸附量也越大。物体的密度和孔隙度等物理性质不同，吸附量也有差异。水稻和麦类种子吸附量中等，荞麦籽、面粉和小麦麸皮等吸附量较高。吸附量高，可降低种子发芽率，使植物遭受药害，使面粉和其他食物营养成分变劣。人畜皮肤对毒气的吸附可导致中毒。被熏蒸的物体释放所吸附气体的过程称为解吸。温度越高，气体解吸的速度越快。通风充分，解吸作用也较强。

环境因素中以气温对熏蒸效果的影响最大。温度升高，药剂挥发性增强，昆虫呼吸量增加，熏蒸效果好。温度降低，需增加药量或延长熏蒸时间。空气湿度对熏蒸效果的影响较小，但对某些药剂可能有所影响。例如，相对湿度大或谷物含水量较高时，可促使磷化铝分解。熏蒸需在密闭环境或容器中进行，毒气泄漏，降低熏蒸效果，还可能发生中毒。

昆虫的虫态和营养生理状况不同，对熏蒸剂的抵抗性有差异。同种昆虫对熏蒸剂的抵抗力卵强于蛹，蛹强于幼虫，幼虫强于成虫，雄虫强于雌虫。饲养条件不好、活动性较低的个体呼吸速率低，较耐熏蒸。环境温度高，昆虫呼吸速率高，杀虫所需药剂有效浓度低；熏蒸前昆虫生境温度低，新陈代谢不活跃，则需要提高熏蒸药剂的浓度。

三、药剂处理

药剂处理指使用杀菌剂、抗生素、除草剂、杀虫剂以及其他类型的化学药剂。化学药剂主要用于种子、无性繁殖材料、运输工具和贮运场所的消毒处理，不适于处理水果、蔬菜和其他食品。优点是设备简单、操作方便、经济、快速；缺点是难以取得彻底的铲除效果，所用药剂可能有较强的毒性和残毒。

(一) 种子处理

药剂种子处理可以抑制或杀死种传病原菌，并保护种子在贮运过程中免受病原菌的污染。处理方法有拌种法、浸种法、包衣法等。

1. 拌种法

简便易行，适于处理大批量种子。在植物检疫中常用福美双（拌种双）、克菌丹等低毒、广谱保护性杀菌剂在种子出境前或进境后拌药。但是，保护性杀菌剂只对种子表面和种皮中的病菌有效，与内吸杀菌剂复配使用，可以增强对种胚和胚乳内病菌的防除效果。苯菌灵T由内吸杀菌剂苯菌灵和福美双复配而成，是应用范围较广的拌种剂。其他常用的拌种药剂有内吸杀菌剂多菌灵、硫菌灵、甲基硫酸灵、萎锈灵、三唑酮、三唑醇、甲霜灵等，五氯硝基苯兼用于拌种和土壤处理。

拌种药量按种子重量折算，小麦、谷子等小粒种子，保护性杀菌剂一般用种子重量的0.2%～0.4%，内吸剂用0.2%～0.3%；玉米、大豆等大粒种子分别用重量的0.5%～0.7%和0.4%～0.5%。药剂拌种可能干扰种子带菌检验，要在检疫证书中注明拌种药剂、时间和方法。拌种剂需带有颜色，以便于识别拌药种子。

2. 浸种法

药效优于拌种法，但操作较麻烦，浸后需立即干燥。豆类种子浸后膨胀，表皮破裂。抗生素多用浸种法施药。例如，用500μg/ml剂量的金霉素、链霉素或土霉素浸渍十字花科蔬菜种子1h，再用0.5%次氯酸钠溶液浸渍30min可防除黑腐病病原细菌；水稻种子用800μg/ml氯霉素浸渍48h，可有效防除白叶枯病和细菌性条斑病。棉花种子硫酸脱绒后用抗菌剂“402”2000倍液，在55～60℃条件下温汤浸种30min，防除黄萎病和枯萎病。用药剂浸种钝化种传病毒也是一条值得探索的途径。番茄种子用1%正磷酸三钠药液浸渍15min，再用0.25%次氯酸钠溶液浸渍30min，可减少种传烟草花叶病毒（TMV）。

（二）无性繁殖材料处理

在植物检疫中，多采用杀菌剂或抗生素浸渍处理苗木、接穗、球根、块茎等无性繁殖材料。柑橘接穗用链霉素（1000～2000U/ml）与1%乙醇混合液浸1～3h，可治疗溃疡病。用金霉素、土霉素或四环素药液（1000～2000U/ml）浸泡柑橘接穗2h，可治疗黄龙病。不适宜熏蒸处理的苗木、球根、块茎等也可用马拉硫磷、对硫磷、西维因等杀虫剂浸渍除虫。

（三）运输工具及贮运场所的消毒

车辆、船舶、飞机等运输工具凡不能熏蒸处理的，可喷施杀虫剂、杀菌剂消毒。飞机客货舱消毒多采用苯醚菊酯、除虫菊酯等低毒菊酯类杀虫剂。例如，用含2%苯醚菊酯和98%氟里昂的烟雾剂消毒飞机客舱。有时库房和临时贮藏场所也需喷施杀虫剂，在水果货场周围常喷布杀虫剂造成隔离带，防止蛀果害虫脱果逃逸。

四、物理处理

主要利用热力、电磁波、超声波、核辐射等杀菌灭虫，需根据处理要求、有害生物种类、检疫物种类和设备条件等选用适宜方法。

（一）干热处理

主要用处理蔬菜种子，对多种种传病毒、细菌和真菌都有除害效果，但处理不当可能降低种子萌发率。

不同作物的种子耐热性有明显差异。据70℃干热处理4d后种子萌发率测定结果，耐热性强的有番茄、辣椒、茄子、黄瓜、甜瓜、西瓜、白菜、甘蓝、芜菁、韭菜、莴苣、菠菜、豌豆等，耐热性中等的有萝卜、葱、胡萝卜、欧芹、鸭儿芹、牛蒡等，耐热性较弱的有菜豆、花生、蚕豆和大豆等。豆科作物种子不宜干热消毒。含水量高的种子受害较重，应先行预热干燥。干热处理后的种子应在1年内使用。

干热法还用以处理原粮、饲料、面粉、包装袋、干花、草制品、泥炭藓和土壤等，以杀死害虫、病菌以及其他有害生物。我国用于干热法处理小麦原粮和加工后的下脚料杀死小麦矮腥黑穗病菌的厚垣孢子。使用滚筒式烘干机结合保温塔处理原粮时，滚洞内温度110℃以上能在 25min 内将原粮加热到 82～85℃，滚筒出口粮温不低于 90～100℃，保温塔出口粮温 80～90℃，塔中心处不低于 80℃，处理 45min。处理后小麦含水量降低 1%，品质也可能有所降低。

（二）热水处理

用于处理植物种子和无性繁殖材料，杀死病原真菌、细菌、线虫和某些昆虫。热水处理利用植物材料与有害生物耐热性的差异，选择适宜的水温和处理时间以杀死有害生物而不损害植物材料。必须系统研究各处理温度和时间组合对植物和有害生物双方的影响，制定严格的操作规程。

用热水处理种子，即温汤浸种是铲除种子内部病菌的主要方法。我国早在清乾隆年间就已广泛使用热水处理棉花种子。温汤浸种的主要操作程序如下。

① 选种：选择饱满、成熟度高、无破损的种子进行处理。

② 预浸：先用冷水浸 4～12h，排除种胚和种皮间的空气以有利于热传导，同时刺激种内休眠菌丝体恢复生长，降低其耐热性。

③ 预热：把种子浸在比处理温度低 9～10℃的热水中预热 1～2h。

④ 浸种：根据寄主和病原菌组合选定水温和浸种时间。由于杀菌温度与引起种子发芽率下降的温度很接近，必须严格控制处理条件，注意不同成熟度、不同贮藏时间和不同品种种子间耐热性的差异。

⑤ 冷却干燥：将浸过的种子摊开晾晒或通风处理，使之迅速冷却、干燥以防发芽。

有时温汤浸过的种子尚用杀菌剂处理，增强防治效果并保护种子免受其他来源的病原菌污染。

大豆和其他大粒豆种子水浸后能迅速吸水膨胀脱皮，亚麻种子表面胶质物遇水后黏化、溶解，均不适于用热水处理。用植物油、矿物油和四氯化碳代替水作导热介质处理豆类种子已取得成功。大豆种子用 70℃的大豆油处理 5min 或 140℃处理 10s，杀菌效果和种子发芽率均高。

（三）蒸气热处理

在检疫上用以处理水果和蔬菜，杀死地中海实蝇、墨西哥实蝇、橘小实蝇和瓜实蝇等害虫。处理温度和时间随寄主和害虫组合不同而异。通常用 43.3～44.4℃的饱和水蒸气加热果实，在 6～8h 内使之逐渐升温，果实中心达到该温度，再保护 6～8h，处理后立即冷却、干燥。

热蒸气也用于种子、苗木消毒。杀菌有效温度与种子发芽受害温度的差距较温汤浸种和干热灭菌大，对种子发芽的不良影响较小。柑橘种子用 54～56℃湿热空气处理 10～60min，能杀死内部带有的黄龙病病原物、溃疡病和疮痂病病原菌等。柑橘苗木和接穗用 49℃湿热空气处理 50min 对黄龙病的防治效果也较好。

（四）低温处理

持续的低温处理能杀死多种水果携带的热带实蝇和其他昆虫。低温处理在冷库或冷藏室里进行，美国允许在船上或在指定的北方港口冷库中实施水果低温处理。低温处理时间因温度高限、果品种类和有害生物种类不同而异。在处理前或处理后可配合使用溴甲烷熏蒸，以缩短低温时间。

美国对多种水果，包括苹果、杏、樱桃、葡萄、葡萄柚、油桃、柑、桃、梨、柿、李、石榴等，实施低温处理杀死实蝇。水果种类和品质不同对低温耐受能力不同，处理前应做试验，以免果品外观和品质受损。

（五）速冻处理

速冻处理是低温处理的一种类型，多用以处理加工用水果和蔬菜，杀死多种害虫。处理时先迅速降温到－17℃以下，并保持－17℃，在处理期间，温度不得高于－6℃。

（六）核辐射

核辐射在一定剂量范围内有杀虫、灭菌和食品保鲜的作用。农业上采用的辐射源主要是放射性同位素钴-60和铯，^{60}Co-γ射线辐照装置较简单，成本较低，γ射线穿透力强，杀虫效率高，应用最广。

核辐射的主要杀虫作用有：

(1) 辐照不育　射线照射破坏昆虫的生殖细胞，使雌虫不能产卵或卵不能孵化，雄虫不产生精子或精子无授精能力。有时雄虫虽能交配，但受精卵不能正常发育而死亡。在一定地理范围内，连续大量释放人工饲养的辐射不育昆虫，与野生种群交配，能抑制以至消灭野生群体。

(2) 射线诱变　射线照射引起昆虫染色体畸变和基因突变，后代出现劣性性状，因不能适应环境和性比偏离而消亡。由诱变的苹果蠹蛾筛选出偏食人工饲料的突变体，与野生型交配，后代食性改变，不取食苹果。

(3) 直接杀虫　在照射量较低时，昆虫缓慢死亡，剂量较高时迅速死亡。国内用^{60}Co-γ射线辐射谷斑皮蠹的试验表明，照射量为103.2C/kg时，幼虫、蛹和成虫在2～4d内全部死亡；51.6～77.4C/kg时，成虫和蛹在3～5d内全部死亡；51.6～92.88C/kg时，幼虫在7～15d内全部死亡；12.9～25.8C/kg时，幼虫在53d内才全部死亡。129C/kg辐照后的幼虫、蛹和成虫从钴源室拿出后立即检查，全部死亡。以^{60}Co-γ射线照射豆象成虫，照射量为38.7～64.5C/kg时，需11d才全部死亡，而照射量为77.4～103.2C/kg时，只需2d。

昆虫种类与虫态不同，对辐照的敏感性有很大差异。鞘翅目、直翅目比双翅目、膜翅目敏感，鳞翅目较不敏感。鞘翅目中尤以豆象类、象甲科最敏感。同一种昆虫生殖细胞比体细胞敏感，正在分裂、分化的细胞比成熟细胞敏感、卵、幼虫比成虫敏感。雌虫比雄虫敏感。

核辐射灭虫有经济、有效、安全、简便等优点，可隔着包装物照射，已用于处理农副产品、竹木制品、皮毛织物、图书档案等防除多种害虫。用于处理食品须符合安全卫生标准。现美国已准许用钴-60和铯-137辐照小麦、面粉杀虫（允许吸收剂量200～500Gy），前苏联也用钴-60辐照谷物（允许吸收剂量300Gy）。

（七）高频灭虫

高频是指频率很高的射频电磁场，植物产品和昆虫等都是吸收射频能的介质。在高频电磁场中受电磁波作用，吸收能量而迅速升温，达到昆虫致死温度而杀死昆虫。高频介质加热是材料自身加热，而不是热传导或热辐射。

在高频电磁场中，各种介质的能量吸收有选择性，含水量越高，加热速度越快。昆虫比粮食吸收能量多，升温快，如在40MHz频率下，米象加热速度比小麦快1.8倍。高频对各种虫态的灭虫的效果均较好，对病原微生物和线虫也有一定的杀伤效果。高频介质加热的升温速度快，用3.5kW的高频设备一次处理1kg左右的粮食，在2.5min内，粮食各部位的温度均达到60℃，且受热均匀，粮粒内部和外部的害虫都能被杀死。高频处理无残毒，安全，一般不损害农产品和粮食的品质，设备体积小，操作简便，已广泛用于处理粮食、种子、干果、竹木制品、中草药、贵重食品等多种农副产品。对种子发芽率的影响因植物种类不同而异。含水量比虫体高的物品，如水果、蔬菜、活的苗木等易受损伤，不宜实行高频处理。国产GP3.5-J18型高频介质加热设备已用于旅检和邮检。

（八）微波处理

微波是波长很短的电磁波，微波加热也是一种快速处理植检材料的有效方法，其杀虫灭菌原理与高频介质加热相同，也是介质本身加热。

微波杀虫的效率高，用 1.5kW 的微波炉处理 0.75～1kg 粮食，在 1.5min 内，粮食各部位的最低温度达到 65℃，全部杀死谷斑皮蠹、四纹豆象和其他仓虫。微波杀虫比较彻底，不仅杀死粮粒外的害虫，也能杀死隐藏于粮粒内的各个虫态的害虫。用 ER-692 型微波炉（输出功率 650W，工作频率 245MHz），以带盖瓦罐作容器，处理玉米种子，在 70℃下处理 10min 就能杀死玉米枯萎病病原细菌，但种子发芽率有所降低。对水稻干尖线虫的试验表明，处理温度为 63.4℃，病原线虫的死亡率达 100%，处理温度在 49.8～64.1℃范围内，对种子发芽无不良影响，只有温度高达 69.4℃以上时，种子的发芽率才明显下降。

微波处理快速、安全、效果可靠，处理费用较低，尤适于旅检、邮检部门处理旅客携带或邮寄的少量非种用农、畜产品。

思考与练习题

1. 植物检疫处理包括哪些措施？
2. 植物检疫处理中除害处理有哪些措施？
3. 影响熏蒸效果的因素有哪些？
4. 植物检疫处理中物理处理有哪些措施？

第七章　植物检疫性真菌病害

本章学习要点与要求

本章重点介绍几种主要检疫性真菌病害，其中包括：小麦矮腥黑穗病、玉米霜霉病、马铃薯癌肿病、大豆疫病、烟草霜霉病、榆枯萎病、棉花黄萎病。介绍了这些真菌病害的名称、分布及危害情况、症状特点、病原物、发病规律、检验方法、检疫及防治措施等。要求学生了解上述几种病害的学名及英文名、分布区域、为害情况与寄主种类等，掌握植株受害后的典型症状表现、病原菌的形态特征、病害发生发展规律、检疫检验方法和防控技术措施。

第一节　小麦矮腥黑穗病

一、学名及英文名称

学名　*Tilletia controversa* Kühn（简称 TCK）

英文名　dwarf bunt of wheat

病原分类　真菌界，担子菌亚门，冬孢菌纲，黑粉菌目，腥黑粉菌科，腥黑粉菌属

二、分布

小麦矮腥黑穗病是麦类黑穗病中危害最大、防治最难的一种病害，它于 1847 年及 1860 年先后发现于捷克和美国，在全世界范围内传播和蔓延，目前已在欧洲、北美洲、南美洲、大洋洲、亚洲、非洲的 40 多个国家发生。

三、寄主及危害情况

此病能够危害禾本科，18 个属，65 种植物。主要危害小麦属，而大麦属中的普通大麦及黑麦也受害，迄今已知危害的寄主有：山羊属、冰草属、剪股颖属、看麦娘属、偃麦草属、芮草属、雀麦属、鸭茅属、野麦草属、羊茅属、绒毛草属、大麦属、塔草属、黑麦草属、早熟禾属、黑麦属、小麦属、三毛草属等，禾草属中以冰草属为天然发病的主要寄主。

矮腥黑穗病的病株矮化，籽粒为菌瘿所代替，造成严重减产。通常病穗率即为减产率。病田发病株率一般为 10%～30%，严重发生时可达 70%～90%。1962 年美国小麦减产 68.7%，1972 年美国西部 7 个州小麦平均减产 17%，损失 1.2×10^{8}kg。菌瘿可存活 10 年以上。

四、症状

小麦矮腥黑穗病又称腥乌麦、黑麦、黑疸。病症主要表现在穗部。

（1）病株矮化　一般病株较矮（较健株矮 1/3～1/2），最矮的病株仅高 10～25cm。在

重病田可明显见到健穗在上面病穗在下面，形成“二层楼”的现象。

（2）分蘖增多　病株分蘖一般比健株多一倍以上，健株分蘖 2～4 个，病株 4～10 个，甚至可多达 20～40 个分蘖。矮化与多分蘖的症状变化很大，除取决于寄主与病菌的基因型外，还与侵染的时间及程度密切相关。

（3）小花增多　一般健穗每小穗的小花为 3～5 个，病穗小花为 5～7 个，甚至 11 个，使病穗宽大、紧密。有芒品种芒外张。

（4）病粒变为菌瘿　病粒近球形，病穗稍短且直，颜色较深，初为灰绿色，后为灰黄色。颖壳麦芒外张，露出部分病粒（菌瘿）。病粒较健粒短粗，初为暗绿色，后变灰黑色，外包一层灰包膜，内部充满黑色粉末（病菌厚垣孢子），破裂散出含有三甲胺鱼腥味的气体，故称腥黑穗病。

（5）自发荧光现象　小麦矮腥黑穗病菌冬孢子有自发荧光现象，而小麦网腥黑穗病菌冬孢子（除少数未成熟冬孢子之外）则无荧光。

五、病原

如图 7-1、图 7-2 所示。冬孢子堆多生于子房内，形成黑粉状的孢子团，即黑粉病瘿，每个菌瘿视大小不同可含有冬孢子 10 万～100 万个。冬孢子呈球形或近球形，黄褐色至暗棕褐色，其平均直径及标准差为 (20.90±0.72)μm，大多为 19～23μm，但偶有 17μm 或 30μm 的（包括胶鞘）。外孢壁有多角形网眼状饰纹，网眼通常直径 3～5μm，偶尔呈脑纹状或不规则形，网脊平均高度为 (1.425±0.144)μm，孢壁外围有透明胶质鞘包被。不育细胞呈球形或近球形，无色透明或微绿色，有时有胶鞘，直径通常小于冬孢子 9～16μm，偶尔可达 22μm，表面光滑，孢壁无饰纹。

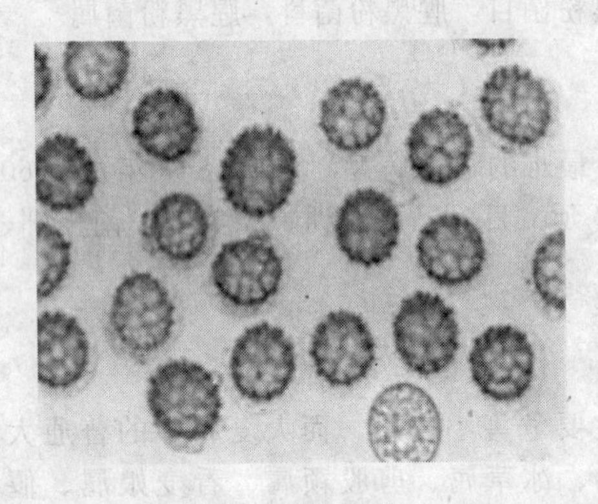

图 7-1　病原冬孢子

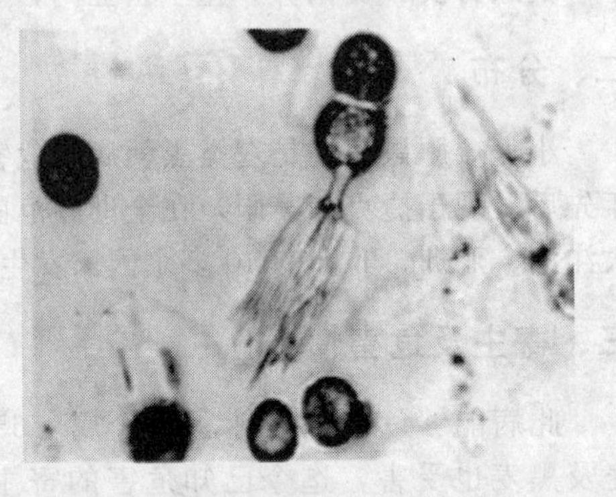

图 7-2　病原冬孢子萌发及 H 担孢子

小麦矮腥黑穗病菌冬孢子萌发需持续低温，大体上在 3～8℃，而以 4～6℃为最适温度，最低为 0℃，最高为 10℃。当温度为 4～6℃时，在光照条件下，冬孢子通常经 3～5 周后萌发，个别菌株在第 16d 开始萌发，少数菌株经 7～10 周后才开始萌发。高于或低于适温范围，孢子萌发时期相应延长，在 0℃左右，孢子经 8 周后开始萌发，并生成正常的先菌丝及孢子和次生小孢子。当 10℃时，孢子在 8 周后开始萌发，多生成细长、畸形的先菌丝，很少形成小孢子，并常有自溶现象。

病原冬孢子有极强的抗逆性，在室温条件下，其寿命至少为 4 年，有的长达 7 年，病瘿中的冬孢子，在土壤中的寿命为 3～7 年，分散的冬孢子则至少一年以上，病菌随同饲料喂食家畜后，仍有相当的存活力。病原冬孢子耐热力极强，在干热条件下，需经 130℃、30min 才能灭活，而湿热则需 80℃、20min 可致死。

六、发病规律及传播途径

1. 发病规律

小麦矮腥黑穗病为苗期侵染的系统病害，该病侵染期长，每年12月份至次年4月份均可侵染，1～2月份是侵染盛期，从幼嫩分蘖处侵入，在细胞间蔓延，50d到达生长点，随寄主生长，菌丝进入穗原始体后，到各个花器，破坏子房，形成冬孢子堆。

2. 传播途径和发病条件

小麦矮腥黑穗病是土传病害，疫区土壤带菌是主要侵染来源。分散的病菌冬孢子在病田土壤中存活1～3年，菌瘿中的冬孢子可存活3～10年。冬孢子在水田中只能存活5个月。冬孢子经过牲畜的消化道后仍可萌发。小麦矮腥黑粉菌可附在种子表面，或以菌瘿混杂在种子间远距离传播。也可随被污染的包装材料、运载工具等远传。疫区的孢子可随风雨、河水和灌溉水传播到较远的无病区。病菌萌发适温16～20℃。病菌侵入麦苗温度5～20℃，最适9～12℃。湿润土壤（土壤持水量40%以下）有利于孢子萌发和侵染。一般播种较深，不利于麦苗出土，增加病菌侵染机会，病害加重发生。

3. 流行因素

大面积栽培感病品种、有足够的菌源、冬季日均温0～10℃的日数超过40d、稳定积雪70d以上，积雪厚度10cm以上。

国内适生区域：西北高原冬麦区和新疆、青藏高原晚播冬麦区极为适宜病害的发生，属高度危险区，江淮流域及华北、东北冬麦区基本适合病害发生，属危险区，西南高海拔地区有时也具备病菌入侵条件，也可能受害，春麦区不发病。

七、检验方法

1. 症状检查

将平均样品倒入灭菌白瓷盘内，仔细检查有无菌瘿或碎块，挑取可疑病组织在显微镜下检查鉴定。同时对现场检查时携回室内的筛上挑出物及筛下物进行检查，将发现的可疑病组织及其他可疑的感染黑穗病的禾本科作物及杂草种子进行镜检鉴定。

2. 洗涤检查

将称取的50g平均样品倒入灭菌三角瓶内，加灭菌水100ml，再加表面活性剂（吐温20或其他）1～2滴，加塞后在康氏振荡器上振荡5min，立即将悬浮液注入10～20ml的灭菌离心管内，以1000r/min离心3min，完全倾去上清液，重复离心，将所有洗涤悬液离心完毕，在沉淀物中加入席尔溶液，视沉淀物多少，定溶至1～3ml。每份样品至少检查5个盖玻片，每片全部检查。如发现可疑小麦矮腥病菌冬孢子，应以1份样品中查出30个孢子为判定结果的依据，不足30个孢子时增加玻片检查数量，直至该样品所有沉淀悬浮液用毕。

3. 病原鉴定方法

（1）孢子形态鉴定　进行病原菌形态鉴定及测量应以成熟孢子及油镜（1000倍）为准，目尺要精确核校。

① 网脊高度　指具有饰纹的冬孢子外孢壁的网目周边的垂直高度，在光学显微镜下表现为冬孢子壁的刺状突起、齿状突起的高度。小麦矮腥病菌冬孢子的网脊自基部至顶端的垂直高度（平均值和标准差，下同）为（0.53 ± 0.159）μm。

② 胶鞘厚度　指病菌冬孢子最外层无色透明的周孢壁，其厚度通常指自外孢壁网目底部（即网脊之基部）至周孢壁外缘的垂直高度，胶鞘厚度一般大于或基本等于网脊高度。

③ 孢子大小　小麦矮腥病菌冬孢子大小一般用孢子直径表示（椭圆形孢子则可用长

径×短径表示)，冬孢子大小指包括最外层即孢壁（胶鞘）的直径，其幅度为16.8～32μm，通常为18～24μm。

④ 不育孢子　指菌瘿内与冬孢子同时存在的淡色半透明、外孢壁无饰纹、有时有胶鞘的功能不明的细胞。其直径通常9～15μm，甚至可高达22μm，包括胶鞘厚度2～4μm。

(2) 网脊值的测量　镜检中，小麦矮腥病菌（TCK）和小麦网腥病菌（TCT）的部分冬孢子存在着重叠现象，形态鉴定时，需进行主要形态特征即网脊高度的测量比较。

① 监测器检测法　在监视器荧光屏上对冬孢子进行测量，每个孢子上下左右随机测4个网脊并求出平均值，用平均值作统计分析。

② 显微镜目镜测量法　在油镜下对冬孢子进行测量，方法同上。

4. 冬孢子自发荧光鉴定

此法在发现菌瘿时应加以运用。一般地，小麦矮腥黑穗病菌冬孢子的自发荧光率在80%以上，小麦网腥病菌在30%以下。TCK和TCT冬孢子自发荧光鉴定法如下：

① 从菌瘿上刮取少许冬孢子粉至洁净的载玻片上，加适量蒸馏水制成孢子悬浮液，其浓度以每视野（400～600倍）不超过40个孢子为宜，然后任其自然干燥。

② 在干燥并附着于载玻片的孢子上加一滴无荧光浸渍油（n_d=1.516)，加覆盖片。

③ 置于激发滤光片485nm、屏障滤光片520nm的落射荧光显微镜下，检测孢子的自发荧光。

④ 每视野照射2.5min，以激发孢子产生荧光，并在此时开始计数。全过程不得超过3min。每份样品至少观察5个视野，不少于200个孢子。

自发荧光的判别：通过观察冬孢子表面的网纹来确定冬孢子有无荧光。如网纹具有不同程度的橙黄色至黄绿色的荧光，就认为该孢子有自发荧光。有些孢子网纹的荧光亮而强，一经照射立即发生，另有些孢子需经一定时间的照射才缓慢地出现荧光，还有些孢子直至照射近3min时，才在网纹的边缘发出一定强度的荧光，这种现象谓之“镶边”，也作为自发荧光对待。如果是在荧光显微镜中网纹不可见或呈暗网状，则此孢子定为无荧光。

5. 病菌孢子萌发鉴定

鉴于小麦矮腥菌瘿与小麦网腥菌瘿萌发生理的不同，如需进一步鉴定病原，可根据小麦矮腥病菌在15～17℃时不萌发，在5℃光照下需3～5周萌发的特点，而小麦网腥病菌在以上两种温度下经1～2周后均可萌发的情况，来区别鉴定病原。

鉴于小麦矮腥病菌与小麦网腥病菌部分冬孢子在网脊高度及自发荧光等特征上存在着重叠现象，有时难以准确区分，则可基于小麦矮腥与小麦网腥病菌孢子在萌发生理上对温度、光照等的不同要求，来进一步区别和鉴定。

① 孢子萌发条件

a. 温度：用适于小麦矮腥病原菌孢子萌发的5℃低温，及小麦矮腥病菌完全不能萌发，但适于小麦网腥病菌萌发的15～17℃恒温进行平行萌发试验。

b. 光照：矮腥病菌萌发须有至少450lx以上的光照，网腥病菌则在有弱光照及黑暗中均可萌发。

c. 萌发培养基：3%水琼脂，常规高压灭菌。

② 方法　将灭菌后培养基冷却至约50℃，倒入直径9cm的培养皿内，每皿20ml，制成平板时，应防止形成表面流动水。将菌块放置在灭菌凹片玻片上，加灭菌水数滴，用玻棒轻研，然后用灭菌的L形玻棒均匀涂抹于琼脂平板上，菌量不可过多，一般以每低倍视野不超过40～60个孢子为宜，置于5℃弱光照下及17℃弱光和黑暗中同时进行恒温培养。小麦矮腥病原萌发通常始于第3周，有的甚至始于第5周，小麦网腥病菌在15～17℃下，通常

7～10d萌发，在5℃约经2周萌发，故第1次检查可在恒温培养10d，以后每隔3～7d再行检查，记录萌发情况并计算萌发率。菌瘿老化时，孢子萌发始期推迟，并影响萌发率。

③ 结果评定　经检疫未发现小麦矮腥黑穗病菌，视为合格小麦。经检疫发现可疑小麦矮腥黑穗病菌，应增抽复合样品。

未发现菌瘿的，如在1份洗涤检查样品中发现的30个孢子中有5个或5个以上孢子的网脊值大于或等于1.25μm，视该船为不合格小麦。如全船洗涤检查各样品均达不到标准，视该船小麦为合格。

如发现菌瘿，求出随机测量的30个冬孢子的平均网脊值，根据下列情形作判别：平均网脊值大于或等于1.25μm，为TCK；平均网脊值小于或等于0.7μm时，为TCT。平均网脊值小于1.25μm、大于0.7μm时，参照冬孢子自发荧光率作判别：自发荧光率大于或等于80%时，为TCK；自发荧光率小于或等于30%时，为TCT；自发荧光率小于80%、大于30%时，用萌发结果作最终判别。

八、检疫与防治

(1) 种子处理　常年发病较重地区用2%立克秀拌种剂10～15g，加少量水调成糊状液体与10kg麦种混匀，晾干后播种。也可用种子重量0.15%～0.2%的20%三唑酮（粉锈宁）或种子重量0.1%～0.15%的15%三唑醇（百坦、羟锈宁）、种子重量0.2%的40%福美双、种子重量0.2%的40%拌种双、种子重量0.2%的50%多菌灵、种子重量0.2%的70%甲基硫菌灵（甲基托布津）、种子重量0.2%～0.3%的20%萎锈灵等药剂拌种和闷种，都有较好的防治效果。

(2) 提倡施用酵素菌沤制的堆肥或施用腐熟的有机肥　对带菌粪肥加入油粕（豆饼、花生饼、芝麻饼等）或青草保持湿润，堆积一个月后再施到地里，或与种子隔离施用。

(3) 农业防治　小麦与鹰嘴豆间作可以使TCK减少发病60%；分蘖期用聚乙烯膜行间覆盖可减少发病75%。另外，春麦不宜种植过早，冬麦不宜播种过迟。播种不宜过深。播种时施用硫铵等速效化肥作种肥，可促进幼苗早出土，减少侵染机会。冬麦提倡在秋季播种时，基施长效碳铵1次，可满足整个生长季节需要，减少发病。

第二节　玉米霜霉病

一、学名及英文名称

引起玉米霜霉病的病原菌主要有4个种，都属鞭毛菌亚门，卵菌纲，霜霉目，霜霉科，指霜霉属。

1. 玉米指霜霉

学名　*Peronosclerospora maydis*（Racib.）Shaw

英文名　Java downy mildew of maize

2. 高粱指霜霉或蜀黍指霜霉

学名　*P. sorghi*（Weston & Uppal）Shaw

英文名　Sorghum downy mildew of sorghum or maize

3. 菲律宾指霜霉

学名　*P. philippinensis*（Weston）Shaw

英文名　Philippine downy mildew of maize

4. 甘蔗指霜霉

学名 *P. sacchari* (Miyake) Shaw

英文名 Sugarcane downy mildew of sugarcane or maize

二、分布

(1) 玉米指霜霉　多分布在亚热带湿热地区，在东南亚地区危害严重。境外主要分布于泰国、印度、印度尼西亚、以色列、阿根廷、牙买加、委内瑞拉、澳大利亚、扎伊尔。中国的河北、宁夏、山东、江苏、四川、云南、湖北、辽宁、新疆和台湾等地都有发生。

(2) 高粱指霜霉或蜀黍指霜霉　境外分布于孟加拉、伊朗、以色列、日本、菲律宾、泰国、也门、阿根廷、巴西、玻利维亚、哥伦比亚、委内瑞拉、乌拉圭、墨西哥、美国、澳大利亚。

(3) 菲律宾指霜霉　境外分布于印度、印度尼西亚、日本、尼泊尔、巴基斯坦、菲律宾、泰国、毛里求斯、南非、美国及欧洲。中国的广西、云南也有分布。

(4) 甘蔗指霜霉　境外分布于印度、印度尼西亚、日本、尼泊尔、菲律宾、泰国、越南及尼日利亚等国。中国的台湾有分布。

三、寄主及危害情况

玉米指霜霉侵染玉米、甜根子草、狼尾草等；菲律宾指霜霉主要侵染玉米，也可侵染燕麦、甘蔗、甜根子草、二色高粱、约翰逊草、假高粱等；甘蔗指霜霉侵染甘蔗、玉米以及稗草、蟋蟀草属、狗尾草属植物；高粱指霜霉或蜀黍指霜霉侵染玉米、高粱、约翰逊草、苏丹草以及多属牧草与野生植物。

玉米霜霉病是一种毁灭性病害，玉米指霜霉在印度尼西亚使玉米受害，年损失高达40%；在菲律宾，菲律宾指霜霉在20世纪70年代玉米发病率达80%～100%，造成玉米损失15%～40%。中国广西、云南曾报道有该病发生。甘蔗指霜霉发生于热带和亚热带地区，减产可达30%～60%。中国的四川和江西曾经有过发生。高粱指霜霉分布广泛，是非洲、美洲及印度等地高粱和玉米的重要病害。在美国的得克萨斯州1969年造成玉米、高粱的直接损失达250万美元。

四、症状

各种霜霉病菌在玉米上均引起系统症状。其表现除使叶片发生斑驳、叶脉不规则增厚、花序多育、雄穗畸形呈刺猬状等所谓“疯顶”的特别症状外，其余多种霜霉菌所致症状基本相似。其系统侵染病株，由苗期到成株期都可发病。苗期生长缓慢，节间缩短，植株矮化，重病株不能正常抽穗，或果穗与雄花畸形。叶片上出现淡绿色、淡黄色、苍白色或紫红色的条纹或条斑，宽度不等，多与叶脉平行，以后变褐枯死。湿度高时在叶背面或两面形成灰白色霉层。局部侵染在叶片上形成近圆形褪绿斑点，或形成短而窄的褪绿条斑、条纹，后期连接成不规则长条斑，变黄褐色干枯。

各种霜霉病症状有时因病原菌种类和环境条件变化而有所不同。如蜀黍指霜霉侵染玉米幼苗后，全株淡绿色，渐变为黄白色或白色，俗称“白苗病”。

五、病原

1. 玉米指霜霉

如图7-3所示。孢囊梗无色，基部细，有一分隔，上部肥大，呈二叉状分枝2～4次，分枝茁壮，梗长227～306μm，小梗近圆锥形弯曲，顶生一个孢子囊。孢子囊无色，长椭圆形或近圆形，大小为（23～28）μm×（15～22）μm，未见卵孢子。

2. 高粱指霜霉

如图7-4所示。孢囊梗直立，无色，长100～150μm，有足细胞，顶端二叉分枝1～3次，分枝粗短，常排列半圆形，大小为（15～26.9）μm×（15～28.9）μm。卵孢子无色球形，大小为25～42.9μm（平均36μm），具有淡黄色外壁。

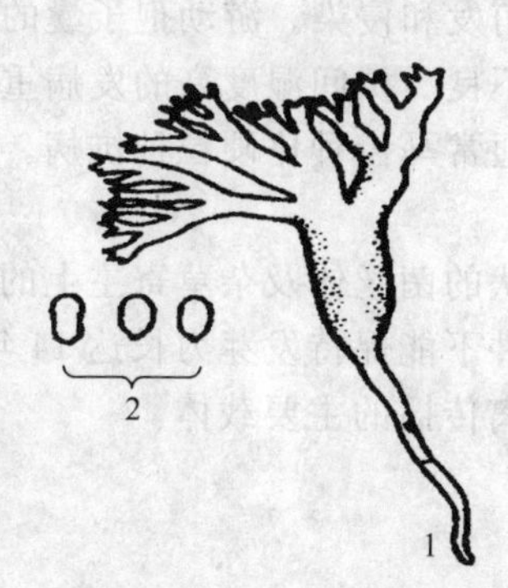

图7-3 玉米指霜霉
1—孢囊梗；2—孢子囊

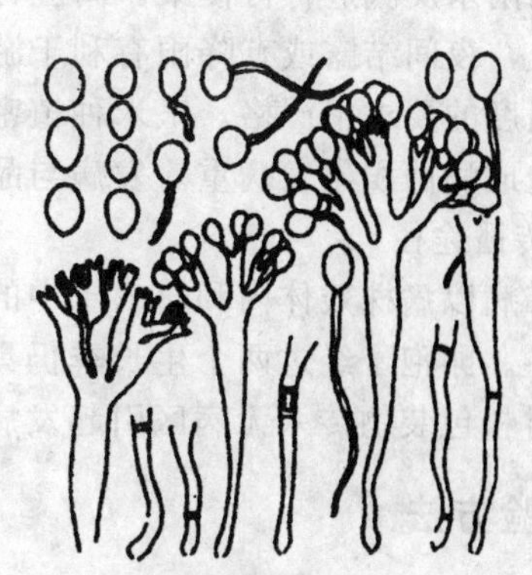

图7-4 高粱指霜霉分生孢子与孢子梗（仿戚佩坤）

3. 甘蔗指霜霉病菌

如图7-5所示。孢囊梗单个或成双从气孔伸出，无色直立，长160～170μm，基部略细，宽10～15μm，有足细胞，向上渐粗约为基部的2～3倍，0～2隔膜，上部二叉分枝2～3次。分生孢子无色，椭圆形、长椭圆形或长卵形，顶端圆，基部稍尖或圆，大小为（25～41）μm×（15～23）μm。卵孢子黄色球形或稍呈三角形，直径40～50μm，壁厚3.8～5μm。

4. 菲律宾指霜霉病菌

如图7-6所示。菌丝分枝、纤细（直径8μm），不规则缢缩与膨大，吸器简单，泡囊状至近指状（2μm×8μm）。分生孢子梗自气孔伸出，无色，长150～400μm。二叉分枝2～4次，分枝粗壮，小梗锥形，稍弯，长10μm。分生孢子无色，长卵圆形至圆柱形，顶端稍圆，大小为（27～39）μm×（17～21）μm。卵孢子罕见，球形，壁光滑，直径15.3～22.6μm。

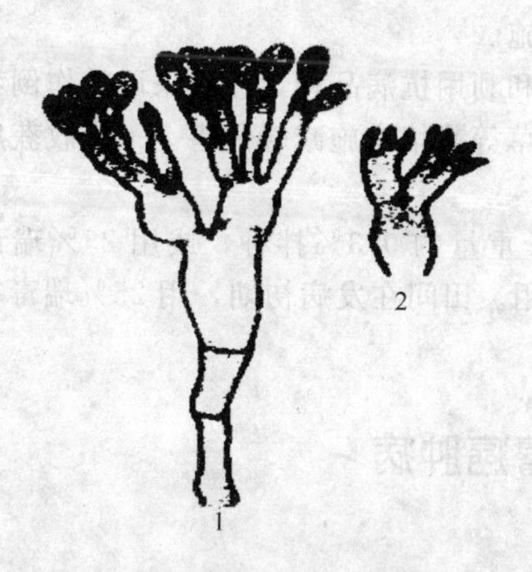

图7-5 甘蔗指霜霉分生孢子梗
1—分生孢子梗；2—梗的分枝

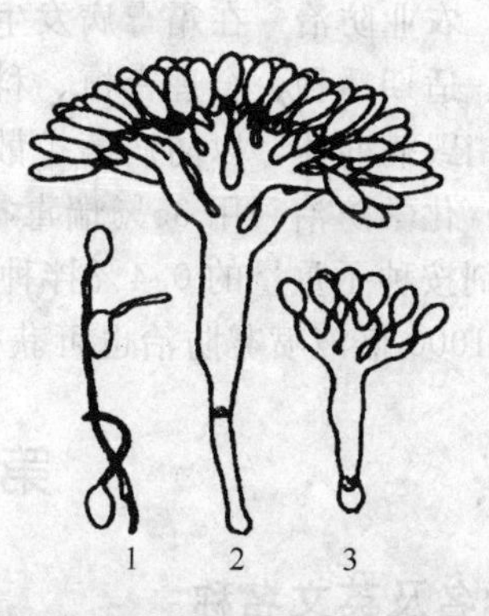

图7-6 菲律宾指霜霉（仿戚佩坤）
1—分子孢子萌发；2—露水重时分生孢子梗；
3—干燥时的分生孢子梗

六、发病规律及传播途径

1. 发病规律

病菌常以游动孢子囊萌发形成的芽管或以菌丝从气孔侵入玉米叶片，在叶肉细胞间扩展，经过叶鞘进入茎秆，在茎端寄生，再发展到嫩叶上。生长季病株上产生的游动孢子囊，借气流和雨水反溅进行再侵染。高湿特别是降雨和结露是影响发病的决定性因素。相对湿度85%以上，夜间结露或有降雨有利于游动孢子囊的形成、萌发和侵染。游动孢子囊的形成和萌发对温度的要求不严格。玉米种植密度过大、通风透光不良、株间湿度高的发病重。重茬连作，造成病菌积累发病重。发病与品种也有一定关系，通常马齿种比硬粒种抗病。

2. 传播途径

霜霉病以病株残体内和落入土中的卵孢子、种子内潜伏的菌丝体及杂草寄主上的游动孢子囊越冬。卵孢子经过两个生长季仍具致病力，在干燥条件下能保持发芽力长达 14 年之久，随玉米材料包装物传入无病区引起发病。带病种子是远距离传播的主要载体。

七、检验方法

(1) 检查来自疫区的玉米、高粱植株残体的包装、铺垫材料，可取样保湿 1 周，或埋在灭菌土壤中 1 周，使组织腐烂分解，然后制片镜检卵孢子。

(2) 用洗涤检验法，检验种子外部是否附着卵孢子。

(3) 用种子分部透明染色法检查种子的种皮和种胚等部位是否带有菌丝体和卵孢子。霜霉菌菌丝长而分枝，粗壮，无隔多核。本法只能检查种子是否带有霜霉菌，不能确定是何种霜霉菌，亦不能确定其侵染性。

(4) 用种植检验法，将种子埋于灭菌土壤中，观察幼苗的系统症状，直至出苗 5 周以后。

八、检疫与防治

(1) 严格检疫　玉米霜霉病是我国重要的进境植物检疫对象。近年该病在东南亚地区，特别是印度、印度尼西亚、菲律宾、泰国、巴基斯坦等邻邦国家已经流行，在我国也有发生。因此必须加强检疫，严禁从东南亚国家进口玉米种子。国内要严格控制疫区种子外流。生长季注意田间调查，以便及时发现，采取根绝措施。

(2) 农业防治　在霜霉病发生区，应加速选育和利用抗病品种，注意采取轮作倒茬、深耕灭茬、适期播种、合理密植、科学施肥、及时除草等栽培措施减轻危害。玉米收获后彻底清除并销毁病残体，以防病菌扩散。

(3) 化学防治　用 35%瑞毒霉拌种剂，按种子重量的 0.3%拌种，或用 25%瑞毒霉可湿性粉剂按种子重量的 0.4%拌种都有较好防病作用。田间在发病初期，用 25%瑞毒霉可湿性粉剂 1000 倍液喷雾防治也可获得较好防效。

第三节　马铃薯癌肿病

一、学名及英文名称

学名　*Synchytrium endobioticum* (Schilb.) Percival

英文名　wart disease of potato; potato wart disease; black wart of potato; potato black scab

病原分类 真菌界，鞭毛菌亚门，壶菌纲，壶菌目，集壶菌属

二、分布

境外主要分布于日本、缅甸、尼泊尔、印度、巴基斯坦、黎巴嫩、巴勒斯坦、以色列、冰岛、丹麦、挪威、瑞典、芬兰、前苏联、波兰、捷克、斯洛伐克、匈牙利、德国、瑞士、荷兰（比利时、卢森堡、葡萄牙曾有过报道，但病菌未定殖下来）、英国、爱尔兰、法国、西班牙、意大利、前南斯拉夫、罗马尼亚、保加利亚、希腊、突尼斯、肯尼亚、坦桑尼亚、津巴布韦、南非、澳大利亚、新西兰（南部岛屿）、加拿大（纽芬兰）、美国（宾夕法尼亚、马里兰、西弗吉尼亚）、墨西哥、厄瓜多尔、秘鲁、巴西、玻利维亚、智利、阿根廷、乌拉圭。1978 年传入中国，在云、贵、川高原区有发生。

三、寄主及危害情况

此病除为害马铃薯外，经人工接种的其他植物包括茄属、碧冬茄属、烟草属、酸浆属的一些种，此菌还侵染番茄。

此病是马铃薯生产上的危险性病害，常发生区一般减产 50%，严重者绝收，且品质变劣，重病薯块不堪食用，轻病薯块也煮不烂。此病在冬季贮藏期间也引起腐烂。

四、症状

马铃薯癌肿病主要为害植株地下部分，在薯块和匍匐茎上发生普遍。被害块茎的芽眼和匍匐茎由于病菌刺激细胞不断分裂，形成大小不一、形状不定、粗糙突起的肿瘤，状如花椰菜。受害薯块表面常龟裂。癌瘤组织前期呈黄白色，露出土表部分变为绿色，后期变黑褐色。组织松软，易腐烂并产生恶臭味，有褐色黏液物。贮藏期间病薯仍能发展，甚至造成烂窖。病薯变黑，发出恶臭味，经长时间煮沸不易变软，难以食用。地上部受害，外观与健株差异不明显，但后期病株较健株高，保绿期限比健株长，分枝多，结浆果多。重病株的茎、叶、花均可受害而形成癌肿病变或畸形。

五、病原

如图 7-7 所示。病菌内寄生，其营养菌体初期为一团无孢壁裸露的原生质（称变形体），后为具孢壁的单胞菌体。当病菌由营养生长转向生殖生长时，整个单胞菌体的原生质就转化为具有一个总囊壁的休眠孢子囊堆，孢子囊堆近球形，大小为 (47～78)μm×(81～100)μm，内含若干个孢子囊。孢子囊球形，锈褐色，大小 (40.3～77)μm×(31.4～64.6)μm，壁具脊突，萌发时释放出游动孢子或合子。游动孢子具单鞭毛，球形或洋梨形，直径 2～2.5μm，合子具双鞭毛，形状如游动孢子，但较大，在水中均能游动，也可进行初侵染和再侵染。

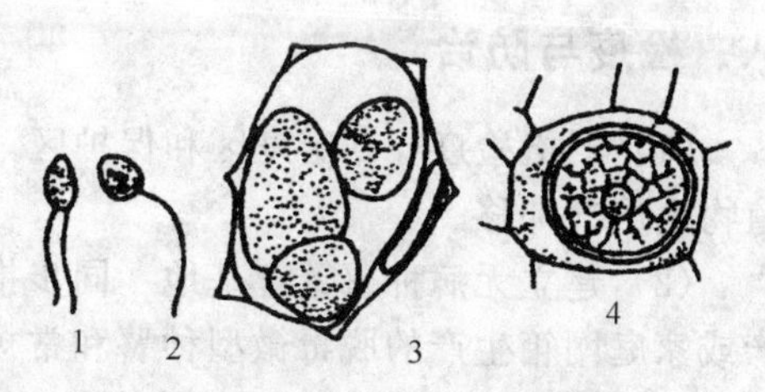

图 7-7 马铃薯癌肿病病菌（仿《植物检疫》）
1—合子；2—游动孢子；3—孢囊堆内 3 个已成熟的夏孢子囊；4—细胞内的休眠孢子

病菌对生态条件的要求比较严格，在低温多湿、气候冷凉、昼夜温差大、土壤湿度高、土壤有机质丰富和酸性条件（pH4.5～7）有利发病，温度在 12～24℃的条件下有利病菌侵染。本病目

前主要发生在四川、云南，而且疫区一般在海拔2000m左右的冷凉山区，这些地区具备气候凉爽、雨日频繁、雾多、日照少、土壤湿度大及酸性土壤等特点。

六、发病规律及传播途径

1. 发病规律

病菌以休眠孢子囊在病组织内或随病残体在土壤中越冬。休眠孢子囊抗逆性极强，可在土中存活25～30年，条件适宜时萌发产生游动孢子，从寄主表皮细胞侵入，以后产生孢子囊，并刺激寄主细胞分裂和增生。孢子囊萌发产生游动孢子或合子，进行重复侵染。病原在土中以球形或洋梨形的单鞭毛游动孢子，用细胞溶解作用穿过马铃薯表皮细胞，并刺激细胞增生为异常肥大的肿瘤，肿瘤破碎后，大量的孢子囊又散布到土壤中，成为主要的侵染源。

2. 传播途径

借种薯调运作远距离传播，土壤、病残体、牲畜粪、农具等也可传病。

七、检验方法

1. 肉眼检验

检查马铃薯块茎及根和芽组织及其周围有无癌肿组织。癌肿组织在土下发育时呈现黄白色，在土面受阳光照射后则呈黄绿色。

2. 切片检查

将带有癌肿病的块茎组织带表皮做断面切片，然后镜检观察是否有厚垣孢子囊或休眠孢子囊的存在。

3. 染色检查

将病组织放在蒸馏水中浸泡0.5h，用吸管吸取上浮液1滴放在载玻片上，然后加1%的锇酸或升汞水1滴固定，在空气中自然干燥，再用酸性品红或1%～5%甲紫1滴染色1min后，自来水洗去染液，进行镜检，可见到单鞭毛的游动孢子。

4. 土壤检验

将马铃薯块等需要检查的材料黏附的土壤按批次用毛刷刷下，集中，较大的土粒研碎并去除沙砾及石子。称取待检的土壤样品，每批次称2～3份试样，每份3g分别放在离心管中，注入浓氢氟酸至半管，玻璃棒小心搅拌用大烧杯罩住48h，在此期间至少搅拌4次。向每个管中小心加入蒸馏水，使液面达到距离心管口约3mm处，再用玻璃棒小心搅拌均匀。用2500～3000r/min速度离心10～15min。将上清液倒掉，再加蒸馏水使液面恢复到原来的高度，搅拌后再离心10min，倾去上清液，如此重复4次。最后一次将上清液倒掉后，将沉淀在离心管下的湿土用10～15ml的蒸馏水洗出，镜检。

八、检疫与防治

(1) 严格检疫　划定疫区和保护区，严禁疫区种薯向外调运，病田的土壤及其上生长的植物也严禁外移。

(2) 建立无病种薯繁育基地　同步推广经过茎尖脱毒、组织繁殖、无土栽培、工厂化生产或家庭网箱生产的脱毒微型种薯和常规抗病品种。据近年云、贵、川三省经验，一般可增产30%～50%，发病面积逐年缩小，对封锁控制马铃薯癌肿病的蔓延起到了重要作用。

(3) 种植抗病品种　此法是最经济有效且为世界各发病国家普遍采用的方法，我国四川、云南近年经抗病性鉴定选出米拉、金红、卡久、119-3、里波阿坝等品种抗病性很强，可以推广种植。

(4) 合理轮作　虽然病菌可在土壤中长期中存活，但合理轮作可以减轻病害损失，可采取与燕麦、玉米、亚麻、向日葵、油菜及豆灯等作物长期轮作，能有效地减轻发病。据报道，非感病性植物的根系分泌物能促进癌肿病菌休眠孢子早萌发，萌发后因无感病的植物而自行淘汰。

(5) 药剂防治　70%植株出苗至齐苗期，用20%三唑酮乳油1500倍液浇灌；苗期、蕾期喷20%三唑酮乳油2000倍液，50%溶菌灵可湿性粉剂600～800倍液，或69%安克-锰锌可湿性粉剂800～1000倍液，或72%霜脲-锰锌可湿性粉剂600～800倍液，每次喷对好的药液每亩50～60L（1亩≈667m²），有一定防治效果。

第四节　大豆疫病

一、学名及英文名称

学名　*phytophthora megasperma* f. sp. *glycinea* kuan and Erwin

英文名　Phytophthora root rot of soybean

病原分类　鞭毛菌亚门，卵菌纲，霜霉目，腐霉科，疫霉属

二、分布

境外主要分布于日本（北海道、秋田、京都、山形、静冈）、俄罗斯（圣彼得堡）、匈牙利（塔皮欧塞莱）、德国、英国、法国、意大利、澳大利亚（昆士兰、新南威尔士）、新西兰、加拿大（安大略）、美国（阿拉巴马、阿肯色、加利福尼亚、科罗拉多、特拉华、依阿华、伊利诺斯、印第安纳、堪萨斯、马萨诸塞、马里兰、密歇根、明尼苏达、密西西比、密苏里、新泽西、北卡罗来纳、弗吉尼亚、俄亥俄、南卡罗来纳、南达科塔、华盛顿、威斯康星）。中国的黑龙江、新疆、上海局部地区有发生。

三、寄主及危害情况

1. 寄主

大豆疫霉菌寄生专化性很强，已知可侵染的有大豆、羽扇豆属、菜豆、豌豆、白香草木樨。

2. 危害情况

此病为毁灭性病害，在大豆的整个生育期均可发生，病菌侵染植物的根、茎、叶和部分豆荚。一般发病田减产30%～50%，高感品种损失达50%～70%。严重地块绝产。被害种子大半是不成熟的青豆，蛋白质含量明显降低。

四、症状

大豆疫病可以发生在大豆生育期的各个阶段，引起根腐、茎腐、植株矮化、枯萎和死亡。田间播种后，引起种子腐烂，幼苗在出土前和出土后猝倒，出土后猝倒主要表现为主根变褐、变软、变色，扩展至下胚轴，子叶节下表皮开裂，形成环状剥皮斑，胚轴腐烂，植株死亡。在真叶期，被害幼苗茎部呈水渍状，叶片变黄，枯萎而死，成株期受害时往往在茎基部发病，出现黑褐色病斑，并向上不同程度地扩展至下部侧枝。田间调查发现病斑可断续在茎部出现，有的病株感病节位可高达11～12节。病茎髓部变黑，皮层和维管束组织坏死，靠近病斑的叶柄基部变黑，凹陷，随即叶片下垂凋萎，但不脱落，受害植株最初下部叶片发

黄，上部叶片很快失绿，随即整株枯死。田间调查中还观察到，较老的植株感病后，病茎节位的部分豆荚可以受到侵染，最初在豆荚基部呈水渍状，逐渐往端部扩展，致使整个豆荚变褐干枯，潮湿时，荚皮出现黑色霉层，即为腐生菌二次感染。病荚里的种子也受到侵染，豆粒表皮失去光泽呈现淡褐色、褐色至黑褐色，皱缩干瘪，部分受害种子表皮因皱缩呈现出网纹，且豆粒体积明显变小。根部受害变成黑褐色，除根尖外，茎部、侧枝及主根通常形成坚硬的边缘不清的病痕。

五、病原

大豆疫霉菌在PDA培养基上生长缓慢，菌落形态均匀，气生菌丝致密，幼龄菌丝体无隔多核，分枝大多呈直角，在分枝基部稍有缢缩，菌体老化时产生隔膜，并形成结节状或不规则的菌丝体膨大，膨大呈球形、椭圆形，大小不等。菌丝体宽3～9μm，可以产生厚垣孢子。本菌在利马豆培养基和自来水中可以形成大量孢子囊，孢囊梗单生，无限生长，多数不分枝，孢子囊顶生，倒梨形，顶部稍厚，乳突不明显，新孢子囊旧孢子囊内以层出方式形成，孢子囊不脱落，(23～89)μm×(17～52)μm，游动孢子在孢子囊里形成，卵形，一端或两端钝尖，具2根鞭毛，茸鞭朝前，尾鞭长度为茸鞭的4～5倍。此菌在胡萝卜或利马豆固体培养基上生长，一周后可大量产生卵孢子，为同宗配合。雄器侧生，偶有围生，藏卵器壁薄，球形至扁球形，直径29～46μm，一般在40μm以下。卵孢子球形，壁厚，光滑，有内壁和外壁，壁厚1～3μm。卵孢子直径19～38μm，卵孢子大小和孢子囊大小及乳突均受培养基和培养时间的影响而有所变化。

六、发病规律及传播途径

1. 发病规律

大豆疫病病原在土壤相对含水量为40%、70%和90%的条件下，无论是常温还是低温保存一年后均有80%以上的卵孢子存活。在常温下的卵孢子，一般有2～3个月的休眠期，而6℃下休眠期可延长至4个月以上，有的一年后仍处于休眠状态。大豆疫病以卵孢子在土中和病残体中越冬，当翌年温湿度条件适宜时，卵孢子萌发，长出芽管发育成菌丝体和孢子囊，产生大量游动孢子，通过土壤中的水流传播，在种子和根渗出液的吸引下，聚集在这些部位并形成休止孢，然后萌发侵入寄主根部，病菌在根组织细胞间生长，以小球状或指状吸器伸入寄主细胞内吸取营养。根系受侵后，向上扩展蔓延至茎部和下部侧枝。当风雨病土颗粒吹落到叶面时，也可侵染叶部，并向叶柄和茎部蔓延。孢子在病部产生，在水淹或渍水的土壤中产生大游动孢子并通过土壤中的水传播。菌丝体最适生长温度为24～28℃，最高35℃，最低8℃。

2. 传播途径

大豆疫病是典型的土传病害。Klein（1959）报道，在收获过程中发现混杂在种子样品中的土壤（粒）带有活的疫霉菌，病土是病原菌在田间传播的重要途径，孢子囊和游动孢子是田间传播的重要形式。大豆疫病卵孢子抗逆性强，可以在土壤和病残体中越冬。大豆种子的种皮、胚和子叶中带有卵孢子和菌丝体，但卵孢子集中在种皮里，在病原菌传播尤其是远距离传播中可以起到重要作用。

七、检验方法

1. 种子检验

大豆疫霉菌以卵孢子和菌丝体存在于种皮内部，种子检验时应检查种皮里是否带有疫霉菌卵孢子，其检验方法是：将豆粒放在10%KOH或自来水中浸泡一夜，取出后剩下种皮，在解剖镜下制片，然后在显微镜下检查，即可见到大豆疫霉菌卵孢子。大豆疫霉菌卵孢子的活性检查可采用染色法，用0.05% MTT（噻唑蓝）染色，在显微镜下观察卵孢子。被染上蓝色的为休眠后可以萌发的卵孢子，玫瑰红色的表示处于休眠中的卵孢子，黑色的和未染上颜色的表示已死亡的卵孢子。

2. 生长检验

将可疑的病粒直接播种于灭菌的保湿土壤中，出苗后灌水浸泡24h然后立即排水，两周后可出现病株，然后用半选择性培养基进行分离培养，将得到的病原菌进行鉴定。在疫霉菌分离过程中，很容易受到细菌和其他真菌如镰刀菌、腐霉菌的污染而使疫霉生长受到抑制，现在一般分离病组织内的疫霉菌是采用PARP选择性培养基，即在马铃薯葡萄糖琼脂培养基中加入以下抗生素和药剂，培养基中有效成分最终浓度为：匹马霉素10mg/kg，安比西林250mg/kg，利福霉素10mg/kg，五氯硝基苯100mg/kg，恶霜灵50mg/kg。

3. 土壤检验

目前口岸检测大豆疫霉菌多采用土壤叶蝶诱集法。诱集前先将土样在−7℃条件下处理10h，以减少杂菌污染，取风干土样10mg碾碎过筛（孔径2mm）诱集时加蒸馏水至饱和或过饱和状态，在20～25℃条件下培养一周，加5～10ml蒸馏水淹没土壤，然后将不含任何抗病基因的感病品种的2龄期幼叶，用打孔器切成0.5～0.7cm的叶蝶，漂浮于水面2h左右（强光照射），取出晾干，置半选择性培养基培养3～7d，镜检病原菌。得到纯培养后，可在植株下胚轴做接种试验，进一步确诊，或者取2龄幼叶放入经培养一周的土壤中漂浮，诱集12～24h后取出叶蝶，用水冲洗后再在蒸馏水中培养2～5d待叶蝶发病后采用组织分离法进行培养。

4. 血清学检验

将可疑病根或诱集后的叶蝶磨碎（抗原），得到匀浆后用ELISA分析，可以快速检测土壤中的卵孢子、菌丝体及病组织中的病原菌。

5. 分子生物学检验

利用分子生物学技术，制作适当的DNA探针，可以鉴别一些病原菌的种、变种或生理小种。

八、检疫与防治

(1) 栽培防治　对发生疫病的地块，组织劳力，拔除病株销毁；栽培大豆避免种植在低洼、排水不良或重黏土，加强耕作，防止土壤板结，增加水的渗透性有利于减轻发病；避免连作，在发病田用不感病作物轮作4年以上可以减轻发病和田间损失。

(2) 抗病品种防治　据资料报道，栽培大豆不同品种对大豆疫霉菌的抗性差异很大，据此，国外大量开展了针对病菌小种的抗性基因研究并取得较大进展，选育出许多抗病品种、高度耐病品种和低度耐病品种，在病区应当广泛推广抗病品种及耐病品种，避免使用感病品种。

(3) 化学防治　由于长期使用瑞毒霉会使疫霉菌产生抗性，经研究；64%杀毒矾-M，用量为种子重量的0.4%进行闷种，防治效果较好；发病初期可采用58%甲霜灵·锰锌可湿性粉剂每亩100g对水进行喷雾防治，发病中心植株受药剂和土壤温度的影响，病情有所减轻。

(4) 生物防治　生物防治是大豆疫病防治中的新进展。据报道，美国密歇根州Filonow

等用不同真菌和放线菌处理种子和土壤，得到较好的结果，这种方法有待进一步在田间应用。

（5）综合防治 Schmitthenner经多年试验研究，提出两套综合防治措施：第一，栽培高度耐病品种与杀菌剂瑞毒霉处理土壤相结合，这种方法成本高，土壤处理不太方便适用；第二，栽培高度耐病品种，完全耕作、瓦管排水、轮作和杀菌剂瑞毒霉处理种子，以上两个综合防治的关键是采用高度耐病品种。

第五节 烟草霜霉病

一、学名及英文名称

学名 *Peronospora hyoscyami* de Bary f. sp. *tabacina*（Adam）Skalicky

英文名 Tobacco blue mold

病原分类 鞭毛菌亚门，卵菌纲，霜霉目，霜霉科，霜霉属

二、分布

1891年澳大利亚首先报道，后传入欧洲、非洲、美洲和亚洲，现广泛分布，中国尚未发现。烟草霜霉病分布的国家有：柬埔寨、缅甸、伊朗、也门、伊拉克、叙利亚、黎巴嫩、约旦、塞浦路斯、以色列、土耳其、瑞典、前苏联、波兰、捷克、斯洛伐克、匈牙利、德国、奥地利、瑞士、荷兰、比利时、卢森堡、英国、法国、西班牙、葡萄牙、意大利、前南斯拉夫、罗马尼亚、保加利亚、阿尔巴尼亚、希腊、加拿大、美国、墨西哥、危地马拉、萨尔瓦多、洪都拉斯、哥斯达黎加、古巴、牙买加、海地、多米尼加、巴西、智利、阿根廷、乌拉圭、埃及、利比亚、突尼斯、阿尔及利亚、摩洛哥、卢旺达、扎伊尔、莫桑比克、澳大利亚、新西兰。

三、寄主及危害情况

1. 寄主

专性侵染，寄主范围窄，主要侵染烟草属植物。除主要为害红花烟草、黄花烟草外，其他易于感病的有茄科植物，如茄子、辣椒、番茄的幼苗，也可自然侵染，经人工接种还能侵染短牵牛、甜椒、酸浆及灯笼果等。

2. 危害情况

烟草霜霉病在苗床和田间都能发生，蔓延速度快，可引起大量植株死亡，是烟的毁灭性病害，严重降低了烟叶的产量和品质。在病害流行的年份烟草减产10%～60%。在美洲、欧洲及澳大利亚等地多次大范围流行。1960年欧洲流行，法国和比利时烟草损失80%～90%，1961年损失干烟叶10万吨。

四、症状

1. 苗床期症状

苗期症状表现为染病幼苗首先出现圆形的黄化区，发病中心的烟株叶片叶尖变黄，叶片的背面出现不规则的淡黄色小病斑。发病后叶表面1～2d内往往表现正常，随后病株死亡。病菌继续在死后的活体组织上生长。有时病叶极度弯曲，背面上卷，此时病的蓝色霉层（孢子梗和孢子囊）变得十分明显，尤其在潮湿的情况下更加明显。

2. 大田期症状

成株染病，叶片上生有许多圆形黄色的小斑，病斑愈合形成大面积浅褐色坏死，叶片皱缩、扭曲，大部分破碎，甚至失去应用价值。系统侵染可造成植株矮化。烟株的芽、花和蒴果都能染病，并表现病斑。在花、蒴果的病斑上偶尔形成孢子囊，但茎上病斑没有发现孢子囊。病株通常萎蔫、叶片变窄、矮化、斑驳；茎维管束变色，剖析有褐色条斑；如果病斑出现在茎基部往往造成倒伏；根部也能染病。

五、病原

如图 7-8 所示。烟草霜霉病是一种专性寄生菌。无性世代产生孢子囊，有性世代产生卵孢子。孢子梗（400～750μm）自气孔伸出，单生或数枝束生，呈树枝状，顶部作数次叉状分枝，最末的小梗尖细，向内弯曲，略呈钳状，其上着生一个孢子囊。孢子囊透明，柠檬形或椭圆形。大小（17～28）μm×(13～17)μm，内部充满油球。不同菌株孢子囊的体积变化很大，当白天 25～30℃，晚上降至 10～15℃时，孢子囊体积增加，孢子囊内含 8～22 个核，平均 15 个。卵孢子红褐色，近球形，表面粗糙，直径 20～60μm，不同条件下大小不一。卵孢子在病叶的叶肉组织内产生，有时叶柄、根、蒴果、种皮和烟苗都可产生卵孢子。藏卵器圆形，透明，内部充满油球和颗粒状物，精子器钝棒状。

图 7-8　烟草霜霉病菌
1—孢子梗；2—孢子囊萌发；
3—卵孢子萌发

六、发病规律及传播途径

1. 发病规律

烟草霜霉病菌的卵孢子在土壤里越冬，成为苗床期病害的主要初侵染源；但有些地区则是由空气中气流传播的孢子囊为初侵染源，在冬季比较温暖的地区，病菌可在病株上越冬。再侵染源则为孢子囊，因为孢子囊小而轻，可随风飘浮，据测定，在 2h 以内，孢子囊可以传播到 150km 以外的地方。在澳大利亚，因为寄主植物较多，病害往往终年发生，初侵染与再侵染很难分开，病菌以卵孢子和菌丝体在病株残体和自生烟苗或野生观赏烟草上越冬。带有病菌的病株组织碎片混杂在烟种之间，随着烟种的调运，可远程传播。还有病残组织混入粪肥或烟厂加工卷烟后的废料中，也可以传播病害。

2. 传播途径

气流传播、农具、河流和人、畜的活动都有可能携带病菌，成为再侵染的来源。

3. 发病条件

（1）温度　昼暖夜凉温差大，易于形成孢子囊。据观察在 28～30℃和 15～18℃两种温度交替的条件下，能大量形成孢子囊，有利于发病。

（2）湿度　孢子囊萌发需要有水膜存在，湿度低于 90%完全不能萌发。因此晚间露水大则有利于孢子囊的萌发，阴雨天气也有利于发病。

（3）光照　黑暗无光或弱光的情况下才能形成孢子囊，因此，在后半夜至黎明前 2h 左右是孢子囊形成的主要时期；连阴天气对于孢子囊的存活有利，阳光直射可以杀死孢子囊。所以，晴天发病轻。

（4）风力　大风有利于孢子囊的远程传播，对于病害的蔓延有利。

（5）田间小气候　烟株密度过大，通风透光差有利于病菌的侵染危害。此外，土壤有机质过多，营养元素不协调也有利于发病。

七、检验方法

1. 活体检验

对于进口的寄主植物，一旦发现有霜霉病的可疑症状，马上进行镜检，排除疑问，如系烟草霜霉病应立即采取销毁措施。另外应在隔离圃内进行试种，直到确认系健康种苗，方可发放。

2. 干叶检验

(1) 取样　根据不同产地不同等级分小批取样，每小批按件数的1%抽取，但最低不得少于5件。在各件中拣取一定数量的样品，总量为1～4kg。取样方法应采取上中下三层对角线抽取烟叶。500件以下检查1份样品，每份样品250g，501～2000件检查2份样品，2001件以上检查3份样品。

(2) 检验　不同的情况要采取不同的检验方法。

① 肉眼直接检查病烟叶　在采集的样品中取250g，要在杜绝污染的条件下适当回潮，用肉眼逐片检查受害烟叶，迎光透视，可见明显病斑。在叶片背面若生灰蓝色霉层，可进一步镜检。

② 直接镜检　用解剖针从叶背病斑挑取霉层少许，按常规制片办法制片镜检。

③ 洗涤检验　把霉层不明显的可疑病斑剪下，用蒸馏水浸泡0.2h，待烟叶软化后，用研钵研磨装入烧瓶，再加入蒸馏水剧烈振荡，将悬浮液注入离心管，以1000r/min的速度离心5min，倾去上清液，取沉淀液在显微镜下检查5～10片。

④ 卵孢子检查

a. 乳酚油透明法：剪取老病斑若干小块，置于盛有乳酚油的小烧杯中，将乳酚油加热煮沸15～30min，煮至烟叶组织全部透明，但不至于消解为止。加苯胺蓝（棉蓝）染色后用乳酚油作浮载剂，然后镜检。

b. 水浸透明法：剪取可疑病斑，置于小烧杯中，加水浸泡2～24h，挑取透明病组织，平展于载玻片上，用滤纸吸去材料上的水分，用低倍显微镜检视。

c. 火碱透明法：剪取老病斑放在烧杯中，用10%的氢氧化钠或氢氧化钾液煮20～35min，使烟叶组织透明，取出置清水中，挑取透明组织加苯胺蓝染色，用乳酚油作浮载剂，然后镜检。

3. 种子检验

根据Egerer介绍的方法进行种子检验。首先用适于植物水培的营养盐类2.5g、琼脂14g、蒸馏水1000ml制取培养基。然后将消毒后的种子置于斜面上培养。种子发芽后进行观察和镜检。

八、检疫与防治

严格执行国家植物检疫制度，在进口烟叶商品和种子时严格检验。

目前发生烟草霜霉病的国家皆采取下述方法控制病害：

① 烟草收获时要全部收获干净，避免有越冬病菌传播病害。

② 不在病区和病株上采收烟种。

③ 深冬耕和浅春耕，收烟后要将烟田深翻，将所有病残组织翻入土中深埋，使病株残体腐烂，来年春天应浅春耕，避免病菌翻到土壤表面扩散传播。

④ 苗床使用无菌土或用药剂和蒸气对苗床土进行杀菌。

⑤ 苗床发病后要立即进行药剂防治，常用药剂有代森锌、代森锰、福美铁等。用药一般浓度为0.2%～0.3%，要防止用药量过大而产生药害。美国采用苯酚及对二氯苯熏蒸苗床，并以尼龙布覆盖处理苗床。如使用对二氯苯，每 $1m^2$ 苗床用量8～10g，日落时进行，覆盖熏蒸一昼夜即可。

⑥ 病害点片发生时就要及时开展大田药剂防治，常用药剂为65%代森锌及25%瑞毒霉。用药浓度一般为0.2%～0.8%，移栽后如有发病，每隔7d喷药1次，至收获前7～10d停止喷药。

第六节 榆枯萎病

一、学名及英文名称

学名 *Ceratocystis ulmi*（Buis.）*Moreau*＝*Ophiostoma ulmi*（Buisman）Nannf.

英文名称 Dutch elm disease

病原分类 该菌有性态属子囊菌亚门，核菌纲，球壳目，长喙壳属；无性态属半知菌亚门，丝孢纲，束梗孢目，黏束孢属

二、分布

分布在美国、荷兰、比利时、法国等国。亚洲国家有伊朗、印度、土耳其、乌兹别克斯坦、塔吉克斯坦。近几年来，美国因该病每年损失约1亿美元以上，不仅经济上造成巨大损失，而且破坏了公园、道路等地的绿化。迄今为止，我国尚未发现该病，已列为对外检疫对象。

三、寄主及危害情况

1. 寄主

寄主范围较窄，自然条件下只危害榆属树木。人工接种还能危害榉属、水榆属。

美洲榆、山榆、糙枝榆和翼枝长序榆高度感病；荷兰榆中度感病；榔榆、白榆、光叶榆、英国榆和帕劳榆较抗病。

2. 危害情况

20世纪70年代中期，美国每年死亡榆树40万株，损失1亿美元。1971～1978年间在英国南部有70%以上的榆树死亡。20世纪该病在欧美引起两次大规模流行，造成大面积榆树死亡，不仅造成经济上的损失，而且破坏了公园、道路等地区的绿化。

四、症状

本病症状常表现为2种类型。

(1) 急性枯萎型　上层个别枝条突然失水萎蔫，并迅速扩展到其他枝梢，叶片内卷稍褪绿，干枯而不脱落，嫩梢下垂枯死。

(2) 慢性黄化型　个别枝条上的叶片变黄色或红褐色，萎蔫，逐渐脱落，并向周围枝梢扩展，病枝分叉处常有小蠹虫蛀食的虫道。

以上2种类型在病枝的横切面上均有褐色环纹。在剖面上，可见到外层木质部上有黑褐色条纹。变色导管被一些填侵物和一些胶状物所堵塞。幼树发病常表现为急性型，易当年枯死。

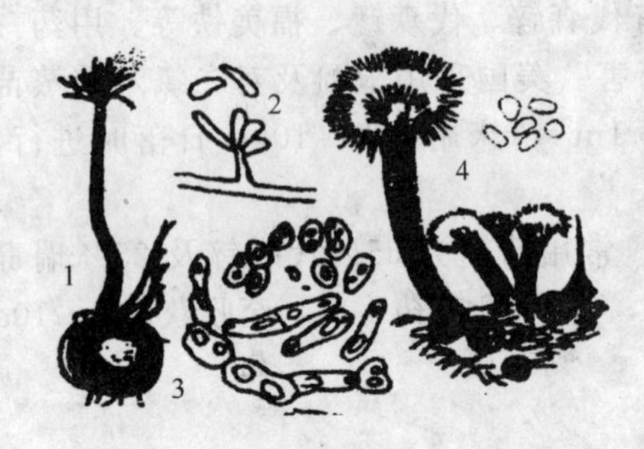

图 7-9 榆枯萎病菌

1—子囊壳及子囊孢子；2,3—分生孢子及酵母状的芽孢子；4—孢梗束及分生孢子

五、病原

如图 7-9 所示。异宗配合。子囊壳黑色，基部球形，具长颈，以褐色假根状菌丝表生或埋生在基质上。

榆枯萎病菌（*O. ulmi*）：壳基宽 100～150μm，颈长 280～510μm，颈基宽 18～42μm，颈顶宽 11～16μm。

新榆枯萎病菌（*O. novo-ulmi*）：壳基宽 75～140μm，颈长 230～640μm，颈基宽 19～36μm，颈顶宽 9～14μm。

子囊球形至卵形，壁薄，易消解，子囊孢子透明，单胞、橘瓣形，大小为（4.5～6）μm×（1～1.5）μm，成熟后，随膨胀的胶质物从长颈内流出，聚集成奶白色的黏性孢子滴。

六、发病规律及传播途径

1. 发病规律

以菌丝体、子囊孢子、分生孢子在衰弱的病株内或被砍伐的病树、死树内的虫道和蛹室中越冬。夏秋季，小蠹虫的雌虫成在病死树木或快死的榆树上食蛀产卵，来年春天与羽化出来的成虫身上和体内带有大量的病菌孢子，这些昆虫取食健康的树木，使得孢子由取食部位侵入树体内部。病原菌侵入榆树导管后，通过纹孔从一个导管扩展到另一导管，导管内菌丝能产生类酵母菌状的芽孢，可在导管中随树液的流动而扩散。孢子的存活期很长，在伐倒病株的原木上可存活 2 年之久。病原菌对活榆树的侵染主要由带菌的小蠹虫危害引起。该病亦可通过根接触传染。炎热干旱的年份，病害会加速发展。所有欧洲榆和美洲榆都易感病，亚洲榆抗病性较强。

2. 传播途径

田间主要随昆虫传播。已肯定的介体有：欧洲榆小蠹、欧洲大榆小蠹、美洲榆小蠹、闪光边材小蠹、柞黑小蠹、短体边材小蠹、额沟黑小蠹、腹瘤小蠹，虽然传播介体种类很多，但最主要的是前 3 种小蠹虫。远距离传播：苗木、原木、木制品和包装箱垫的榆木。通过根接也能传播病原菌。

七、检验方法

1. 外观症状检验

对来自疫区的榆属苗木、原木和木制品，检疫时首先查看树皮上有无虫孔或蛀孔屑，然后再剥去树皮或解剖观察木质部外侧有无褐色条斑，或从纵剖面和横断面靠近外侧的年轮附近有无褐色长条纹或连续圆环。与此同时，在枝杈纵面注意有无小蠹的蛀食坑道。

2. 病原菌鉴定

（1）无性阶段病原菌形态　对可疑病木从变色部位取样，表面消毒后，置麦芽浸膏培养基上（麦芽浸膏 30g、琼脂 20g、水 1000ml，高压蒸气灭菌 15min，加链霉素 30μg/ml），20℃黑暗条件下培养，待病菌长出子实体后进行镜检，鉴定发簇孢属（Sporothrix）和黏束孢属（Graphium）的分生孢子形态。酵母状芽殖孢子的形成需要在有特定营养的培养液中培养方可获得。

（2）两个种病原菌的菌落形态　将新分离的纯培养物接入有麦芽浸膏的培养基内，每种设置20℃和33℃两个等级，黑暗培养2d、5d、8d，分别测量菌落生长速度。然后，分别再置于20～25℃散射光下培养10d，观察菌落性状。*O. novo-ulmi* 在20℃条件下生长速度快，33℃生长慢，菌落为绒毛型，晕环明显。

（3）子囊孢子的获得　在选择培养基上用标准菌株，A型和B型两种不同交配型的孢子进行异宗配合，方可获得子囊壳。

八、检疫与防治

（1）严格执行对外检疫，严禁调运榆树苗木。

（2）培育和选用抗病树种。

（3）对病株（枝）应及早彻底砍除并烧毁，减少侵染来源。

（4）对感病植株的树干基部注入内吸杀菌剂如苯来特、多菌灵等，有抑制病害发展的效果。喷施杀虫剂防治介体昆虫，亦可给病树注射缝隙磷、二甲砷酸，杀死寄居树干的传病介体，利用杀菌剂进行喷施和茎干注射可起治疗和保护作用，较有效的杀菌剂为多菌灵和涕必灵。

（5）生物防治：绿色木霉、丁香假单胞、光假单胞、镰刀菌和菊属植物提取物对该菌也有抑制效果。在介体生物防治方面，已合成欧洲大榆小蠹的性外激素，还发现一种寄生蜂，另外苏云金杆菌和木霉亦对防治小蠹虫有效果。

（6）要积极防治小蠹。

第七节　棉花黄萎病

一、学名及英文名称

学名　*Verticillium dahliae* Kleb.

英文名　Verticillium Wilt of cotton

病原分类　半知菌亚门，丝孢纲，丛梗孢目，丛梗孢科，轮枝菌属

二、分布

广泛分布于温带和亚热带地区。中国山东、江苏、甘肃、新疆等地均有发生。

三、寄主及危害情况

1. 寄主

寄主范围很广泛，约有660种植物，包括十字花科、蔷薇科、豆科、茄科、唇形花科、葫芦科、菊科以及其他科的植物。受害较严重的有棉花、茄子、马铃薯、烟草、辣椒、芝麻、草莓、南瓜、蚕豆、向日葵、甜菜、葡萄、核果类、豆科牧草等。

2. 危害情况

棉花发病后，叶片变黄、干枯，落蕾落铃多，果枝减少，铃重减轻，减产20%～30%，纤维品质变劣。在美国和前苏联等主要产棉区都曾严重流行，前苏联曾因该病被迫5次全国性地更换棉花品种。我国20世纪50～60年代以黄萎病为主，以后枯萎病为害严重，80年代末枯萎病得到控制后，黄萎病又复猖獗。1993年南北各棉区大发生，损失皮棉约100000t，1995年再次大发生，损失皮棉75000t。

四、症状

整个生育期均可发病。自然条件下幼苗发病少或很少出现症状。一般在3～5片真叶

期开始显症，生长中后期棉花现蕾后田间大量发病，初在植株下部叶片上的叶缘和叶脉间出现浅黄色斑块，后逐渐扩展，叶色失绿变浅，主脉及其四周仍保持绿色，病叶出现掌状斑驳，叶肉变厚，叶缘向下卷曲，叶片由下而上逐渐脱落，仅剩顶部少数小叶，蕾铃稀少，棉铃提前开裂，后期病株基部生出细小新枝。纵剖病茎，木质部上产生浅褐色变色条纹。由于病菌致病力强弱不同，症状表现亦不同。划分为落叶型（或称光秆型）、枯斑型（或掌状枯斑型）和黄斑型等。落叶型该菌系致病力强。病株叶片叶脉间或叶缘处突然出现褪绿萎蔫状，病叶由浅黄色迅速变为黄褐色，病株主茎顶梢侧枝顶端变褐枯死，病铃、包叶变褐干枯，蕾、花、铃大量脱落，仅经 10d 左右病株成为光秆，纵剖病茎维管束变成黄褐色，严重的延续到植株顶部。枯斑型叶片症状为局部枯斑或掌状枯斑，枯死后脱落，为中等致病力菌系所致。黄斑型病菌致病力较弱，叶片出现黄色斑块，后扩展为掌状黄条斑，叶片不脱落。在久旱高温之后，遇暴雨或大水漫灌，叶部尚未出现症状，植株就突然萎蔫，叶片迅速脱落，棉株成为光秆，剖开病茎可见维管束变成淡褐色，这是黄萎病的急性型症状。该病不矮缩，能结少量棉铃。有时黄萎病和枯萎病混合发生，两种症状在同一棉株上显现，但症状常与侵入病原菌种类及数量相关，出现较复杂的情况，可通过剖检病茎鉴别。黄萎病、枯萎病都引致维管束变色。黄萎病变色较浅，多呈黄褐色；枯萎病颜色较深，多呈黑褐色或黑色。发病重的棉株茎秆、枝条、叶柄的维管束全都变色。必要时镜检病原即可确诊。

五、病原

如图 7-10 所示。大丽轮枝孢在 PDA 培养基上菌落白色至灰色，后布满颗粒状暗色微菌核。分生孢子梗直立、有隔、无色至淡色，(110～130)μm×2.5μm。梗上每节轮生 3～4 个小梗（轮枝），顶端亦生小梗（顶枝）。小梗大小为(16～35)μm×(1～2.5)μm。小梗端部的产孢瓶体连续产生分生孢子，聚集成易散的头状孢子球。分生孢子无色，单胞，偶有 1 隔，椭圆形、近圆筒形，大小为 (2.5～8)μm×(1.4～3.2)μm。微菌核长形至不规则的球形，黑褐色，由近球形的膨大细胞构成，直径 15～50(～100)μm。大丽轮枝孢菌落生长适温为 22.5℃，在 30℃时也能正常生长，适宜 pH 值为 5.3～7.2。

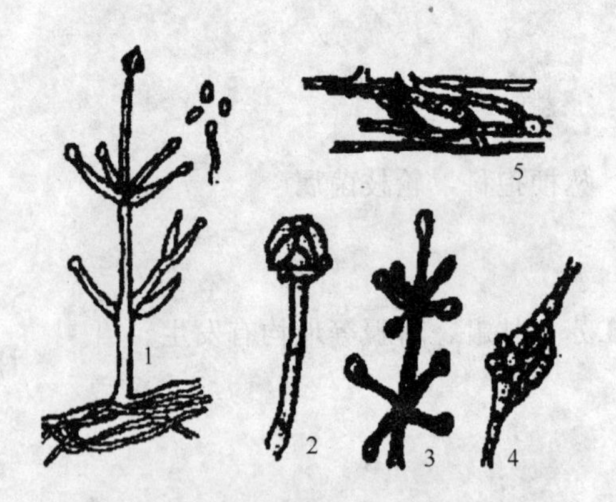

图 7-10 棉花黄萎病病菌

1—分生孢子梗和分生孢子；2—干燥时分生孢子着生状；3—潮湿时分生孢子着生状；4—微菌核；5—膨胀菌丝

六、发病规律及传播途径

1. 发病规律

通过带菌的棉籽、棉籽饼、棉籽壳、病株残体、土壤、肥料、流水和农田管理工具等途径传播蔓延。土壤中的棉花黄萎病菌，遇到适宜的温、湿度，病菌孢子或微菌核萌发出菌丝，由棉花根系的根毛或伤口处侵入，穿过表皮细胞，在皮下组织内生长，进入木质部的导管，在导管内繁殖，产生大量小孢子，小孢子随植物营养输送到植株的各个部位。由于菌丝及孢子大量繁殖，并刺激邻近的薄壁细胞产生胶状物质等堵塞导管，病原菌还可产生毒素，使植株萎蔫枯死。病菌在土壤中和病株残体中继续存活。

2. 传播途径

棉花黄萎病菌主要以微菌核在土壤中越冬，也能在棉籽内外、病残体、带菌棉籽壳、棉籽饼中越冬而引起侵染。病叶作为病残体存在于土壤中是该病传播重要来源。棉籽带菌率很低，却是远距离传播重要途径。

3. 发病条件

适宜发病温度为25～28℃，高于30℃、低于22℃发病缓慢，高于35℃出现隐症。在温度适宜范围内，湿度、雨日、雨量是决定该病消长的重要因素。地温高、日照时数多、雨日天数少发病轻，反之则发病重。在田间温度适宜，雨水多且均匀，月降雨量大于100mm，雨日12d左右，相对湿度80%以上发病重。连作棉田、施用未腐熟的带菌有机肥及缺少磷、钾肥的棉田易发病，大水漫灌常造成病区扩大。北方棉区7、8月份，棉花花铃期为发病高峰。

七、检验方法

1. 田间诊断

根据表观症状和剖秆检查结果确定。必要时用常规组织分离法由病株分离病原菌，在22～25℃下培养2～3周。在菌落中央产生黑色微菌核的为大丽轮枝孢。

2. 种子带菌检验

棉籽（硫酸脱绒或不脱绒）洗净，流水冲洗24h，或用含2%～3%有效氯的次氯酸钠液表面消毒1～2min，无菌水冲洗3次后，植床于2%水琼脂培养基平板上（为避免发芽，可在无菌条件下剪破棉籽），在22～25℃下培养10～15d。用实体显微镜观察棉籽上和其周围有无轮枝状分生孢子梗。如有，可将其移植到PSA培养基平板上，继续培养，如生成微菌核，则为大丽轮枝孢。此外，还可将上述表面灭菌的棉籽植床于棉籽饼琼脂培养基平板上，在上述条件下培养10～15d，根据轮枝状分生孢子梗和微菌核的形成，确定大丽轮枝孢。

棉籽饼琼脂培养基配方：棉籽饼粉10g，95%乙醇17ml，链霉素40μg/ml，琼脂7.5g，水1000ml。

八、检疫与防治

（1）严格检疫　无病区的棉种不能从病区调运，防止枯萎病及黄萎病传入。棉花良种厂、良种繁殖基地以及供种单位均需要在生长期进行产地检疫。凡种子生产田黄萎病病株率超过0.1%的，一律不得作为种子用；发病率低于0.1%的，要及时拔除病株。调入疫区的种子要进行抽样检查，使用带菌种子要先用多菌灵胶悬液处理14h。

（2）实行大面积轮作倒茬　轮作倒茬是防病的最有效的措施。尽管黄萎病菌的寄主植物有很多，但禾本科的小麦、大麦、玉米、水稻、高粱、谷子等都不受黄萎病菌为害。轮作方式可为棉花—小麦—玉米—棉花。一般在重病年份经一年轮作，可减少发病率13%～26%，二年轮作间少发病率37%～48%。

（3）选用抗、耐病品种，精加工包衣棉种　枯萎病、黄萎病混合发生的地区，提倡选用兼抗枯萎病、黄萎病或耐病品种。生产上可采用中棉所45、SGK321、鲁棉研18等品种。

（4）铲除零星病区、控制轻病区、改造重病区　坚持连年清除病田的枯枝落叶和病残体，就地烧毁，可减少菌源。

（5）棉种消毒处理　硫酸脱除短绒后每1kg用五氯硝基苯250ml拌种或直接应用药剂浸种。现普遍应采用的是种子包衣装袋的方法，使用比较简便。

（6）药剂防治　使用化学药剂防治时，注意交替、轮换用药。另外，一些生物防治措施极其有效，放线菌对大丽轮枝孢有较强抑制作用。细菌中 *Bacillus* 和 *Pseudomonas* 的某些种能有效抑制大丽轮枝孢菌丝散发。木霉菌 *Trichoderma lignorum* 对大丽轮枝孢有较强拮抗作用，可用以改变土壤微生物区系进而减轻发病。

常用药剂有：16%氨水或氯化苦、福尔马林、90%～95%棉隆粉剂、12.5%治萎灵、多菌灵、辛硫磷、混合氨基酸酮、锌·锰·镁、氯霉·乙酸、高锰·链、琥胶肥酸。

思考与练习题

1. 试述小麦矮腥黑穗病的症状特点。
2. 试述玉米霜霉病的症状特点。
3. 试述马铃薯癌肿病的症状特点及检疫检验方法。
4. 试述大豆疫病的发生规律和流行条件。
5. 试述烟草霜霉病病害发生规律及检疫检验方法。
6. 试述棉花黄萎病的症状特点及检疫检验方法。

第八章　植物检疫性细菌病害

本章学习要点与要求

本章重点介绍几种检疫性细菌病害的发生和危害情况，其中包括：水稻细菌性条斑病、柑橘溃疡病、番茄溃疡病、瓜类细菌性果斑病、玉米细菌性枯萎病、梨火疫病。要求学生了解上述几种主要病害的分布与危害情况、主要寄主种类等，掌握这些病害典型症状表现、发生发展规律、检验检疫方法、主要防控技术措施。

第一节　水稻细菌性条斑病

一、学名及英文名称

学名　*Xanthomonas oryzae* pv. *oryzicola*（Fang et al.）Swing et al.

英文名　Bacterial leaf streak of rice

病原分类　薄壁细菌门，假单胞杆菌科，黄单胞菌属，稻黄单胞菌稻生致病型

二、分布

水稻细菌性条斑病症状于1918年由Reiking首次在菲律宾发现。现在境外主要分布于菲律宾、孟加拉、柬埔寨、印度、尼泊尔、印度尼西亚、马来西亚、泰国、越南、巴基斯坦、塞内加尔、喀麦隆、尼日利亚、马达加斯加、澳大利亚及哥伦比亚。中国目前仅在广东、海南、湖南、福建、四川、贵州等省的部分地区发生。

三、寄主及危害情况

1. 寄主

禾本科稻和其他稻属植物，人工接种也可侵染李氏禾，但致病性较弱。

2. 危害情况

水稻细菌性条斑病简称水稻细条病，近年上升为一种多发性的水稻主要病害，该病主要发生在热带和亚热带地区的水稻上，籼稻通常极为感病，多数粳稻的抗性都很强。一般减产10%～20%，严重时可减产40%～50%。

四、症状

主要为害叶片，有时也为害叶鞘。病斑发生在叶脉间，呈线状、笔直，长度数毫米至数十毫米，宽0.2～0.5mm，初呈暗绿色水渍状，扩展后受叶脉限制，成为黄褐色至红褐色，和叶脉平行，长可达1cm以上。数条线斑可联合成小斑块，潮湿时线斑上可渗出黄色菌脓，细小如针头大，串生在线斑上，线斑因被菌脓覆盖而呈黄色，菌脓干后紧紧黏附在线斑上不易脱落。严重时稻叶呈黄褐色至红褐色枯焦状，相当触目，远看一片火红。会合后的老斑，颜色可变灰白色，当叶上组织大量枯死时，很像白叶枯病，但病斑条状笔直，病部边界整

齐，边缘平直绝不显波纹状，对光观察线斑半透明，叶上菌脓较白叶枯病的细而多，黏着紧而不易脱落。

五、病原

菌体单生，短杆状，大小 (1～2)μm×(0.3～0.5)μm，极生鞭毛一根，革兰染色阴性，好氧，不形成芽孢和荚膜，在肉汁胨琼脂培养基上菌落圆形，周边整齐，中部稍隆起，蜜黄色。生理生化反应与白叶枯菌相似，不同之处该菌能使明胶液化，使牛乳胨化，使阿拉伯糖产酸，对青霉素、葡萄糖反应钝感，该菌生长适温 28～30℃。该菌与水稻白叶枯病菌的致病性和表现性状虽有很大不同，但其遗传性及生理生化性状又有很大相似性，故该菌应作为稻白叶枯病菌种内的一个变种。

六、发病规律及传播途径

1. 发病规律

水稻细菌性条斑病的发病规律与白叶枯病基本相同。病菌主要在病种子和病草上越冬，其次在李氏禾等杂草上越冬。病菌从气孔和微伤口侵入，在薄壁组织的细胞间繁殖扩展。高温、高湿、多雨是病害流行的主要条件，特别是台风、暴雨频繁的年份易诱发本病；杂交稻比常规稻易发病；糯稻比籼稻和粳稻明显抗病；偏施氮肥或使用氮肥偏迟有利于病害发生甚至加重发病。水稻整个生育时期都可发生为害，但以分蘖期至抽穗期最易感染。沿江、沿河的低洼易淹稻田发病较重。

2. 传播途径

病田收获的种子、病田残株带有病菌，成为下个生长季初侵染的主要来源。病粒播种后，病菌侵害幼苗的根及芽鞘，插秧时又将病秧带入本田，主要通过气孔侵染叶片。在夜间潮湿条件下，病斑表面溢出菌脓。干燥后成小黄珠，可借风、雨、露水、泌水和叶片接触等蔓延传播，也可通过灌溉水和雨水传到其他田块。远距离传播通过种子调运。

七、检验方法

1. 产地检疫

国内调种引种前在原产地进行的检疫。尤其在孕穗和抽穗期，进行必要的田间和室内检验，产地检疫不合格的，禁止调运。

2. 种子检验

病稻种是病害的主要侵染源之一，在病害流行学中具有关键性作用，也是采取检疫措施的主要依据。因此对调运的种子必须检疫。用于检测稻种带细条病菌的方法主要有：血清学方法（共凝集反应、ELISA 检测、免疫吸附分离）、噬菌体方法、常规的种子分离法检验或者种子育苗检验。对调运的水稻种子按种子量的 0.01%～0.1%做抽样检查。

(1) 直接分离鉴定　该法是利用水稻细菌性条斑病菌生长的半选择性，将稻种 5g 用 75%乙醇表面消毒 2min，研碎后加上 10ml 1%灭菌蛋白胨水浸泡 2h，浸泡液在培养基上进行划线或稀释分离。国内外常用的这类培养基有 X87 培养基 [$(NH_4)_2SO_4$ 2g，$K_2HPO_4 \cdot 3H_2O$ 3g，KH_2PO_4 1.5g，$FeSO_4$ 0.1g，L-谷氨酸 1g，L-半胱氨酸 0.2g，蛋氨酸 0.2g，蔗糖 10g，琼脂 16g，蒸馏水 1000ml]、七叶苷培养基（七叶苷 1g，蛋白胨 10g，食盐 5g，柠檬酸铁 0.5g，琼脂 20g，蒸馏水 1000ml）、改良 523 培养基（蔗糖 10g，水解酪朊或聚蛋白胨 8g，酵母浸膏 4g，$K_2HPO_4 \cdot 3H_2O$ 2.4g，$MgSO_4 \cdot 7H_2O$ 0.3g，琼脂 15g，蒸馏水 1000ml）、D5 培养基（纤维二糖 5g，K_2HPO_4 3g，NaH_2PO_4 1g，NH_4Cl 1g，$MgSO_4 \cdot$

$7H_2O$ 0.3g，琼脂16g，蒸馏水1000ml）等，培养基最适pH值为6.9～7.2，最适培养温度为26～30℃。

由于水稻细菌性条斑病菌、水稻白叶枯病菌及李氏禾菌的菌落在一般培养基上难以区分，因此，直接分离法检测到的可疑条斑病菌，经纯化后需进行致病性及必要的生理生化测定，或借助于计算机的快速鉴定方法，如Biolog和脂肪酸分析。该法分离培养基的稻条斑病菌菌落回收率低，影响检测的灵敏度。

（2）离体叶接种　这一方法是在浓缩接种法的基础上发展起来的，由于发病条件不受环境条件影响，病菌检测比浓缩接种法准确快速。它是将水稻细菌性条斑病病种浸泡的浓缩液接种于嫩绿的离体水稻叶片上，创造非常合适的环境条件以利于病害的发生。具体检测方法介绍如下。

① 平板培养基的制作　琼脂10g，蒸馏水1000ml装入三角瓶，灭菌后，在水琼脂中加0.075g苯并咪唑，充分溶解，冷却至45℃倒入培养皿中，每皿25ml。

② 离体水稻叶片的处理　用4～5叶期嫩绿的稻苗（感病品种），选取同一叶位的叶片，剪成长5～6cm的小段，用灭菌水清洗，每皿放5～6段，使叶背紧贴培养基。

③ 供测稻种的处理　从每份供测样品中取样量为：刚收获的可疑病稻种每份20～30g，3个月后取50g，6个月以上取100g，在研钵中研碎，加1∶2灭菌蒸馏水及0.025%吐温20，于35℃下浸泡振荡40min，然后用普通滤纸过滤，去残渣，样品滤液在13000r/min的高速离心机下离心5min，弃上清液，保留沉淀物。

④“针刺＋涂抹”接种　在无菌室内用消毒棉花吸附离心管中的沉淀物，再用小号昆虫针蘸一下棉花团，刺一针培养皿中的离体叶枝，然后用这团棉花在叶段上来回摩擦涂抹，使菌液完全附上去。

⑤ 离体培养与发病检查　把接种好的培养皿置于30℃的生化培养箱内，箱内相对湿度85%以上，皿内湿度呈饱和状态，昼夜光照交替，离体叶段隔天喷上无菌水保湿，接种后两天开始观察病情，记录潜育期、菌脓出现时间及病斑长度。

“＋”，为出现菌脓；

“V”，为有病斑，无菌脓；

“－”，为既无病斑，也无菌脓。

离体检测法检测细菌性条斑病菌的灵敏度可达5×10^3cfu/ml，该方法能明显区别细菌性条斑病菌和白叶枯病菌及前者的死活状态，同时又具有很好的准确性。

（3）血清学检测　用于水稻细菌条斑病检测的血清学方法曾有玻片凝聚法、酶联免疫分析法（ELISA）、免疫放射分析法（IRMA）、免疫荧光染色法、金黄色葡萄球菌共凝集检测法及单克隆抗体。

（4）分子生物学检验　国内试用于水稻细菌条斑病检测的分子生物学方法先后有聚合酶链式反应（PCR）及随机扩增多态DNA（RAPD）。

考虑到不同检测方法各有优缺点，目前国内外提出将2～3种方法结合于一体的复合检测技术，不足之处可以互补，以达到准确快速检测稻种带菌的目的。国内常用的复合检测法介绍如下：

① 取种子100～300g，在无菌条件下经破碎后，加入1∶2的灭菌蒸馏水及0.025%吐温20，震荡1h，过滤弃残渣。

② 滤液经高速离心后，上清液用于噬菌体测定，沉淀物经悬浮后做血清学检测和离体叶摩擦针刺接种。

③ 取3ml滤液的上清液做噬菌体测定。每皿加1ml上清液与1ml指示菌液，加入NA

培养基混匀后，在26℃下培养12～16min观察噬菌斑。

④ 血清学测定如以上所提到的方法，可根据条件而定选用。

⑤ 悬浮液也可在半选择性培养基上直接分离，观察有无细菌性条斑病菌菌落出现并做致病性测定。

⑥ 检测结果的判别：离体叶摩擦针刺接种和噬菌体法检测呈阳性的样品肯定是带菌样品，呈阴性的样品则可用血清学检测加以证实。用血清学方法检测呈阴性的样品为健康样本；血清学检测为可疑的样本，应结合离体叶摩擦针刺接种或免疫染色的结果加以证实；对于平皿上分离到的可疑菌落则应进行致病性测定。

八、检疫与防治

(1) 植物检疫 本病属国内植物检疫对象，要严格实行植物检疫。无病区不宜从病区调种，病区应建立无病留种田，严格控制带菌种子外调，防止病种传播。

(2) 农业防治

① 处理带病稻草 带病稻草可用作燃料或用作工业原料，田间病残体应清除烧毁或沤制腐熟作肥。不宜用带病稻草作浸种催芽覆盖物或扎秧把等。

② 选用抗病品种 可因地制宜选用抗病品种。

③ 培育无病壮秧 在选用未发生水稻细条病的田块作秧田的基础上采用旱育秧或湿润育秧，严防淹苗，并做好秧苗科学施肥，使秧苗生长健壮。

④ 加强本田管理 应用"浅、薄、湿、晒"的科学排灌技术，避免深水灌溉和串灌、漫灌，防止涝害。暴风雨后迅速排除稻田积水，感病品种每亩施"黑白灰"（草木灰与生石灰按3∶2混合）30～40kg。严控发病稻田田水串流，以免病菌蔓延。施肥要适时适量，氮、磷、钾搭配，多施腐熟有机肥，以增强稻株抗病力。切忌中期过量施用氮肥。长势较弱的病稻田，施药后可适当每亩施用尿素、氯化钾各3～4kg，以利水稻恢复生机。

⑤ 早期摘除病叶 对零星发病的新病田，早期摘除病叶并烧毁，减少菌源。

(3) 化学防治

① 种子消毒 稻种经预浸后，用300～400倍强氯精溶液浸种12h，洗净后视种子吸水情况进行催芽或继续浸足水。或者用50%代森铵500倍液浸种12～24h，洗净药液后催芽。

② 施药防治 根据品种或病情发展情况，感病品种和历史性病区应在暴风雨过后及时排水施药，其他稻田在发病初期施药，可喷施25%叶青双400～500倍液，或25%叶枯灵300倍液，或50%代森铵1000倍液（水稻抽穗前使用）；病情蔓延较快或天气对病害流行有利时，应连续喷药2～3次，隔6～7d喷1次。发病中心应重点喷药。无论是秧田还是本田都应在始病期前施药，把病害控制在初发阶段。

第二节 柑橘溃疡病

一、学名及英文名称

学名 *Xanthomonas axonopodis* pv. *citri* (Hasse) Vauterin et al.

英文名 Citrus canker; Bacterial canker of citrus

病原分类 薄壁菌门，假单胞杆菌科，黄单胞菌属

二、分布

境外分布于阿富汗、孟加拉、印度、巴基斯坦、斯里兰卡、印度尼西亚、马来西亚、菲

律宾、越南、缅甸、尼泊尔、老挝、柬埔寨、泰国、日本、韩国、朝鲜、马尔代夫、阿拉伯联合酋长国、也门、阿根廷、巴西、巴拉圭、乌拉圭、美国、墨西哥、伯利兹、多米尼加、海地、马提尼克、瓜德罗普、加蓬、马达加斯加、科摩罗、科特迪瓦、毛里求斯、莫桑比克、留尼汪、巴布亚新几内亚、斐济、关岛、马里亚纳群岛、密克罗尼西亚群岛等。尤以亚洲国家发病最为普遍。

中国柑橘产区都有发生，南方各省尤为严重，主要分布在广东、福建、台湾。近年来蔓延较严重成为上升趋势，应当引起重视。

三、寄主及危害情况

1. 寄主

柑橘溃疡病菌主要侵染芸香科野生和栽培的植物。在经济上造成损失最大的是柑橘，主要以甜橙、脐橙、酸橙、红江橫、来檬和官溪蜜柚、通贤柚等最为感病。自然侵染主要发生在柑橘属植物上，也发生在枸橘、金橘、菲律宾木橘上。据巴西报道，酸草也是此病菌的寄主。

2. 危害情况

柑橘溃疡病是柑橘上的重要病害之一，可为害叶片、枝梢和果实。苗圃发病，苗木生长不良，质量低下，出圃延迟。成年结果树发病，常引起大量落叶、落果，甚至枯梢，降低树势。未脱落的轻病果形成木栓化开裂的病斑，严重影响果品的外观和品质，降低了商品价值。

四、症状

1. 叶片症状

开始于叶背面产生圆形、针头大小微突起的油浸状中度透明斑点，通常为深绿色，病斑周围组织褪色呈现黄色晕环。后斑点逐渐隆起，呈近圆形米黄色。随病情的发展，病部表面出现开裂，呈海绵状，隆起更显著，并开始木栓化，逐渐形成表面粗糙、灰白色或灰褐色、并现微细轮纹、中心凹陷的病斑。在紧靠晕环外常有褐色的釉光边缘。后期病斑中央凹陷明显，似“火山口”状开裂。病斑大小依品种而异，一般直径在 3～5mm，有时几个病斑融合，形成不规则的大病斑，严重时引起叶片早期脱落。

2. 枝梢症状

一般是夏秋梢受害严重，春梢受害较轻。病斑特征与叶片上的类似，只是病斑木栓化和隆起的程度，以及病斑中部分裂或下陷比叶片上症状更为明显，但枝梢上病斑周围无黄色晕环。幼苗及嫩梢被害后，导致叶片脱落，严重时甚至枯死。

3. 果实症状

果实被害，症状与叶片上相似，病斑通常较叶上大，一般直径为 4～5mm，最大的可达 12mm。病斑木栓化程度及病斑后期中部开裂或下陷状况都比叶片显著。病斑仅侵害果皮，很少深入到果肉部分。发生严重时常引起早期落果。

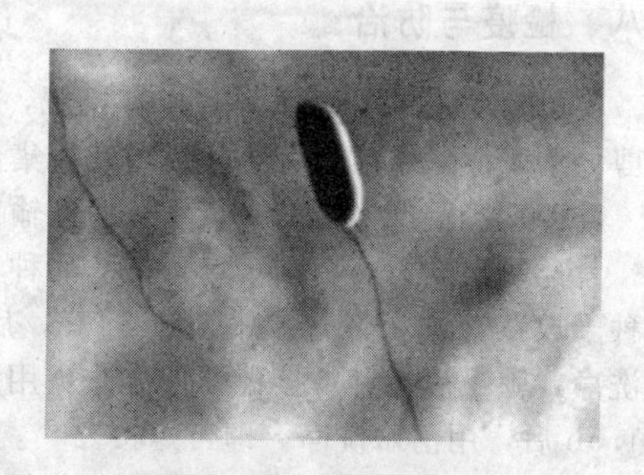

图 8-1 病原菌显微图

五、病原

如图 8-1 所示。该病病原菌为一种黄极毛杆菌的细菌。菌体短杆状，两端圆，一端生有一条鞭毛，能运动，有荚膜，无芽孢，革兰染色阴性，好气性。在Ph培养基上，菌落呈亮黄色，圆形，表面光滑，周围有狭窄的白带。在牛肉汁蛋白胨培养基上，菌落圆形，蜡黄色，有光泽，全缘，微隆起，黏稠。病菌生长的最适温度为20～30℃，酸度适应范围为pH6.1～8.8。

六、发病规律及传播途径

该病菌在叶、枝梢及果实的病斑中越冬，第二年春季在条件适宜时借风雨、昆虫传播，从病部气孔、皮孔和伤口侵入。远距离传播主要是带病苗木、接穗、果实等。高温多雨季节有利于病菌的繁殖和传播，故此病在亚热带地区发生严重，在柑橘园以夏梢发病最重，秋梢次之，果实发病相对较重。在沿海地区，每年经台风和暴雨后，常有一个发病高峰期，台风雨造成寄主较多的伤口，有利于病菌侵入，同时又便于病菌的传播，潜叶蛾为害也有利于该病严重发生。其发病规律如图8-2所示。不同柑橘种类和品种抗病性不同，一般橙类最易感病，柑类次之，橘类和金柑抗病。易发病的品种品系主要有：橙类（脐橙、纽荷尔、大山岛、清家、朋娜等），柚类（文旦、葡萄柚等），杂柑类（439、伊予柑等）。另外，与感病品种混栽的特早熟、早熟温州蜜柑也会发病，但发病较轻。单纯种植宽皮橘类品种的果园基本不发病或发病极轻。管理粗放的果园易发病，幼苗和幼龄树易感病，树龄愈大，发病愈轻。

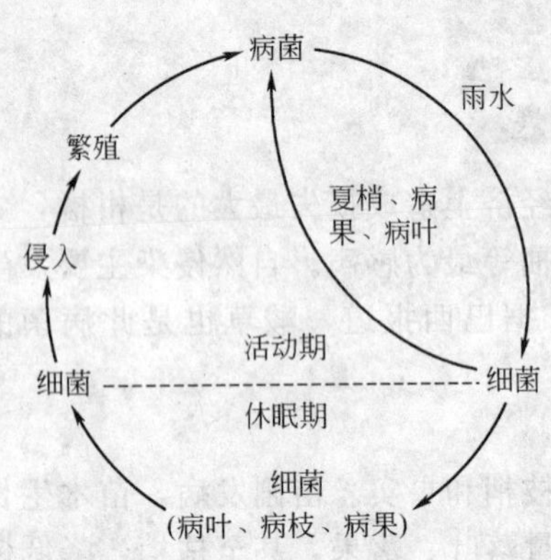

图8-2 柑橘溃疡病发病规律示意图

七、检验方法

1. 分离培养

在春、夏、秋季，抽取所调运货物一定数量的叶片、果实或枝梢，用蛋白胨磷酸缓冲液冲洗，洗液在室温下培养3h，然后用细菌过滤器浓缩，用浓缩液在人工培养基上划线分离，再经酶联免疫吸附或免疫荧光检验。对于无法确定的病斑，可取小块组织放入0.5～2ml蒸馏水中，室温培养15～20min，提取液在营养琼脂培养基上划线分离培养，根据溃疡病病菌的菌落形态特征选取菌落。

2. DNA指纹图谱

将待测菌株和标准菌株分别液体培养后，进行菌体或质粒DNA提取，用限制性内切酶分解后进行聚丙烯酰胺凝胶电泳，比较待测菌株DNA指纹图谱与标准菌株DNA指纹图谱之间的异同来判断。

八、检疫与防治

（1）加强果园管理，增施有机肥，合理灌溉，增强树势，提高树体的抗病力，结合修剪，彻底清除果园，将落叶及病残枝集体烧毁，减少病菌的侵入。

（2）实行严格检疫，禁止从病区输入苗木、接穗、种子、果实等。

（3）建立无病苗圃，培育抗病品种。砧木种子及接穗要进行消毒。砧木种子消毒：先把种子放在50～52℃热水中预热5min，后转入55～56℃恒温热水中浸50min，处理后用清水洗净，晾干后播种。接穗处理方法：用每1ml 700万单位链霉素加1%乙醇作辅助剂，消毒1.5h后，用清水洗净，即可嫁接。

（4）化学防治：适时喷药，喷药保护新梢及幼果。喷药的重点是夏、秋梢抽发期和幼果期，一般梢长 1.6～3.3cm 时喷第一次药，叶片转绿喷第二次药，连续喷 2～3 次，保护幼果在盛花后 10d、30d、50d 各喷药一次。新梢生长期喷药是在萌芽后 15～20d，果实生长期喷药是在谢花后 15d 开始。有效药剂有：每 1ml 700 万单位链霉素＋1％乙醇；40％氯氧化铜胶悬剂 500 倍液；77％可杀得可湿性粉剂 600 倍液；50％代森铵水剂 500～800 倍液。

第三节　番茄溃疡病

一、学名及英文名称

学名 *Clavibacter michiganensis* subsp. *michiganensis*（Smith）Davis et al.

英文名 Bacterial canker；and wilt of tomato

病原分类 厚壁菌门，棒形杆菌属

二、分布

境外分布于日本、印度、黎巴嫩、以色列、土耳其、挪威、芬兰、前苏联、波兰、匈牙利、德国、奥地利、瑞士、荷兰、比利时、英国、爱尔兰、法国、葡萄牙、意大利、前南斯拉夫、罗马尼亚、保加利亚、希腊、突尼斯、摩洛哥、肯尼亚、乌干达、赞比亚、马达加斯加、津巴布韦、南非、澳大利亚、新西兰、汤加、加拿大、美国（包括夏威夷）、墨西哥、哥斯达黎加、巴拿马、古巴、多米尼加、哥伦比亚、格林纳达、瓜德罗普、马提尼克、秘鲁、巴西、智利、阿根廷等。

中国自 1985 年在北京首次发现，已相继在内蒙古、山西、河北、黑龙江、吉林、辽宁等省区发生危害，严重发病的地块番茄减产达 25％～75％，我国已将其列为检疫对象，以防止和控制病害的发生蔓延。

三、寄主及危害情况

1. 寄主

番茄、龙葵、裂叶茄和其他茄科杂草。接种寄主有：乳茄、马铃薯、醋栗番茄、树番茄、心叶烟、小麦、大麦、黑麦、燕麦、向日葵、西瓜、黄瓜等。

2. 危害情况

番茄溃疡病自 1910 年在美国首次报道以来，在世界上很多国家都有发生，它引起幼苗死亡和损害果实，对番茄的温室和大田生产造成了严重的损失。在美国的密执安州、纽约州、乔治亚州和犹他州都有发生的报道，使上市番茄损失 25％～75％。在北卡罗来纳州，有的年份减产 70％。1943～1946 年在英国大发生，严重影响了番茄的罐头工业。1991 年法国因此病番茄减产 20％～30％。

四、症状

番茄溃疡病是一种维管束系统病害，病株从幼苗到坐果期都可发生萎蔫和死亡，大田定植后造成缺株断垄。病菌可通过维管束侵入果实，造成果实皱缩、畸形，由外部侵染果实引起“鸟眼状”斑点，影响番茄的产量和质量，危害十分严重。

在温室条件下，最初的症状是叶片表现出可逆的萎蔫，在叶片的叶脉之间产生初为白色、后为褐色的坏死斑点，最后表现出永久性萎蔫，致使整株干枯死亡。

在田间，最初的症状主要是低位叶片小叶的边缘出现卷缩、下垂、凋萎，似缺水状，细菌未达到的部位，其枝叶生长正常。植株枯萎很慢，一般不表现出萎蔫。有些情况下，植株一侧或部分小叶出现萎蔫，而其余部分生长正常。病情继续发展，叶脉和叶柄上出现小白点，在茎和叶柄上出现褐色条斑、下陷、向上下扩展，并且爆裂，露出变成黄色到红褐色的髓腔，出现溃疡症状。细菌通过维管束侵染果实，也可侵染胎座和果肉，幼嫩果实发病后皱缩、滞育、畸形。这种果实内的种子很小、黑色、不成熟。正常大小的果实感病后外观正常，偶尔有少数种子变黑或有黑色小点，其发芽率仍然很高。在暴风雨多的地区或喷灌条件下，果实上往往出现白色圆形小点，扩展后变为褐色，中心粗糙、略微突起，直径约3mm，斑点边缘围绕着白色晕圈，呈典型的“鸟眼状”。许多小斑点联合成不规则的斑块，但仍有白色的晕圈。

五、病原

病原菌为好氧细菌，革兰染色阳性，无芽孢，棒杆状。细胞大小为 (0.6～0.75)μm×(0.7～1.2)μm，以单个或成对方式存在。碳水化合物氧化代谢，不解脂，硝酸盐还原阴性，尿酶阴性，明胶液化慢，水解七叶苷，水解淀粉能力很弱或不水解。生长需要氨基酸、生物素、烟酸和硫胺素。最适生长温度是24～27℃，最高35℃。在 D_2 培养基和 TTC 培养基上生长。在土豆片上生长的菌落为黄色。在523培养基上，28℃培养72h后出现针尖状菌落，96h后菌落直径达1mm，黄色、圆形、略突起、边缘整齐、光滑不透明、黏稠状。

六、发病规律及传播途径

1. 发病规律

病原菌在种子和病残体上越冬，成为下茬或翌年病害的主要初侵染源。种子上病菌一般可存活到翌年的生长季节，在土壤和田间病残体中的病菌可存活2～3年，在其他废弃物中能存活10个月左右，也可随多年生茄科杂草寄主存活。老病区病土中所育秧苗，移栽后可造成50%的植株发病。病菌主要通过微伤口和气孔侵入，也可从叶片和果实上的毛状体直接侵入。病菌侵入植株后，随着输导组织转移，可经维管束进入果实的胚，侵染种子脐部或种皮。再次侵染往往造成叶部或果实上出现病斑，但通过移栽过程引起的再侵染往往造成系统侵染和植株的死亡。

2. 传播途径

番茄溃疡病的远距离传播主要是带菌种子和秧苗，种子内外层都可带菌。种子传病率一般为1%左右。据美国报道，0.01%的种子传病率即可引起番茄溃疡病的严重流行，因为1/10000的病种在 $1hm^2$ 的苗床中能产生75～125个发病中心，移栽后由于病菌很快扩散并造成秧苗大量伤口，发病中心可增至几千个。

在田间或温室再次侵染主要通过风、雨、灌溉水、培养料、昆虫、污染的农具和操作时人手传播，还可由修剪和移栽时折伤等引起传染。果实上的病斑是通过风雨或喷灌时从病叶上滴下的带菌水滴传播。

七、检验方法

1. 产地检疫

根据番茄溃疡病的典型症状表现，在田间进行症状识别。

2. 分离培养

病株先用清水洗净，干后用灭菌刀纵剖茎秆或其他部位，在病健交界处切取病变组织，悬浮于3ml的0.1%胨水中，用灭菌的玻璃棒压碎，静止30min，使细菌溢出，然后用接种环蘸取悬浮液，在523培养基上，28℃下培养72h，出现针尖状菌落，96h后菌落直径达1mm，菌落表现为圆形、黄色、边缘整齐、光滑不透明、黏稠状、革兰染色阳性，证明是番茄细菌性溃疡病菌。

523培养基配方：蔗糖10g，水解酪8g，酵母浸膏4g，K_2HPO_4 2g，$MgSO_4 \cdot 7H_2O$ 0.3g，琼脂15g，加水1000ml。

3. 种子检验

种子带菌检验的方法很多，一般认为较好的方法是间接免疫荧光-平板分离试验，这个方法比较简单、灵敏、可靠，根据检验结果可以出具种子健康证书。此法包括抽提方法和作为初筛方法的间接免疫荧光（IF）染色，然后是在半选择性培养基上平板分离和培养物的鉴定。

间接免疫荧光染色：制备出标准番茄细菌性溃疡病菌的抗血清，效价越高越好。在同一玻片上要设阳性（病菌或感病组织）、阴性（加样品，不加抗血清，仅用FITC结合物）和正常血清对照。取标准体积的沉淀悬浮液，在多孔的IF玻片上做1/10稀释。IF染色采用间接法，每孔加入0.01mol/L pH7.2的PBS稀释的相应倍数的抗体和第二抗体，每次加入抗体培养一段时间以后要进行冲洗。在500倍荧光显微镜下观察，测定每个视野的典型荧光细胞数。如果需要，则在1000倍下检查细胞形态，计算每1ml含有细菌数的带菌水平。若没有检测到荧光细胞，IF则为阴性，若发现典型的荧光细胞，IF则为阳性。

当分离和IF均为阴性时，认为样品不带病菌。分离为阴性而IF为阳性时，用保存的抽提液再做分离，若再为阴性，则认为样品不带病菌。

通过分离培养得到番茄细菌性溃疡病菌，检测结果最准确。分离培养方法虽然很准确，但是需要的时间很长。血清学方法很灵敏，需要的时间也短，但是很难获得足够专化的抗血清。

八、检疫与防治

（1）加强检疫　选择优良的丰产抗病品种是防治番茄溃疡病的基础。加强对种子产地和流通领域的检疫，防止由疫区传入无病区，是防止番茄溃疡病迅速蔓延的有效手段。

（2）农业措施　与非茄科作物实行3年以上轮作，及时除草，避免带露水操作。用55℃温水浸种30min后冲净晾干后催芽。使用新苗床或采用营养钵育苗，旧苗床用40%福尔马林30ml加3～4L水消毒，用塑料膜盖5d，揭开后过15d再播种。加强田间管理，避免露水未干时打杈整枝，进行农事操作。

（3）药剂防治　药剂首选铜制剂，发现病株及时拔除，全田喷洒14%络氨铜水剂300倍液，50%琥胶肥酸铜可湿性粉剂500倍液，或77%可杀得可湿性微粒粉剂500倍液，72%农用硫酸链霉素可溶性粉剂4000倍液，用30%DT菌剂500倍液，或47%加瑞农400倍液，或78%万家600倍液。5～7d喷一次，连喷3～4次。

第四节　瓜类细菌性果斑病

一、学名及英文名称

学名　*Acidovorax avenae* subsp. *citrulli*（Schaad et al.）Willems et al.

英文名　Studies and applications of molecular detection techniques of acidovorax avenae subsp. citrulli

病原分类　薄壁菌门，假单胞菌科，噬酸菌属

二、分布

境外主要分布于美国、澳大利亚、马里亚纳群岛。在中国瓜类果斑病菌分布于新疆和甘肃地区。

三、寄主及危害情况

1. 寄主

甜瓜、西瓜、南瓜、黄瓜、西葫芦、蜜瓜。

2. 危害情况

瓜类细菌性果斑病最早于1969年在美国佛罗里达州被发现，1989年蔓延至佛罗里达、南卡罗来纳、印第安纳等州以及关岛、提尼安岛等地区，80%的西瓜不能上市销售，导致严重的经济损失。该病在美国被认为是西瓜上的毁灭性病害。1994年西瓜细菌性果斑病大发生时，美国的许多种子公司都暂停了种子销售。

四、症状

该病在苗期和成株均可发病。瓜苗染病沿中脉出现不规则褐色病变，有的扩展到叶缘，从叶背面看呈水浸状，种子带菌的瓜苗在发病后1～3周即死亡。西瓜果实染病，初期在果实上部表面上出现数个几毫米大小灰绿色至暗绿色水渍状斑点，后迅速扩展成大型不规则的水浸状斑。发病多始于成瓜向阳面，与地面接触处未见发病，瓜蔓不萎蔫，病瓜周围病叶出现褐色小斑，病斑通常在叶脉边缘，有时被一个黄色组织带包围，病斑周围呈水渍状是该病区别于其他细菌病害的重要特征。

普通甜瓜、哈密瓜细菌性果斑病在叶片上的症状与黄瓜细菌性角斑病症状相似，但该病侵染叶脉，并沿叶脉扩展。叶片上病斑呈圆形至多角形，边缘呈“V”字形，水渍状，后中间变薄，病斑干枯。病斑背面溢有白色菌脓，干后呈一薄层，且发亮。严重时多个病斑融合成大斑，颜色变深，多呈褐色至黑褐色。果实染病，先在果实朝上的表皮上出现水渍状小斑点，渐变褐，稍凹陷，后期多龟裂，褐色。初发病时仅局限在果皮上，进入发病中期后，病菌可单独或随同腐生菌向果肉扩展，使果肉变成水渍状腐烂。

五、病原

病原细菌革兰染色阴性，菌体短杆状，大小为$(0.2\sim0.8)\mu m\times(1.0\sim5.0)\mu m$，极生单根鞭毛。在金氏B和NA培养基上形成乳白色、不透明、突起的菌落。菌落圆形光滑，略有扇形扩展的边缘，中央突起，质地均匀。在YDC培养基上，菌落圆形、突起、黄褐色，在30℃下培养5d，直径可达3～4mm。在KB培养基上生长很慢，2d内只见到很少的菌落，菌落不产生荧光、圆形、半透明、光滑、微突起，在30℃下培养5d直径可达2～3mm。

六、发病规律及传播途径

1. 发病规律

瓜类细菌性果斑病菌主要在种子和土壤表面的病残体上越冬，成为来年的初侵染源。田间的自生瓜苗、野生南瓜等也是该病菌的宿主及初侵染源。病菌主要通过伤口和气孔侵染。带菌种子萌发后病菌即侵染子叶，引起幼苗发病。田间病残体翻入土中分解腐烂后，细菌随即死亡。高温、高湿的环境易发病，特别是炎热季节伴有暴风雨的条件下，有利于病菌的繁殖与传播，病害发生严重。24～28℃下经1min，病菌就能侵入潮湿的叶片，潜育期3～7d。

2. 传播途径

病菌的远距离传播靠带菌种子，种子表面和种胚均可带菌，病斑上的菌脓借雨水、风、昆虫及农事操作等途径传播，形成多次再侵染。

七、检验方法

1. 产地检验

在国内调种引种前，尽量到产地进行实地考察，尤其在发病适期，对繁种田块进行产地检疫，并加强西瓜等葫芦科作物种子的进口检疫，杜绝带菌种子进入我国和传播蔓延。

2. 分离检验

根据瓜类细菌性果斑病的症状特点结合细菌溢脓的观察，初步确定细菌性病害。但瓜类细菌性果斑病的症状易与黄瓜细菌性角斑病混淆，必须进行病原分离。从病叶和病果上的新鲜病斑边缘切取部分组织，用常规方法分离培养病原细菌，从种子中分离可以将种皮和种胚分离，置于pH7.1的磷酸缓冲液中培养过夜，然后划线培养以确定种子内部是否带菌。

3. 带菌率测定

生产的种子应进行种子带菌率测定。目前较可行的测定法为试种法，选择性培养基直接分离、聚合酶链式反应等，均为灵敏而便捷的检测技术。

此外，还可利用特异引物进行PCR检测。

八、检疫与防治

(1) 加强检疫　对于西瓜种子，严禁从疫区调进。西瓜种子调种前先要到调入地农业行政主管部门植物检疫机构开具植物检疫要求书，按检疫要求书，到调出地植物检疫部门申请检疫，并持相关检疫证书到调入地植物检疫机构备案。调入地植检部门根据情况对调入的西瓜种子进行复检，对发现有检疫对象的根据有关规定，采取查封、烧毁、强制消毒等措施。并加强对非疫区的严查与监测工作。另外，在调引种前，应该尽量到产地进行实地考察，尤其在发病适期，对繁种田块进行产地检疫并对西瓜等葫芦科作物种子的检疫，杜绝带菌种子进入和传播蔓延。

(2) 选用抗病品种　据李威对新疆主要的15个哈密瓜品种或品系、2个籽瓜及15个西瓜品种进行苗期抗病性鉴定，结果显示：待测的所有哈密瓜、籽瓜和西瓜品种或品系在发病程度上虽有明显的差别，但均不抗病，其病情指数都在40以上。西瓜和籽瓜的抗病性较哈密瓜要强。品种的染色体的倍性和生育期与抗病性也没有明显的相关性。

(3) 种子消毒　瓜种用70℃恒温干热灭菌72h或50℃温水浸种20min，捞出晾干后催芽播种；也可用3%盐酸处理甜瓜种子15min，水洗后再用47%春·王铜可湿性粉剂600倍液浸种8h，冲洗干净后催芽播种。

(4) 无病土育苗　采用温室或火炕无病土育苗，幼果期适当多浇水，果实进入膨大期及成瓜后宜少浇或不浇，争取在高温雨季到来前采收完毕，避过发病期。

(5) 实行轮作　与非瓜类作物实行2年以上轮作，并注意清除病残体。施用充分腐熟的有机肥，使用塑料膜双层覆盖栽培技术。

(6) 化学防治　发病初期喷洒47%春·王铜（加瑞农）可湿性粉剂700倍液或77%可杀得可湿性粉剂800倍液，78%波·锰锌（科博）可湿性粉剂600倍液，10%噁醚唑（世高）水分散粒剂1500倍液，72%农用链霉素可溶性粉剂3000倍液，50%氯溴异氰尿酸水溶性粉剂1000倍液。对生产有机瓜的田块，发病初期可选择抗生素进行防治。可用硫酸链霉素或农用链霉素可溶性粉剂4000倍液，47%加瑞农600～800倍液，1000万单位链霉素＋

80 万单位青霉素＋15kg 水，1000 万单位新植霉素＋60kg 水。在发病初期喷施。

第五节　玉米细菌性枯萎病

一、学名及英文名称

学名　*Pantoea stewartii* subsp. *stewartii*（Smith）Mergaert et al.

英文名　Stewart's bacterial wilt of corn

病原分类　原核生物界，薄壁菌门，肠杆菌科，多源菌属

二、分布

该病主要分布在美国、越南、泰国、马来西亚、前苏联、波兰、瑞士、意大利、前南斯拉夫、罗马尼亚、希腊、加拿大、墨西哥、哥斯达黎加、波多黎各、圭亚那、秘鲁、巴西等地。

三、寄主及危害情况

1. 寄主

主要是甜玉米，特别是甜玉米（*Zea mays* var. rugosa），也侵染马齿玉米、粉质玉米、硬粒玉米和爆裂玉米。其他禾本科寄主有假蜀黍、鸭茅状摩擦禾。接种寄主有薏苡、宿根类蜀黍、金色狗尾草、高粱、苏丹草、小米、黍、燕麦等。另有报道证明马唐、洋野黍、毛线稷、薏苡、草地早熟禾、鸭茅、小糠草、苏丹草、金色狗尾草、小麦等可以带菌而不表现症状。

2. 危害情况

玉米细菌性枯萎病通过种子进行远距离传播，在玉米的各个生长阶段都能够受到玉米细菌性枯萎病菌的侵染，是典型的维管束病害，对产量影响很大。据统计，甜玉米受害减产损失程度一般为 20%～40%，严重时可达 60%～90%。

四、症状

典型的症状是矮缩和枯萎。病株在苗期可导致枯萎死亡，如果在植株生长后期被感染，植株可以长到正常大小。玉米细菌性枯萎病是一种维管束病害，导管里充满黄亮色细菌黏液，病株的横切面上可以看到渗出的黏液。在甜玉米上，感病的杂交种很快造成枯萎，在叶片上形成淡绿色到黄色、具有不规则的或波状边缘的条斑，与叶脉平行，有的条斑可以延长到整个叶片的长度，病斑干枯后呈褐色。雄穗过早抽出并变成白色，在植株停止生长以前枯萎死亡。雌穗大多不孕。重病株在接近土壤表层附近的茎秆的髓部可以形成空腔。在苞叶里面和外面出现小的、不规则的水渍状斑点，然后变干变黑。切开苞叶的维管束，可以看到从切口处渗出的细菌液滴。感病较轻的植株能正常结出果穗，但病菌可以从维管束中通过果穗而达到籽粒内部，据测定，病菌多在种子内的合点部分和糊粉层，但达不到胚上。有的果穗苞叶也能产生病斑，苞叶上的病菌可黏附到籽粒上，籽粒感染病斑后通常表现为表皮皱缩和色泽加深。

在马齿型玉米上，杂交种一般抗枯萎，在抽雄以后的叶片上，病斑大多从玉米跳甲取食处开始，向上、下扩展而形成短到长、不规则的、淡绿色到黄色条斑，然后逐渐变为褐色。形成条斑的区域，有时甚至整个叶片都变成淡黄色。

五、病原

玉米细菌性枯萎病菌是一种黄色的、不运动、无内生孢子、革兰染色阴性、兼性厌氧杆菌，大小为（0.4～0.7）μm×（0.9～2.0）μm，以单个或短链形式存在。在营养琼脂培养基上菌落小，圆形，生长慢，黄色，表面平滑。在营养琼脂上划线培养，其菌苔的变化为：从薄、黄色、湿润、滑落到薄、橙黄色、干燥、不滑落。在肉汤培养液中生长微弱，形成灰色环和黄色沉淀物。

六、发病规律及传播途径

1. 发病规律

玉米细菌性枯萎病菌可通过种子传播，有时在土壤、粪肥或玉米茎秆中越冬。该病在玉米各个生长阶段都能发生，是一种典型的维管束病害。在疫区，玉米细菌枯萎病菌除由带菌种子直接侵染种苗外，主要由带菌昆虫传播。在美国，主要传病昆虫是玉米跳甲，其他介体还有玉米齿叶甲、黄瓜十二点叶甲（又称南方玉米根甲成虫和幼虫）、北方玉米根甲（幼虫）、西部玉米根甲、五月金龟子、玉米种蝇（幼虫）和小麦金针虫等。介体昆虫一旦获得病原，终生携带并传播病原。病菌可在成虫体内越冬，第 2 年春季通过取食而传播。亦可通过迁移或被气流带传至较远田块而传播病害。传病昆虫越多，第 2 年发病越严重。据报道，越冬后的跳甲只有 10%～20%的成虫带菌，但经夏季取食后，约有 75%成虫带菌。因此越冬虫媒的多少决定第 2 年的病害发生情况，而越冬虫媒直接与冬季温度相关，所以可根据冬季温度来预测来年的侵染水平。如果疫区冬季（12 月份、1 月份、2 月份）平均温度之和小于 20～24℃，虫媒越冬存活率很低，病害就可能很轻或不发生。如果平均气温之和为 32～38℃，虫媒越冬存活率很高，病害发生就可能很严重。

2. 传播途径

玉米细菌性枯萎病菌的传播途径主要是玉米种子和带菌昆虫，如玉米跳甲等。在疫区，玉米种子是初侵染之一，而主要由带菌昆虫在植株上取食而传播。一般来说，在国际贸易中，带菌昆虫和病株不易成为传播途径，因此带菌种子是该病远距离传播的主要因素，是传入无病区的主要侵染源。病菌存在于种子的内、外部。

七、检验方法

玉米细菌性枯萎病的检测和诊断，包括在田间实地观察植株的发病症状、分离培养、免疫学检测和鉴定、病原菌生理生化鉴定和致病性测定等。

1. 直接检查

根据玉米细菌性枯萎病的症状特点结合细菌溢脓的观察，初步确定细菌性病害，但必须进行病原分离，且与其他类似病害区分开。

2. 分离病原

（1）从病株上分离　在新鲜病斑边缘切取部分组织，用常规方法分离培养病原细菌。

（2）从土壤、病残组织和昆虫体内分离　从土壤、病残组织和昆虫体内分离病原细菌时，由于杂菌污染的可能性很大，通常采用伊凡诺夫选择性培养基常规方法来分离。伊凡诺夫选择性培养基（pH7.2）的配方如下：甘油 30ml，柠檬酸铁铵 10g，牛胆酸钠 3g，氯化钠 15g，蒸馏水 1000ml，硫酸钠 2.5g，硫酸镁 0.1g，琼脂 17g，氯化钙 0.01g，磷酸氢二钾 2.5g。

（3）从种子中分离　选取玉米种子样品，用 95%乙醇洗去种子表面的染料和农药（拌种用的），用无菌水冲洗几遍，然后在无菌容器中破碎，加入适量的 0.01mol/L pH7.2 的

PBS，4℃下浸泡过夜。浸泡液经纱布过滤和差速离心浓缩，然后在下述一种培养基上做稀释平板分离：

① 523培养基：蛋白胨8g，酵母粉4g，$MgSO_4 \cdot H_2O$ 0.3g，蒸馏水1000ml，蔗糖10g，磷酸氢二钾2g，琼脂粉18g，pH7.0～7.1。

② 改良W氏培养基：蔗糖10g，蛋白胨5g，磷酸氢二钾0.5g，琼脂粉18g，$MgSO_4 \cdot H_2O$ 0.25g，抗坏血酸1g，蒸馏水1000ml，pH7.2～7.4。

接种好的培养皿在28℃培养3d以后，根据玉米细菌性枯萎病菌的菌落特征挑取生长慢的、小的、黄色的、扁平到凸起的、半透明的奶油状或流态的具有全缘的菌落。

3. 免疫学方法

包括免疫荧光染色及酶联免疫吸附试验

4. 致病性试验

分离培养得到的菌株，经上述生理生化鉴定完全符合玉米细菌性枯萎病菌特征与特性的菌株，还需进行致病性测定来确诊。接种方法是：将待测菌配成每1ml含有107～108个细胞的细菌悬液，用注射器注射接种于3～4叶期甜玉米幼苗的茎基部，直到喇叭口处出现菌液为止，并保湿培养。如果是玉米细菌性枯萎病菌，则几天以后可以看到典型症状。

八、检疫与防治

（1）严格检疫　禁止从国外疫区进口玉米种子。

（2）种子处理

① 微波炉处理　在70℃处理10min效果良好，但要采用带盖瓦罐作容器，使之受热均匀。本法只适合在口岸处理少量种子。

② 环氧乙烷熏蒸　在气温15～25℃时，每1m^3用药50～75g，密闭熏蒸3～5d，杀菌效果达100%，但可降低发芽率4.5%～79%，因此，只能用来处理商品粮玉米。

③ 恒温处理　在50℃下处理4d，消灭种子内部细菌效果显著，不影响发芽。

④ 抗生素温浸法　用农用抗生素BO10和FO57的1∶25稀释液，保持51℃，浸种1.5～2h，都可杀灭种子内部病菌，且不降低种子的萌芽力。浸种也有明显效果。

（3）防治传病媒介昆虫　虫螨威防治玉米跳甲效果好。

（4）种植抗病品种　马齿型玉米比硬粒型玉米抗病，甜玉米最易感病，一般早熟品种较晚熟品种易感病。

第六节　梨火疫病

一、学名及英文名称

学名　*Erwinia amylovora*（Burrill）Winslow et al.

英文名　Fire blight of pear and apple

病原分类　原核生物界，薄壁菌门，肠杆菌科，欧文菌属

二、分布

该病分布在美国、加拿大、墨西哥、哥伦比亚、危地马拉、智利、百慕大、海地、阿尔巴尼亚、新西兰、英国、荷兰、波兰、丹麦、德国、比利时、法国、卢森堡、瑞典、挪威、爱尔兰、捷克、瑞士、亚美尼亚、罗马尼亚、波兰、保加利亚、意大利、马其顿、

希腊、前南斯拉夫、埃及、塞浦路斯、以色列、土耳其、印度、日本、黎巴嫩、约旦、津巴布韦等。

三、寄主及危害情况

1. 寄主

梨火疫病菌寄主范围很广，能为害梨、苹果、山楂、木旬子、李等 40 多个属 220 多种植物，大部分属蔷薇科。从流行和经济重要性考虑，主要寄主有如下几个属：康棣属、腺肋花楸属、假升麻属、木瓜属、木旬子属、山楂属、木曰皿木字、牛筋条属、柿属、火棘属、梨属、石斑木属、鸡麻属、蔷薇属、木多木衣属、多瓣木属、枇杷属、白鹃梅属、草莓属、路边青属、胡桃属、棣棠花属、苹果属、欧查属、小石积属、酸果木属、石楠属、风箱果属、委陵菜属、扁桃木属、李属、悬枸子属、珍珠梅属、花楸属、绣线菊属、红果树属。

2. 危害情况

1780 年在美国纽约州和哈德逊河高地第一次发现梨火疫病，将近 100 年后（1878 年）由 Burrill 证实是一种细菌性病害。此后 1902 年在加利福尼亚州，1903 年在日本，1919 年在新西兰，1957 年在英国，1966 年在荷兰和波兰，1968 年在丹麦，1971 年在联邦德国，1972 年在法国和比利时相继发现，1966～1967 年荷兰约有 $8hm^2$ 果园，21km 山楂防风篱被毁，至 1975 年已全国受害，1971 年联邦德国北部西海岸流行此病，毁掉梨树 18000 株，现在北美洲和欧洲的许多病区，已难以遏制其流行危害。我国 20 世纪 30 年代广东曾有报道，但没有证实。此病是仁果类果树的一种毁灭性病害。一株多年生的梨树和苹果树发病后可在几星期内死亡。

四、症状

1. 花枯萎

病原直接侵染开放的花，引起花枯萎。一般发生于早春，病菌直接从花器侵入，初为水渍状斑，花基部或花柄暗色，不久萎蔫。病菌可扩展至花梗及花簇中其他的花，在温暖潮湿条件下，花梗上有菌脓渗出。随着枯萎发展，花梗、花等变褐色至黑褐色，在某些情况下仅限于花梗，条件适宜时可继续侵染并杀死小枝，形成小溃疡斑。

2. 溃疡枯萎

溃疡枯萎是前一季越冬溃疡边缘的病菌重新复活的结果。最初的症状是在复活的溃疡附近的健康树皮组织上出现窄的水渍状区，几天后，树皮内部组织出现褐色条斑，随后病菌侵入附近的繁殖枝内部，并引起萎蔫死亡。这些枝条特别是嫩枝与枝枯萎有明显区别，即在萎蔫之前枝尖芽褪色（黄色至橘黄色）。

3. 枝枯萎

花被侵染后，枝和嫩枝是最易感病的植物部位。细菌直接侵入前 1～3 叶的枝尖，然后杀死整个枝条及支持枝。最初症状是枝尖萎蔫，但萎蔫前不褪色，呈拐杖状。枝枯萎发展很快，条件适宜时，几天内可移动 15～30cm 以上，造成整枝死亡，病枝、枝皮、叶通常变黑。潮湿时，枝条上出现菌脓。生长后期，终芽前出现的枝枯萎一般不会萎蔫，且仅在枝的最上部出现坏死。随着病菌不断深入，并侵染主干，皮层收缩、下陷，形成溃疡斑。病菌亦可直接从气孔、水孔等自然孔口或蕾苞，或由风引起的伤口侵入叶片，初叶边坏死，并向中脉、中柄、茎扩展，后变黑，通常有菌脓。

4. 损伤枯萎和砧木枯萎

这两种比较特殊，前者主要是由于晚霜、冰雹或大风损伤引起，如在果实上，很容易引起果实枯萎。后者仅限于高感品种 EMAL-26、EMLA-9 和 MARK-39 砧木。通常是由感病的接穗在这些砧木上发病后引起，最终成溃疡带而杀死树体。

五、病原

如图 8-3 所示。菌体杆状，有荚膜，周生鞭毛，能运动，大小为 (0.9～1.8)μm×(0.6～1.5)μm，多数单生，有时成双或短时间内 3～4 个呈链状。革兰染色阴性。

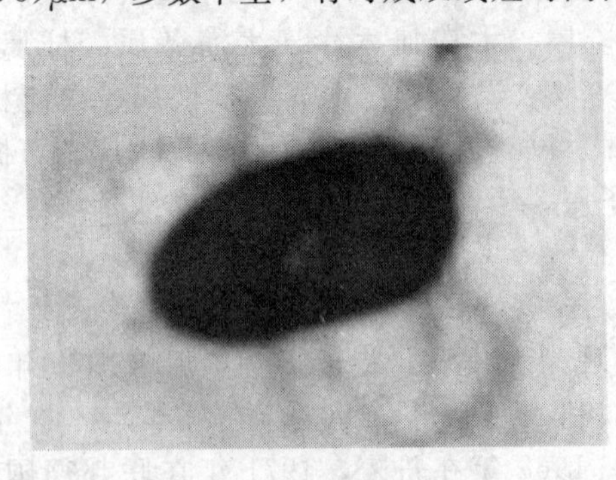

图 8-3 梨火疫病病原细菌

梨火疫病菌兼性厌氧，过氧化物酶阳性，氧化酶阴性，好气条件下利用葡萄糖产酸不产气，厌氧条件产酸缓慢。明胶碟形液化缓慢。不产生硫化氢，不利用丙二酸盐。葡萄糖酸盐氧化和七叶苷水解不稳定。氯化钠浓度高于 2%以上时生长延缓，至 6%～7%时则完全抑制。对青霉素、链霉素和土霉素敏感。病菌以简单的细胞分裂繁殖，一个细胞在条件适宜时，3d 内在寄主植物组织中能达到 10^9 个细胞，每个细胞都是一个侵染源，寄主感染后引起病害的发展。除蛋白酶外，病菌不产生任何有助于侵入寄主的酶，主要是在环境条件适宜时，通过胞间组织侵入薄壁组织的病菌产生胞外多糖。胞外多糖在病害发展过程中起重要的作用，其是菌脓的重要成分。菌脓的理化性质随湿度变化而变化，干时皱、硬，湿度大时膨胀易被雨水扩散，中等湿度的菌脓黏稠，易被昆虫、风传播。

六、发病规律及传播途径

1. 发病规律

梨火疫病菌在病株病疤边缘组织处越冬，挂在树上的病果也是它的越冬场所，如冬季温和，病菌还能在病株树皮上度过，翌年早春病菌在上年的溃疡处迅速繁殖，遇到潮湿、温和的天气，从病部渗出大量乳白色黏稠状的细菌分泌物，即为当年的初侵染源，通过昆虫、雨滴、风、鸟类以及人的田间操作将病菌传给健株。病菌亦通过伤口、自然孔口（气孔、蜜腺、水孔）、花侵入寄主组织，有一定损伤的花、叶、幼果和茂盛的嫩枝最易感病。

2. 传播途径

梨火疫病的传播，除风、雨、鸟类和人为因素外，昆虫对梨火疫病的传播扩散起一定的作用。据记载，传病昆虫包括蜜蜂在内有 77 个属的一百多种昆虫，其中蜜蜂的传病距离为 200～400m，一般情况下，梨火疫病的自然传播距离约为每年 6km。在传病的气候因子中，雨水是果园短距离传播的主要因子，从越冬或新鲜接种源至花和幼枝，经常在溃疡斑下面枝条上观察到圆锥形侵染类型。其次风也是中短距离传播的重要因子，往往在沿着盛行风的方向，病原菌以单个菌丝、菌脓或菌丝束被风携带到较远距离。

梨火疫病远距离传播主要是感病寄主繁殖材料，包括种苗、接穗、砧木、水果、被污染的运输工具、候鸟及气流。但对于我国和澳大利亚等国，目前最有可能的传播途径是通过病接穗、苗木、果实的传带。

七、检验方法

1. 接种检验

利用症状识别梨火疫病，要注意与梨枯梢病区别，梨枯梢病仅限于为害花器、叶片和嫩梢，不为害大枝条和茎干，病部无细菌溢脓。叶片上最初为深褐色斑点，周围有红色晕圈，枯死的病叶不会长期挂在树上。

2. 致病性测定

取感病品种未成熟的梨，洗净并表面消毒后，切成 1cm 厚的梨片，放在保湿皿中，用接种针将供检组织的汁液穿刺接种，在 27℃下培养 1～3d，若为梨火疫病菌，在梨片上产生乳白色黏稠状细菌溢脓，而梨枯梢病只在接种点上产生干性的褐色病斑。

3. 过敏性枯斑反应

梨火疫病菌在幼嫩石楠、烟草和蚕豆叶片上可产生典型的过敏性坏死反应，可作为快速鉴定的辅助手段。

八、检疫与防治

梨火疫病菌是一种检疫性有害生物，几乎所有的国家都禁止其传入，并加强了这方面的限制，要求引进的感病寄主必须具备植物检疫证书，除种子之外，植株所有的部位都是病原菌的传播源，但普遍认为果实上的病原菌风险性较小。目前没有足够的药剂和其他处理方法在不毁掉植物组织的情况下根除病原菌。

(1) 严格检疫　带病植物有时不表现症状，因而不能仅仅依靠苗木、接穗的检验，必须禁止从疫区引入蔷薇科仁果类果树苗木。

(2) 清除病原　秋末冬初集中烧毁病残体，细致修剪。及时剪除病梢、病花、病叶。为保证彻底除害，应将距病组织 50cm 长的健枝部位一同剪去烧毁，并用封固剂封住伤口。

(3) 注意防治传病昆虫。

(4) 选栽抗病品种　我国的豆梨和花盖梨近免疫，尤其能抵抗病菌对根部和茎部的侵害，可以用作砧木。

(5) 药剂防治　发病前开始喷洒 1：2：200 式波尔多液或 72%农用链霉素可溶性粉剂 3000～4000 倍液，1000 万单位新植霉素 4000 倍液，14%络氨铜水剂 350 倍液，隔 10～15d 喷 1 次，连续防治 3～4 次。

思考与练习题

1. 试述水稻细菌性条斑病在国外的分布状况和检验方法。
2. 试述柑橘溃疡病典型症状。
3. 试述番茄溃疡病的发病规律和防控技术措施。
4. 试述瓜类细菌性果斑病典型症状和检验方法。
5. 试述梨火疫病在国外的分布状况和症状表现特点。

第九章　植物检疫性线虫病害

本章学习要点与要求

本章主要介绍植物几种重要的检疫性植物线虫病害，包括鳞球茎茎线虫病、香蕉穿孔线虫病、马铃薯金线虫病、松材线虫病。介绍各种线虫病害的名称、分布、寄主植物、症状、病原形态、检验方法及检疫措施。要求学生了解线虫的种类、寄主植物，掌握植物检疫性线虫的为害特点、检验方法及检疫与防治措施。

第一节　鳞球茎茎线虫病

一、学名及英文名称

学名　*Ditylenchus dipsaci*（Kühn）Filipjev

英文名　Stem and bulb nematode

病原分类　线形动物门，侧尾腺纲，垫刃目，粒线虫科，茎线虫属

二、分布

鳞球茎茎线虫的分布很广，主要分布在比利时、丹麦、芬兰、法国、德国、匈牙利、意大利、伊朗、伊拉克、以色列、日本、约旦、韩国、肯尼亚、阿尔及利亚、尼日利亚、南非、摩洛哥、突尼斯、澳大利亚、新西兰、阿根廷、巴西、智利、秘鲁、墨西哥、加拿大、美国等。

三、寄主植物及危害情况

1. 寄主

鳞球茎茎线虫的寄主范围很广，目前估计它的寄主达500种以上，涉及30个目的40科的植物。其中经济价值较高的科有洋葱科、石蒜科、起绒草科、豆科、禾本科、百合科、蓼科、蔷薇科、茄科、伞形花科、玄参科等多种粮食作物、经济作物、蔬菜、烟草、药材、花卉等。可寄生于马铃薯、甘薯、玉米、燕麦、黑麦、豌豆、甜菜、洋葱、向日葵、烟草、鸢尾、石竹等作物上，还可寄生在水仙、风信子、郁金香、康乃馨、唐菖蒲和朱顶红等花卉上。人工接种时还可侵染花生、大豆、豌豆、芹菜等作物。

2. 危害情况

鳞球茎茎线虫以其繁殖能力强、侵染能力强、生存能力强、可引起多种植物毁灭性病害而闻名于世。研究表明，当每500g土壤中有10条线虫时就可以严重为害洋葱、甜菜、胡萝卜等植物。可使糖的含量下降，汁的杂质增加。严重侵染时植物死亡率可达60%～80%。在欧洲，为害洋葱，苗期死亡率高达50%～90%。因此，该线虫的为害性非常大。

四、症状

鳞球茎茎线虫主要为害植物地上部，引起茎、叶、花等膨大、变形。为害茎基部、鳞球

茎、块茎、根茎等地下部，导致其腐烂或坏死。鳞球茎茎线虫为害特点如表 9-1 所示。

表 9-1 鳞球茎茎线虫为害状

寄主	为害部位	症状特点
水仙	叶片、花茎	产生黄褐色镶嵌条纹，后出现水泡状或波涛状隆起，最后表皮破裂而呈褐色，叶片向上枯萎
	球茎	初期不显症，后期球茎上部变成褐色而腐烂并下凹。球茎横切，内部呈轮状褐色
马铃薯	叶片、叶柄	变短、增厚、畸形、植株矮化
	块茎	表面形成圆锥形病斑，向内扩展呈漏斗状腐烂
甘薯	块茎	黑褐色晕斑，后期呈现小形龟裂纹，外部变化不明显，内部疏松，仅留粗纤维，薯块变轻，纵剖呈干腐状
蚕豆	茎	茎组织膨大，畸形，形成红褐色的条状病斑，病斑包围茎，可扩展至节间边缘
	叶、叶柄	坏死
	豆荚	褐色
	种子	变小、颜色发暗、畸形，表面形成病斑
甜菜	叶片	扭曲、肿大、畸形，严重时，植株矮化、生长不良，拔出植株可见其根冠分离
葱蒜类	茎、叶	变形，叶片褪绿，产生疱疹
蔬菜	鳞茎	根盘常开裂，而后变软、腐烂，切开可见鳞片成褐色同心圆
烟草	茎基部	植株矮化、畸形，之后茎部崩溃
草莓	茎、叶、叶柄	植株矮化，扭曲、肥厚
	花、果	形成虫瘿
禾谷类	节、茎基部	矮化、畸形、节间膨大、分蘖增加

五、病原

(1) 雌虫　热杀死后，虫体几乎直。角质层有环纹，体侧区刻线 6 条。头部低，稍平，无环纹和相连的体环连续。口针针锥长约占口针总长的一半，口针有明显的基部球，圆球形。中食道球内肌肉发达，有 4～5μm 厚的食道腔壁增厚。食道基部球分叉或覆盖肠的前端几微米。排泄孔位于峡区后部或后食道腺球水平处。单卵巢、前伸，有时伸达食道区，卵母细胞单行，后阴子宫囊长是肛阴距的 40%～70%。尾呈长圆锥形，端尖。

(2) 雄虫　体形和尾形与雌虫相似。泄殖腔的交合伞包裹尾部 3/4。交合刺长 23～28μm。两性圆锥尾，常呈指状。

鳞球茎茎线虫的生长发育及其生活史受温度的影响很大，此线虫在 1～5℃时开始产卵，最适产卵温度为 13～18℃，36℃以上则停止产卵，每条雌虫可存活 45～73d，产卵 200～500 粒。在 10～20℃时，活动性和侵染力最强，完成一个生活周期约 20～30d，因此在寄主植物生长季节，此线虫能连续发育数代。除卵之外，该线虫的各个虫态和龄期均能侵染植物。已知燕麦小种和巨型小种在无寄主植物和杂草的土壤中至少可存活 8～10 年。此线虫耐低温，在-150℃下保存 18 个月后仍有活力。因此，该线虫的适应能力非常强。

六、发病规律及传播途径

鳞球茎茎线虫是一种迁移性的内寄生线虫，常在茎部、鳞茎或块茎的薄壁组织内繁殖、产卵和发育，4 龄幼虫是最重要的侵染阶段，该线虫具有很强的抗干燥和低湿休眠能力，在作物收获季节其停止发育，聚集于成熟的和即将死亡的植物组织中，在干燥条件下形成“虫绒”，进入休眠状态，这样在无寄主的情况下可存活数年，据报道最长可存活 26 年。

由于鳞球茎茎线虫可以侵染寄主植物的不同部位，因此，可随寄主植物的种子、鳞球茎、块茎、匍匐茎、根状茎等茎、叶及其他植物残体和土壤携带物传播。在田间还可以借助被污染的流水、土壤和农具等传播。鳞球茎茎线虫远距离的传播是人为因素在起作用，如进口繁殖材料、种子、苗木等。

鳞球茎茎线虫的生存受土壤类型的影响。在陶土中线虫生存最好，而在沙土中线虫的群体数量急剧下降。

七、检验方法

1. 症状检查

当寄主鳞球茎受害后，剖开鳞茎可见环状褐色特征性病症。

2. 线虫分离

检验时可将可疑植株或抽检样品切成小块，置于浅盘中，加水过夜（室温下），用400目筛收集线虫液。

（1）直接观察分离法　在解剖镜下用竹针或毛针将线虫从病组织中挑出，放在凹穴玻片上的水滴中，观察处理。

（2）滤纸分离法　将植物病组织用清水冲洗后，放在铺有线虫滤纸的小筛上，再将小筛放入盛有浸没滤纸的清水的浅盘中，最后将浅盘放在冷凉处过夜。第二天取出筛子，用吸管将留在水中的线虫吸放在培养皿中，在解剖镜下观察其形态特征。

（3）漏斗分离法　将10～15cm的玻璃漏斗架在铁架台上，下面接一段10cm左右的橡皮管，橡皮管上装一个弹簧夹，底部放一个小烧杯。将植物材料切碎放入纱布中，移至盛满清水的漏斗中，经过24h，由于趋水性和本身的重量，使得线虫离开植物组织，并在水中游动，打开弹簧夹，在小烧杯底部约5ml的水样中含有大量活动的线虫，可在解剖镜下检查。

八、检疫与防治

（1）严格检疫措施　禁止从疫区调运寄主植物的鳞球茎、块茎、种子等繁殖材料和土壤。

（2）湿汤处理　对花卉如水仙球茎内的茎线虫，可进行温汤处理。在50℃温水中浸30min，或在43℃温水中加入0.5%福尔马林浸3～4h。

（3）抗性品种的培育　培育抗性品种是防治鳞球茎茎线虫的最有效的防治方法。已选择或培育使用了抗该线虫的紫苜蓿、红车轴草、燕麦、黑麦和其他栽培抗病品种；玉米、蚕豆、洋葱、大蒜中也有感病性不同的品种。

（4）土壤消毒　对一些线虫严重发生而又不能轮作的田块，可用滴滴混剂熏杀土内线虫。或用80%二溴乙烷37.5～60kg/hm^2，加水30倍左右消毒土壤。或涕灭威、治线磷等药剂均可。

（5）改进栽培措施

① 选择无线虫的土地　选用不带线虫或已经消毒处理过的繁殖材料、种子等，减少因苗期鳞球茎茎线虫侵染造成的危害。

② 轮作换茬　种植一些非寄主植物，重病田块改种棉花、玉米、小麦等作物5～7年，有水源条件的地方可与水稻实施3～4年轮作。

③ 及时清除并烧毁田间杂草和病残株　在收、刨、耕地、加工、食用、入窖、出窖、育苗、栽植等各环节，均须清除病薯块、病蔓和病苗等病残体，集中烧毁或深埋。用病残体

作饲料必须煮熟，粪肥要经过60℃以上的高温发酵。

严格的检疫和土壤消毒是防治鳞球茎茎线虫最有效的方法，此外，轮作、清除田间病株、选用健康的种薯、晚种早收、留种鳞球茎必须充分晒干后贮放在低温干燥的地方，均可防治茎线虫的侵染。

第二节　香蕉穿孔线虫病

一、学名及英文名称

学名　*Radopholus similes*（Cobb）Thorne

英文名　The burrowing nematode

病原分类　线形动物门，侧尾腺纲，垫刃目，短体科，穿孔属

二、分布

香蕉穿孔线虫分布很广，据报道目前全世界至少有60个国家和地区发生香蕉穿孔线虫，境外主要发生于澳大利亚及中美洲、南美洲、部分非洲和太平洋地区及加勒比海岛等香蕉商业产区。其中亚洲分布的国家有印度尼西亚、马来西亚、菲律宾、泰国、巴基斯坦、印度、日本。

由于香蕉穿孔线虫对香蕉、胡椒的危害具有毁灭性，目前世界上很多国家如土耳其、阿根廷、智利、巴拉圭及欧盟国家将其列为检疫性有害生物。我国大陆暂未见报道此病的发生，但1987年，福建省从菲律宾进口香蕉种苗上发现该虫，后来采取坚决措施予以扑灭。

三、寄主植物及危害情况

1. 寄主

香蕉穿孔线虫的寄主范围非常广，已报道的寄主350多种，其中大多数属偶然寄主（在染病香蕉树附近存在）和人工接种寄主。此线虫主要侵染单子叶植物的芭蕉科、天南星科和竹芋科植物，但也危害双子叶植物。香蕉穿孔线虫主要农作物及经济作物的寄主有香蕉、胡椒、芭蕉、椰子树、槟榔树、芒果、咖啡、茶树、美洲柿、鳄梨、蒌叶、油柿、生姜、花生、大豆、高粱、甘蔗、茄子、番茄、蚕豆、甘薯、薯蓣、酸豆、姜黄、马齿苋、土人参等，此外，许多蔬菜、花卉和观赏植物、牧草、杂草等也是其寄主。

香蕉穿孔线虫除严重危害香蕉、胡椒外，在人工接种条件下，可严重危害大豆、玉米、高粱、甘蔗；中度危害茄子、咖啡、番茄。此线虫还可和镰刀菌及小核菌等土栖真菌相互作用，共同形成复合病害，引起香蕉并发枯萎病症状。

2. 危害情况

香蕉穿孔线虫一般能造成香蕉减产40%～80%。1969年苏里南的香蕉由于该线虫的为害减产50%以上。在印度尼西亚的邦加岛，该线虫为害胡椒，造成90%的胡椒树死亡，20年内毁掉2200万株胡椒树。此外，香蕉穿孔线虫还可严重为害大豆、生姜、玉米、高粱、茄子、番茄、咖啡和部分观赏植物。

四、症状

香蕉穿孔线虫病的症状如表9-2所示。

表 9-2 香蕉穿孔线虫为害状

寄主	为害部位	症状特点
香蕉	根部	表面产生红褐色略凹陷的斑痕，并出现边缘稍凸起的纵裂缝，将病根纵切开可见皮层上有红褐色条斑，随着病害的发展，根组织变黑腐烂
	地上部	生长缓慢，叶小而少、枯黄，坐果少，果实小，由于根系被破坏，固着能力弱，蕉株易摇摆、倒伏或翻蔸，故有“摇头病”之称
观赏植物	根部	一般出现大量空腔，韧皮部和形成层可完全毁坏，出现充满线虫的间隙，使中柱的其余部分与皮层分开，根部坏死斑呈橙色、紫色和褐色，根部坏死处外部形成裂缝，严重时根变黑腐烂
	地上部	叶片表现缩小、变色、新枝生长弱等衰退症状，严重时萎蔫、枯死

五、病原

香蕉穿孔线虫的形态如图 9-1 所示。

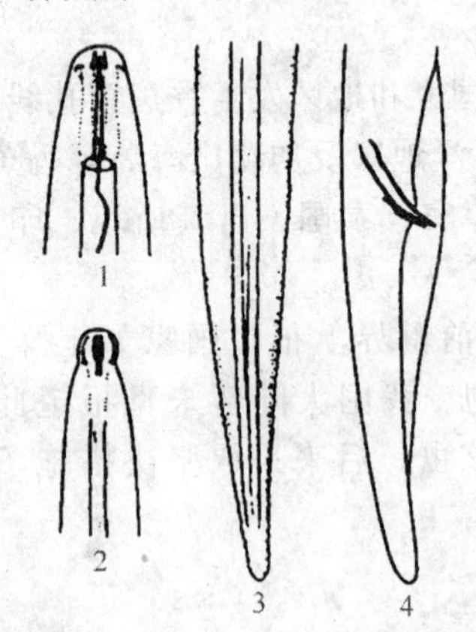

图 9-1 香蕉穿孔线虫（仿 Sher）
1—雌虫体前部；2—雄虫体前部；3—雌虫体后部；4—雄虫体后部

(1) 雌虫　体长 520～880μm，虫体呈线形，从虫体中部向两端渐变细，热杀死后虫体稍向腹面弯曲。头部低，前端平圆，唇区半球形，不缢缩或略缢缩，头环 3～4 个；侧器口延伸到第 3 环基部；侧区有 4 条侧线。雄虫唇区高，半球形，有时缢缩，常有 3～5 个头环，侧唇显著较小。尾锥形至圆形，或尾端尖。交合伞不达尾端，交合刺远端尖锐，引带具小的尖突。雌虫唇区低，半圆形，有时缢缩，常有 3～4 环，头骨架高度硬化。口针和基部球发达，食道发育正常，中食道球卵圆形，有显著的中食道球瓣；后食道腺长叶状，从背面或背侧面覆盖肠。排泄孔在峡部，后部水平。双向双卵巢，前伸；阴门显著，双生殖腺，对伸；受精囊球形；尾细圆锥形，尾端细圆，有环或无环。侧尾腺口常前于尾中部。

(2) 雄虫　体长 530～700μm，虫体呈线形，热杀死后虫体直或略向腹面弯曲。头部唇区高，半球形，显著缢缩；侧唇片及头架骨化弱或不明显，具3～5 个头环；侧线 4 条。口针和食道显著退化，口针基部球不明显或无；单睾丸，前伸，交合刺柄粗壮，引带伸出泄殖腔；末端有小爪状突，交合伞伸到尾部约 2/3 处，泄殖腔唇无或仅有 1～2 个生殖乳突。

香蕉穿孔线虫为迁移性内寄生线虫，一般两性生殖，但也可孤雌生殖。雌虫和二龄以上幼虫均有侵染能力，在寄主植物内和土壤中均能完成生活史。香蕉穿孔线虫完成一个世代所需时间因不同寄主、不同温度而异。在香蕉根上，24～32℃条件下生活史为 20～25d，平均每条雌虫产卵 20～120 粒。在适宜的条件下，线虫的数量在 45d 内可繁殖 10 倍，土壤中的线虫数量可达到每 1kg 土 3000 条，寄主植物每 100g 根（鲜重）的虫量可超过 10 万条。

六、发病规律及传播途径

香蕉穿孔线虫的幼虫和雌虫通常是从根尖的细胞生长区和根毛产生区侵入供养根，雄虫没有这种能力。线虫取食根后，取食薄壁细胞中的细胞质，致使细胞破裂，形成穿孔。

在发病的果园里，香蕉穿孔线虫可以通过植物根系生长和相互接触以及线虫自身的移动进行近距离扩散。据报道，相邻的香蕉苗相互接触时，香蕉穿孔线虫从受感染的土壤向外扩散的速度是每月15～20cm。香蕉穿孔线虫由寄主植物的地下部分及其黏附的土壤进行远距离传播，如印度尼西亚香蕉穿孔线虫是从印度引进胡椒苗时将该线虫传入；澳大利亚从斐济引进罹病的香蕉苗，导致了澳大利亚的香蕉产区遍布香蕉穿孔线虫。此外，田间管理用的农具，人和畜携带的泥土以及水流都可传播线虫。

香蕉穿孔线虫发生、存活时间长短与生活环境、土壤、温度和湿度密切相关。在被侵染的寄主根和其他地下组织内可以长期存活，在无任何寄主的土壤中存活期可达6个月，所以带虫植物及其土壤是扩散蔓延的主要侵染源。在田间，该线虫在27～36℃的潮湿土壤中可存活6个月，在29～39℃的干燥土壤中仅能存活1个月，在温室内，该线虫在25.5～28.5℃的潮湿土壤中可存活15个月，在27～31℃的干燥土壤中仅能存活3个月。

七、检验方法

1. 幼苗检验

先将根表皮黏附的土壤洗净，仔细观察挑选根皮有淡红褐色痕迹，有裂缝，或有暗褐色、黑色坏死症状的根，剪成小段，放入玻皿内加清水，置解剖镜下，用漏斗法或浅盘法分离。

2. 鉴定方法

用水清洗进境植物的根部，仔细观察根部有无淡红色病斑，有无裂缝，或暗褐色坏死现象。立体显微镜下在水中解剖可疑根部，观察是否有线虫危害。也可直接将根组织用漏斗法分离。将分离获得的线虫制片后观察，按形态特征进行鉴定。

八、检疫与防治

由于香蕉穿孔线虫病是一种由种苗进行远距离传播的危险性病害，防治中宜采取以无线虫种苗、无线虫种植场地和蕉园土壤消毒的综合措施。

(1) 严格的检疫措施　禁止从香蕉穿孔线虫疫区调运香蕉、胡椒、花生、大豆等寄主植物。确需少量调入时，对于来自疫区的寄主植物和土壤，植物检疫部门应在查验调运植物检疫证书的基础上进行复检，并采取适当的隔离措施。

(2) 农业防治

① 提供闲置土地　新蕉园应设在新垦地或从未有过芭蕉属植物地方。

② 若在感染地块建立香蕉园时应种植香蕉穿孔线虫的非寄主植物，至少12个月后再移植香蕉苗，深翻病土，休闲6个月以上。

③ 加强栽培管理　增施有机肥，如印度对每棵胡椒树施油籽饼200g、绿肥3～5kg或农家肥1kg；灌水淹没病地5个月，防治效果好。

(3) 物理防治　对种菌可以采用50～55℃的温水浸根及其他地下组织，处理20～25min，可以杀死根内的线虫。

(4) 化学防治

① 土壤、种苗处理

a. 土壤处理：在疫区，选用丙线磷、克线磷、涕灭威、呋喃丹等进行土壤处理，压低香蕉穿孔线虫群体数量，控制病情发展。

b. 种苗处理：对于较大的根状茎，剥除假茎，切除病部组织，将留用的球茎或根状茎组织用0.2%的二溴乙烷浸泡1min即可，或用杀线虫剂益舒宝10×10^{-5}溶液浸30～60min

或 25×10^{-5}苯线磷溶液浸 10min。对于小的根状茎或球茎，可直接用药剂浸渍杀死内部线虫。方法为：320g 克线磷原药，加 100kg 水和 12kg 黏土，混匀后浸渍包裹根状茎，移栽后待蕉苗生长稳定后，在每株根部再施 2.5～3g 克线磷浆拌剂，3～4 个月施 1 次药，施药后，适度灌水效果更好。

② 疫情控制　一旦发现香蕉穿孔线虫传入，要立即向政府和检疫部门报告，并及时采取封锁和铲除措施。对发生疫情的花场、苗圃、果园采取严格的控制措施，全面销毁发病花场、苗圃、果园的染疫或可能染疫的植物，禁止可能受污染的植物和土壤、工具外传，防止疫情扩散蔓延。同时，应及时清除土壤中植物的根茎残体并集中销毁，土壤可用溴甲烷、必速灭或线克等熏蒸性杀线虫剂处理，并覆盖黑色薄膜，保持土壤无杂草等任何活的植物至少 6 个月。在侵染区和非侵染区之间，应建立宽 5～18m 的隔离带，在隔离带中不得有任何植物，并阻止病区植物的根延伸进入隔离带。

第三节　马铃薯金线虫病

一、学名及英文名称

学名　*Globodera rostochiensis*（Wollenweber）Behrens

英文名　Potato golden nematode

病原分类　线形动物门，侧尾腺纲，垫刃目，异皮线虫科，球胞囊属

二、分布

马铃薯金线虫是为害马铃薯上最严重的植物寄生线虫之一，主要分布在位于温带地区和热带较高海拔或近海地区，分布于全世界 72 个马铃薯产区。这些国家和地区主要有欧洲和南美洲各国、中东地区、日本、菲律宾、巴基斯坦、斯里兰卡等。

三、寄主植物及危害情况

1. 寄主

马铃薯金线虫的寄主范围较窄，主要的农作物寄主有马铃薯、番茄、茄子、龙葵、天仙子、茄科杂草。

2. 危害情况

马铃薯金线虫是温带地区马铃薯作物的重要病害。由于被该线虫侵染的植株根系受到很大损伤，导致生长发育不良，结薯少而小、品质差，大薯率减少有时高达 90%以上。据统计，当每 1kg 土壤马铃薯金线虫的卵超过 20 粒时，可造成每 1hm^2 马铃薯减产 2000kg。一般病田减产 25%～50%，严重的可达 75%。当该线虫在某一地区流行而不予积极防治，收获的马铃薯将比最初种植的马铃薯还要少。尤其是在发生某种致病型而无抗病品种用以种植的情况下，连年重茬种植可减产 80%，甚至绝产。马铃薯金线虫对低温及化学物质的抗逆性极强，如果土壤类型和温度适合的话，孢囊内的卵可存活 28 年之久。目前尚无有效的根除马铃薯金线虫的办法。另外，当土壤中存在着大丽轮枝孢菌时，能与线虫相互作用，共同造成更严重的危害，导致马铃薯的早死病发生。

四、症状

发病植株在田间呈块状分布。发病初期仅部分植株表现生长不良、矮化，茎细长、开花

少或不开花；叶片小而黄、嫩叶凋萎，受害严重时植株早死。病株根系发育不良，根表皮受损破裂，结薯少而小；在后期病株根部细根上密生大量的小突起，即病原线虫的胞囊。成熟的金线虫胞囊呈金黄色，作物收获后这些胞囊遗留在土壤中。

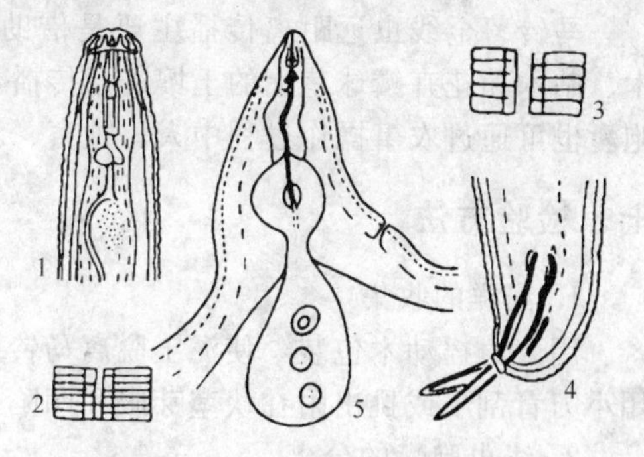

图 9-2 马铃薯金线虫（仿 Stone）
1—2 龄幼虫头区；2—2 龄幼虫中部侧区；3—雄虫体中部侧区；4—雄虫尾部；5—雌虫头部和颈部

五、病原

马铃薯金线虫的形态如图 9-2 所示。

（1）雌虫 珍珠白色，近球形，有突出的颈。头部小，有 1～2 条明显的环纹；虫体末端钝圆，无阴门锥。虫体角质层由 4 层构成，大部分角质层上都有网状脊纹，无侧区和刻线。头架弱，口针强大，锥部约为 50%口针长，有时略弯。曲口针基部球圆形、明显向后斜；口针套管向后延伸至口针长的 75%处。中食道球大、有发达的瓣，食道腺宽叶状。排泄孔明显，位于茎基部。双生殖腺，阴门和尾区不缢缩、圆形、稍凹，即为阴门盆；阴门横裂，位于由许多小瘤形成的 2 个新月形突起之间。肛阴门之间的角质层有约 20 条隆起的平行脊，其中有些脊交叉连接呈网状。雌虫从寄主根皮露出时为白色，不久变为金黄色，经 4～6 周后，雌虫死亡成为暗褐色胞囊。

（2）胞囊 金黄色至黄褐色，近球形，有突出的颈，无突出的阴门锥，双膜孔，新胞囊的阴门区较完整，但老胞囊的阴门盆局部或全部丧失而形成一个半环膜孔，无阴门桥、下桥和其他内残存的虫体腺体结构；无泡囊，但阴门区有时有一些小而不规则黑色素沉积物。角质层花纹似雌虫，角质层下无亚结晶层。

（3）雄虫 蠕虫形，尾短，钝圆，形态不定。热杀死后虫体呈“C”或“S”形，后部弯成 90°～180°角。角质层环纹明显，侧区有 4 条刻线，环纹仅和两条外刻线交接。头部圆、缢缩，头环有 6～7 条，头架高度骨化。口针发达，基部球向后倾斜，针锥部长约占口针长的 45%，口针套管向后延伸至口针长的 70%处。中食道球椭圆形，有显著的瓣；食道腺窄，叶状，从腹面覆盖肠，末端接近排泄孔。单精巢，长约为虫体长的 1/2；泄殖腔小，位于近尾端，泄殖腔唇突起；交合刺粗壮，呈弓形，远末端尖；有引带。

（4）2 龄幼虫 蠕虫形；角质层环纹明显，侧区有 4 条侧线，虫体两端侧线为 3 条，偶尔有网纹。头部圆、微缢缩，4～6 条环纹，口盘和唇形成卵圆形轮廓。头骨架高度硬化。口针发达，针锥部长小于口针长的 1/2，口针基部球圆形，稍向后斜，食道腺体在腹面延伸到排泄孔后面约 35%的体长处，排泄孔位于 20%的虫体处。4 个生殖腺细胞几乎位于体长的 60%处，尾渐变细呈圆锥形，末端细圆，透明区（透明尾）长占尾长的 1/2～2/3。

马铃薯金线虫适合在气候凉爽的地区发生。10℃是马铃薯金线虫发育的起始温度，发育适温为 25℃，在此条件下，金线虫完成一个生活史需 38～45d，但在 25℃以上发生量急剧衰减，温度达 40℃以上时线虫停止活动。一般而言，一年只发生一代。

六、发病规律及传播途径

马铃薯金线虫是定居型内寄生线虫，以鞣革质的胞囊在土壤内越冬、滞育及度过不良环境，所以马铃薯金线虫对低温及化学物质的抗逆性极强，如果土壤类型和温度合适，胞囊内的卵可在土壤中存活 28 年之久。而我国东北、西北和西南地区是中国马铃薯的主要产区，属气候稍寒冷的温带地区或高寒山区，气候凉爽，气温较低，正适合马铃薯金线虫的暴发流行。一旦在我国发生或传入我国，其后果将是灾难性的。

马铃薯金线虫远距离传播主要是借助人类的活动，通常是胞囊随病田调运的薯块、苗木、砧木和花卉鳞球茎上的土壤进行传播。而短距离扩散是幼虫在土壤内移动所造成的，但胞囊也可通过农事操作过程中人、牲畜、农具、灌溉水以及风雨扩散传播。

七、检验方法

1. 泥样的收集

用人力摇动木包装，使泥土脱离马铃薯块茎从包装中振落下来，或用毛刷刷落附着泥，用小刀背刮下或挑出附在块茎芽眼和凹陷处的泥块，把收集到的泥样带回室内检验。

2. 线虫胞囊的分离

将泥样轻轻压碎，用3mm标准筛过筛，除去泥样中混杂的植物残体、沙石等杂物，根据胞囊密度小、易于漂浮的原理，用漂浮法分离胞囊，漂浮的方法有：

（1）简易（三角瓶）漂浮法　泥样比较少的情况下（100g以下），将泥样倒入1000ml三角瓶内，加少量水充分摇动，使泥土溶解，胞囊游离漂浮于水中，然后再加水至近瓶口处，搅拌后静置片刻，待漂浮物浮至液面时，即倒入放有滤纸的漏斗内过滤，滤纸稍晾干后在立体镜下检查胞囊。

（2）漂浮器漂浮法　将泥样冲洗进漂浮器里，漂浮器出水处安放60目、100目套筛各一个，不断加水使漂浮物经漂浮器环颈槽流入筛分网内，将收集到的漂浮物按上法经滤纸过滤，检查滤纸，收集胞囊，在胞囊数量很少的情况下，可以用硫酸镁溶液代替水作漂浮剂，增加溶液浮力分离胞囊。

八、检疫与防治

（1）禁止从疫区调运种薯。

（2）加强作物轮作和土壤消毒处理，同时使用抗性品种。

第四节　松材线虫病

一、学名及英文名称

学名　*Bursaphelenchus xylophilus* (Steiner & Bührer) Nickle

英文名　Pine wilt nematode

病原分类　线形动物门，线虫纲，垫刃目，滑刃科

二、分布

松材线虫病日本1905年在九州、长崎及其周围首次发现。目前境外主要分布在日本、美国、加拿大、韩国、朝鲜、墨西哥、葡萄牙等国。中国的台湾、香港、澳门、江苏、浙江、安徽、江西、山东、湖北、湖南、广东、重庆、贵州等13省（市）的192个县级行政区，674个乡镇均有分布。

三、寄主植物及危害情况

1. 寄主

松材线虫病寄主种类较多，据报道，在自然条件下能感病的松树有36种和非松属树种8

种，共有6属44种。主要以松属树种为主，此外，还有云杉属、冷杉属、落叶松属和雪松属的一些树木，最易感病的树种有日本赤松、日本黑松、琉球松、欧洲赤松和欧洲黑松等。

2. 危害情况

松材线虫病自1982年首次传入我国南京，至1999年，病死木总量达1600余万株，造成大量松树死亡，累计直接经济损失约42亿元。而且病害仍以每年7000～10000hm^2的速度迅速扩散，发生的区域和面积不断扩大，危害日趋严重，已成为我国有史以来最具毁灭性的一种森林灾害。

四、症状

松树一旦感染松材线虫病，大多从树冠上部开始，初期针叶由绿变黄，相继出现红棕色萎蔫，由局部发展至全部针叶，而后全株迅速枯萎死亡，远看似火烧，叶当年不脱落。树干部多数有松褐天牛产卵刻槽、侵入孔树脂分泌减少甚至停止。此外，被松材线虫侵染枯死的树木，伴随着真菌生长，木质部往往有蓝变的症状。松树从出现症状到整株枯死所需的时间因季节而异，在5～9月份，只需1个月的时间；冬春季节病程较长，可达2个月。成片松林从最初少数死树到林木被毁只需5年左右的时间。

五、病原

松材线虫的形态如图9-3所示。

两性成虫体细长。雌虫体长约1mm。唇区高，缢缩显著。口针细长，长14～16μm，基部球明显。中食道球卵圆形，占体宽的2/3以上。食道腺细长，叶状，覆盖于肠背面。神经环位于中食道球后，排泄孔的开口大致与食道和肠交接处平行。半月体在排泄孔后约2/3体宽处。卵巢前伸，卵呈单行排列。阴门位于虫体中后，约73%体长处，有明显的阴门盖；后阴子宫囊长，约为阴肛距的3/4。尾亚圆锥形，末端宽圆，有微小或无尾尖突。雄虫体似雌虫。交合刺大，弓状，成对，喙突显著，远端膨大如盘状。尾部似鸟爪，向腹部弯曲，尾端为小的卵形交合伞包裹。

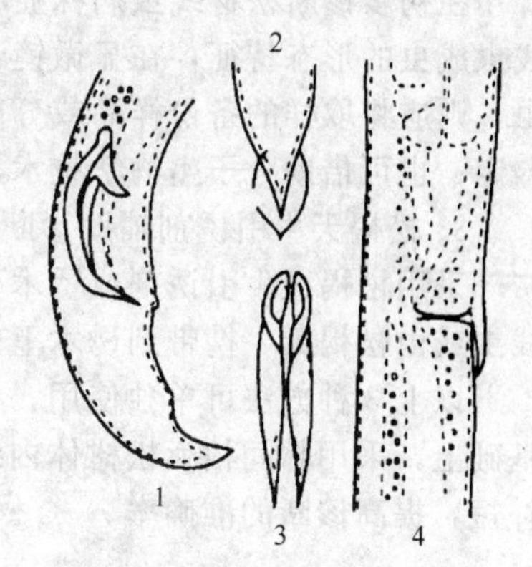

图9-3 松材线虫（仿Y. Mamiys）
1—雄虫尾部侧面；2—雄虫尾部腹面，末端有尾翼；3—雄虫交合刺腹面；4—雌虫阴门

松材线虫以3龄幼虫进入休眠阶段，翌年春季，蜕皮后形成4龄虫，即休眠幼虫，此阶段幼虫抵抗不良环境能力加强。休眠幼虫适宜昆虫携带传播，通过松褐天牛的气门进入气管，随天牛羽化离开寄主植物，1只天牛可携带成千上万条线虫，据记载最高可达28万条。当松褐天牛补充营养时，大量的休眠幼虫则从其啃食树皮所造成的伤口侵入健康树。松褐天牛在产卵期线虫携带量显著减少，少量线虫也可从产卵时所造成的伤口侵入寄主。休眠幼虫进入树体后即蜕皮为成虫进入繁殖阶段，雌雄交尾后，雌虫的产卵期约30d左右，1条雌虫产卵约100粒。在生长最适温度（25℃）条件下约4d发生1代，发育的临界温度为9.5℃，高于33℃则不能繁殖。

六、发病规律及传播途径

目前发现，能传播松材线虫的天牛有松褐天牛、云杉天牛、白点墨天牛、卡罗来纳墨天牛、南美墨天牛。其中松褐天牛是最主要的传播媒介，传播距离为1～2km。墨天牛可通过两种方式传播，一种是补充取食期传播，也是主要的传播方式；另一种是产卵期传播。我国主要是松墨天牛进行传播，被害树木伐下后，未经杀线虫处理就被用作包装材料，随货物四处扩散，因此，人为调运病木及加工品，是松材线虫远距离传播的唯一途径。

松材线虫的发病率与环境因子如温度和土壤中水分的含量有密切关系。松材线虫病的最适温度为20～30℃，低于20℃、高于33℃都较少发病。年平均温度是衡量某地区松材线虫病程度与分布最有用的指标之一。据报道松材线虫病适宜发生的气候条件为年平均气温10℃以上，年平均气温在14℃以上最适发生。海拔高于700m的地区实际不为害。水分缺乏可加速松材线虫病的病程，提高病树的死亡率。

七、检验方法

1. 林间枯死松树外观症状诊断

根据松材线虫为害后的症状，看该地区有无线虫为害的病株。在松材线虫病的新疫点，往往是树冠浓密、树势健壮的优势木首先遇病。初始，松材线虫病枯死木呈随机分布，随后，周围其他优势木陆续遇病，逐步发展为以定居点为中心的聚集分布，最后成为核心分布。未发现典型症状的植株，应检查是否有天牛为害的虫孔、碎屑等痕迹的树木，并注意是否有树脂分泌及松褐天牛产卵的刻槽，若停止分泌或松脂很少或有产卵刻槽则为可疑病树，半个月后继续观察针叶失绿、变色等症状是否出现，并在50d内全株枯死的植株诊断为松材线虫病株。

2. 林间枯死松树体内线虫的分离鉴定

在初步诊断松材线虫病株症状的基础上，用贝尔曼漏斗分离法分离线虫。根据分离到的线虫成虫的形态特征，在显微镜下进一步鉴定是否松材线虫。如果未能分离到松材线虫的成虫，则应将取样的备份样品或分离到的若虫用灰葡萄孢霉等真菌饲喂，待获得成虫后，再作鉴定；也可借助分子生物学技术，区别松材线虫和拟松材线虫。

3. 松褐天牛引诱剂辅助诊断

采用松褐天牛引诱剂或诱木引诱剂引诱松褐天牛，进而分离松褐天牛成虫上携带的松材线虫或由松褐天牛携带到诱木上的松材线虫，辅助诊断松材线虫病。

以上3种方法可单独使用，也可以综合运用。若在林间枯死松树外观症状诊断法诊断的基础上，采用林间枯死松树体内线虫的分离鉴定法或松褐天牛引诱剂辅助诊断法，可以取长补短，提高诊断的准确率。

八、检疫与防治

为了减轻松材线虫的危害程度，阻止疫情扩散，防治上要贯彻“以防为主，防治并举，防重于治”的方针，逐步实现“控制、压缩、根除”的防治目标。

(1) 农业防治

① 抗病品种的选育和推广　抗性品种的选育可通过国内选择抗松材线虫病的优势木种子进行培养、扦插育苗。而后做抗病性测定，从而获得抗性苗木。也可引进国外松进行抗性测定，如日本的黑松与中国的马尾松杂交获得了新品种“和华松”。

目前，广抗性品种造林已经成为日本防治松材线虫病的主要措施之一。

② 烧毁、切片粉碎处理　在冬季，对感病松林中的病死木进行烧毁或切片粉碎处理等方法除治天牛幼虫。这是目前松材线虫病除治工作中最为方便的技术手段，被普遍采用。但因其涉及环节较多，在实际操作中难以确保每个环节都彻底、有效，因而往往成了病害扩散传播的主要环节。

(2) 物理防治

① 诱木诱杀　松褐天牛羽化初期（5月上旬）在诱木基部离地面30～40cm处的3个方

向侧面，用刀砍 3～4 刀，刀口深入木质部约 1～2cm，刀口与树干大致成 30°角。用注射器把引诱剂注入刀口内。诱木引诱剂使用浓度为 1∶3。施药量（ml）大致与诱木树干基部直径（cm）相当。引诱天牛集中在诱木上产卵，每 10 亩设置 1 株。

② 诱捕器诱杀　天牛羽化期，在发病林，每隔 1000m 设置一个诱捕器，诱杀松褐天牛成虫。诱捕器内盛清水或 3%杀螟松乳剂。

（3）生物防治　媒介天牛低龄幼虫期，林间释放天敌肿腿蜂，也可通过肿腿蜂携带白僵菌的方法感染天牛幼虫，以降低林间天牛数量，达到控制和减少病死树的目的。气温最好在 25℃以上的晴天进行。每 10 亩设一个放蜂点，每点放蜂 1 万头左右。也可将白僵菌菌丝块制成条状体直接塞入天牛虫孔。7 月份开始使用，10 月份可见明显成效，防治效果可达 80%以上。

（4）化学防治　为了有效控制松材线虫，可对其媒介昆虫松褐天牛进行防治。

① 控制成虫　在松褐天牛羽化初期、盛期飞机喷洒绿色威雷（触破式微胶囊剂）每亩 50～80ml(300～400 倍液)，或采用地面树干、冠部喷洒，常用的农药有杀螟松乳剂、辛硫磷、西维因、丰索磷、飞拌磷、克线磷等。也可使用内吸杀线虫药剂注射树干和处理土壤，以防线虫侵染。对有特殊意义的名松古树和需保护的松树可选择天牛羽化前 2 个月，在树干基部打孔注入虫线光 A（Emamectin 安息香酸盐液剂）400ml/m³，注射 1 次可持效 3～4 年。或注入虫线清 1∶1 乳剂 400ml/m³，进行保护。目前日本广泛应用的是烟碱类杀虫剂：噻虫啉，每年 5～6 月份用药 1～2 次，防治间隔期约 20d。

② 伐木熏蒸　将伐倒病木或枯死木及木质包装采用 98%溴甲烷浓度分别为 17.92g/m³、16.07g/m³、14.87g/m³，在 14℃、18℃和 22℃条件下处理 24h，松材线虫死亡率达 99.9%。

思考与练习题

1. 鳞球茎茎线虫的寄主很广，如何防治？
2. 以香蕉穿孔线虫为例，试述其检疫的重要性。
3. 试述马铃薯金线虫病的检验方法及防治措施。
4. 如何识别松材线虫病，应采取哪些措施？

第十章　检疫性植物病毒病害

本章学习要点与要求

本章主要介绍了主要的检疫性植物病毒病害，包括马铃薯黄化矮缩病、马铃薯帚顶病、番茄环斑病、可可肿枝病和木薯花叶病。要求学生了解各种病毒病害的名称、分布、寄主和危害性及发病规律，掌握病害的症状、传播途径，熟练掌握各种病害的检验检疫和防治方法。

第一节　马铃薯黄化矮缩病

一、学名及英文名称

学名　*Potato yellow dwarf virus*，简称 PYDV

英文名　Potato yellow dwarf virus

二、分布

该病毒最早于 1922 年报道在美国马铃薯上发生，现分布在美国、加拿大、英国、哥伦比亚、缅甸等国。

三、寄主及危害情况

1. 寄主

除马铃薯外，自然寄主还有番茄、红三叶草、绛三叶草、牛眼雏菊、万寿菊、百日菊、长春花等。人工接种可侵染茄科、菊科、十字花科、唇形科、豆科、蓼科和玄参科的一些植物。

2. 危害情况

病区一般流行年份减产 15%～25%，严重时可达 75%～90%。

四、症状

病毒侵染马铃薯，病株表现矮缩、黄花和坏死症状。在生长季节早期，病株顶部枯萎，上部的茎开裂，由开裂处可见髓部和皮层有明显的褪色坏死斑点。病株节间缩短，小叶通常卷曲，有时也见皱缩。病株结薯少而小，有的块茎畸形、破裂，切开病薯，在髓部周围和皮层有锈色斑点，病块茎的中部和芽尖普遍产生坏死病痕。

五、病原

病毒质粒为杆状，大小为 380nm×75nm，外膜由约 3.5nm、间隔 5nm 的三个层次构成。沉降系数为 810～950S，相对分子质量约为 1100×10^{8}。病毒粒体含 20%以上类脂，有 5 种结构蛋白。基因组为线性单链 RNA，约 12.3kb。病毒的致死温度 50℃，稀释限点为 10^{-7}～10^{-3}，体外存活期 2.5～12h（23～27℃）。

该病毒有 4 个株系：纽约株系（SYDV）、新泽西株系（CYDV）、B5 株系和无介体株系。

六、发病规律及传播途径

病毒可经种薯、多种叶蝉及嫁接传播。病毒在介体体内有 6～10d 循回期，在此期间病毒可增殖。若虫、雌、雄成虫均能传毒。一般认为，病毒不能经过卵传递给下一代。汁液机械摩擦传毒仅侵染黄花烟和心叶烟，而且用针刺法接种才易成功。种子不能传毒。

高温有利于病毒在马铃薯上扩展，低温可使病毒扩展受到抑制。冬季严寒大大降低叶蝉的越冬虫口，从而减少病毒传播。干旱季节能促使介体昆虫向马铃薯田间转移，有利于病害的流行。

七、检验方法

1. 隔离试种

系统观察症状发展，并结合其他病毒检验方法诊断。

2. 利用鉴别寄主检验

取供检薯块长出的叶片，在缓冲液中研成汁液，接种以下鉴别寄主，观察症状反应，作出判断。

（1）黄花烟　机械摩擦汁液接种 1 周后，SYDV 株系在接种叶上产生不规则的黄色病斑，以后在幼叶上产生系统的斑驳和黄化，有时茎上有淡绿色或黄色条纹。CYDV 株系在接种叶上产生不同形状的局部病斑，系统症状发展缓慢。

（2）绛三叶草　可经介体或针刺法接种。SYDV 株系在接种叶上产生明脉，常常引起植株死亡。CYDV 株系首先在老叶上出现系统症状，并在老叶上产生褐色锈斑和线纹，通常不导致植株死亡。

（3）电子显微镜观察　用电镜观察法直接观察病毒粒子形态。

（4）血清学检验　ELISA 已成功应用于 PYDV 检测和株系的区分，进行常规检测可将两种血清型的抗体混合使用。

八、检疫与防治

禁止从疫区进境马铃薯种用块茎。病区应种植无病种薯，减少初侵染源，田块应远离三叶草地块，以减少介体传病。拔除病株，并喷洒速灭威、噻嗪酮等药剂防治叶蝉，防止病害传播。种植抗病品种。

第二节　马铃薯帚顶病

一、学名及英文名称

学名　*Potato mop-top virus*，简称 PMTV

英文名　Potato mop-top virus

二、分布

该病毒于 1965 年在北爱尔兰首次被发现，现在主要发生在中欧、北欧、亚洲及南美洲部分地区。分布于荷兰、丹麦、挪威、瑞典、芬兰、捷克、斯洛伐克、英国、秘鲁、玻利维亚、以色列和日本，近年来在美国和加拿大也有发生。

三、寄主及危害情况

1. 寄主

马铃薯是该病毒的主要自然寄主。人工接种能侵染颠茄、普通烟、苋色藜等27种茄科和藜科植物。

2. 危害情况

马铃薯感染该病毒后，所结薯块畸形、变小，商品价值降低，产量和原种生产受到严重损失，病区田间马铃薯发病率达35%～60%，严重时发病率达70%以上。受害薯块的产量损失达30%左右，严重时可达75%。

四、症状

该病毒侵染马铃薯所致病害的症状因品种和环境条件而有所不同。田间病株常表现帚顶、奥古巴花叶和褪绿V形纹3种主要症状类型。

(1) 帚顶　表现为植株节间缩短，叶片簇生，植株明显矮化、束生。

(2) 奥古巴花叶　植株基部叶片上形成不规则的黄色斑块、环纹和线状纹，部分品种病株中上部叶片也产生类似斑纹，病株通常不矮缩。

(3) 褪绿V形纹　常发生于植株的上部叶片，此种症状不常见。

病株所结薯块上的症状因品种而异，在某些品种上明显，在另一些品种上不明显，且有初生症状和次生症状之分。初生症状为受侵染植株当年所结薯块表现的症状，Arran Pilot品种受侵染后的初生症状为块茎表面轻微隆起，产生直径为1～5cm的坏死或部分坏死的同心环纹。将薯块切开，可见内部坏死的弧纹或条纹，并向内部延伸。次生症状是由带病种薯种植后长成的植株所结薯块上的症状。常表现为畸形、大的龟裂、网纹状小龟裂以及薯块表皮的一些斑纹，薯块内部表现坏死环纹或坏死斑。

五、病原

病毒质粒为直杆状，大小为(100～300)nm×(16～20)nm。部分提纯病毒有3种沉降系数，分别为126S、171S和236S。外壳蛋白亚基呈螺旋状排列，螺距2.4～2.5nm，核酸为单链RNA。PMTV在马铃薯病叶汁液中的致死温度为75～80℃，稀释限点为10^{-5}～10^{-4}，体外存活周期10周以上(20℃)。

六、发病规律及传播途径

该病毒可通过汁液接触传播。带病种薯是该病毒远距离传播的主要媒介，传播概率达50%。在田间，病毒通过土壤中的真菌介体马铃薯粉痂菌(*Spongospora subterranean*)进行传播，该菌寄生于马铃薯的块茎、茎及根部，病毒在该菌的休眠孢子囊中至少可存活1年以上，当带有病毒的休眠孢子萌发所产生的游动孢子入侵寄主时，可引起马铃薯感染。

七、检验方法

1. 症状观察

可直接观察薯块有无畸形、龟裂和薯表斑纹，有的品种薯块剖开后可见内部呈坏死纹或坏死斑。也可将薯块隔离种植，观察幼苗症状。

2. 鉴别寄主鉴定

用病叶汁液机械摩擦接种鉴别寄主，常用的鉴别寄主及症状特征如下。

(1) 苋色藜　接种 6d 后，叶片上产生局部蚀纹状坏死环纹，以后连续出现同心纹，病斑不断扩大至全叶。

(2) 三生烟　在 20℃下，接种叶局部坏死或形成褪绿环斑，高温时常无症状。

(3) 德伯尼烟　接种叶形成坏死斑或褪绿环斑，系统感染叶呈褪绿或坏死栎叶纹，冬季所有植株均被系统感染，夏季只有少数植株被系统感染。

(4) 曼陀罗　接种叶上产生环死斑或同心坏死斑，仅冬季发生系统侵染。

3. 土壤中的病毒测定

马铃薯收获季节，从发病田块约 25cm 深的土层中取样，经风干后，用孔径为 50μm、65μm 或 100μm 的筛过筛，保留筛下物。以白肋烟、克利夫兰烟、火德伯尼烟幼苗作诱病寄主，种植于过筛后的病土中，在温室 20℃条件下生长 4～8 周，然后洗去植株根部的土壤，用根部和幼苗榨出的汁液摩擦接种指示植物，确定是否存在该病毒。

4. 电镜观察

用电镜观察法直接观察病毒粒子的形态特征。

5. 血清学及分子生物学检测

用 ELISA 法可以从马铃薯块茎中检出 PMTV，但结果不稳定。这与病毒在块茎和植株体内的分布不稳定，而且含量极低有关，因此，PMTV 血清学及分子生物学检测较为困难。为提高检测效果，将块茎在较高的温度下放置数周的时间，可增加病毒的浓度，从而提高病毒的检出率。

八、检疫与防治

实行严格检疫，禁止从疫区引进马铃薯种薯。病区需实行轮作倒茬，以降低发病率，播种无病种薯，对种薯进行脱毒处理，以及使用药剂防治粉痂病，以减少病毒传播。

第三节　番茄环斑病

一、学名及英文名称

学名　*Tomato ringsopt virus*/nepovirus，简称 ToRSV

英文名　Tomato ringsopt virus

二、分布

该病毒 1936 年在美国烟草上最早发生，现境外主要分布在芬兰、挪威、瑞典、丹麦、波兰、奥地利、捷克、斯洛伐克、前南斯拉夫、瑞士、德国、比利时、荷兰、法国、英国、爱尔兰、美国、加拿大、巴西、智利、澳大利亚、新西兰、日本。在北美温带地区（即美国和加拿大）该病发生尤为普遍。中国台湾省也有分布。

三、寄主及危害情况

1. 寄主

病毒的寄主范围非常广泛，人工接种可侵染包括双子叶和单子叶植物在内的 35 科 105 属 157 种植物。自然感染的植物主要有番茄、大豆、烟草、菜豆、胡萝卜、桃、杏、樱桃、葡萄、草莓和唐菖蒲等。作为自然毒源的杂草寄主主要有药用蒲公英、大车前、宝盖草、红三叶、小酸模、弗吉尼亚草莓和繁缕等。

2. 危害情况

ToRSV 可以危害许多经济作物，是北美发生最严重的植物病毒病之一，导致严重的产量损失。葡萄受侵染后节间缩短，茎尖丛生，叶脉黄化，坐果率低，单果变小，中度发病产量损失 76%，严重感染的产量损失高达 95%，特别严重的造成绝产。

四、症状

侵染番茄，植株顶部分枝卷缩死亡，在细嫩叶片基部产生界限明显的褐色环斑和弯曲的线纹。与枯死叶片连接的叶柄上生坏死的条纹和环斑。发病的幼果变为灰色或褐色，软木状，果面常有同心环斑或半环斑。

侵染烟草、天竺葵、八仙花、悬钩子和黑莓，产生花叶或环斑。在樱桃上的典型症状为锉叶，葡萄为黄脉，桃则呈现黄芽和花叶，唐菖蒲矮化或断头。

五、病原

质粒为等轴对称球形，直径约 28nm。病毒在烟草汁液中，约 58℃下 10min，20℃下 2d，4℃下 21d，−20℃下几个月以后失去侵染力。接种的烟叶和黄瓜子叶汁液，稀释限点为 10^{-3}，而系统侵染的烟草汁液，稀释限点低于 10^{-1}。

病毒很不稳定，许多常规的纯化方法都无效。纯化的病毒制剂中有两类粒体，即无 RNA 的蛋白外壳的 T 粒体和侵染性核蛋白的 B 粒体，两者的血清学性质有差别，只有 B 粒体有侵染性。T 粒体的相对分子质量约 3.2×10^{6}，沉降系数 53S，B 粒体的相对分子质量约 5.5×10^{6}，沉降系数 126～128S。B 粒体中的 RNA 相对分子质量约 2.3×10^{6}，占粒体重量的 40%。

番茄环斑病毒有三个株系：

（1）烟草株系　发生在温室培育的烟草幼苗上，原产美国东部。

（2）桃黄芽花叶株系　自然发生在扁桃、杏及桃上，该株系与烟草株系在草木寄主上的症状类似，血清学性质也无区别。

（3）葡萄黄脉株系　自然发生在葡萄上，接种在草本寄主上，症状反应类似上述两个株系，但不引起豌豆顶部坏死，血清学性质也有不同。后两个株系原产于美国西部。

六、发病规律及传播途径

番茄环斑病毒田间传播介体是剑线虫，其成虫和 3 龄幼虫都能传毒，在病根上饲毒 1h 可获得病毒，而后在 1h 内又能将病毒传给接种植物。单个线虫也能传毒。该线虫也是烟草环斑病毒的传毒介体，同一条线虫能同时传播番茄环斑病毒和烟草环斑病毒。

汁液接种传毒，对草本寄主较容易，木本寄主植物较难。病毒能由繁缕、千日红、悬钩子、大豆、弗吉尼亚草莓、烟草、番茄和红三叶等植物的种子传播。据测定，大豆和千日红的种传播率可达 76%，欧洲草莓 68%，蒲公英 24%，烟草、天竺葵和接骨木各为 11%，番茄 3%，红三叶草为 3%～7%。病毒能在杂草和多年生农作物中长期存活。介体线虫能就近向病株周围的杂草传毒，使病毒大量繁衍，有的杂草种子还能传毒，杂草是重要的田间毒源。此外，有报道剑线虫（*X. rivesi*）能在李属植物上传毒，且花粉也能传播。

七、检验方法

1. 汁液接种鉴别寄主典型症状检验

（1）苋色藜和昆诺阿藜　接种叶产生小的局部褪绿斑，而后系统侵染引起顶部枯死。

(2) 黄瓜　接种叶产生局部褪绿斑，而后产生系统褪绿斑和斑驳。

(3) 菜豆　接种叶产生局部褪绿斑或坏死斑，系统症状为皱缩及顶叶球死。

(4) 烟叶　接种叶产生局部坏死斑或环斑，幼叶有系统症状生褪绿环纹和斑纹，以后长出的叶片无症带毒。

(5) 矮牵牛　接种叶产生局部坏死斑，幼叶坏死和枯萎。

(6) 番茄　接种叶产生局部坏死斑块，幼叶产生系统斑驳和坏死。

(7) 豌豆　接种叶产生局部褪绿斑或坏死斑，多数分离毒株引起系统侵染，植株顶端坏死。

2. 血清学诊断

可用病毒特异性抗体采用 ELISA 法检测。

3. 电子显微镜观察

用电镜直接观察 ToRSA 病毒粒体，其为等轴多面体，直径约 28nm。

八、检疫与防治

禁止从病区引进大豆种子、烟草种子、唐菖蒲球茎及桃、杏、樱桃、葡萄和草莓等植物的无性繁殖材料。病区应采用无毒种子和苗木，施用药剂消灭介体线虫，清除杂草减少毒源。

第四节　可可肿枝病

一、学名及英文名称

学名　*Cacao swollen shoot virus*，简称 CSSV

英文名　Swoolen shoot

二、分布

该病 1934 年首先在西非报道。现主要分布在加纳、尼日利亚、科特迪瓦、塞拉利昂、刚果、多哥、特立尼达和多巴哥、委内瑞拉、哥伦比亚、哥斯达黎加、斯里兰卡和印度尼西亚（爪哇）等国。

三、寄主及危害情况

1. 寄主

该病毒的自然寄主除可可外，还有吉贝、苹婆、可乐果。人工接种可侵染木棉科、椴科、梧桐科和锦葵科等 30 多种植物，其中包括木棉和赤茎藤等。

2. 危害情况

该病为可可树的毁灭性病害，可可感染该病毒后，其生长和产量均受到严重的影响。病树第一年减产 25%，第二年减产 50%，感病品种感病后 3～4 年整株死亡。至1982 年，加纳已有 1.68 亿株因发生此病而被砍掉。据估计，世界可可产区因此病平均损失 10% 以上。

四、症状

可可感染病毒后，表现为枝条的节间和枝梢末端肿胀，根部特别是主根肿大，严重时侧根坏死。病叶上生褪绿斑点，或形成花叶和斑驳。病树所结荚果小，豆粒少而小。未成熟的果荚上有淡褐色的斑块，成熟的果荚上的病斑呈红褐色。

症状因病毒的株系不同而有变化，有的株系不引起枝条肿大，而在叶片上产生红色脉带，后转为明脉。不同的株系，还可分别引起沿脉红色条斑或黄色条斑。

五、病原

病毒质粒为杆状，大小为（121～130)nm×28nm，粒子沉降系数为218～220S。部分提纯病毒的致死温度（TIV）为55～60℃，10min，稀释限点为10^{-4}～10^{-2}，在2℃下，侵染活性可保持2～3个月。

该病毒有很多株系，曾以英文字母命名过A、B、C、D、E、F、G、H、I、J、K、M、N、O、P、W、X和Y株系。现在，往往以发生地命名，如New juabe株系是最重要的强毒株，广泛分布于加纳的东部。

六、发病规律及传播途径

该病毒可通过嫁接、机械接种和介体昆虫传播。在自然条件下，主要通过介体昆虫粉蚧传播，已知至少14种粉蚧可传播该病。其中，最重要的是尼兰粉蚧（*Planococclides njalensis*)、咖啡根臀纹粉蚧（*Planococcus kenyae*)、橘臀纹粉蚧（*Planococcus citri*）和热带弗氏粉蚧（*Ferrisiana virgata*）等。粉蚧的1～3龄若虫和雌虫均能有效传毒，但雄虫不能传毒，不能经卵传毒。介体的最短获毒时间为20min，最适获毒时间50min以上。病毒在介体内无“循回期”获毒15min后即可传毒。病毒在虫体内能保持3h左右，但饥饿的成虫和1龄若虫分别能保毒49h和24h。不同的介体传播的病毒株系不同，具有特异性。热带弗氏粉蚧除不能传播Mampong毒株之外，能传播其他毒株。而Mampong毒株只能由拟长尾粉蚧（*Pseudococcus longispinus*）专一性传播。拟长尾粉蚧还可传播其他多数株系。尼兰粉蚧能传播所有株系，是最重要的传毒介体。

该病毒不能由种子传播。

七、检验方法

1. 鉴别寄主检测

隔离试种观察发病症状，主要鉴别寄主及其典型症状。

(1) 可可　很敏感，易被带毒粉蚧传毒感染，也能用较浓的病毒制剂，机械摩擦接种。幼苗在20～30d内，发生明显的沿脉变红、叶片褪绿症状，2～12周后，枝条会表现肿大。

(2) 黄麻　对多数毒株敏感，接种后很快死亡。

2. 显色法

将可可病茎横切成2mm厚的小块，放入盛有无水乙醇（每100ml加入2～5滴浓盐酸）的培养皿中，加盖，数分钟内病茎呈深红色。

3. 血清学及PCR检测

八、检疫与防治

禁止从病区引进可可树苗以及其他寄主种植材料。病区种植抗耐品种和防治传毒介体昆虫。提倡砍除病株，以减少传毒源。

第五节 木薯花叶病

一、学名及英文名称

学名 *African cassava mosaic virus*，简称 ACMV

英文名 African cassava mosaic virus

二、分布

目前该病分布于非洲、马达加斯加岛、印度洋诸岛（塞舌尔、桑给巴尔、Femba）、印度、斯里兰卡和爪哇岛等地。

三、寄主及危害情况

1. 寄主

ACMV 侵染包括木薯在内的木薯科 7 个种和大戟科植物（*Jatropha multifid* L.）。ACMV 可经汁液传播到烟和曼陀罗上，*Licotiana bentnamiana* 是最好的繁殖寄主，*Datura stramonium* 可用作枯斑寄主。

2. 危害情况

该病对木薯生产有重要影响，带病植株的插条繁殖苗木后可导致 60%～80%的产量损失，而长成的植株受病毒侵染导致 35%～60%的产量损失。该病对非洲大陆木薯生产影响巨大。

四、症状

木薯受侵染后，初期在叶片上显现出褪绿的小斑，随后逐步扩大并和周围的正常绿色组织混成一片，最后形成典型的花叶，有时在受侵染叶子背面还可以观察到突起，严重时叶片下卷、畸形呈鸡爪状。症状的严重程度随季节和栽培品种的不同而不同，在潮湿、凉爽的雨季症状表现严重，而在夏季通常隐症或只见到很淡的花叶。

五、病原

引起木薯花叶病的病毒有多种，其中非洲木薯花叶病毒（ACMV）是最主要的病原。病毒粒体双生（30nm×20nm），在长轴的中线上有一明显的“腰”，每一半都为一明显的五角形。另外，提纯液中也可含有半球状颗粒，直径约 20nm，三联体也偶有发现。沉降系数为 50～76S，稀释限点为 10^{-3}。

六、发病规律及传播途径

ACMV 可通过多种途径传播，如嫁接、汁液接种、种薯及昆虫介体等，但汁液接种难传，种子和菟丝子不能传播。昆虫介体白飞虱以持久方式传播，最短获毒时间为 3.5h，最短潜隐时间为 8h，最短接种时间为 10min，它可保持侵染能力 9d，大约 10%的传播能由单头成虫完成。病毒存在于口器中，但不能通过卵传给下一代。

七、检验方法

1. 鉴别寄主检测

采用白飞虱或嫁接接种，表现如下。

(1) 木薯　通过白飞虱或嫁接接种后呈现严重的系统花叶，有症状的枝条上叶片的症状轻重不一或没有症状，轻重取决于病毒的分离物。

(2) 本生烟　接种后，叶局部褪绿斑，然后是严重的系统性卷叶、皱缩和黄色斑点，同时叶变小和节间缩短。

(3) 克里夫兰烟　接种出现局部斑，后发展系统卷叶和矮化，最后在一些叶片上出现不规则的粗黄脉带和块。曼陀罗典型株系，先引起局部褪绿和坏死斑，后系统沿脉变色，严重卷叶和畸形。

2. 血清学检测

琼脂扩散、ELISA、免疫电镜、荧光抗体染色等均成功应用于对 ACMV 的检测中，其中以 ELISA 的应用最为广泛。

3. 电镜观察

电镜观察病毒粒子形态。

4. PCR 检测

八、检疫与防治

非疫区应加强对调运的繁殖材料的检验，不从病区引进木薯种苗，因为带病毒种薯和插条是该病毒的主要侵染来源。茎尖分生组织培养脱毒材料可作为种质材料使用。发现病株应立即拔除，并杀灭介体昆虫白飞虱，可降低病害的发生。

思考与练习题

1. 试述植物检疫性病毒的传播方式的特点。
2. 病毒检验的方法主要有哪些？
3. 以马铃薯帚顶病为例说明重要的危险性病原病毒的主要传播途径及其与检疫的关系。
4. 植物病毒的检疫处理措施主要有哪些？
5. 植物病毒病的主要防治方法有哪些？

第十一章 检疫性鳞翅目害虫

本章学习要点与要求

本章主要介绍了几种重要鳞翅目检疫性害虫，包括美国白蛾、苹果蠹蛾、咖啡潜叶蛾及小蔗螟，介绍了这几种害虫的名称、分布情况、寄主及危害性、形态特点、发生规律及习性、检验方法、检疫及防治措施等。要求学生了解这些害虫的名称、分布情况、寄主及危害性，掌握其的形态特征、发生规律及习性、检验检疫和防治措施等。

第一节 美国白蛾

一、学名及英文名称

学名 *Hyphantria cunea*（Drury）

英文名 Fall webworm

分类 鳞翅目，灯蛾科

二、分布

（1）国外 美国白蛾原产北美洲，广布于美国北部、加拿大南部和墨西哥，在北美洲是一种普通害虫，但传入欧亚大陆后作为入侵种成为严重危害树木的检疫性害虫。第二次世界大战期间，美国白蛾随军用物资由交通工具从北美传播到欧洲，首先在匈牙利（1940）发现，以后相继蔓延到前南斯拉夫、捷克斯洛伐克（1948）、罗马尼亚（1949）、奥地利（1951）、苏联（1952）、波兰（1961）、保加利亚（1962）以及法国、意大利、土耳其等国。另外，由北美洲传到亚洲，1945年首先在日本东京发现，然后传播到朝鲜半岛（1958）。

（2）国内 1979年从朝鲜的新义州传入中国。据研究分析此虫主要是依靠飞翔能力从朝鲜传入。现已蔓延到辽宁、山东（1984）、安徽、陕西（1984）、河北（1989）、上海（1994）、天津（1995）、北京（2003）等省市。目前，北京、天津、河北、辽宁、山东、陕西6个省份有美国白蛾疫情，涉及126个县（市区），其中，北京9个、天津12个、河北37个、辽宁41个、山东26个、陕西1个。

根据对气候条件的分析，美国白蛾在北美时，分布范围在北纬19°～55°。在我国可能的生存范围是东经39°～132°，北纬26°～50°。

三、寄主及危害性

1. 寄主

美国白蛾主要危害果树、行道树和观赏树木等阔叶树以及农作物和蔬菜，松柏科的针叶树不受其危害。据国外文献记载，在美国受害的阔叶树就达到100多种，欧洲被害植物有230多种，日本有317种。美国白蛾危害的寄主植物在我国达49科108属175种，几乎包括了造林、园林绿化的所有树种及果树、花卉、蔬菜、农作物以及多种野生乔灌木和草本植物，根据其取食为害的先后次序可分为主要喜食树种（糖槭、桑、榆、臭椿、花曲柳、山楂、杏、法桐、泡桐等）和一般喜食树种（枫杨、樱桃、杨、柳、桃、胡桃楸、苹果、梨、葡萄等）。

2. 危害性

（1）危害树木、农作物　美国白蛾入侵后，由于其虫期长，又具杂食性、暴食性，扩散性强，故此危害严重时树木被食成光杆，由于树势变得衰弱，又易遭其他病虫害的侵袭，削弱了树木的抗寒、抗逆能力，连续受害，最终导致死亡。美国白蛾主要危害树木，只在寄主树木缺乏时，才对农作物造成一定危害。美国白蛾给各传入该虫害的省市的园林、城市绿化造成了极其严重的危害，酿成了重大损失。例如，此虫刚传入陕西省时，以某工厂为中心迅速向周围扩散。厂内树木全被吃成秃顶，甚至殃及庄稼。虫口密度极大，厂内到处爬满了毛虫，连墙上都是，走路时都难以下脚。致使该厂蒙受了极大的经济损失。

（2）危害森林生态系统　对森林生态系统的危害，既影响了森林的服务功能，又给人们的生产生活及景观美学等造成了一定程度的损失。也就是说，经济损失与非经济损失并重。在定性的基础上进一步定量地评估所造成的损失。如赵铁珍通过损失指标的评估模型及测度方法估算出 2004 年全国美国白蛾疫区总损失量，合计为 2.300 亿～3.052 亿元，平均为 19657.12～26086.81 元/hm^2。其中，经济损失为 1.075 亿元，非经济损失为 1.225 亿～1.976 亿元。其所造成的非经济损失比经济损失要严重，至少是经济损失的 1.1～1.8 倍。

四、形态特征

美国白蛾成虫及蛹的形态特征如图 11-1、图 11-2 所示。

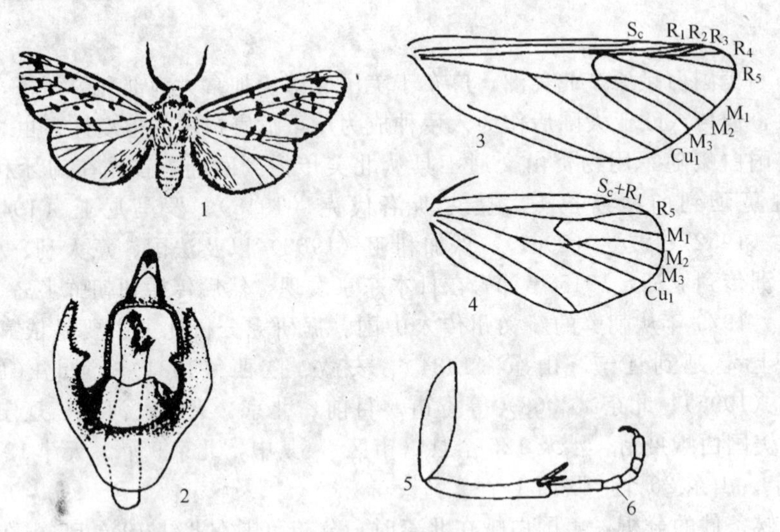

图 11-1　美国白蛾成虫形态特征（仿朱西儒）

1—雄虫；2—雄性外生殖器；3—前翅翅脉；4—后翅翅脉；5—后足；6——对胫节端距

（1）成虫　白色中型蛾子，体长 9～12mm。复眼黑褐色，大而突出，下唇须小，侧面呈黑色，口器短而纤细；胸部背面密布白色，多数个体腹部白色，无斑点，少数个体腹部黄色，上有黑点。雄成虫触角黑色，栉齿状；翅展 23～34mm，前翅散生黑褐色小斑点。雌成虫触角褐色，锯齿状；翅展 33～44mm，前翅纯白色，后翅通常为纯白色。雌成虫前翅径脉(R)R_2～R_5 共柄，R_1 脉自中室而游离，后翅通常纯白色，近边缘有小黑点，中脉（M）M_2、M_3 自中室后角突出，共柄，前足基节、腿节为橘黄色，胫节及跗节内侧白色，外侧黑色，中后足腿节白色。胫节常有黑斑。

(2) 卵　圆球形，直径约 0.5mm，初产卵浅黄绿色或浅绿色，后变灰绿色，孵化前变灰褐色，有较强的光泽。卵单层排列成块，覆盖白色鳞毛。

(3) 幼虫　老熟幼虫体长 28～35mm，头黑，具光泽。体黄绿色至灰黑色，背线、气门上线、气门下线浅黄色。背部毛瘤黑色，体侧毛瘤多为橙黄色，毛瘤上着生白色长毛丛。腹足外侧黑色。气门白色，椭圆形，具黑边。

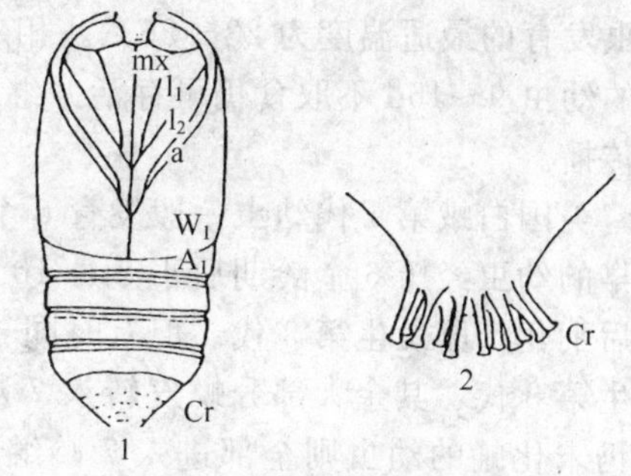

图 11-2　美国白蛾蛹的特征（仿朱西儒）
1—腹面观；2—末端放大

(4) 蛹　体长 8～15mm，宽 3～5mm，暗红褐色，腹部各节除节间外，布满凹陷刻点，臀刺 8～17 根，每根钩刺的末端呈喇叭口状，中凹陷。

五、发生规律及习性

美国白蛾以蛹越冬，在我国北方地区一年 2 代，有些年份部分个体可完成 3 代。由于各发生地区温度不同，4 月中旬或下旬首见越冬代成虫羽化，成虫羽化期可延续到 5 月中下旬。当年第一代卵最早可在 4 月下旬见到，卵期可延续到 5 月下旬和 6 月上旬。第一代幼虫最早见于 5 月上旬，可延续危害至 7 月中旬；6 月中下旬为第一代幼虫危害盛期，6 月中旬发育较早的幼虫已经开始化蛹，7 月上旬，第一代成虫出现，成虫期可延至 7 月下旬。第 2 代幼虫 7 月中旬开始发生，本代幼虫一直可取食延续至 9 月下旬。8 月中旬为第 2 代幼虫危害盛期。此时为美国白蛾全年危害最为严重的时期，常常造成整株树木和成片林木叶子被吃光的现象。

由于美国白蛾越冬代蛹羽化时期拉得较长（最早 4 月中旬，最晚 5 月下旬），羽化早的成虫所产的卵孵化出的幼虫已发育至老熟而在 6 月中旬即有蛹出现，而羽化晚的成虫此时才产卵，因而造成比较严重的世代重叠现象，即在 6～9 月份危害严重的季节一直可见到幼虫、蛹等几个虫期同时存在。这就给化学防治带来了很大的困难。但正是这种特性给寄生美国白蛾蛹的白蛾周氏啮小蜂创造了良好的寄生繁殖的条件，它可以一直找到美国白蛾蛹寄生繁殖，因而能够保持较高的种群数量。

美国白蛾成虫羽化主要集中在下午和傍晚。成虫具有趋光性、趋味性，白天隐蔽不取食，夜间活动和交尾。成虫产卵时间较长，在白天黑夜均可进行，有时长达 2d 以上。一头雌蛾一般只产一个卵块，大部分卵为第一天产下。在不受干扰的情况下，雌虫产的卵为单层排列，卵块上覆盖有一层致密的雌蛾腹部脱落的体毛保护。雌蛾最高产卵量可达 1800 粒，平均 800～900 粒。

第 1 代卵期因温度较低，因而卵期持续时间较长，为 11～20d，大多数为 15d。第 2 代卵期时温度较高，因而卵期短，为 7～15d，平均 11d。卵即将孵化时变黑，部分因未受精等原因不能孵化的卵则变黄。同一卵块的卵孵化时间历期 1～2d，孵化率一般都在 90%以上，大部分可达 100%。相对湿度高有利于孵化。5 月份的干热风往往导致已变黑的卵粒孵出小幼虫。平均温度 23～25℃以及相对湿度为 75%～80%最适于卵的发育。

幼虫有 6～7 个龄期，一般为 40d 左右。幼龄幼虫群集结网生活。1～2 龄幼虫只取食叶肉，留下叶脉，叶片呈透明纱网状。3 龄幼虫开始将叶片咬成缺刻。3 龄前的幼虫（由一个卵块孵化出的幼虫）群集在一个网幕内为害，4 龄幼虫开始分成若干个小群体，形成几个网幕，藏匿其中取食。4 龄末的幼虫食量大增，5 龄以后分散为单个个体取食并进入暴食期。

幼虫发育的最适温度为23～26℃，相对湿度为70%～80%。幼虫有较强的耐饥力，5龄以上的幼虫9～15d不取食仍可存活并继续发育，这时的幼虫可以爬附于交通工具上进行远距离传播。

美国白蛾第1代幼虫一般发育6个龄期即行化蛹。第2代幼虫则出现分化。在烟台，发生早的幼虫经历6个龄期后于8月10日左右即开始化蛹，这部分个体可继续发育，蛹期结束后羽化产卵发生第3代。但有时同一卵块发育出的幼虫只有部分幼虫在6龄时化蛹，随后发生第3代，其余大部分蜕皮转入7龄继续取食，然后化蛹越冬，发生2代。8月15日以后仍未化蛹的幼虫则全部进入7龄继续取食，然后化蛹越冬。第3代卵于8月下旬即可见到，10月上旬可以见到幼虫和预蛹。这时易受气候的影响。若温度合适（高于15℃），能正常化蛹，若遇低温则幼虫和预蛹死亡。在我国北方，这时常温度骤降而有霜冻出现，所以第3代幼虫和预蛹常不能正常化蛹而死亡。但在气温高的年份，这部分幼虫能够化蛹而以蛹越冬，完成3代。第3代老熟幼虫化蛹率仅5%左右。

第1代美国白蛾幼虫在其为害的植物树皮裂缝、附近的碎砖瓦砾下，个别在叶片背面、枝条或枝杈处、枯枝落叶下化蛹。第2代（即越冬代）化蛹场所较为分散，老熟幼虫往往爬行相当长一段距离，寻找合适的化蛹场所。一般在屋檐下、墙缝内、墙角处、碎砖瓦砾下和树干老皮裂缝内化蛹。第1代蛹期12d左右，第2代蛹期8～9个月。越冬代蛹死亡率较高。

六、传播途径

美国白蛾的传播扩散途径主要有3种。

（1）自然传播　主要靠成虫飞翔和老熟的幼虫爬行，如该虫主要是依靠飞翔能力从朝鲜传入我国丹东地区。

（2）人为传播　主要靠各虫态通过人们的日常生活和生产活动传播。如国家环保总局公布的中国第一批外来物种名单中称（2003），1981年由于渔民自辽宁捎带木材，美国白蛾被带入山东荣成，并很快在山东半岛蔓延。

（3）远距离传播　主要靠5龄以后幼虫和蛹随交通工具、包装材料等传播。如1984年，导致陕西杨凌飞机修理厂发生严重虫灾的，竟是一些空运入境的木质包装箱。

七、检验方法

主要为形态鉴别：调运检疫中，最常见到的虫态是蛹，其次为幼虫。凡是从其发生区输出的果树、桑树以及观赏树木等苗木或果品、包装箱等，均应仔细检查是否带有虫体。幼虫需要根据毛序鉴定；蛹则保湿保温，使之羽化为成虫进行鉴定。

八、检疫与防治

（1）严格检疫　对来自疫区的苗木、接穗、花卉、鲜果及包装箱填充物和交通工具等必须严格检疫。

（2）监测虫情　一旦发现检疫害虫，应尽快查清发生范围，并进行封锁和除治。

（3）人工防治

① 人工采蛹　在美国白蛾蛹期，采集美国白蛾蛹。

② 人工捕蛾　美国白蛾成虫羽化后常停在附近的直立物体上，如树干、电线杆和墙壁等处，黄昏时组织人员进行人工捕蛾。

③ 人工摘网　美国白蛾1～4龄幼虫集中在网幕内取食，此时进行人工摘网，集中销毁。

④ 人工诱杀　美国白蛾幼虫老熟时下树寻找化蛹场所，在此之前，在树干上绑草把诱集老熟幼虫化蛹，蛹期后解下草把进行处理。

⑤ 围草诱蛹　对于防治困难的高大树木，在老熟幼虫化蛹前，距地面 1.0～1.5m 处用草把在树下围绑起来，诱集幼虫化蛹。化蛹期间每隔 7～9d 换 1 次草把，解下草把，把蛹用纱网集中起来，放于林地，待寄生天敌羽化后销毁。

(4) 诱集防治

① 灯光诱杀　成虫羽化盛期利用黑光灯或频振式杀虫灯诱杀成虫。

② 性信息素诱杀　利用美国白蛾性信息素，在轻度发生区诱杀雄性成虫。利用诱捕器对成虫发生始期、盛期和末期进行监测。美国白蛾性诱剂不污染环境，可达到自然调控、防灾减灾和有虫不成灾的目的。

③ 营林诱杀　在美国白蛾发生区栽植其喜食树种，如：桑树、榆树、臭椿和杨树等美国白蛾喜食树种，引诱美国白蛾来食，并集中消灭。

(5) 生物防治

① 美国白蛾核型多角体病杀虫剂　美国白蛾核型多角体病（HcNPV）杀虫剂是检疫性害虫美国白蛾的专一性病原微生物。该病毒杀虫剂使用后可在自然界保持长时间的活性，并在昆虫种群中垂直传播，有较长的后效作用，对人畜安全，是一种难得的、很有开发价值的美国白蛾生物杀虫剂。3 龄之前使用该杀虫剂，可达到 90%以上的杀虫效果。

② 苏云金杆菌　苏云金杆菌（BT）是一种生物制剂，其能感染多种鳞翅目害虫，对美国白蛾有较强抑制作用。

③ 松毛虫赤眼蜂　松毛虫赤眼蜂是一种膜翅目赤眼蜂科小蜂，卵期释放利用松毛虫赤眼蜂防治，平均寄生率为 28.2%。

④ 美国白蛾周氏啮小蜂　美国白蛾周氏啮小蜂是一种膜翅目小蜂科小蜂，该寄生蜂适应性强，繁殖量大，寄生率高，在多种鳞翅目种类中寄生，具有较高的利用价值。在老熟幼虫期和化蛹初期各放蜂一次，放蜂量为美国白蛾虫量的 3～5 倍。

⑤ 化学防治　美国白蛾的化学防治要坚持使用生物农药的原则，减少对环境的污染及对其他天敌的危害，建议使用的药剂种类如下：

在幼虫期喷施 1.8%阿维菌素 4000～6000 倍液，随虫龄增大施药浓度要增加。阿维菌素具有层移活性，在喷施后能迅速渗入叶片组织中，在表皮薄壁细胞内形成药囊，具有很好的持效性。在叶面残留少，对其他昆虫损伤较小。

在幼虫 2～3 龄的时候，均匀喷施 25%灭幼脲 3 号 2000 倍液、24%米满 8000 倍液或 20%杀铃脲 8000 倍液。此类农药能抑制昆虫体内几丁质的合成，使昆虫不能正常蜕皮而死亡，对天敌无伤害，达到综合防治的目的。

在严重发生期可采用化学药剂喷施，主要是 2.5%溴氰菊酯乳油 2500 倍液，5%来福灵 3000～4000 倍液，最好与灭幼脲 3 号混合使用，均能有效控制虫害。

第二节　苹果蠹蛾

一、学名及英文名称

学名　*Cydia pomonella*（L.）

英文名　codling moth

分类　鳞翅目，小卷蛾科

二、分布

（1）国外　苹果蠹蛾起源于欧亚大陆南部，其原始寄主为野生的苹果树，以后开始危害苹果栽培品种，并随着苹果栽培品种的分布而扩大适生范围。目前，苹果蠹蛾已分布于全世界69个国家和地区。

（2）国内　中国1953年在新疆库尔勒最先发现苹果蠹蛾，随后的调查发现，该虫在南疆沿塔里木盆地边缘的轮台、库车、沙雅、新和、拜城、温宿、阿克苏、伽师、喀什、莎车、墨玉和和阗，以及北疆的塔城、伊犁、乌鲁木齐、玛纳斯、吐鲁番及鄯善等地均有分布和危害。长期以来，苹果蠹蛾一直仅在中国新疆有发生。但1986年开始传入甘肃省酒泉地区，目前在酒泉市的敦煌、安西、玉门、金塔和肃州等县（市、区）等均有发生，并已扩散到63个乡镇，疫区面积达3733.3hm^2。2002～2003年在山西省晋中市均发现其危害。

三、寄主及危害性

寄主植物是蔷薇科的仁果和核果类，主要有苹果、沙果、梨、海棠、胡桃、石榴、李、山楂、桃、杏等。

以幼虫蛀果为害，一头幼虫往往蛀食2个或2个以上的果实。幼虫大多从幼果中间部位蛀入，粪便堆积在果实表面。果园被害株率达40%以上，受害重的果园蛀果率可高达60%，往往造成果实未成熟便大量脱落，对果品质量和产量影响很大。经过普查，自2005年7月苹果蠹蛾传入甘肃省民乐县，在7个乡（镇）和41个机关农林场果园内发生，平均蛀果率达6.3%，平均被害率为22.4%，发生面积已达8.45万亩（1亩=667m^2）占全县果园面积的73%，使该县的优质果品生产造成了很大的损失；2006年在酒泉市发生面积10000hm^2，占果树面积的80.8%，平均属鳞翅目小卷蛾科被害株率达51.2%，平均蛀果率15.5%，为害严重。

四、形态特征

苹果蠹蛾的形态特征如图11-3所示。

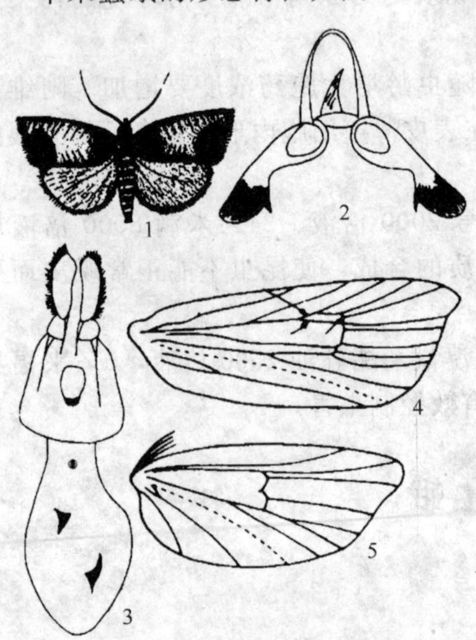

图11-3　苹果蠹蛾（仿朱西儒）
1—成虫；2—雄性外生殖器；3—雌性外生殖器；4—前翅翅脉；5—后翅翅脉

（1）成虫　体长8.0mm左右，翅展15.0～22.0mm，体呈灰褐色略带紫色光泽，头部具发达的灰白色鳞片丛。前翅颜色可明显分为3区，臀角处有深褐色椭圆形大斑，内有3条青铜色条纹，其间显出4～5条褐色横纹；翅基部褐色，此褐色部分的外缘突出，略成三角形；翅中部色最浅，淡褐色；雌虫翅僵4根，雄虫1根。

（2）卵　长约1.1～1.2mm，椭圆形，扁平，中央略凸出；卵壳上有很细的皱纹，初产时为半透明状，发育后中央部分呈黄色，其中显出一圈断续的红色斑点，此后则连成完整的一圈，孵化前可见其中的幼虫。

（3）幼虫　共5龄，初孵为白色，发育后其背面显淡红色。成熟幼虫长14.0～18.0mm，头部黄褐色，两侧有褐色斑纹，前胸背板褐色，气门近圆形；腹足4对，末端臀足1对，趾钩为单序缺环，两端趾钩较短，趾钩数 14～30 个，臀足趾钩 13～19 个；前胸 K 群（气门群）具 3 根毛，位于同一毛片上，毛片略呈椭圆形。

（4）蛹　体长 7.0～10.0mm，雄蛹触角较雌蛹发达。第 2～7 腹节背面的前后缘各有 1 排刺，第 8～10 腹节背面仅有 1 排刺。雌蛹生殖孔开口于第 8、9 腹节腹面，而雄蛹则开口于第 9 腹节腹面，肛门两侧各有 2 根钩状毛，末端有 6 根毛。

五、发生规律及习性

苹果蠹蛾在我国每年发生 2～3 代，以老熟幼虫作茧，在树体老翘树皮下、树枝分叉处或树盘土壤中越冬。越冬成虫 5 月初开始出现，6 月底发生第一次成虫。其发生期可延续到 8 月底，造成产卵期和幼虫期很不整齐。5 月底至 7 月下旬为第 1 代为害期。产卵前期 3～6 天，雌虫产卵 50 粒以上，最多可达 140 粒。其卵散产于果面与叶面上，有的也产在枝条上，以上层叶片和果实卵最多，中层次之，下层最少。

成虫盛期后 10～14d 为卵盛期，第 1 代卵期为 9～16d，第 2 代为 8d 左右。幼虫从果实蒂部、梗洼或萼洼蛀入果内，食害果心和种子。

幼虫期平均 28～30d，食害不同果树品种，发育期受光周期影响，属于兼性滞育昆虫。据试验观察，即使在最有利的温度和光周期条件下，第 1 代幼虫滞育率一般为 25%～30%，有的可达 50%。

成虫的趋光性和趋化性。成虫多在晚间活动，具有趋光性，黑光灯能诱集到成虫。成虫还具趋糖醋的习性，用糖醋罐能诱到成虫。雄成虫对美国 BRI（Bedoukian Research Inc.）公司合成生产的苹果蠹蛾性信息素有较强的趋性。

成虫交尾时间为晚 8 时至次日清晨，交尾时间不等，有的 2h，最长达 4.5h。成虫寿命最短 1d，最长 15d。平均雄虫 3～5d，雌虫 3.5～4.5d。苹果蠹蛾雌雄比为 1∶1。

幼虫在果实内蜕皮 3 次即 3 龄幼虫时开始转果，一头幼虫可转移为害 1～3 个果实，尤其是相邻的果实之间。有时一个果实中也有几头幼虫同时为害的现象，同时幼虫有偏食种子的习性。

六、传播途径

主要以未脱果的幼虫或果内化成的蛹随果品远距离传播。也有少数幼虫在运输过程中，脱果爬到包装物、果筐和运输工具上化蛹而被远距离携带传播。

七、检验方法

从苹果蠹蛾发生区外调的苹果、梨、桃、杏等果品及其包装物，调运前必须在产地进行检验。检验时，可根据苹果蠹蛾的为害状及形态特征进行初步观察和鉴别。发现为害状后，应剖检其中的幼虫或蛹，可疑的要进一步镜检鉴定。口岸检疫时，对果品、繁殖材料、包装物及运输工具要严格检查是否带虫，根据幼虫和蛹的形态特征进行鉴别，必要时把幼虫或蛹饲养出成虫再鉴定。

八、检疫与防治

（1）检疫与处理　不从疫区调运寄主果实，对必须调运的需严格检疫，发现果实有蛀孔的要进行剖检。一旦发现疫情立即采取处理措施。

① 熏蒸处理　在 21℃条件下，用溴甲烷 48g/m^3 处理带卵油桃 2h，苹果蠹蛾 1 日龄卵死亡率达 100%，而且包装在运输容器中的油桃对溴甲烷的吸附低于直接熏果，熏蒸后 48h，

果表残留无机溴为20mg/kg，在2.5℃条件下贮藏5d后，平均无机溴残留小于0.001mg/kg，符合检疫处理安全标准。带虫苹果在2.2℃以下低温贮藏55d后，在10℃条件下用溴甲烷（56g/m³）熏蒸2h，没有苹果蠹蛾的卵和幼虫存活。

② 低氧空气或混合气体处理　在20℃条件下，用含0.4%O_2和5%CO_2空气处理苹果蠹蛾不同龄期幼虫发现，缩短了达到99%死亡率（LT99）的时间，且不同龄期的敏感性依次为5龄幼虫（包括滞育和非滞育幼虫）>3龄幼虫>1龄幼虫。

采用CO_2、N_2和空气的混合气体处理苹果蠹蛾的卵、成熟幼虫、滞育幼虫、蛹和成虫的结果表明，苹果蠹蛾对含CO_2较多的空气比缺乏的O_2空气更敏感，在相对湿度为60%时的死亡率大于相对湿度为95%的死亡率，在相对湿度为60%时，苹果蠹蛾各虫态对富含CO_2空气忍受能力递增顺序为成虫、卵、幼虫、蛹和滞育幼虫。此外，用含40%或60%CO_2的空气处理成虫，其产卵量降低。

③ 高温低氧低温冷藏处理　在美国，采用高温低氧低温冷处理一种梨，能有效杀灭苹果蠹蛾各虫态。在30℃和低氧（P_{O_2}<1kPa）条件下处理带有苹果蠹蛾各虫态的梨，然后在0℃冷藏30d，能杀死所有的卵、幼虫和成虫，也只有4%的蛹能羽化。另外，采用30℃低氧处理30h后冷藏30d，可以100%杀死苹果蠹蛾的5龄幼虫，而对梨不造成伤害。

（2）人工防治

① 摘除虫果　果树生长季节及时摘除虫果深埋，可有效降低虫口数量，减轻后期为害。

② 束草环诱集　7月上旬在树干分枝处束宽20cm、厚2cm草环，以诱集下树越冬幼虫。冬季将草环解下烧毁。同时，这一措施还有诱集叶螨及其他害虫的作用，效果显著。

③ 刮树皮防治　冬、春季刮除树干老粗翘皮，用泥土填树洞，并将刮下的树皮集中烧毁，以清除虫源，破坏苹果蠹蛾的越冬场所。

④ 果品适时套袋　果品生长季节，适时对幼果套袋，不仅能有效防止苹果蠹蛾蛀果为害，还能提高果品质量，增加经济收入。

⑤ 糖醋液诱杀　利用苹果蠹蛾的趋化习性，成虫羽化期在果园每1hm²挂105～150个糖醋液罐，诱杀成虫。

（3）生物防治

① 利用天敌控制　保护和促进果园中天敌种群数量，释放赤眼蜂等天敌控制其危害。

② 利用苹果蠹蛾颗粒体病毒防治　喷施从苹果蠹蛾幼虫体内分离得到的一种颗粒体病毒，每年使用3～7次能较好控制苹果蠹蛾的危害。

③ 性诱捕器诱杀　成虫羽化期在发生严重的果园挂置雌性信息素诱捕器，诱杀雄成虫。诱捕器60～75个/hm²，均匀分布，悬挂于果树阴面枝条上，距地面约1.5m。此方法不仅能诱杀雄成虫，减轻危害，还能进行测报，指导化学防治。

诱捕器的制作方法：用细绳将盆式容器固定，内盛清水近满，加入适量洗衣粉，以增加水的黏性，将含雌性信息素50mg的苹果蠹蛾诱芯用细铁丝固定后悬挂于距水面1cm处。注意经常加水以保持水面高度，并及时捞出诱集到的死虫。

（4）化学防治　主要针对苹果蠹蛾疫情比较严重（每周每台诱捕器虫量大于8头或平均蛀果率大于5%）的果园进行。防治适应期应掌握在卵孵化盛期，一般在5月下旬、6月下旬和7月下旬各施药一次，采用2.5%敌杀死乳油3000～4000倍液、10%杀灭菊酯乳油1000～8000倍液、10%天王星乳油6000～8000倍液、50%硫磷乳油1000倍液、5%抑太保乳油1000～2000倍液等药剂进行大田防治，即可达到理想的效果。进行全园喷雾，每15～20d喷1次，虫果率可控制在3%以下。也可在冬季用以上化学药剂喷洒树干。防治机械采用高射程（垂直射程大于8m）的机动喷雾器或机动祢雾机为宜，并应以村、组或机关农林场为单位，统一时间、统一器械、统一药剂连片开展喷药防治效果较好。

（5）监测普查　各地要加强果园产地检疫调查，建立固定监测点，搞好常年监测，及时准确掌握疫情动态，一旦发现疫情，立即封锁、开展除治，及时扑灭。

第三节　咖啡潜叶蛾

一、学名及英文名称

学名　*Leucoptera coffeella*（Guérin-Menéville）

英文名称　Coffee leaf miner，White coffee leaf miner

分类　鳞翅目，潜蛾科

二、分布

该虫分布于中美洲及西印度群岛一些国家和地区，包括：危地马拉、萨尔瓦多、哥斯达黎加、古巴、牙买加、多米尼加、波多黎各、瓜德罗普、特立尼达和多巴哥、安的列斯群岛、哥伦比亚、委内瑞拉、圭亚那、厄瓜多尔、秘鲁、巴西、玻利维亚。

三、寄主及危害性

寄主为咖啡属植物，如大、中、小粒种咖啡、高种咖啡、丁香咖啡。除咖啡属外，可在一些野生的茜草科灌木植物上产卵，如大沙叶属和狗骨柴属植物。

咖啡潜叶蛾为美洲咖啡最严重的害虫之一，幼虫潜叶危害，受害叶片变为褐色，取食叶组织形成不规则易碎的斑，受害叶片易折断脱落。该虫曾在巴西严重暴发，给咖啡生产造成严重损失。

四、形态特征

（1）成虫　翅展4～6mm，体长约2mm，头部、虫体、前翅以及足（除端部黑色外）均为银白色。头部前面突起一簇伸展的银白色毛，其后鳞片向后平躺。触角线状，长约为前翅的3/4，除基节膨大，密生银毛，形成与眼一样大小的绒毛状的眼帽，触角其余部分呈灰黑色。

前翅臀斑椭圆形，中央钢青色，有紫色光泽，在翅基部和前缘方包围有黄色带，该黄色带一直伸到翅端。前缘脉稍过中部有一明显的黄色带，其边缘缀有黑色鳞片，该色带伸向臀斑，有时几乎达到臀斑边缘，在距与该色带宽度相等处还有一条略宽短的黄色带，仅内方缀有黑色鳞片，不伸向臀斑，也不与该黄色带相交。相隔相同距离的前缘脉还有一黑色鳞片形成的条纹，斜伸向臀斑外方一点，并与近外侧缘的一个黑色鳞片组成的条纹相交成锐角三角形。在前翅的内缘和外缘以及后翅四周长有灰黑色或褐色长缘毛。

（2）幼虫　老熟幼虫体长4～5mm，体宽0.75mm，浅黄色，部分透明，扁平，身体可见体节12节，胸部3节，前胸最宽，中、后胸渐狭，腹部9节，前3节渐宽，其后各节渐窄；胸部各节具1对分节的足，腹部第3～6节以及第9节具1对突起肉足。头部扁平，前端浑圆，常部分缩入前胸，上颚位于上唇下方，端部有3齿突。头两侧约有9根刚毛，具2个单眼，前个单眼较大。腹节后侧面生3根毛，前1根毛最短伸向前方，后2根毛向后伸，第3根毛是第2根毛的2倍长，几乎与该体节宽相等，胸部刚毛3根，均朝前伸展，第2根毛最长，还有另1根毛从后部外沿长出。

(3) 蛹　长度为2～2.5mm，淡黄色，眼暗色；触角一直延伸到3对足的下方；被约6mm长呈H形白色茧包围。

(4) 卵　长约0.28mm、宽0.18mm、高0.08mm，端部呈船形，有明显的纵脊纹，俯视具宽大基座，乳白色，随着胚胎发育的进行颜色逐渐加深。卵散产在叶片正面（卡菲白潜蛾 *L. caffeina* 的卵则排成1列，两者很容易区别）。

五、发生规律和习性

成虫产卵于叶片表面，幼虫孵化后即自卵底部蛀入叶片，取食叶组织并继续在叶内钻蛀为害。蛀食后的叶片变为淡黄色，后变为褐色。潜道最初不相连，几天后连成1个大潜道，最后形成一个易碎的斑，当叶片弯曲时易折断。多数情况下多个幼虫共蛀成个圆孔，每一幼虫栖息于各自分叉处。幼虫在其内蛀食约3～5周，在斑点表面做半圆形裂缝，离开叶片爬到叶边缘并下落，由一丝连到叶背作茧化蛹。作茧一般在叶背，很少在叶正面。

六、传播途径

远距离传播主要通过咖啡属植株或种苗运输而传播。

七、检验方法

仔细检查受害部位，重点检查叶片，并注意检验各个虫态。

八、检疫与防治

严格检疫，仔细检查受害部位，重点检查叶片，并注意检验各个虫态。

第四节　小蔗螟

一、学名及英文名称

学名　*Diatraea saccharalis* (Fabricius)

英文名　American sugarcane borer

分类　鳞翅目，螟蛾科，草螟亚科

二、分布

主要分布于美国（密西西比、佛罗里达、路易斯安那、得克萨斯）、墨西哥、危地马拉、洪都拉斯、萨尔多、格林纳达、安提瓜、巴巴多斯、古巴、多米尼加、巴拿马、背风群岛、瓜德罗普（岛）、马提尼克（岛）、圣卢西亚（岛）、圣文森特（岛）、海地、牙买加、波多黎各、特立尼达、维尔京群岛、阿根廷、玻利维亚、巴西、秘鲁、圭亚那、哥伦比亚、厄瓜多尔、巴拉圭、乌拉圭、委内瑞拉。

三、寄主及危害性

小蔗螟是甘蔗上的一种重要害虫，同时也能为害玉米、水稻、高粱等作物及其他一些禾本科植物。

从苗期一直到收获前都可为害。为害的虫态为幼虫期。在植株的苗期幼虫侵入植株的生长点，危害心叶，造成“死心”苗。在植株生长中后期，幼虫则钻入植株茎秆内部蛀食植株的内部组织，受害严重的植株有时只剩下了植株的纤维组织。由于这种害虫可以以上述两种方式进行危害，使得植株的正常生长受到抑制，影响了植株的正常生长和茎秆的伸长，从而导致了植株矮小。幼虫钻蛀后的孔道又成为病原菌感染植株的通道，使植株易于感病。同时又由于幼虫危害造成的机械损伤，植株在遇到大风天气时，会导致植株风折。所以，总的来说，受到危害的植株一般早熟、重量较轻，造成减产。对甘蔗来说，植株受害后，糖分的含量和质量都会受到影响。在美国，估计每年损失甘蔗4%～30%。

四、形态特征

(1) 雌虫　翅展28.0～39.0mm。体淡黄色。额突出，下唇须褐色，伸出头长1.25倍。前翅枯黄色或褐色，有两条清晰的斜纹：一条由翅褶中部曲折升达顶角；另一条较细，由后缘近中部呈弧形延伸到顶角附近，末端有一个黑色圆点。翅脉棕色较明显，中脉 M_2 和 M_3 在末端几乎合并，径脉 R_2 紧靠 R_{3+4}；外缘有若干黑点。后翅白色。雄虫翅展18.0～26.0mm，体色及翅的颜色比雌虫深。

(2) 雄虫　外生殖器爪形突侧面呈镰刀状，末端尖，颚形突与爪形突约等长，内面密被疣突。背兜宽阔，基叶发达。抱握器瓣自基部向端部逐渐变窄，抱握器背基突粗壮，拇指状。阳茎直、细长，末端稍尖，近端部有一角状器。

(3) 幼虫　分夏型和冬型。夏型老熟幼虫体长约26mm；头部深褐色，并向腹侧逐渐加深，口器黑色，上颚粗壮，具4个锐齿和2个钝齿，第1锐齿基部有一小尖突起。前胸盾片淡褐色至褐色，毛片和毛淡褐色。第1腹节前背毛片大且左右接近，前背毛与后背毛连线与中线在该节前方相遇，并成锐角（约30°）；第九腹节前背毛可见，气门深褐色。冬型幼虫体长约22mm，与夏型幼虫主要区别是前胸盾片和毛片颜色较浅，呈淡黄色。

(4) 卵　扁平，椭圆形，长1.16mm，宽0.75mm。数粒至几十粒集成卵块，鱼鳞状排列。

(5) 蛹　体狭长，16～20mm，浅褐色至深褐色，末节有明显尖突。

五、发生规律和习性

小蔗螟在亚热带地区1年一般发生4～5个世代，在热带地区1年可发生7个世代。

成虫白天一般群集在叶片下面或作物周围的杂草里，夜间进行飞翔活动，且趋光性很强。据Fisk和Perez（1969）的研究结果表明：小蔗螟对光线的反应非常敏感。雄虫飞翔有一个高峰，大约在22点；雌虫的飞翔有两个高峰，一个大约在23点，另一个大约在凌晨4点。

雌虫一般天黑后产卵，产卵高峰多在20点至午夜之间。卵一般被产在叶片表面，且经常靠近中脉附近。卵期为4～9d。初孵幼虫开始时在叶片表皮上取食，一个星期后，幼虫在叶鞘与茎秆之间活动，随后幼虫则咬破茎秆外壁进入茎秆，蛀食植株内部组织并在茎秆内部完成发育并化蛹。幼虫大多数为6个龄期。低温和短日照可诱发老熟幼虫滞育，这种滞育为兼性滞育。幼虫期和蛹期大约分别需要20～30d和6～7d。从卵到成虫的整个生活周期大约需要35～50d。

入秋后，小蔗螟的幼虫在茎秆内蛀食的隧道中越冬。在甘蔗田里，特别易在收获后剩下的甘蔗断秆残渣和留种用的宿根中越冬。在稻田和玉米田中，这种害虫可在水稻和玉米的茎秆和残梗中越冬。玉米上越冬虫口的大小与玉米成熟的早晚成正比。在杂草中也发现过越冬的幼虫。发生地区的气温和日照情况对小蔗螟的越冬时间起着决定性的作用，越冬场所的环境和冬季的天气影响着越冬后的虫口数量。冬季地表植株残留部分中越冬幼虫的死亡率要比地表下的蔗茬和宿根内的高。而在越冬期间或越冬后幼虫开始活动期间内遇有低温或大雨天气都会降低其虫口数量。总的看来，小蔗螟喜欢高温环境，是热带和亚热带地区的一种害虫。

六、传播途径

随寄主的茎秆、杂草、甘蔗的繁殖和包装材料远距离传播。

七、检验方法

在现场检查甘蔗、玉米、高粱、水稻及其他一些禾本科杂草的茎秆或包装材料的表面有无蛀孔和蛀屑，受小蔗螟为害的植物茎秆一般短小、重量较轻，受害严重的植株有时只剩下植株的纤维组织；受害甘蔗蔗茎坚韧程度降低、易折断。

八、检疫与防治

(1) 严格检疫　对可能携带该害虫的寄主（甘蔗、水稻、玉米、高粱、杂草、特别是茎秆)，使用这些寄主作包装材料的物品应仔细检查，并应采取下列措施：

① 不从疫区调入甘蔗繁殖材料或进口甘蔗。

② 必须调入的种茎，应及时处理（在50℃的水中浸泡20min)。

③ 对于包装、铺垫用的材料应及时烧毁。

(2) 其他防治方法　可采用农业防治，如设立黑光灯，诱杀成虫；及时清除和烧毁斩茎后的枯叶、残茎和不留作宿根用的蔗头；翻耕清理大田（玉米、水稻和高粱田)；在50℃水中浸泡20min处理甘蔗宿根；注意选择无虫口的健壮蔗茎作种。也可于苗期发生枯心时，将枯心割除，有利于清除幼虫；配合害虫发生期，适时剥除枯叶鞘，一方面可以直接消灭产在叶片上的卵，另一方面改变幼虫的侵入环境，减少螟害节。还可采取生物防治的方法，释放天敌也收到较好的效果。化学防治可抓住防治时机，在植物生长中后期施用，世界上用得较多的杀虫剂有杀虫脒、杀螟丹、杀螟松等，药效较好。

思考与练习题

1. 美国白蛾最近几年在华北地区发生比较严重，如何有效地防治和控制其扩散？
2. 如何控制苹果蠹蛾在中国的扩散？检疫处理措施有哪些？
3. 咖啡潜叶蛾的危害特点是什么？
4. 如何做好小蔗螟的检疫工作？

第十二章　检疫性鞘翅目害虫

本章学习要点与要求

本章主要介绍稻水象甲、马铃薯甲虫、四纹豆象、菜虫象、芒果果肉象甲、大谷蠹、各斑皮蠹7种有代表性的检疫性鞘翅目害虫，介绍它们的名称及分类、国内外的分布情况、寄主植物及其危害性，同时还介绍这些鞘翅目害虫的形态特征、发生规律及习性、传播途径、检验方法及检疫和防治方法等。要求学生掌握这些害虫的识别特征、检验方法及检疫和防治措施，了解其名称及分类、分布和危害情况等。

第一节　稻水象甲

一、名称及分类地位

学名　*Lissorhoptrus oryzophilus* Kuschel

英文名　rice water weevil

分类　鞘翅目，象虫科

二、分布

该虫原产于美国东部平原和山林中，现境外主要分布在朝鲜半岛（黄海南道、黄海北道、平安南道、开城、南浦、平壤、釜山、庆尚南道、庆尚北道、京畿道）、日本、加拿大（阿尔巴塔）、美国（密执安、依阿华、伊利诺斯、纽约、新泽西、康涅狄格、哥伦比亚特区、马里兰、弗吉尼亚、堪萨斯、阿肯色、路易斯安那、得克萨斯、印第安纳、佛罗里达、明尼苏达、蒙大拿、俄亥俄、肯塔基、密西西比、南卡罗来纳、加利福尼亚）、墨西哥、古巴、多米尼加、哥伦比亚、圭亚那。

1989年开始入侵中国河北省唐海县，并成功定殖。随后相继扩散到北京、辽宁、山东、吉林、浙江、安徽、江苏、福建、江西、湖南、广东、广西和台湾等地。

三、寄主及危害性

稻水象甲食物复杂，寄主范围非常广泛。成虫能取食13科、104种植物，幼虫可取食的有6科、30多种植物。稻水象甲最重要的寄主植物是水稻，其次为玉米、甘蔗、小麦、大麦、牧草、禾本科、泽泻科、鸭跖草科、莎草科、灯心草科等杂草。

该虫以成虫和幼虫为害。成虫在幼嫩水稻叶片上取食上表皮和叶肉，留下下表皮，形成纵行长条白斑。严重时全田稻叶花白、下折，影响光合作用；幼虫在水稻根内或根上造成断根，甚至根系变黑腐烂。该虫为害水稻一般减产10%～20%，严重的可达50%以上。

四、形态特征

稻水象甲成虫及幼虫的形态如图12-1所示。

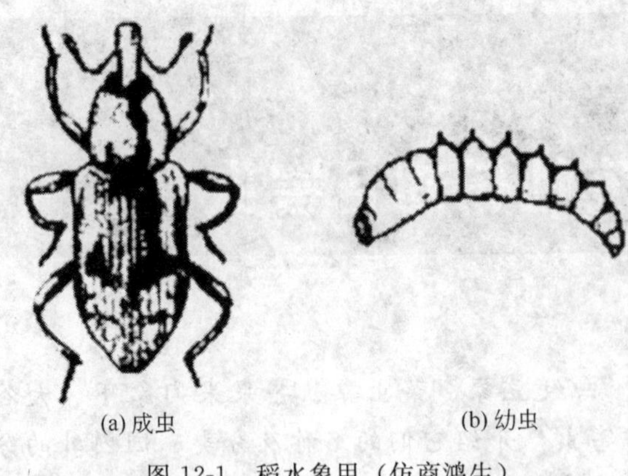
(a) 成虫　(b) 幼虫

图 12-1　稻水象甲（仿商鸿生）

(1) 成虫　体长 2.6～3.8mm，宽 1.2～1.8mm。雌虫略比雄虫大。表皮黄褐色（刚羽化）、褐色至黑褐色，密被灰色、互相连接、排列整齐的圆形鳞片，但前胸背板和鞘翅的中区无，呈黑色大斑。喙端部和腹部、触角沟两侧、头和前胸背板基部、眼四周、前中后足基节基部、第 3 腹节、第 4 腹节的腹面及第 5 腹节的末端被覆黄色圆形鳞片。近乎扁圆筒形喙与前胸背板约等长，略弯曲。额宽于喙。触角红褐色，生于喙中间之前；柄节棒形，有刚毛；索节 6 节，第 1 节膨大呈球形，第 2 节长大于宽，第 3～6 节宽大于长；触角棒 3 节，长椭圆形，长约为宽的 2 倍，第 1 节光滑无毛，其长度为第 2、3 节之和的 2 倍，第 2、3 节上密被细绒毛。两眼下方间距大于喙的直径。前胸背板宽略大（1.1 倍）于长，前端明显细缢，两侧近于直，只在中间稍向两侧突起，中间最宽，眼叶相当明显。小盾片不明显。鞘翅侧缘平行，长 1.5 倍于宽，鞘翅肩突明显，略斜削，行纹细不明显，行间宽，为行纹的 2 倍，其上平覆 3 行整齐鳞片。鞘翅行间 1、3、5、7 中后部上有瘤突。腿节棒形，无齿。胫节细长、弯曲，中足胫节一排长的游泳毛（约 30 根）。雄虫后足胫节无前锐突，锐突短而粗，深裂呈两叉形，雌虫的锐突单个的长而尖，有前锐突。第 3 跗节不呈叶状且与第 2 跗节等宽。雌雄成虫的区别在于，雌虫的腹部比雄虫粗大。雌虫可见腹节 1、腹节 2 的腹面中央平坦或凸起，雄虫在中央有较宽的凹陷。两性成虫可见腹节 5 腹面隆起的形状和程度也不同；雄虫隆起不达腹节 5 长度的一半，隆起区的后缘是直的，雌虫隆起区超过腹节 5 长度的一半，隆起区的后缘为圆弧形。雌虫腹部背板 7 后缘呈深的凹陷，而雄虫为平截或稍凹陷。

(2) 卵　长约 0.8mm，宽 0.2mm。珍珠白色，圆柱形。向内弯曲，两端头为圆形。

(3) 幼虫　老熟幼虫体长约 10mm。白色，无足。头部褐色，腹节 2～7 背面有成对朝前伸的钩状气门。活虫可见体内大的气管分枝。幼虫有 4 龄。

(4) 蛹　土茧形似绿豆，土色，长 4～5mm，宽 3～4mm。蛹白色，大小、形状近似成虫。

五、发生规律及习性

稻水象甲以成虫和幼虫为害水稻作物。美国一年发生 2 代，日本 1～2 代。以成虫在稻草、稻茬、稻田四周禾本科杂草、田埂土中、杂木、竹林落叶下以及住宅附近草地内和某些苔藓中越冬。成虫有明显的趋光性，飞行能力强，可以离地面 18m 的高度飞行 10km 以上，且在季风下可导致远距离扩散。成虫会游泳，可随水漂流扩散。成虫一般产卵于叶鞘水淹以下部位（占 93%），少量产于叶鞘水淹以上部位（占 5%），极少产于根部（约 1.5%）。幼虫共 4 龄，有群集性，一株水稻根部常有几头到几十头。初孵幼虫先在叶鞘短时间蛀食，然后沿茎叶爬行向根部蛀食为害。由于无足，移动非常缓慢，这是防治的有利时期。1～2 龄幼虫在根内蛀食，形成许多蛀孔；3～4 龄后在根外为害，造成断根，受损严重的根系变黑腐烂，刮风时植株易倾倒，甚至被风拔起浮在水面上，老熟幼虫一般就近结一光滑的囊包裹自身，形成一个附着于根系的土茧，并在其中化蛹。稻水象甲有两性生殖型和孤雌生殖型两种生殖类型。

六、传播途径

稻水象甲可随稻秧、稻草、稻草制品、杂草寄主制成的包装物、填充物、草饲料以及交通工具、稻谷、气流和水流远距离传播。

七、检验方法

在口岸中应严格检验各种以寄主植物作的填充料、包装材料、铺垫物。另外对离口岸30km内的水稻种植区，应定期调查。通过对其适生区、适生场所、嗜好寄主植物采样检验，开展普查、监测，力求做到早发现。田间不同发育阶段检查方法如下：

（1）成虫　第1代成虫具有很强的趋光性和较强的飞翔能力。可使用灯光诱集，检查和镜检有无稻水象甲成虫。

（2）卵　将新鲜带根幼嫩稻株在热水中浸泡5min，再移入70%热乙醇内浸泡1d以上，卵因为吸收了叶绿素呈现绿色，而稻株发白。

（3）幼虫和茧　将带根及土的稻株浸泡在饱和盐溶液中，搅拌，检查有无上浮的土茧和幼虫。然后用吸管取出，进行镜检鉴定。

八、检疫与防治

（1）严禁从疫区调运稻谷、稻草、稻苗和其他寄主植物及其制品。在口岸检验中，一旦在填充料、包装材料、铺垫物等寄主植物上发现疫情，要立即焚烧，或用溴化钾、磷化氢等熏蒸处理。

（2）秋耕晒垡，冬灌，铲除杂草，有灭虫和减轻危害的作用。春耕沤田，多犁多耙，打捞消灭成、幼虫。适时移栽健壮秧苗，使用高10～15cm以上的秧苗可错开对穗形成期的危害。

（3）选用抗虫品种。

（4）药剂防治　水稻插秧期为药剂防治适期。用50%巴丹水溶性粉剂或50%倍硫磷乳剂1000倍液常规喷雾，对成虫、幼虫均有效。也可用菊酯类杀虫剂。

第二节　马铃薯甲虫

一、名称及分类地位

学名　*Leptinotarsa decemlineata*（Say）

英文名　Colorado potato beetle

分类　鞘翅目，叶甲科

二、分布

该虫起源于落基山脉东麓，取食野生茄属的水牛刺。随着人类的开拓、迁移以及马铃薯的引进，给该虫提供了极好的寄主。昆虫学家Thomas Say于1824年在科罗拉多（美国）作了描述和命名，它的普通名称也由此产生。该虫每年以80km速度扩展，成为北美中西部重要的害虫。目前已发生于几乎全美国、加拿大南部、墨西哥和哥斯达黎加。在1859年和1874年，两次通过大西洋海运跨越大西洋抵法国。1922年开始在法国定殖，并继续扩散，在欧洲、北非、亚洲西部、中部猖獗为害。21世纪80年代已抵达中国西北、东北近边境地带（哈萨克斯坦、吉尔吉斯斯坦、俄罗斯）。通常分布在北纬 35°～60°之间。

目前境外分布的国家有美国、加拿大、墨西哥、哥斯达黎加、法国、西班牙、英国、意大利、卢森堡、奥地利、德国、希腊、比利时、保加利亚、波兰、罗马尼亚、前南斯拉夫、捷克、丹麦（南部）、荷兰（东、东南部）、瑞士、白俄罗斯、立陶宛、乌克兰、摩尔达维亚、俄罗斯（中国黑龙江省乌苏里江对岸）、哈萨克斯坦、吉尔吉斯斯坦、土耳其、叙利亚等。中国新疆伊犁地区也已有局部发生。

三、寄主及危害性

该虫最喜食马铃薯，其次是辣椒、茄子、番茄和其他蔬菜。此外，还能取食茄科的 10 余种野生植物，以及烟草、颠茄、曼陀罗、天仙子属和菲沃斯属植物。

马铃薯甲虫是世界上分布最广、对马铃薯最有毁灭性的食叶害虫，有 38 个国家将其列为检疫对象。它可以借风力将成虫传播到 150～350m 以外。该虫取食量大，寄主广，繁殖力强，适应性、抗药性、耐久力强，防治困难。目前在世界范围内有继续扩大蔓延的趋势。其成、幼虫都可取食马铃薯叶片或顶尖，失控的种群可在薯块开始生长之前将叶片吃光，造成绝产。通常它在马铃薯植株刚开花和形成薯块时食叶为害，最为猖獗，对其产量的影响也最大。一般可造成减产 30%～50%，严重时减产 90%，并能传播马铃薯的其他病害。此外，马铃薯甲虫对杀虫剂极易产生抗性，时至今日，马铃薯种群对已注册的几乎所有杀虫剂均产生了抗性，而且对每一种新的杀虫剂，在引入应用后 2～4 年内就产生显著抗性。可以预料，马铃薯甲虫对于用来防治它的新型杀虫剂都可以产生抗药性。

成虫和幼虫都取食马铃薯植株的叶片。由于该虫严重加害植株时，可以将叶片全部吃光，并排泄特殊黑色粪便污染和遗留于植株叶片与茎上。使马铃薯块茎产量明显下降。一般减产 30%～50%；严重发生时减产 90%。

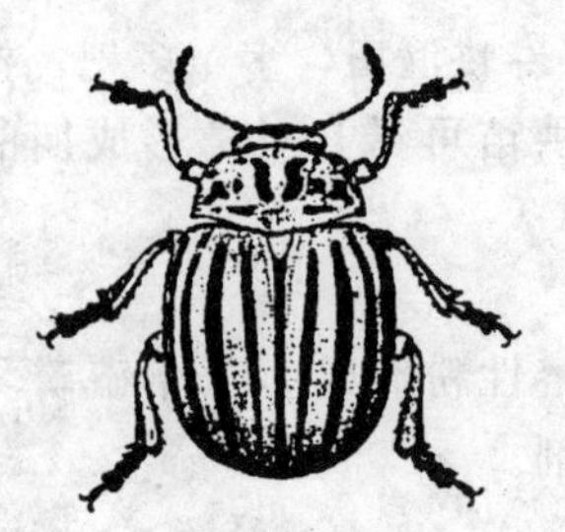

(a) 成虫(仿Jacquec)

(b) 幼虫(仿Eoraahob)

图 12-2 马铃薯甲虫

四、形态特征

马铃薯甲虫成虫及幼虫的形态如图 12-2 所示。

(1) 成虫 体长约 9～12mm；体宽 6～7mm。短卵圆形，其背方明显隆起。体淡黄色，有光泽，并于头部、前胸镶嵌黑色斑纹。复眼肾形，其后方有一黑斑，但常被前胸背板遮盖。触角 11 节，基部 6 节黄褐色，端部 5 节暗褐色。前胸背板隆起，长 1.7～2.6mm，宽 4.7～5.7mm，基缘呈弧形，后侧角稍比前侧角突出，顶部中央有一“U”形斑，其每侧有 5 斑，常相连，近侧缘刻点粗而突。每鞘翅具 5 条纵行黑斑，第 2、3 条纹在翅端相接，第 3 条纹与第 4 条纹间距小于第 4 条纹与第 5 条纹间距，其上有深凹排列不规则的刻点。此特征可与近似种伪马铃薯甲虫（*L. juncta*）区别。足基节黑色，转节、腿节和胫节的基部黑色，而跗节全部黑色。雄性外生殖器呈弯形，似镰刀状。阳茎开口于阳具的端侧，内阳茎呈细管状，其端部为扁形。

(2) 卵 鲜黄色，有光泽，长 1.5～1.8mm；宽 0.7～0.8mm，成堆产于叶片的反面，每卵块约 20～40 粒卵。

(3) 幼虫 橘黄色或砖红色。头与足黑色。在胸部两侧具一列黑斑。这黑斑在低龄幼虫是十分小的。腹部两侧的黑色斑点及气门片瘤状；前侧片也是黑色。初孵第 1 龄褐色，以后变成淡红色、鲜黄色或橘黄色。幼虫 4 个龄期的划分如表 12-1 所示。

表 12-1 幼虫龄期划分

龄 期	体 长	头 宽	龄 期	体 长	头 宽
1 龄幼虫	2.6mm	0.5～0.8mm	3 龄幼虫	8.5mm	1.2～1.6mm
2 龄幼虫	5.3mm	0.7～1.1mm	4 龄幼虫	15.0mm	2.0～2.5mm

(4) 蛹 离蛹，淡橘黄色，长 9～12mm；宽 6～8mm。成熟幼虫转入土下化蛹。

五、发生规律及习性

马铃薯甲虫通常一年发生 2～3 个世代，在北方区域一年只发生一代，以成虫在土中越冬，5 月份开始出土活动。1 头雌虫在田间平均产卵 400～700 粒。最多达 2500 粒，在实验室可产 4000 粒。卵的历期为 5～17d；发育的最适温度为 22～25℃，相对湿度 70%～75%，卵期为 5.5d。17℃时卵期为 9d。幼虫经过 4 个龄期约为 15～34d，其长短与温度有关，最低有效温度为 11～13℃；15℃以下为 32d；18℃以下为 24d；24℃以下为 13.5d。各龄幼虫食量比例相对恒定，1 龄约占 3%；2 龄约占 5%；3 龄约占 15%；4 龄约占 77%。3～4 龄幼虫为暴食期，4 龄末停止取食，在离植株半径 10～20cm 范围入土化蛹，深度为 1.5～2cm。预蛹期 3～15d，蛹期 8～24d。蛹期在 22～23.5℃为 7～8d；25～27℃时为 5.5～6d。成虫寿命平均长达 1 年。在一年发生一代的区域，部分成虫可达 2～3 年。马铃薯甲虫发育一代需 30～70d。

1. 成虫迁飞行为

Dunn (1949) 在爱尔兰英吉利海峡研究马铃薯甲虫，并发现其正常的飞行范围是 1.5km。常发生在春天。Voss & Ferro (1990) 应用风洞式诱捕器在麻省确定滞育后成虫和第一代夏季成虫有飞翔行为，表明越冬后出土饥饿（未取食）成虫，为寻找寄主可作长距离飞行。若有风力相助，在十多天以后，最远可达 100km 以上。

2. 滞育行为

马铃薯甲虫具特殊的滞育特性。滞育类型有以下几种。

(1) 冬蛰 由光周期、气温、寄主营养等季节性变化引起的滞育，从 8 月份至 11 月份共约 3～4 个月。

(2) 冬季弱休眠 由严寒引起的滞育，是冬蛰后到复苏前的过渡状态。

(3) 夏蛰 由高温引起的滞育，一部分成虫可持续 11～36d。

(4) 夏眠 种群中的约半数个体经过越冬、取食和繁殖后可进入 10d 以内的夏眠。

(5) 滞育 经过 1～2 次越冬和繁殖后的成虫可在 8～9 月份进入滞育。

(6) 多年滞育 有一部分入土的成虫，可持续滞育 2～3 年。

3. 对寄主植物的适应性

马铃薯甲虫的寄主范围虽然窄，但对寄主的选择和适应却是惊人的，在欧洲和北美洲可以有不同的野生茄科寄主，是马铃薯甲虫在茄科植物种植季节以外的重要食物源。如天仙子、千年不烂心 *Solanum angustifolium*。另外农田一些杂草对马铃薯甲虫的生存和繁殖也起了一定的作用。

4. 抗药性

马铃薯甲虫的为害导致了在农作物上第一次大规模地施用农药。20 世纪 50 年代中期，该虫首先对 DDT 产生了抗性，至今它已对每种用以防治的新农药在 3 年后就产生抗性，促使人们进行综合治理的研究。

六、传播途径

马铃薯甲虫主要通过贸易的途径及风、气流和水流进行传播。来自疫区的薯块、水果、蔬菜、原木及包装材料和运输工具均有可能携带此虫。另外，风对该虫的传播起到很大作用，该虫扩展的方向与发生季节优势风的方向一致，成虫可被大风吹到150～350km之外。气流和水流也有助于该虫的扩展。

七、检验方法

1. 过筛检验

对易筛货物，如植物种子、干果、坚果、谷物、豆类、油料等，可过筛检查货物中是否带有幼虫和成虫。

2. 肉眼检查

对运输工具、集装箱、包装物、填充物、铺垫材料、薯块、蔬菜、水果、动物产品等可用肉眼检查特别是检查缝隙等隐蔽处。

八、检疫与防治

（1）严格检疫　建立检疫站，可根据传播风向和途径设立，以监视马铃薯甲虫的成虫；对来自疫区的薯块、蔬菜包装材料及工具都应仔细检查。

（2）农业防治　必须实行马铃薯轮作。同时清除田间有关的野生茄科植物，如天仙子以及农田杂草。

（3）杀虫剂防治　在第一代幼虫发生高峰时，应采用轮换或单独使用杀虫剂进行防治。农药种类推荐如下：50%乙嘧硫磷乳油，0.5～1L/hm^2；25%喹硫磷（爱卡士）0.9～1.5L/hm^2；10%氯氰菊酯乳油（安绿宝）每1hm^{2}有效成分40～80g，10%灭百可乳油，每1hm^{2}有效成分20～150g；10%多来宝乳油/悬浮剂，每1hm^{2}有效成分100～200g。

第三节　四纹豆象

一、名称及分类地位

学名　*Callosobruchus maculatus*（Fabricius）

英文名　Cowpea weevil

分类　鞘翅目，豆象科

二、分布

境外主要分布于马来西亚、新加坡、斯里兰卡、朝鲜、日本、越南、缅甸、泰国、印度、伊朗、伊拉克、叙利亚、土耳其、前苏联、匈牙利、比利时、英国、法国、意大利、前南斯拉夫、波兰、保加利亚、希腊、阿尔及利亚、塞内加尔、加纳、尼日利亚、苏丹、埃塞俄比亚、坦桑尼亚、扎伊尔、刚果、斐济、安哥拉、南非、美国、洪都拉斯、古巴、牙买加、特立尼达和多巴哥、委内瑞拉、巴西及澳大利亚。

中国主要分布于香港、澳门、广东、广西、云南、福建、上海等地。

三、寄主及危害性

1. 寄生

木豆、鹰嘴豆、扁豆、大豆、金甲豆、绿豆、豇豆、小豆、豌豆、赤豆、蚕豆、菜豆等多种豆类。

2. 危害情况

以幼虫在田间及仓库内为害各类豆粒，把豆粒蛀成空壳，不能食用、种用，大大降低商品价值。有报道，非洲南部此虫为害库存豇豆，3个月内平均减轻重量50%；在尼日利亚，豇豆储藏9个月后重量损失达87%。

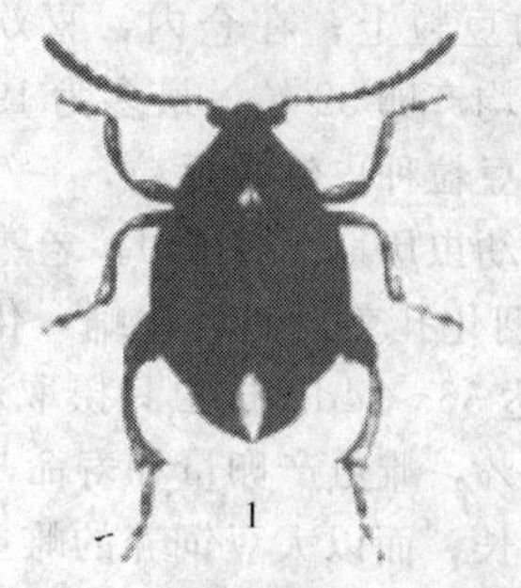
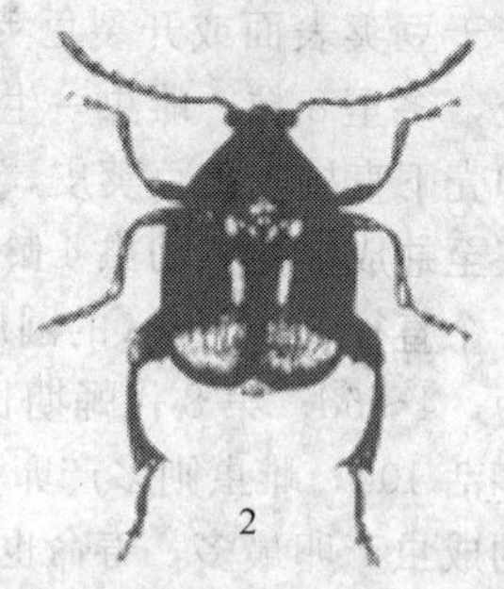

图 12-3 四纹豆象（仿陈启宗）
1—雌成虫；2—雄成虫

四、形态特征

四纹豆象的形态如图12-3所示。

（1）成虫 体长2.5～3.5mm，体宽1.4～1.6mm，长卵形，赤褐色或黑褐色。头部黑褐色，被黄褐色毛。头顶与额中央有1条纵脊。复眼深凹，凹入处着生白色毛；触角着生于复眼凹缘开口处，雄虫明显锯齿状，雌虫锯齿略扩大。前胸背板亚圆锥形，密生刻点，被浅黄色毛；表面凹凸不平，中央稍隆起，两侧向前狭缩，近端部两侧略凹，前缘中央向后有一纵凹陷，后缘中央有瘤突1对，上面密被白色毛，形成三角形或桃形的白毛斑。小盾片方形，着生白色毛。鞘翅长稍大于两翅的总宽，肩胛明显；表皮褐色，着生黄褐色及白色毛；每一鞘翅上通常有3个黑斑，近肩部的黑斑极小，中部和端部的黑斑大。四纹豆象鞘翅斑纹在两性之间以及在飞翔型和非飞翔型两型个体之间变异很大。臀板倾斜，侧缘弧形。雄虫臀板仅在边缘及中线处黑色，其余部分褐色，被黄褐色毛；雌虫臀板黄褐色，有白色中纵纹；雌雄虫第5腹板和臀板较直，雄虫第5腹板后缘凹而臀板前缘凸。后足腿节腹面有2条脊，外缘脊上的端齿大而钝，内缘脊端齿长而尖。雄性外生殖器的阳基侧突顶端着生刚毛40根左右；内阳茎端部骨化部分前方明显凹入，中部大量的骨化刺聚合成2个穗状体，囊区有2个骨化板或无骨化板。

（2）卵 椭圆形，扁平，长约0.66mm，宽约0.4mm，乳白色。

（3）幼虫 老熟幼虫体长3.0～4.0mm，宽1.6～2.0mm。粗而弯，黄色或淡黄白色，光滑。头小，卵形，缩入前胸内。头部有小眼1对；额区每侧有刚毛4根，弧形排列，每侧最前的1根刚毛着生于额侧的膜质区；唇基有侧刚毛1对，无感觉窝。上唇卵圆形，横宽，基部骨化，前缘有多数小刺，近前缘有4根刚毛，近基部每侧有1根刚毛，在基部每根刚毛附近各有1个感觉窝。上内唇有4根长而弯曲的缘刚毛，中部有2对短刚毛。触角2节，端部1节骨化，端刚毛长几乎为末端感觉乳突长的2倍。后颏仅前侧缘骨化，其余部分膜质，着生2对前侧刚毛及1对中刚毛；前颏盾形骨片后面圆形，前方双叶状，在中央凹缘各侧有1根短刚毛；唇舌部有2对刚毛。前、中、后胸节的环纹数分别为3，2，2。足3节。第1～8腹节各有环纹2条，第9、10腹节单环纹。气门环形。

（4）蛹 体长3.2～5mm，椭圆形，淡黄色。头部弯曲向第1对、第2对胸足后面，与鞘翅平合，长达鞘翅的3/4。生殖孔周围略隆起，呈扁环形，两侧面各具有一褐色小刺，但在初期蛹上不明显。

五、发生规律及习性

每年发生代数因地区、食料而异。在绿豆、赤豆上，广东西部一年发生10～11代，福建一年发生7～9代。同样在福州，四纹豆象在豌豆上、蚕豆上一年繁殖5～6代，而在大豆上一年仅发生4～5代。据福州观察，四纹豆象以幼虫、蛹、成虫在豆粒内越冬。成虫于17～19℃时开始活动，19～25℃间大量出现。成虫羽化十几分钟即交配、产卵。在田间，卵产于豆荚表面或开裂豆荚的豆粒上；在仓内，喜欢产在饱满豆粒表面，每一豆粒产卵1～3粒，多至8粒。雌虫一生平均产卵82粒，最多为196粒。适温时卵期4～6d。幼虫孵化后，从卵壳下直接咬破豆荚皮，或豆粒种皮钻入豆粒，一生即在豆粒内蛀食为害，蛀成较大的孔穴，甚至蛀成空壳。幼虫4龄，幼虫历期13～64d。老熟幼虫在化蛹前，在豆粒里预先把种皮咬成一个直径2～2.5cm的圆形羽化孔盖，然后化蛹，化蛹期1～2d。在各世代中，第3代蛹期最短，4～6d；第8代蛹期长达36～74d。成虫只摄取水或液体食物，喂水的成虫比不喂水的平均多活10d，雌虫则多产卵30%，雌虫产卵量和寿命与幼虫的食料有密切关系。以鹰嘴豆饲养出的成虫产卵最多，寿命也较长；而以大豆饲养的雌虫产卵最少，寿命也最短。

六、传播途径

以各虫态随寄主植物子实的调运及隐伏在铺垫材料、包装物、交通工具缝隙内进行远距离传播。成虫飞翔、换仓搬运及仓库用具的搬移可近距离扩散。

七、检验方法

1. 过筛检验

用标准筛过筛检查豆粒间有无隐藏成虫。然后检查豆表面有否带卵粒，豆粒中有否成虫羽化孔或老熟幼虫做的半透明的“小窗”，筛下物中有无成虫。

2. 密度检验

四纹豆象幼虫钻入豆粒内蛀食会使豆粒密度下降。可以通过不同盐类及浓度，利用密度检验法将其区分开来。方法是将100g试样倒入18.8%食盐水或硝酸铵溶液中搅拌10～15s，静止1～2min，捞出浮豆，剖检被害数，计算被害率。

3. 染色检验

白色的豆粒样品可用酸性品红染色法将蛀入孔染成红色，被害豆粒种皮下呈现有柄羽化孔时，染色后可查出豆粒内老熟幼虫和蛹。

4. X线检验

用X线透视检验豆粒内有无幼虫、蛹或成虫。

5. 油脂检验

取过筛检验完的样品500～1000g，分成每50g一组，放在浅盘内铺成一薄层，按1g豆粒用橄榄油或机油1～1.5ml的比例，将油料入豆粒内均匀浸润，0.5h后检查。被油脂浸润的豆粒变成琥珀色，幼虫侵害处呈一小点，虫孔口种皮呈现透明斑。再将有上述症状的豆粒挑出，在双筒镜下剖检鉴定其中幼虫、蛹和成虫。此法对白皮、黄皮、淡褐色皮的豆粒效果良好，对红皮豆粒效果较差。

八、检疫与防治

（1）严格执行检疫条例，禁止从发生区调运豆类种子，若必须调运时，应经检疫部门检验方可通行，发现有四纹豆象的豆类，须经灭虫处理。

（2）溴甲烷熏蒸：气温20℃以上，用药20g/m³；10～20℃时，30g/m³，密闭48h。

第四节 菜豆象

一、名称及分类地位

学名 *Acanthoscelides obtectus*（Say）

英文名 Bean weevil；Common bean bruchid

分类 鞘翅目，豆象科，菜豆象属

二、分布

目前境外主要分布于缅甸、阿富汗、土耳其、塞浦路斯、朝鲜、日本、乌干达、刚果、安哥拉、布隆迪、尼日利亚、肯尼亚、埃塞俄比亚、美国、墨西哥、巴西、智利、哥伦比亚、洪都拉斯、古巴、尼加拉瓜、阿根廷、秘鲁、英国、奥地利、比利时、意大利、葡萄牙、法国、瑞士、前南斯拉夫、匈牙利、德国、希腊、荷兰、西班牙、罗马尼亚、阿尔巴尼亚、波兰、前苏联、澳大利亚、新西兰、斐济。

中国主要分布于吉林。

三、寄主及危害性

主要危害菜豆属的植物，也危害豇豆、兵豆、鹰嘴豆、木豆、蚕豆和豌豆等。

此虫为多种菜豆和其他豆类的重要害虫。菜豆象在田间豆荚上，在仓内干豆上都能产卵为害，但在野外，只在成熟的干豆荚的裂缝内产卵。被害豆粒可有数条幼虫危害，而无食用价值。在墨西哥和中美，豆类贮藏期造成的重量损失为35%，巴西为13.3%。

四、形态特征

菜豆象成虫及幼虫的形态如图12-4、图12-5所示。

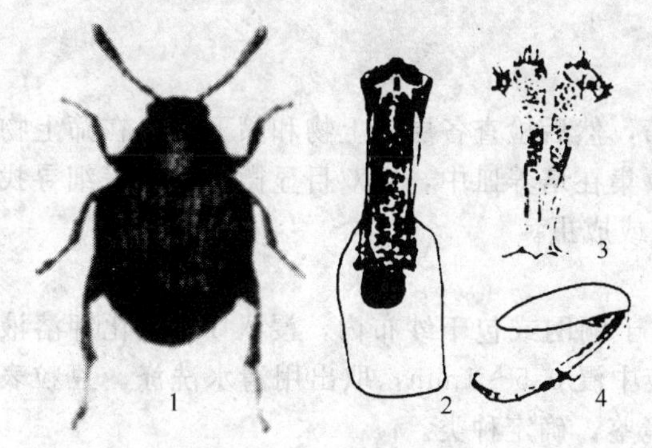

图12-4 菜豆象

1—成虫（仿商鸿生）；2—雄虫阳茎（仿Jonson）；
3—阳茎侧突（仿Jonson）；4—后足（仿Jonson）

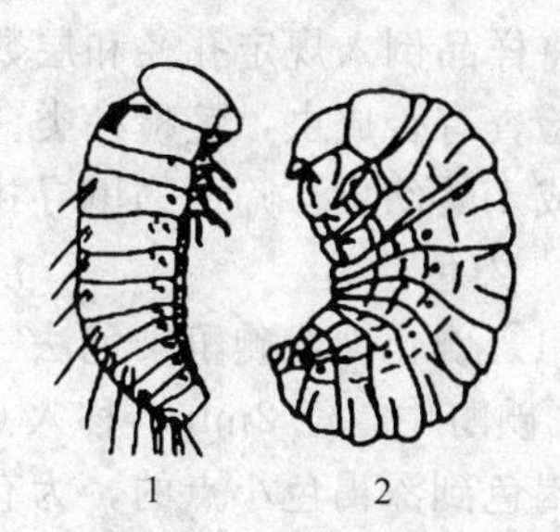

图12-5 菜豆象幼虫

1—1龄幼虫（仿Boving）；
2—老熟幼虫（仿商鸿生）

（1）成虫　体长2～4.5mm，近长椭圆形。头、胸黑色，被灰黄色绒毛。触角锯齿状，1～4节和末节橘红色，其余褐色至黑色。鞘翅黑色，端缘红褐色，被灰黄色或金黄色毛，其亚基部、中部及端部散生呈方形和无毛的黑斑。后足腿节内侧近端部有一长齿及两较小的齿。雄虫阳基侧突基部1/5愈合，内阳茎骨化刺由端部至基部方向逐渐增大变稀。雌虫第8背板呈狭梯形，基缘深凹，端部疏生少量刚毛，从背板基部两侧角向端缘方向有两条近平行的骨化条纹，第8腹板呈“Y”形。

（2）卵　淡白色，椭圆形，长0.55～0.80mm。宽0.19～0.36mm。

（3）幼虫　1龄幼虫体长0.52～0.80mm，宽约0.21mm，其头小，单眼1对，位于上颚和触角之间，触角两节；前胸背板“H”形或“X”形。老熟幼虫4.0～4.5mm，肥胖，“C”形。上唇前缘有8根刚毛及短而细的刺突，下唇的小下唇板后端中间有一淡圆斑，亚颏有一黄褐色窄骨化板。

（4）蛹　长3.2～5mm，椭圆形，淡黄色。

五、发生规律及习性

蚕豆象在温州地区一年可发生5代，在云南畹町室内自然条件下每年发生7代。菜豆象以幼虫、蛹或成虫在豆粒内越冬。翌年春天，平均温度15℃以上，越冬幼虫开始化蛹，羽化为成虫。成虫羽化后几分钟或几小时便可交配。交配几小时后产卵，产卵期夏天为5d，冬天为39d。初夏成虫可从仓库飞出，在田间取食花蜜。卵产在干豆荚的裂缝里，在仓内产卵在豆粒间。田间取食的成虫比仓内不取食的成虫产卵多。卵几天后孵化为幼虫。咬破种皮进入种子内。老熟幼虫食去种子内部至外皮，并蛀一羽化孔。成虫羽化后在豆内静止1～3d，以头和前足顶开羽化孔而爬出。在相对湿度75%～80%、26℃时，卵期8.4d，幼虫期18.6d，蛹期9d。成虫有趋光性、假死性和重复蛀入蛹室的习性。成虫寿命一般为12～16d，成虫摄取水或液体食物，可延长寿命及增加产卵量。

在55℃高温下，各虫态致死时间分别为：卵30min，幼虫60min，蛹90min，成虫40min。所以，各虫态耐高温顺序为：蛹＞幼虫＞成虫＞卵。

六、传播途径

主要通过被侵染的豆类种子，在某些方面贸易或引种进行传播。卵、幼虫、蛹和成虫都可被携带。

七、检验方法

1. 过筛检验

将样品倒入规定孔径和层数的标准筛中过筛，然后检查各层筛上物和筛下物。在筛上物中，检查有否成虫，镜检种类。把筛底筛下物收集在培养皿中，置双目显微镜下，仔细寻找虫卵或1龄幼虫。筛下物里寻找虫卵、1龄幼虫或成虫。

2. 染色检验

（1）碘化钾或碘酊染色法　取样品50g，放于铜网或包于纱布内，浸入1%碘化钾溶液或2%碘酊中，经2min，移入0.5%NaOH溶液中浸0.5～1min，取出用清水洗涤。豆粒表面有褐色到深褐色小点的，为有虫粒。剖粒、镜鉴，确定种类。

（2）品红染色法　取样品50g，放于铜网内，在30℃水中浸1min，移入品红溶液中2min，水洗，虫蛀粒表现为粉红小点。

品红溶液配法：蒸馏水950ml，酸性复红0.5g，冰醋酸50ml，混合即成。

染色检验，以白色种皮或近于白色种皮效果较好。

3. 油脂浸润检验

以50g豆类为一组，放在浅盘内铺成一薄层，按1g豆粒用橄榄油或机械油1～1.5ml的比例，将油倒入浅盘内均匀浸润，0.5h后检查。被油脂浸润的豆粒变成琥珀色，幼虫蛀入处呈一小点，幼虫孔道呈现透明斑纹。此法对白色、黄皮、淡黄褐色种皮效果最好，对于红皮的豆类效果最差。

对于幼虫鉴定，主要以下唇亚骨片确定。成虫可以后足腿节，触角及外生殖器形态确定。

八、检疫与防治

（1）化学熏蒸　气温20～30℃时，每1m³用9g磷化铝熏蒸48h，可使成虫、蛹、幼虫全部死亡。气温低时，应增加用量。也可使用氢氰酸（HCN）16～30℃，30～50g/m^3，密闭12h，当低温下（低于16℃），用药量5g/m^3，则延长时间12～14h。

若用溴甲烷（$BrCH_3$）48g/m^3 进行处理，在15～20℃需3h，21～35℃需2.5h；而在10～20℃用药30～35g/m^3 进行处理需48h。

（2）温度处理

① 高温处理　对少量豆类用50℃、加温2h，55℃、加温1h，60℃、加温20min，可杀死卵，幼虫及蛹。

② 低温处理　在东北地区，冬天寒冷可开仓通风降温杀虫，在12月份至翌年2月份进行，气温0～2℃需2个月，低于零下2℃，1个月可杀死各虫态。

（3）拌种

① 草木灰拌种　草木灰用孔径2mm筛过筛，以草木灰与豆质量比为1∶2进行拌种，可有效防治菜豆象的危害。

② 花生油拌种　按每1kg豆5ml花生油的剂量与豆粒充分混匀，菜豆象幼虫无法蛀入而起到保护作用，据试验拌油后500d仍有效。

③ 黑胡椒拌种　用黑胡椒11.1g拌种1kg，经4个月可减少侵染97.9%，适用于豆种的保管。

（4）田间防治　当进入成虫盛发期，喷洒接触性杀虫剂，可以杀死消灭成虫。豆荚成熟期间隔7～8d，施用药2次。

第五节　芒果果肉象甲

一、名称及分类地位

学名 *Sternochetus frigidus*（Fabricius）

英文名 Mango puop weevil

分类 鞘翅目，象甲科

二、分布

该虫主要分布在印度、孟加拉、缅甸、泰国、老挝、马来西亚、印度尼西亚、巴布亚新几内亚和中国（云南）。

三、寄主及危害性

成虫在30～50mm大小的芒果的果皮下产卵，产后覆盖胶状物或粪便。幼虫孵化后即蛀食果肉，造成纵横交错的隧道，并将虫粪堆积在隧道内，使果肉大部分变成深褐色的粪污物，幼虫不入侵果核。一般每果有1～2头幼虫，最多达6头。羽化孔未出现时果面光滑，看不出被害状，剥开果皮后可见果肉被害状。受害严重的果实不能食用。1986年以来我国各口岸多次在进口检疫和旅客携带物及邮寄物检疫中截获该虫。我国西双版纳虫害严重的年份，不抗虫芒果品种受害率达50%以上，常年平均为害率为35%左右。

四、形态特征

（1）成虫　体长5～6mm，体壁黄褐色到黑色，有光泽，被黑褐色鳞片夹以浅黄色鳞片形成斑纹。头部密布刻点，被鳞片；额四周黑褐色，中央有淡褐色鳞片斑，中间无窝。喙背面有 3 条近平行的隆线，中间的较明显。触角锈赤色，11 节，索节第 1、2 节等长，第 3 节长略大于宽，第 4～7 节长等于或小于宽，除索 2 节有 2 圈环毛外，其余索节各有 1 圈刚毛，棒节 3 节，长 2 倍于宽，表面密被白色绒毛，节间缝不显。前胸背板宽大于长，前方缩细，后 1/2 两侧平行，前缘弯曲包裹颈部，后缘中央突出，两边凹陷；背中隆线两侧有由浅黄色及黑褐色鳞片相间组成的纵带。鞘翅长为宽的 1.5 倍，翅肩明显，从肩至行间 3，有淡褐色鳞片斜带，近端部有不完全的黄带，行间略宽于行纹，行间 3、5、7 较隆，具少量鳞瘤。行纹刻点较深，近长方形，被淡褐色或深褐色鳞片。腿节各具一齿，腹面具沟，胫节直，前后等宽腹板 2-4 节各有近 3 排刻点。

(2) 卵　长椭圆形，长 0.8～1.0mm，宽 0.3～0.5mm，乳白色，表面光滑。

(3) 幼虫　老熟幼虫体长 7～10mm，黄白色，头部较小，圆形，淡褐色，体表面有白软毛。

(4) 蛹　长 6～8mm，长椭圆形，初期乳白色，后变为黄白色。喙管紧贴于腹面，末节着生尾刺 1 对。

五、发生规律及习性

我国云南一年发生 1 代。成虫在芒果树的断枝头、树皮裂缝或树洞中越冬。翌年 3 月中旬后，飞上枝头、花穗活动。4 月中旬开始交配，下旬进入盛期，并开始产卵，此时芒果长到 30～35cm，卵散产，直插入果皮，呈竖立状，周围有黑色囊胶。一般一头雌虫在 1 个果上只产 1 粒卵。卵期 4～6d。孵化后的虫，即钻蛀果肉，在果肉内形成虫道，幼虫经 60～70d 老熟，以虫粪围成一个干燥的蛹室。蛹室内面较光滑，预蛹期 2～3d，蛹期 6～10d，刚羽化的成虫留在果内于芒果成熟。然后，咬破果皮，外出到芒果林内活动，果实表面留有 2～3mm 的羽化孔。成虫白天隐蔽，夜间活动，取食芒果树的嫩叶和嫩枝梢，成虫有假死性，有一定的飞翔能力，耐饥性强。在云南 5 月中旬，为害率达到年为害率的最高峰，6 月上中旬为化蛹盛期。此时，越冬成虫还部分存在，而新羽化成虫已出现，6 月下旬羽化率达 97%，而至 7 月中旬，成虫出果率达 95%。芒果果肉象甲在云南原有的本地品种上为害重，新引进的品种虫害轻；长期失管的果园虫害重；果园立地环境开阔、园内通透良好的虫害轻，果园地处夹谷、通透不好的虫害重。

六、传播途径

芒果果肉象甲主要随果实及种苗的调运而远距离传播。近距离扩散可因成虫飞翔而造成。

七、检验方法

芒果成熟时，芒果果肉象甲羽化为成虫，故可根据成虫形态特征检验。主要根鞘翅奇数行间鳞片瘤少而不显；额中间无窝；成虫在果肉中危害；体长在 6mm 左右，就可确定。

八、检疫与防治

(1) 不从发生芒果果肉象甲的国家和地区引种。国内疫区不调出种苗和果实。

(2) 对进口的寄主果实实行严格检验，未见羽化孔的要剖果检查，发现虫情，就地处理。因有些芒果品种对溴甲烷敏感，容易产生药害，芒果对低温又很敏感，故采用温汤浸种处理较好，即在 49.5℃热水中浸果 75min，

(3) 及时清除落叶和被害果，并立即销毁，开化前在树上涂粘胶和石油乳剂捕杀成虫。

(4) 结果期用40%乐果乳油600倍液加1.5%～2.0%牛皮胶的混合液喷布果实，以防止成虫产卵。

(5) 利用芒果姬蜂、黄蚂蚁捕食成虫。

第六节 大谷蠹

一、名称及分类地位

学名 *Prostephanus truncatus* (Horn)

英文名 Larger grain borer

分类 鞘翅目，长蠹科

二、分布

此虫原产于美国南部，后扩展到美洲其他地区。20世纪80年代初在非洲立足。当前分布于以下国家：泰国、印度、多哥、肯尼亚、坦桑尼亚、布隆迪、赞比亚、马拉维、美国(加利福尼亚、康涅狄格、得克萨斯、华盛顿、哥伦比亚特区)、墨西哥、危地马拉、萨尔瓦多、洪都拉斯、尼加拉瓜、哥斯达黎加、巴拿马、哥伦比亚、秘鲁、巴西。

三、寄主及危害性

主要为害贮藏的玉米和木薯干，对红薯干也造成严重危害，还为害软质小麦、花生、豇豆、可可豆、扁豆和糙米。对木制器具及仓内木质结构也可为害。

大谷蠹不仅能为害贮藏期的玉米，也为害田间玉米，当田间的玉米棒趋于成熟，含水量降至40%～50%时就开始受害。因该虫的严重危害，坦桑尼亚每年损失玉米534000t，价值8600万美元。在肯尼亚，贮藏6个月的玉米棒重量损失平均8.7%，严重的可达35%，在多哥，受害地区不但贮藏的玉米棒损失严重，连仓库的木件也遭到蛀食。在非洲，该虫的分布区域有逐渐扩大的趋势。

四、形态特征

大谷蠹的形态如图12-6所示。

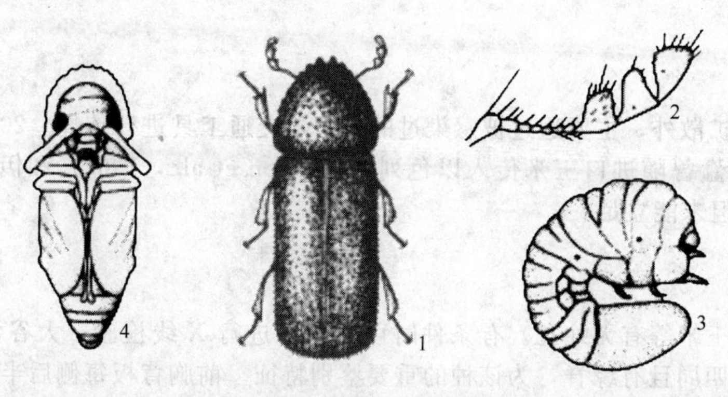

图12-6 大谷蠹（仿管良华）
1—成虫；2—触角；3—幼虫；4—蛹

(1) 成虫 体长3～4mm，圆筒状，红褐色至黑褐色，略有光泽，体表密布刻点，疏被短而直的刚毛。头下垂，与前胸近垂直，由背方不可见。触角10节，触角棒3节，末节约与第8、9节等宽，索节细，上面着生长毛，唇基侧缘明显短于上唇侧缘。前胸背板长宽略相等，两侧缘由基部向端部方向呈弧形狭缩，边缘具细齿，中区的前部有多数小齿列，后部为颗粒区，侧面后半部有1条弧形的齿列，无完整的侧脊。鞘翅刻点粗而密，排成较整齐的刻点行，仅在小盾片附近刻点散乱，行间不明显隆起。鞘翅后部陡斜，形成平坦的斜面，斜面四周的缘脊明显，呈圆形包围斜面。腹面无光泽，刻点不明显。后足跗节短于胫节。

(2) 卵　长约0.9mm，宽约0.5mm，椭圆形，短圆筒状，初产时珍珠白色。

(3) 幼虫　老熟幼虫体长4～5mm。身体弯曲呈"C"形。有胸足3对。第1～5腹节背板各有2条褶。头长大于宽，深缩入前胸，除触角着生处的后方有少量刚毛外，其余部分光裸。触角短，3节，第1节短，狭带状，第2节长宽相等，端部着生少数长刚毛，并在端部连结膜上有1明显的感觉锥。第3节短而直，约为第2节的2/5或第2节宽的1/4，端部具微毛或感觉器，唇基宽短，前、后缘显著弯曲，前缘中部消失。上唇大，近圆形，前侧缘均匀而显著突出，具长而密的刚毛。在侧方刚毛变得稀疏，中区无毛。上内唇的近前缘中央两侧各有3根长刚毛，刚毛的近基部有3排前缘感觉器：前排2个，相互远离；中排6～8个；后排2个，彼此靠近。前缘感觉器的每侧有1个前端弯曲的内唇杆状体，感觉器的后面有大量的后倾的微刺群，最后方为1大的骨化板。

(4) 蛹　白色，随蛹龄增加渐变暗色。上颚多黑色。鞘翅紧贴虫体。前胸背板光滑，端半部约着生18个瘤突，腹部多皱，无瘤突。背板和腹板侧区具微刺，刺的端部可分二叉、三叉或不分叉。

五、发生规律及习性

大谷蠹为农家贮藏玉米的重要害虫。很少发生于大仓库内。成虫穿透玉米棒的包叶蛀入籽粒，并由一个籽粒转入另一个籽粒，产生大量的玉米碎屑。该虫既可发生于玉米收获之前，又可发生于贮藏期。此外，大谷蠹对木薯干和红薯干也造成严重危害，可将薯干破坏成粉屑。特别是发酵过的木薯干和红薯干，由于质地松软，更适于大谷蠹钻蛀为害。不同玉米品种对大谷蠹的感虫性不同，硬粒玉米被害较轻。另外，在玉米棒上的籽粒被害重，脱粒后被害减轻。成虫钻入玉米粒后，留下一整齐的圆形蛀孔。在玉米粒间穿行时，则可形成大量的粉屑。交尾后，雌虫在与主虫道垂直的端室内产卵。卵成批产下，一批可达20粒左右，上面覆盖碎屑。

六、传播途径

此虫除自然扩散外，主要通过被感染过的寄主随交通工具进行传播。20世纪60年代和70年代初，大谷蠹曾随进口玉米传入以色列（Caderon et al.，1962）和伊拉克（Al-Sousi et al.，1970），但未能立足。

七、检验方法

检查时注意玉米等有无蛀孔。有条件时可对种子进行X线检验。大谷蠹成虫鞘翅后半部有斜面，斜面四周且有缘脊，为该种的重要鉴别特征。前胸背板每侧后半部各有1条弧形的齿列，这一特征也不同于许多常见的种。该种区别于谷蠹在于谷蠹体较小（长2～3mm），前胸背板每侧有1条完整的脊，鞘翅后半部斜面不明显，且无缘脊。竹蠹与大谷蠹也颇相似，但竹蠹前胸背板每侧有1条完整的脊、鞘翅斜面不明显及前胸背板后部中央有1对深凹窝，以此区别于大谷蠹。日本竹蠹触角11节，而大谷蠹10节，两种从触角节数即可区分。

幼虫主要以上述内容的细微构造特点进行鉴定。

八、检疫与防治

(1) 对来自美国南部、中美洲国家、东非国家的玉米、木薯以及稻谷、菜豆等植物产品、包装物和运输工具等要严格检验，发现虫情，可用溴甲烷或磷化铝熏蒸灭虫。

(2) 玉米收获后要脱粒贮藏。脱粒后玉米堆表面铺一层 2.5cm 厚的草木灰（或玉米芯烧成的灰）或用 1 份草木灰和 2 份玉米粒混合，用 2% 马拉硫磷 10mg/kg 或 1% 虫螨磷 5mg/kg 与玉米粒拌和，均有防虫作用。

(3) 发生大谷蠹的仓库可喷布虫螨磷 200mg/m^2，在通气好的条件下，菊酯类杀虫剂的防治效果也很好。

第七节 谷斑皮蠹

一、名称及分类地位

学名 *Trogoderma granarium* Everts

英文名 Khapra beetle

分类 鞘翅目，皮蠹科

二、分布

原产于印度、斯里兰卡、马来西亚。现境外分布于印度、斯里兰卡、马来西亚、菲律宾、新加坡、泰国、巴基斯坦、缅甸、越南、日本、朝鲜、伊拉克、塞浦路斯、叙利亚、伊朗、土耳其、阿富汗、孟加拉、以色列、黎巴嫩、埃及、苏丹、马里、尼日利亚、津巴布韦、塞内加尔、尼日尔、毛里求斯、布基纳法索、摩洛哥、突尼斯、阿尔及利亚、肯尼亚、坦桑尼亚、索马里、南非、乌干达、马达加斯加、几内亚、毛里塔尼亚、安哥拉、冈比亚、利比亚、莫桑比克、塞拉利昂、荷兰、丹麦、前苏联、德国、法国、英国、意大利、西班牙、芬兰、捷克、瑞典、美国、墨西哥、牙买加。

中国云南（与缅甸交界局部地区）、台湾有分布。

三、寄主及危害性

谷斑皮蠹严重危害多种植物性产品，如小麦、大麦、麦芽、燕麦、黑麦、玉米、高粱、稻谷、面粉、花生、干果、坚果等。此外，该虫也取食多种动物性产品，如奶粉、鱼粉、血干、蚕茧、皮毛、丝绸等。

该虫为国际上最重要的检疫性害虫之一，以幼虫取食危害。幼虫十分贪食，除直接取食外，还有粉碎食物的习性。对谷物造成的损失一般为 5%～30%，有时甚至高达 75%。该虫 1946 年传入美国加利福尼亚州，1953 年在某些粮库暴发成灾，一个存放 3700t 大麦的仓库，在 1.25m 深的表层内幼虫数多于粮粒数。从 1955 年 2 月开始，在美国 36 个州进行了历时 5 年的国内疫情调查，共发现谷斑皮蠹的侵染点 455 个，侵染仓库的总体积达 1.4×10^8 ft^3（约 3.96×10^6 m^3），耗资 900 万美元，才完成了谷斑皮蠹的根除计划。

四、形态特征

谷斑皮蠹的形态如图 12-7 所示。

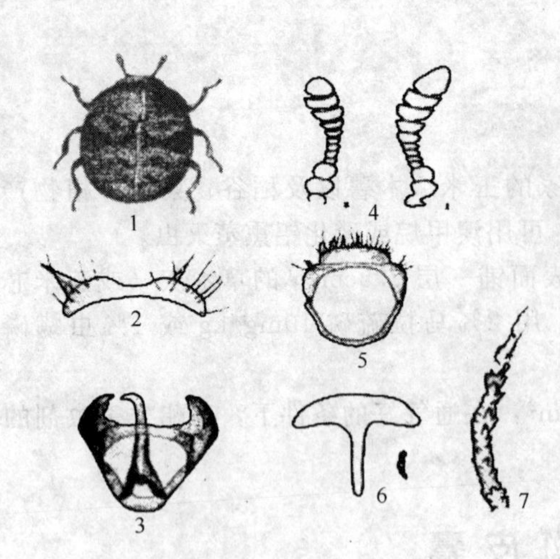

图 12-7　谷斑皮蠹（仿 Hinton）
1—成虫；2—颏；3—雄性外生殖器；4—触角；5—雄虫第 9—10 节背板；6—雌虫第 8 腹节腹板（左）及交配囊骨片（右）；7—交配囊骨片放大

（1）成虫　体长 1.8～3.0mm，宽 0.9～1.7mm，长椭圆形，淡红褐色、深褐色至黑色。密生细毛。头及前胸背板暗褐色。触角 11 节，棒形，黄褐色。雄虫触角棒 3～5 节，末节长椭圆形，其长度约为第 9、10 节两节长度的总和；雌虫触角棒 3～4 节，末节圆锥形，长略大于宽，端部钝圆。触角窝宽而深，触角窝的后缘线特别退化，雄虫的约消失全长的 1/3，雌虫的约消失全长的 2/3。前胸背板近基部中央及两侧有不明显的黄色或灰白色毛斑。鞘翅为红褐色或黑褐色，上面有黄白色毛形成的极不清晰的亚基带、亚中带和亚端带，腹面被褐色毛。雌虫一般大于雄虫。雄虫外生殖器的第 1 围阳茎节（即第 8 腹节），背片骨化均匀，前端刚毛向中间成簇，第 9 节背板两侧着生刚毛 3～4 根。雌虫交配囊内的成对骨片很小，上面的齿稀少。

（2）卵　长圆筒形，长 0.7～0.8mm，宽约 0.3mm。一端钝圆，另一端较尖，有数根刺，卵初产时乳白色，后渐变淡黄色。

（3）幼虫　老熟幼虫长 4～6.7mm，宽 1.4～1.6mm。纺缍形，向后稍细，背部隆起，背面乳白色至黄褐色或红褐色。触角 3 节，第 1、2 节约等长，第 1 节周围除外侧 1/4 外均着生刚毛。胸足 3 对，短小，每足连爪共 5 节。腹部 9 节，末节小形，第 8 腹节背板无前脊沟。体上密生长短刚毛。刚毛有两类：一类为芒刚毛，短而硬，周围有许多细刺；另一类为分节的箭刚毛，细长形，其箭头一节的长度约为其后方 4 个小节的总和。头、胸、腹部背面均着生芒刚毛。第 1 腹节端背片最前端的芒刚毛不超过前背沟。箭刚毛多着生在各腹节背板后侧区，在腹末几节背板最集中，并形成浓密的暗褐色毛簇。

（4）蛹　雄蛹长约 3.5mm，雌蛹长约 5mm。扁椭圆形，黄白色。体上生少数细毛。蛹留在末龄幼虫未脱下的蜕内，从裂口可见蛹的胸部、腹部前端。

五、发生规律及习性

谷斑皮蠹的发生代数不同地区有所不同。日本东京附近一年 1 代，印度一年 4 代。在东南亚，一年发生 4～5 代，以幼虫在仓库缝隙内越冬。在东南亚，4～10 月份为繁殖为害期。成虫羽化后 2～3d 开始交配产卵。在 30℃温度下，每头雌虫平均产卵 65 粒，最多可产 126 粒。成虫不能飞行，它必须依靠人为的力量进行传播。成虫一般不取食为害，也不饮水。一般 4～5 龄幼虫多集中在粮堆顶部取食，3 龄后喜钻入缝隙中群居。4 龄前幼虫取食破损的粮粒或在粮粒外蛀食，4 龄后幼虫可蛀食完整粮粒。幼虫通常先取食种子胚部，然后取食胚乳，种皮被咬成不规则的形状。幼虫非常贪食，并有粉碎食物的特性，除吃去一部分粮食外，更多的是将其咬成碎屑。谷斑皮蠹耐干性、耐热性、耐寒性和耐饥性都很强。它在粮食含水量只有 2%的条件下仍能正常生长发育和繁殖。一般仓库害虫最高发育温度为 39.5～41℃，在 51℃及相对湿度 75%条件下，仍有 5%的个体能存活。它的最低发育温度为 10℃，在－10℃下处理 25h，1～4 龄幼虫死亡率为 25%～50%，在－20℃下处理 4h 才全部死亡。幼虫如因食物缺乏而钻入缝隙内以后，可存活 3 年。滞育的幼虫可存活 8 年。它的抗药性也很强。各虫态发育历期为：一般情况下卵 3～26d，幼虫 26～87d，蛹 2～23d，成虫 3～19d。

六、传播途径

谷斑皮蠹成虫虽有翅但不能飞，主要随货物、包装材料和运载工具传播。

七、检验方法

1. 过筛检验

对谷物、豆类、油料、花生仁、干果、坚果等，采用过筛检查。对花生仁、花生饼等传带可能性大的物品应重点检查。

2. 肉眼检查

对包装物、填充物、铺垫物、集装箱、运输工具、动物产品等，应采用肉眼检查。特别是麻袋的缝隙处，棉花包的皱褶、边、角、缝隙处，纸盒夹缝等隐蔽场所，运输工具、集装箱、仓库等的角落和地板缝。

3. 诱集检查

用谷斑皮蠹性外激素（14-甲基-8-十六碳烯醛）或聚集激素（油酸乙酯 44.2%，棕榈酸乙酯 34.8%，亚麻酸乙酯 14.6%，硬脂酸乙酯 6%，油酸甲酯 0.4%）作诱剂诱捕。

八、检疫与防治

(1) 严格执行检疫条例，杜绝传入是最根本的措施。发现疫情立即进行彻底的灭虫处理或销毁感染的货物。

(2) 化学熏蒸　谷斑皮蠹的扑灭方法主要是熏蒸处理。常用熏蒸剂有溴甲烷和磷化铝。

① 溴甲烷 25℃下，用药量为 $80g/m^3$，熏蒸 48h；10℃下，用药量为 25℃的 3 倍。

② 磷化铝　用药量为 $10g/m^3$，密闭 4d 以上。在熏蒸前，应嵌平各种缝隙、孔洞，以免幼虫逃逸。

此外，利用谷斑皮蠹外激素与杀虫剂混合后盛于器皿中，放在感染或发生处，既可作为检测手段，也可诱杀成虫。

思考与练习题

1. 试述在现行的国内检疫性有害生物及进境危险性有害生物名录中有哪些鞘翅目害虫。
2. 简述菜豆象的国内外分布情况。
3. 简述马铃薯甲虫的成虫、幼虫特点。
4. 简述稻水象甲的成虫特点。
5. 简述谷斑皮蠹的检疫方法。

第十三章　检疫性双翅目害虫

本章学习要点与要求

本章主要介绍了地中海实蝇、美洲斑潜蝇、柑小实蝇、柑大实蝇、黑森瘿蚊、高粱瘿蚊6种检疫性双翅目害虫，分别从地理分布、寄主植物与危害性、形态特征及生物学特性、传播途径、检验与识别、检疫措施及防治方法等方面进行介绍。要求学生了解这些害虫的名称、分布、寄主及危害性，掌握主要虫态的形态特点，害虫的发生规律，检验、检疫及防治措施，并能够利用所学的知识进行检疫检验。

第一节　地中海实蝇

一、学名及英文名称

学名　*Ceratitis capitata*（Wiedemann）

英文名　Mediterranean fruit fly，Medfly

分类　双翅目，实蝇科，实蝇亚科，蜡实蝇属

二、分布

境外主要分布于日本、印度、伊朗、叙利亚、黎巴嫩、沙特阿拉伯、约旦、巴勒斯坦、以色列、塞浦路斯、俄罗斯、乌克兰、匈牙利、德国、奥地利、瑞士、荷兰、比利时、卢森堡、法国、西班牙、葡萄牙、意大利、马耳他、南斯拉夫、阿尔巴尼亚、希腊、埃及、利比亚、突尼斯、阿尔及利亚、摩洛哥、塞内加尔、马里、布基纳法索、佛得角、几内亚、塞拉利昂、利比里亚、象牙海岸、加那利群岛、马德拉群岛、亚速尔群岛、加纳、多哥、贝宁、尼日尔、尼日利亚、喀麦隆、苏丹、埃塞俄比亚、肯尼亚、乌干达、坦桑尼亚、卢旺达、布隆迪、扎伊尔、刚果、加蓬、圣多美和普林西比、安哥拉、赞比亚、马拉维、莫桑比克、马达加斯加、塞舌尔、毛里求斯、留尼汪、津巴布韦、博茨瓦纳、南非、斯威士兰、圣赫勒那岛、澳大利亚、新西兰、马里亚纳群岛、塔斯马尼亚岛、美国、百慕大群岛、墨西哥、危地马拉、伯利兹、萨尔瓦多、洪都拉斯、尼加拉瓜、哥斯达黎加、巴拿马、牙买加、哥伦比亚、委内瑞拉、巴西、厄瓜多尔、秘鲁、智利、阿根廷、巴拉圭等。

本病中国尚无分布。

三、寄主及危害性

地中海实蝇可为害水果、花卉、蔬菜和坚果等260种植物。对寄主的嗜好性因地区而异。主要寄主为柑橘类、枇杷、芒果、樱桃、杏、桃、苹果、梨、李、柿、无花果等。在田间的茄科蔬菜上虽然很少发生，但是这些寄主的果实完全可以携带。成虫在果实上刺孔产卵，幼虫在果内发育，可导致病菌的侵入，造成果实腐烂。在各类果实上产卵孔的表现常不同。在甜橙和其他柑橘类青果上，产卵孔周围常呈现黄斑，并有喷口状的突起；在枇杷上，

甚至果实已经黄熟，产卵孔周围仍遗留绿色；苹果与梨上产卵部位常出现凹陷状暗色硬斑；桃上为害时产卵孔周围出现白色流胶。

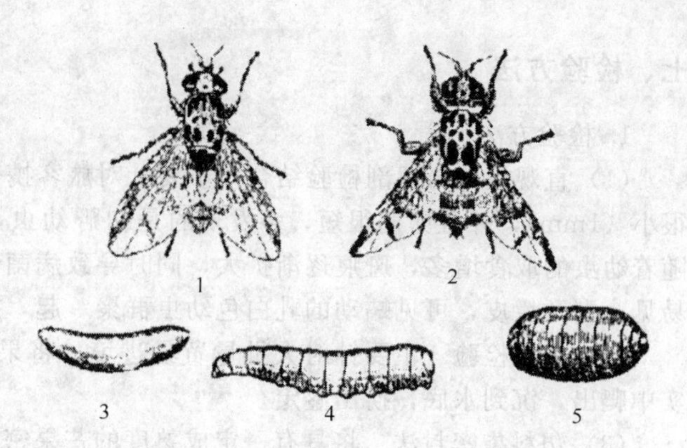

图 13-1　地中海实蝇（仿 Bodenheimer）
1—雄成虫；2—雌成虫；3—卵；4—幼虫；5—蛹

四、形态特征

地中海实蝇的形态如图 13-1 所示。

（1）成虫　体长 45.5mm，翅长 4.5mm。头部黄色至褐色，略有光泽，复眼紫红色，具绿色光泽。触角第 1、2 节红褐色，第 3 节黄色，芒黑色。雌虫第 2 对上额眶鬃仅比其他 3 对额眶鬃粗，但不变形。雄虫头部前上侧额鬃特化成匙形额附器，表面常覆银灰色粉被，末端尖锐。成虫中胸盾片具黑色大斑，与淡色区域彼此镶嵌而构成复杂的花斑；肩胛具一黑斑；小盾片端部 3 个黑斑联合成一大斑，占小盾片端部的 1/2～2/3。足浅黄色。翅透明，有黄色、褐色及黑色的斑点，并有断续的带纹。前缘脉沿翅前缘可达 R_{4+5} 脉；沿 m-m 横脉有红黄色的端前横带几乎与前缘垂直；沿中-横脉（m-cu）有呈褐色的中横带，达翅的后缘。无后端横带。腹部心形，浅黄色，密被黑色刚毛，第 2 背板与第 4 背板后缘各有一条银灰色横带。雌虫产卵器针状，红黄色。

（2）幼虫　老熟幼虫体长 7～10mm，宽 1.5～2mm。头梯形，老熟时常弯曲呈钩状。幼虫胴部 11 节，前气门扇状，指突 7～12 个，典型的 9～10 个，排成单列，后气门板上有 3 对裂口，其长约为宽的 3 倍。腹部第 1、2 节间，第 3、4 节间和肛门周围的小刺呈环带。

（3）卵　0.9～1.1mm，宽 0.20～0.25mm。纺锤形，略弯曲。白色至浅黄色。

（4）蛹　长 4.0～4.3mm，宽 2.1～2.4mm，长椭圆形，黄褐色至黑褐色；二前气门间凸起，二后气门间凸起并有一条黄色带。

五、发生规律及习性

地中海实蝇在较寒冷地区以蛹或成虫越冬，在温暖的果树产区可终年活动，成虫羽化后经过一段时间达到性成熟，有趋光性。雌虫喜在皮薄、成熟的果上产卵，产卵时将产卵器刺入果皮内，刺开一空腔后产卵。被产卵处起初期症状不明显，随后可见其周围有褪色痕迹。雌虫每次产卵 3～9 粒，日产卵最多达 40 粒，平均产卵量 200～500 粒，最多达 1000 粒。成虫生命力顽强，在 2～3℃下不取食可耐 3～4d。

幼虫共 3 龄，通常孵出后立即侵入果实内，在果瓤中发育。老熟后脱果外出，入土化蛹，入土深度 5～15cm；也可在其他保护物下，甚至在暴露的箱子及包装物外面化蛹。幼虫具强烈的负趋光性，脱果时见到光线后即不断爬行，后身体弯曲而跳跃至土中。在 24.4～26.1℃条件下，蛹发育历期 6～13d；20.6～21.7℃下为 19d。

地中海实蝇发育起点温度为 12℃，完成一代的有效积温为 622℃。

寄主果实表面单位面积油胞腺的多少和果皮厚度会严重影响幼虫的成活率。

六、传播途径

卵、幼虫随着寄主果实远距离传播；幼虫和蛹随着农产品包装物或苗木所带泥土传播；成虫也可随车辆、飞机等运输工具远距离传播。

七、检验方法

1. 检验方法

(1) 直观检验与解剖检验结合　主要针对旅客携带物与邮寄物检疫。通常，由于产卵孔很小（1mm），并且卵期很短，多发现的是初孵幼虫，最初是在产卵部位出现水浸状痕迹，随着幼虫的取食增多，斑痕逐渐扩大，同时导致病菌侵害伴随溃疡或真菌产生，为害状显而易见。剥开烂皮，可见蠕动的乳白色幼虫群聚一起，拨动时，虫体弯曲而跳跃。

(2) 水浸检验　主要针对大批量贸易进境。将果实切片浸入温水中，1h后幼虫会从果实中爬出，沉到水底，捞出鉴定。

(3) 塑料袋密封法　将具有一定成熟度的芒果密封数小时后，实蝇幼虫会因为缺氧而破果脱出。

(4) 水盆观察法　主要用于果实新鲜、成熟度不高的水果。在室温25℃以上时，通常观察7～10d即可。将水果或蔬菜放入一个小瓷盆，而后将小瓷盆放于注有清水的大瓷盆中，再用40目尼龙纱网罩住。幼虫老熟后脱果弹出时即会落入水中。

(5) 沙缸法　将截留的水果或蔬菜直接放在玻璃缸内的沙面上，缸内的沙经20目筛后，再用热水高温消毒，缸口用纱网封盖，7～10d后即可见到幼虫。

2. 形态鉴定

对照该虫形态特征进行鉴定。

八、检疫与防治

(1) 低温处理　美国检疫部门建议：0℃下处理10d；0.5℃下处理11d；1.1℃下处理12d；1.7℃下处理14d；2.2℃下处理16d。

(2) 溴甲烷熏蒸结合低温处理　21℃以上，$32g/m^3$，处理2～3h后，在0.5～8.3℃下处理4～11d。

(3) 热处理与冷藏结合　热蒸气处理：将新鲜的水果放在热蒸气中，在果心温度达到44.4℃时保持525min，之后立即冷却。热水处理：将感染适应的葡萄柚在热水中处理(43.3℃，100min)，而后置于1.1℃下7d。

(4) 辐射处理　新鲜果实用150Gy射线处理，可有效地阻止卵、幼虫发育至成虫，且对产品安全。

(5) 截获的虫害果处理　放入－5℃以下的冷藏柜中进行5～7d低温灭虫处理后深埋。

第二节　美洲斑潜蝇

一、学名及英文名称

学名　*Liriomyza sativae* Blanchard

英文名　Vegetable leaf miner；Serpentine vegetable leaf miner

分类　双翅目，潜蝇科，斑潜蝇属

二、分布

美洲斑潜蝇主要分布北美洲、中美洲和加勒比地区、南美洲、大洋洲、非洲、亚洲等40多个国家和地区，包括阿曼、也门、加拿大、墨西哥、美国（夏威夷、亚拉巴马、得克萨斯、佛罗里达、南卡罗来纳、田纳西、马里兰，宾夕法尼亚和俄亥俄的温室中）、安提瓜和巴布达、巴哈马、巴巴多斯、哥斯达黎加、古巴、多米尼加、瓜德罗普、牙买加、马提尼克、蒙特雷塔、巴拿马、波多黎各、特立尼达和多巴哥、圣文森特和格林纳丁斯、圣卢西亚、圣基茨和尼维斯、阿根廷、巴西、智利、哥伦比亚、法属圭亚那、秘鲁、委内瑞拉、关岛、密克罗尼西亚、新喀里多尼亚、瓦努阿、马里亚纳群岛北部、美属所罗门、法属波利尼西亚、库克群岛及塔希提岛等地。

中国除西藏西部及黑龙江北部地区外，全国大部分地区均有分布。

三、寄主及危害性

寄主有26科312种植物。包括豆科47种，葫芦科36种，茄科27种，十字花科37种，菊科50种，锦葵科11种，藜科9种，苋科11种，旋花科9种，百合科24种，大麻科2种，蓼科5种，落葵科2种，石竹科3种，毛茛科3种，白花菜科4种，旱金莲科1种，大戟科1种，芍药科2种，西番莲科1种，伞形科10种，萝藦科2种，马鞭草科2种，唇形科9种，胡麻科1种，车前科3种。在美洲斑潜蝇的312种寄生植物中，豇豆、菜豆、丝瓜、黄瓜、番茄、节瓜、西葫芦、菜心、白菜、棉花、蓖麻、菊花、烟草、绞股蓝、苍耳等植物受害严重。

成、幼虫均可为害。雌成虫飞翔把植物叶片刺伤，进行取食和产卵，幼虫潜入叶片和叶柄为害，产生不规则蛇形白色虫道，叶绿素被破坏，影响光合作用，受害重的叶片脱落，造成花芽、果实被灼伤，严重的造成毁苗。美洲斑潜蝇发生初期虫道呈不规则线状伸展，虫道终端常明显变宽。

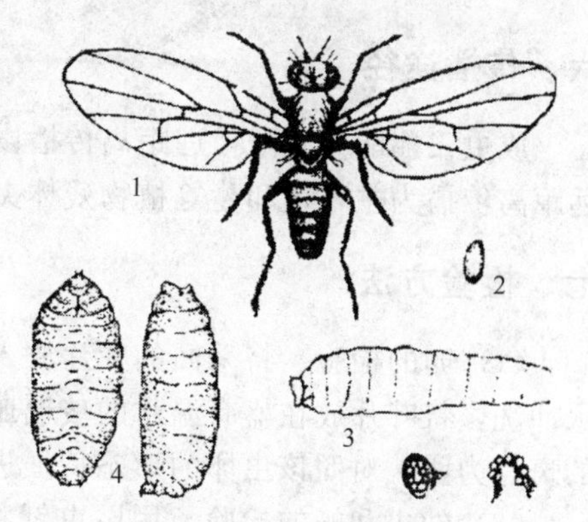

图 13-2　美洲斑潜蝇
1—成虫；2—卵；3—幼虫；4—蛹

四、形态特征

美洲斑潜蝇的形态如图13-2所示。

（1）成虫　雌成虫体长1.50～2.13mm，翅长1.18～1.68mm；雄成虫体长1.38～1.88mm，翅长1.00～1.35mm。额区黄色，微凸于复眼，额区为眼宽的1.5倍。头鬃黑褐色，头顶内顶鬃着生于黄色和黑色区的交界处、外顶鬃着生处黑色，眼眶浅褐色，上眶鬃2根等长，下眶鬃2根细小，眼眶毛稀疏且向后倾。触角3节，黄色，第3节圆形，触角芒浅褐色。中胸背板黑色，有光泽，背中鬃3+1根，第3、4根稍短小，第1、2根之间距离是第2、3根之间距离的2倍，第2、3根及第3、4根之间距离约相等，小中毛不规则排成4列。小盾片半圆形，黄色，两侧黑色，缘鬃4根。中胸侧板以黄色为主，具一稳定的黑色斑纹。胸部腹间在前足与中、后足基节间为黑色。前翅前缘脉加粗达中脉M_{1+2}脉的末端，亚前缘脉末端变为一皱褶，并终止于前缘脉折断处，中室小，M_{3+4}脉后段为中室长度的3倍。平衡棒黄色。各足基节和腿节黄色，胫节和跗节褐色。腹部可见7节，各节背板黑褐色，有宽窄不等的黄色边缘；腹板黄色，中央常为暗褐色，但亦有的呈橙黄色。雌虫产卵鞘（第7腹节）黑色，呈圆筒形；雄虫第7腹节短钝，黑色，端阳体呈单托状，中部不明显收窄。

（2）卵　长0.25mm，宽0.10～0.15mm，卵圆形，白色略透明，将孵化时卵色呈浅黄色。

（3）幼虫　老熟幼虫体长1.68～3.0mm，初孵幼虫米色半透明，老熟幼虫渐变淡黄色，幼虫后气门呈圆锥状突起，顶端3分叉，各具1小孔开口。

（4）蛹　长1.48～1.96mm，椭圆形，腹面稍扁平，多为橙黄色，有时呈暗金黄色，后气门3孔。

五、发生规律及习性

美洲斑潜蝇成虫具有飞翔能力，但较弱。趋光性弱，有趋密和趋绿性，对橙黄色有一定的趋性。对糖类、瓜类、茄果类和豆类的分泌物有趋性，嗜食瓜叶菊、万寿菊、矮牵牛、美女樱、豇豆、茄子、番茄、小白菜、甜瓜、黄瓜等。

成虫早、晚活动迟缓，在9:00～14:00活动活跃，成虫羽化高峰在8:00～11:00，羽化当天即可交配产卵，取食、交尾和产卵均在白天进行。雌成虫产卵有趋嫩性，将产卵器刺入表面叶肉，形成扇形或筒形刺伤点，取食汁液后产卵，卵散产形或不规则形。每头雌虫可产卵160～200粒。雌成虫在刺伤点叶肉内每一产卵痕中产卵一粒，产卵痕长椭圆形，较饱满透明，而取食痕略凹陷，扇形取食。

温度适宜（25～30℃）时，卵经过2～4d即可孵化幼虫，仅在叶片的栅栏组织中为害，老熟幼虫在潜道的顶端或近顶端1mm处，主要从叶正面咬破上表皮，爬出虫道，多在叶表或掉在植株附近的土表化蛹。

化蛹初期蛹为浅黄色，暴露于空气中的蛹经过一段时间变为橙黄色到黄褐色；温度对蛹的发育有影响，一般在冬季－10℃以下的地区蛹不能越冬。

不同地区各虫态历期不同。中国南方年发生20余代，北方年发生8～10代。

六、传播途径

成虫飞翔能力有限，远距离传播以随寄主植物的调运为主要途径。其中以带虫叶片进行远距离传播为主，茎和蔓等植物残体夹带传播次之，鲜切花是一种更危险的传播途径。

七、检验方法

（1）卵的检验　将采回的叶片放入乳酸酚的品红溶液中煮3～5min，冷却3～5h后用温水冲洗，将叶片放在盛有温水的玻璃皿中，染色完成的叶片放在解剖镜下检验，被染成黑色的斑点为卵，对照该虫卵的形态特征进行鉴定。而取食孔为环状斑，中间颜色较浅。

（2）幼虫和蛹的检验　用昆虫针将标本刺几个孔后放进约2ml氢氧化钾的小坩埚中微火煮沸，经5～10min，取出虫体在清水中冲洗杂质，置玻片上，加滴乳酚油，在解剖镜下整理虫体，盖上玻片，在400倍显微镜下观察虫体的后气门，有1对形似圆锥状突起，顶端3分叉，各具1小孔开口。

（3）成虫的检验　对照该虫成虫的形态特征进行鉴定。

八、检疫与防治

（1）加强产地检疫和调运检疫。疫区的蔬菜、水果、瓜果、花卉及其包装铺垫物调运时，要求不得带有有虫叶、蔓等，经检疫处理后方可调运。

（2）发生初期，用灭蝇胺等药剂进行防治。

第三节　柑橘小实蝇

一、学名及英文名称

学名　*Bactrocera dorsalis*（Hendel）

英文名 oriental fruit fly，mango fruit fly

分类 双翅目，实蝇科

二、分布

柑橘小实蝇境外主要分布于美国、澳大利亚、印度、巴基斯坦、日本、菲律宾、印度尼西亚、泰国、越南等地。

中国广东、广西、福建、四川、湖南、海南、贵州、云南、台湾等省有分布。

三、寄主及危害性

寄主植物主要有番石榴、芒果等46个科250多种果树、蔬菜和花卉。

幼虫在果内取食为害，常使果实未熟先黄脱落，严重影响产量和质量。除柑橘外，尚能为害芒果、番石榴、番荔枝、阳桃、枇杷等200余种果实。我国列为国内外的检疫对象。

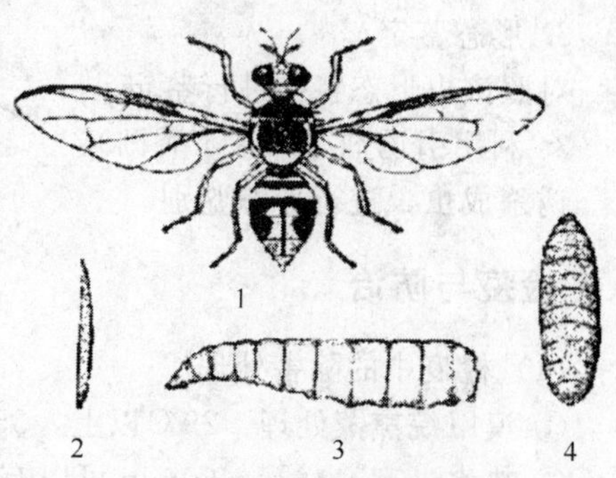

图13-3 柑橘小实蝇

1—成虫（仿刘秀琼）；2—卵（仿农业部植物检疫实验室）；3—幼虫（仿Petetson）；4—蛹（仿农业部植物检疫实验室）

四、形态特征

柑橘小实蝇的形态如图13-3所示。

（1）成虫　体长6.5～7.5mm（不包括产卵器），翅展12～14mm。头黄色至黄褐色，中颜板具有圆形黑色颜斑1对。胸大部黑色，两侧有鲜明柠檬黄色纵条斑（死虫为暗黑色），肩胛、背侧片及小盾片均黄色。前翅透明，翅脉黄色，翅面有褐色带纹，前缘带约达第一端室外角。腹部黄褐色，第1节黑褐色，第2节前半部有黑色横纹，第3节的前部和两侧及第4节两侧为黑褐色，第3节至第5节中央有黑色纵条纹；胸鬃分别为：肩板鬃2对，背侧鬃2对，前翅上鬃1对，后翅上鬃2对，小盾前鬃1对，小盾鬃1对，中侧鬃1对。雌虫产卵器较短小，长度不超过第5腹节，基部不膨大。

（2）卵　梭形，长1mm，宽0.1mm，乳白色。

（3）幼虫　老熟幼虫体长11mm。黄白色，蛆形，前端小而尖，后端宽圆。口钩黑色。前气门呈小环，指状突10～13个，后气门板一对，新月形，各有3个长椭圆形裂孔，外侧4丛细毛群，内侧扣状突大而明显。

（4）蛹　长4.40～5.50mm，宽1.80～2.20mm。初化蛹时浅黄色，后逐步变至红褐色，第2节上可见前气门残留暗点，末节后气门稍收缩。

五、发生规律及习性

柑橘小实蝇在南方一年发生7～8代，偏北地区一年5～6代，一年的代数在不同地域有不同。主要以蛹越冬。在南方无明显越冬期，只在气温下降时成虫较少，气温上升时成虫数量较多。第一代成虫普遍发生期，南方为4月中旬，偏北地区在5月中旬。其发生盛期，南方为5月中、下旬，偏北地区在7月上旬。各代世代重叠，不易区分。田间盛发在5月上旬至11月中旬，以后随气温下降而减少。成虫以上午前羽化，以8时前后最盛。成虫羽化后经一段时间性成熟后方能交尾产卵，产卵时以产卵器刺破果皮，把卵产于果皮与瓤瓣之间，每孔产卵5～10粒，一年产卵200～400粒，卵期夏季1d左右，春秋（季）2d，冬季3～6d；幼虫期夏季7～9d，春秋季10～12d，冬季13～20d。卵孵化后幼虫钻入果实内为害。致使果实腐烂脱落。幼虫蜕皮两次，老熟幼虫穿孔而出脱果入土化蛹。以2～3cm的土中为多。

六、传播途径

卵和幼虫随寄主被害果实、蛹随着水果包装物传播。

七、检验方法

1. 为害状鉴定

被害果中有如下特征：果实有芝麻大的孔洞，挑开后有幼虫弹出；果实有水浸状斑，用手压，内部有空虚感，挑开可见幼虫；被害部位常与炭疽病相连；果柄周围环境孔洞，挤压后出现皱缩，挑开可见幼虫，通过显微镜下检验识别。

2. 形态鉴定

对照该虫形态特征进行鉴定。

3. 利用引诱剂（甲基丁香酚）

诱杀成虫，进行形态鉴别。

八、检疫与防治

(1) 检疫中的除害处理

① 溴甲烷熏蒸处理　29℃以上，35g/m^3，处理3h。

② 热水处理　46℃，60min可以有效地处理芒果中的幼虫。

③ 辐射处理　新鲜果实用^{60}Co-γ射线处理，可以有效地杀死幼虫和卵。

④ 微波炉处理　50s可以有效地杀死南瓜内的幼虫。

⑤ 处理被害的落果　深埋土下45cm以下；受害果与干草分层堆放后火烧；水浸8d以上；沸水中2min。

(2) 人工防治　随时检拾虫害落果，摘除树上的虫害果一并烧毁或投入粪池沤浸。但切勿浅埋，以免害虫仍能羽化。

(3) 诱杀成虫

① 红糖毒饵：在90%敌百虫的1000倍液中，加3%红糖制得毒饵喷洒树冠浓密阴蔽处。隔5d一次，连续3～4次。

② 甲基丁香酚引诱剂：将浸泡过甲基丁香酚（即诱虫醚）加3%马拉硫磷或二溴磷溶液的蔗渣纤维板小方块悬挂树上，每1km^2 50片，在成虫发生期每月悬挂2次，可将小实蝇雄虫基本消灭。

(4) 水解蛋白毒饵　取酵母蛋白1000g、25%马拉硫磷可湿性粉剂3000g，加水700kg于成虫发生期喷雾树冠。

(5) 地面施药　于实蝇幼虫入土化蛹或成虫羽化的始盛期，用50%马拉硫磷乳油或50%二嗪农乳油1000倍液喷洒果园地面，每隔7d喷1次，连续2～3次。

第四节　柑橘大实蝇

一、学名及英文名称

学名　*Bactrocera*（Tetradacus）*minax*（Enderlein）

英文名　Chinese citrus fly

分类 双翅目，实蝇科

二、分布

柑橘大实蝇境外主要分布于不丹、印度（西孟加拉、锡金）、日本。中国四川、重庆、贵州、云南、广西、湖南、湖北、陕西、台湾等省（区）市有分布。

三、寄主及危害性

寄主为橘类的甜橙、京橘、酸橙、红橘、柚子等，也可危害柠檬、香橼和佛手。其中以酸橙和甜橙受害严重，柚子、红橘次之。

成虫产卵于柑橘幼果中，幼虫孵化后在果实内部穿食瓤瓣，常使果实出现未熟先黄，黄中带红现象，使被害果提前脱落。而且被害果实严重腐烂，使果实完全失去食用价值，严重影响产量和品质。

四、形态特征

柑橘大实蝇形态如图 13-4 所示。

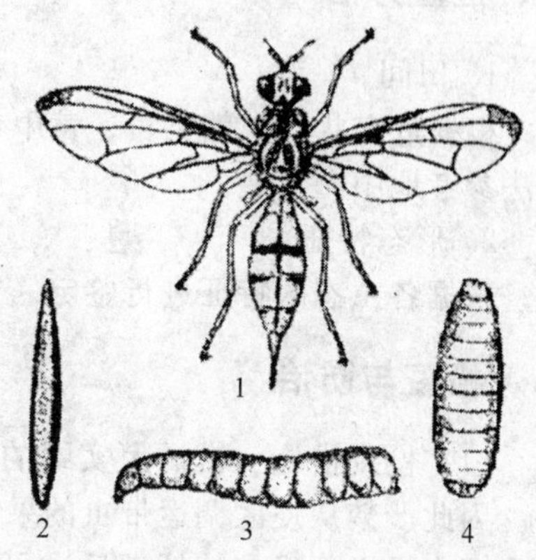

图 13-4 柑橘大实蝇（仿云南大学图）
1—成虫；2—卵；3—幼虫；4—蛹

（1）成虫 体长 10～13mm（不包括产卵管），翅展 20～40mm，黄褐色，中颜板具 1 对黑色椭圆形的颜斑。触角芒基部黄色，端部黑色。中胸背板黄褐色，中央一条赤褐色至黑色“人”形斑纹，在此纹两侧各有一条灰黄色粉被条。胸部鬃 6 对，均黑色。翅透明，前缘带淡棕黄色，其宽度自前缘脉至 R_{2+3} 脉，翅痣和翅端斑点呈棕色。肘室区棕黄色。足黄色，腿节末端以后色较深。腹部黄色至黄褐色，第 1 节背板扁方形，宽略大于长。第 3 节背板基部有一黑色横带，与腹背中央从基部伸达腹端的深色纵纹相交呈“十”形。第 4 节背板基部也有黑横带，色较浅，中部间断。第 2～4 背板侧缘色也较深。

（2）卵 长 1.2～1.5mm，长椭圆形，一端稍尖，两端较透明，中部微弯，呈乳白色。

（3）幼虫 幼虫体长 15～19mm，乳白色，圆锥形，前端尖细，后端粗壮。口钩黑色，常缩入前胸内。前气门扇形，上有乳状突起 30 多个。后气门片新月形，上有 3 个长椭圆形气孔，周围有扁平毛群 4 丛。

（4）蛹 长约 9mm，宽约 4mm，椭圆形，金黄色，鲜明，羽化前转变为黄褐色，幼虫时期的前气门乳状突起仍清晰可见。

五、发生规律及习性

柑橘大实蝇一年发生 1 代，以蛹在土壤内越冬。在四川、重庆越冬蛹于翌年 4 月下旬开始羽化出土，4 月底至 5 月上、中旬为羽化盛期。成虫活动期可持续到 9 月底。雌成虫产卵期为 6 月上旬至 7 月中旬。幼虫于 7 月中旬开始孵化，9 月上旬为孵化盛期。10 月中旬到 11 月下旬化蛹、越冬。贵州惠水各发生期均推迟 10～20d。极少数迟发的幼虫和蛹能随果实运输，在果内越冬，到 1、2 月份老熟后从被害果中脱落。

成虫羽化出土，上午 9～12 时，特别是雨后天晴、气温较高的时候羽化最盛。成虫羽化出土后常群集在橘园附近的青杠林和竹林内，取食蚜虫等分泌的蜜露，作为补充营养。成虫羽化后 20 余日开始交尾，交尾后约 15 日开始产卵。卵产于柑橘类植物的幼果内，产卵部位及症状随柑橘种类不同而有差异。在甜橙上卵产于果脐和果腰之间，产卵处呈乳状突起；在红橘上卵产于近脐部，产卵处呈黑色圆点；在柚子上卵产于果蒂处，产卵处呈圆形或椭圆形内陷的褐色小孔。每孔产卵2～14粒，最多可达40～70粒。每雌产卵约为150粒。卵在果内孵化后，幼虫成群取食橘瓣。10月中、下旬被害果大量脱落。幼虫老熟后随果实落地或在果实未落地前即爬出，入土化蛹、越冬。入土深度通常在土表下3～7cm，以3cm最多，超过10cm极为罕见。

虫态历期：卵期1个月左右；幼虫3个月左右；蛹期6个月左右；成虫为数日至45d。

六、传播途径

主要以幼虫随寄主果实远距离传播。其次，越冬蛹也可随带土苗木传播。

七、检验方法

1. 田间

根据危害状，未熟见黄、黄中带红的果实上可见微微突起的产卵孔。调运检疫中的检验方法参考地中海实蝇。

2. 形态特征

根据各虫态的特征进行鉴定。

八、检疫与防治

(1) 检疫措施　柑橘大实蝇的幼虫可随果实的运销而传播，越冬蛹也可随带土苗木传播。因此严禁从疫区调运带虫的果实、种子和带土的苗木。非调运不可时，应就地检疫，一旦发现虫果必须经有效处理后方可调运。检疫除害处理可用^{60}Co-γ射线或^{70}Gy照射。蛹的死亡率可达100%，且对橘类果实的总糖、总酸、维生素C和固形物含量无明显影响。

(2) 药剂防治　利用柑橘大实蝇成虫产卵前有取食补充营养（趋糖性）的生活习性，可用糖、酒、醋、敌百虫液或敌百虫、糖液制成诱剂诱杀成虫。具体方法有喷雾法和挂罐法。

① 喷雾　于成虫盛发期，用90%晶体敌百虫100g、红糖1500g、水50kg的比例配制成药液，在上午9时成虫开始取食前，大雾滴喷于柑橘果园中枝叶茂密、结果较多的柑橘树叶背。全园喷1/3的树，每树喷1/3的树冠，隔5～7d改变方位喷雾一次，连续喷4～5次。

② 挂罐　用红糖5kg、酒1kg、醋0.5kg、晶体敌百虫0.2kg、水10kg的比例配制成药液，盛于15cm以上口径的平底容器内（如可乐瓶、挂篮盆、罐等），药液深度以3～4cm为宜，罐中放几节干树枝便于成虫站在上面取食，然后挂于树枝上诱杀成虫。一般每3～5株树挂一个罐。从5月下旬开始挂罐到6月下旬结束，每5～7d更换一次药液。

(3) 控制虫源

① 摘除青果　在柑橘树比较分散，柑橘大实蝇发生危害严重的地方，在7～8月份将所有的柑橘、红橘、柚子、枳壳类的青果全部摘光，使果实中的幼虫不能发育成熟。摘除和拾得的被害果可以用深埋、水浸、焚烧、水烫等方法处理，以杀死果中的幼虫，达到断代的目的。

② 砍树断代　对柑橘种植十分分散、品种老化、品质低劣的区域，可以采取砍一株老树补栽一株良种柑橘苗的办法进行换代。

在摘除青果和砍树断代的地方，不需要用药液诱杀成虫。

③ 摘除蛆果，杀死幼虫　从9月下旬至11月中旬止，摘除未熟先黄、黄中带红的蛆果，拾净地上所有的落地果进行煮沸处理、集中深埋处理，达到杀死幼虫、断绝虫源的目的。

④ 冬季清园翻耕，消灭越冬蛹　结合冬季修剪清园、翻耕施肥，消灭地表10～15cm耕作层的部分越冬蛹。

第五节　黑森瘿蚊

一、学名及英文名称

学名　*Mayetiola destructor*（Say）

英文名　Hessian fly

分类　双翅目，瘿蚊科

二、分布

分布于欧洲、前苏联欧洲部分、中亚细亚、西伯利亚；塞浦路斯、土耳其、叙利亚、伊拉克、巴勒斯坦；阿尔及利亚，摩洛哥、突尼斯；新西兰；加拿大和美国等地。

中国主要分布于新疆。

三、寄主及危害性

寄主植物有小麦、大麦、黑麦、冰草属和匍匐龙牙草属植物。我国仅见危害小麦。

幼虫潜入麦苗叶鞘内危害茎秆，秋季受害，生长受阻，叶片变暗绿色、变宽，严重时幼苗枯黄死亡，造成缺苗。受害株抗寒力下降，冬季易死亡。春季，除上述为害状外，还表现为受害株秆细易折。灌浆子实期，麦穗麦芒扭曲，可能与旗叶扭结在一起，麦穗畸形，籽粒空瘪，对产量影响极大。

四、形态特征

黑森瘿蚊的形态如图 13-5 所示。

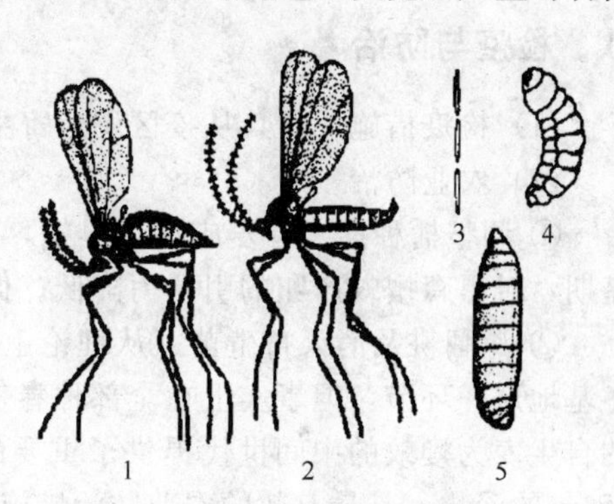

图 13-5　黑森瘿蚊（仿商鸿生）
1—雌成虫；2—雄成虫；
3—卵；4—幼虫；5—蛹

（1）成虫　体长 2～4mm，初羽化时全体黄褐色或红褐色，后各部分色变暗。头黑色，触角、足及翅褐色。触角多数 17 节，胸部黑色，背面有 2 条明显白纵纹。足跗节 5 节，第 1 节短于其他节，第 2 节长为后 3 节之和。翅长卵形，翅面生黑短毛，R_1 仅达前缘中部，Rs 纵贯全翅，Cu 在中部两支，Cu_2 与后缘相交处与 R_1 与前缘相交处相对。腹部可见 8 节，两侧具灰黑色斑条。

（2）卵　长 0.4～0.5 mm，初产时透明，有红色斑点，随后变为红褐色。

（3）幼虫　老熟幼虫长约 4mm，乳白色或半透明，13 节。3 龄幼虫在前胸腹面后缘有胸叉。

（4）围蛹　长约 4mm，栗色，形似亚麻籽。

五、发生规律及习性

在我国新疆一年发生 2 代。以老熟幼虫在围蛹中越冬；越冬场所与部位：自生麦苗或早播冬麦的叶鞘与茎秆之间，或田间残留的根茬内。翌年 3 月中下旬开始化蛹，4 月上旬开始羽化，中下旬为羽化盛期。成虫夜间羽化，上午交尾，交尾当天即可产卵，1～2d 内将卵产完。飞翔力不强，但可随风吹到 3.2～4.8km 外。卵多产于嫩叶面脉沟中，10～20 粒一行，常产 2～15 行，橘红色，平均产卵量为 40～500 粒/头。幼虫孵化时间多在每天17:00～次日8:00。初孵幼虫沿叶沟爬到叶鞘，但不钻蛀，而是刺吸麦秆汲取流出的汁液。幼虫爬行速度很慢，爬行1mm需要4.5min，从卵孵出后爬到取食部位需要12～15h。围蛹具有一定的抗干燥、抗碾压能力。

六、传播途径

主要以围蛹的形式随麦秆及其制品的调运远传；围蛹也可以夹杂在麦种中传播；观赏用的禾本科植物如鹅冠草也可能携带传播。

七、检验方法

1. 剥查麦秆

剥开根部及近根部的各节叶鞘，检查幼虫与围蛹。

2. 过筛检验种子

判断过冬幼虫死活的方法：将待检幼虫浸入二硝基苯饱和溶液内5～6h（18～20℃），或3h（30℃），取出幼虫，置于滤纸上吸干多余溶液，虫体放入盛浓氨水的玻管中，活幼虫在试验开始后10～15min变为红色。30min后死亡个体与成活个体均变为褐色。

3. 形态特征

根据各虫态的特征进行鉴定。

八、检疫与防治

（1）检疫措施　严禁从疫区调运寄主植物等。

（2）农业防治

① 调整播种期　春麦应尽量早播，提倡顶凌播种。成虫羽化时，早播春麦已处于分蘖盛期，对黑森瘿蚊产卵的引诱力降低。促进苗大苗壮，增强了抗虫能力。冬麦要适期晚播。

② 深翻耕及消灭自生苗　从理论上讲，如果通过改制不种冬麦，似可切断黑森瘿蚊越冬基地这一环节。但事实上在全部种春麦的地区也有瘿蚊发生。这是因为麦收时的落粒产生的自生麦为瘿蚊的中间世代提供了重要的过渡基地。为此麦收后的浅耕灭茬，再结合20～25cm的深耕，是最有效的农业防治措施。

（3）化学防治　药剂拌种对春麦效果最优。75％ 3911乳油2kg，拌干种500kg，防治效果最好，可将被害株率降低到5％以下，而且可兼治其他地下害虫和潜叶蝇、跳甲等苗期害虫。

第六节　高粱瘿蚊

一、学名及英文名称

学名　*Contarinia sorghicola*（Coquillett）

英文名　sorghum midge

分类　双翅目，瘿蚊科

二、分布

高粱瘿蚊主要分布于印度尼西亚、意大利、冈比亚、加纳、尼日利亚、苏丹、埃塞俄比亚、索马里、肯尼亚、乌干达、坦桑尼亚、扎伊尔、赞比亚、马拉维、南非、澳大利亚、夏威夷（美）、美国、墨西哥、波多黎各、委内瑞拉、特立尼达和多巴哥、巴巴多斯、安提瓜岛、圣文森特岛（英）、库拉索岛、维尔京群岛等地。

三、寄主及危害性

主要寄主是栽培和野生的高粱属植物，如高粱、甜高粱、帚高粱、假高粱、苏丹草等。

成虫产卵于正在抽穗开花的寄主植物的内稃和颖壳之内，当幼虫孵出后即取食正在发育的幼胚汁液，造成瘪粒、秕粒，影响产量与质量。在每一高粱小穗内，只要有1头幼虫，就可使整个子实变成秕粒。当大量发生时，一个小穗内可多达8～10条幼虫。每一高粱穗头常可受成百上千条幼虫危害，受害后的穗头多枯萎发红。

四、形态特征

高粱瘿蚊的形态如图13-6所示。

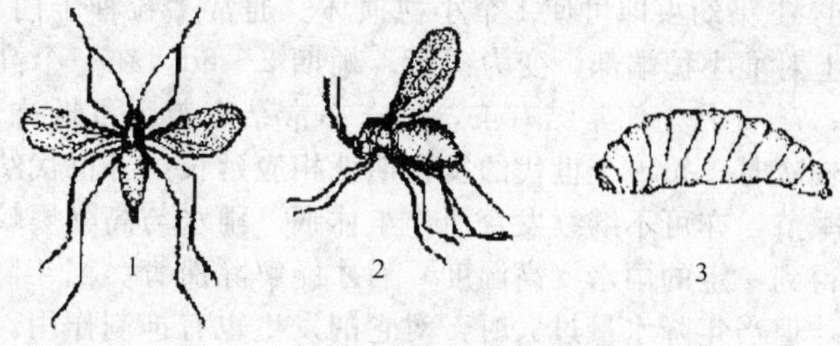

图13-6 高粱瘿蚊（仿商鸿生）
1—雌成虫；2—雄成虫；3—幼虫

（1）成虫　体长2mm，雌虫略大于雄虫。头小，复眼黑色，连接成连拱形。下颚须4节，偶因第2节愈合减为3节。触角淡褐色，丝状，由14节组成。雌虫触角长度仅为体长一半，第5节最短，粗壮，似圆柱形，基部膨大部分的长度为其直径的2.5倍。顶节在其基部的1/3处有一凹缢，端部的1/3处膨大而末端显呈狭圆形。雄虫触角长度等于体长，鞭节为双结形。第5节基柄的长度为其宽度的1.5倍。端节基部膨大近球形。颜面黄色，胸部橘红色，中胸背板中央、横贯侧板的斑点以及腹板的膨大部分均为黑色。翅灰色透明，稀生细毛，后缘的毛较长，沿翅脉并生有鳞片。纵脉共4条，前缘脉淡褐色，第3脉到达翅外顶角附近，第5脉约在外端1/3处分两叉，无横脉。足细长，基节不延伸，跗节共5节，第1跗节明显短于第2跗节；爪的构造简单，爪细长高度弯曲，略长于爪垫。雌虫产卵器细长，呈针形，其长度（当完全伸出时）长于体长，端部具有一对细长瓣状物，其长度为其宽的5倍。雄虫外生殖器的背片和腹片皆作深裂2叶；背片较宽，凹缘宽而呈三角形，叶阔圆。

（2）卵　长0.15mm，棒槌状，白色至橘黄色，基部有一短柄。

（3）幼虫　体长1.5mm，宽0.5mm；初孵幼虫为灰白色，后渐转为粉红色，愈长大颜色愈深，将要化蛹时变为橘红色。体呈圆筒状，两端微尖，前端有1黑色口器。最后一次蜕皮后显出胸叉骨。休眠幼虫体外有薄丝茧，茧略呈椭圆形，泥褐色。

（4）蛹　初时为均匀红色，近羽化时，头部及附肢变为黑色，位于柔软泥褐色的袋状物中，成围蛹，形似亚麻籽。

五、发生规律及习性

以休眠的幼虫在寄主植物的小穗颖壳内作一薄茧越冬。在北美野生的假高粱为主要越冬寄主，在非洲野生的苏丹草为其主要的越夏寄主。在北美高粱瘿蚊的生活史大致如下：越冬幼虫大部分在春暖时开始化蛹，但化蛹期很不整齐，并有一部分休眠的幼虫可以连续休眠2～3年，即经过2个或3个冬季才化蛹。当4月中旬假高粱和其他野生寄主植物开花时，首批羽化的成虫就在其上产卵，繁殖第1个世代。当栽培的高粱进入开花盛期，越冬代幼虫大量化蛹羽化为成虫，此时在假高粱上繁殖的第1代成虫亦正羽化，因此有大批的成虫飞集到正在开花的高粱上来产卵繁殖。如此一代一代繁殖，平均14d可完成一代，一年可完成13代。只要有寄主植物穗头就可继续繁殖，其田间活动直到11～12月份寄主植物死亡时才终止。

成虫多在早晨羽化。先羽化的雄虫聚集在高粱花穗上，等待雌虫羽化后飞来，即行与其交尾，但雌虫羽化后 10～15min 内不允许交尾。雌虫交尾后即产卵于高粱小穗的颖壳内。产卵活动晴天多在上午 9:00～11:00，阴天则几乎全天都可产卵，但遇较冷的天气，常延至中午时分才开始产卵。高粱开始抽穗开花，高粱瘿蚊即可在上产卵，但以高粱露头后的第 3 天产卵最多。一般每头雌虫在同一小穗内仅产卵 1 粒，但其他雌虫又可继续在其上产卵。因此，一个小穗内常含卵多粒。成虫寿命约为 1d，每头雌虫一生可产卵 30～100 粒。卵期 1～2d，低温时可达 4d。幼虫孵化后钻到子房，取食正在发育的幼胚，造成不结实。幼虫期 9～11d，1 头幼虫即可使 1 个小穗损坏。通常 1 粒种子内可有 8～10 条幼虫。幼虫化蛹时头部向上对准小穗端部，变为裸蛹。蛹期 2～6d，在一个高粱穗头内多者可羽化出 1100 多头成虫；7～8 月上旬常结有茧，秋末亦常结有茧，可抵抗干旱与寒冷。生长季节初期与末期气候较冷时，每一个世代的发育期就相应延长。各世代幼虫都有一部分可形成滞育型，虽然温暖季节，亦可不继续发育而作茧休眠。雨水与高粱瘿蚊的发生有着密切的关系，休眠的幼虫要得到一定的雨水（高湿度）后才能解除滞育。当年降水量在 400mm 以下时不利于它的发生，但当年降水量过大时，对它的发生也有抑制作用。

六、传播途径

高粱瘿蚊的远距离传播是以休眠的幼虫随寄主植物的种子运输而传播。

七、检验方法

1. 逐粒剖检

密度法（清水即可）；利用 X 线可查出休眠幼虫，健康籽粒非常清晰，被害籽粒模糊。

2. 形态特征

根据各虫态的特征进行鉴定。

八、检疫与防治

(1) 严格检疫　严禁从疫区调运种子、未脱粒的穗头及受过感染的包装物等；如发现带有休眠幼虫的种子应进行彻底灭虫处理，可用溴甲烷、磷化铝、二硫化碳进行熏蒸。此外，假高粱是高粱瘿蚊重要的野生寄主，在对进口粮食和其他种子检验时，应注意对夹带的假高粱及其他高粱属植物籽粒传带高粱瘿蚊休眠幼虫的检验。

(2) 选用花期一致的纯良品种，加强田间管理，促使早开花，花期一致，减轻危害。

(3) 选育抗虫品种。某些品种颖壳构造可阻碍雌虫产卵。

(4) 注意田间卫生，清除寄主植物残秸和其他野生寄主，消灭越冬虫源。

(5) 播种前对受害带虫的种子可先行熏蒸灭虫处理。

(6) 生物防治可利用寄生蜂，如啮小蜂 *Tetrastichus* sp.、旋小蜂 *Eupelmus popa* Girault。亦可用捕食性天敌（如：火蚁 *Solenopsis geminata* F. 等）捕食蛹和成虫。

(7) 药剂防治。在高粱抽穗露头时可喷洒甲基对硫磷和甲萘威（西维因）等。

思考与练习题

1. 如何处理地中海实蝇为害的果实？
2. 试述美洲斑潜蝇为害特点。
3. 试比较柑橘小实蝇、柑橘大实蝇为害特点，如何进行防治？
4. 如何区别黑森瘿蚊、高粱瘿蚊危害虫态？有哪些有效的检疫措施？
5. 试查阅本地区还有哪些重要的双翅目检疫性害虫，并说出当地的主要防治方法。

第十四章　检疫性同翅目害虫

本章学习要点与要求

本章主要介绍几种有代表性的检疫性同翅目害虫，包括葡萄根瘤蚜、苹果绵蚜、松突圆蚧、日本松干蚧。介绍了这些害虫的名称和分类，国内外的分布情况，侵害的寄主植物及危害情况，害虫的形态特征、发生规律及习性等生物学特性，还介绍了害虫的传播途径、检验方法及检疫和防治措施等。要求学生重点掌握这些害虫的识别特点、检验方法及防治措施，了解它们的名称、分布情况和危害性。

第一节　葡萄根瘤蚜

一、名称及分类地位

学名　*Viteus vitifoliae*（Fitch）
英文名　Grape phylloxerea
分类　同翅目，根瘤蚜科

二、分布

该虫原产于美国，现境外主要分布于美国、加拿大、墨西哥、秘鲁、阿根廷、巴西、哥伦比亚、大部分欧洲国家、新西兰、澳大利亚、突尼斯、阿尔及利亚、摩洛哥、南非、津巴布韦、西亚和东亚诸国。

在中国该虫于 1892 年由美国首先传入山东烟台，后曾在辽宁、山东和陕西等局部地区发生。

三、寄主及危害性

此虫为单食性害虫，仅为害葡萄属植物。

主要以无翅成、若蚜为害葡萄的根部，病株须根肿胀形成菱形根瘤，虫体多在瘤的凹陷处，侧根和大根形成较大的关节形肿瘤，虫体多在瘤的缝隙处，瘤极易变色腐烂，影响根对水分和养分的吸收，被害植株发育不良，生长迟缓，树势衰弱，结果率显著下降，严重时整株死亡。为害美洲系葡萄品种还在葡萄叶背形成虫瘿。而欧洲系葡萄品种上，主要是根部受害，叶部一般不受害。

该虫是历史上最早实施检疫的危险性害虫之一。1960 年传入法国后，经过 25 年繁衍，毁灭了法国 1/3 的葡萄园，使葡萄酒业濒于停产。为防止该虫侵入，德国和其他欧洲国家先后颁布了植检法规。鉴于它曾严重为害的史实，许多国家仍然对其实施检疫。

四、形态特征

葡萄根瘤蚜的形态如图 14-1 所示。

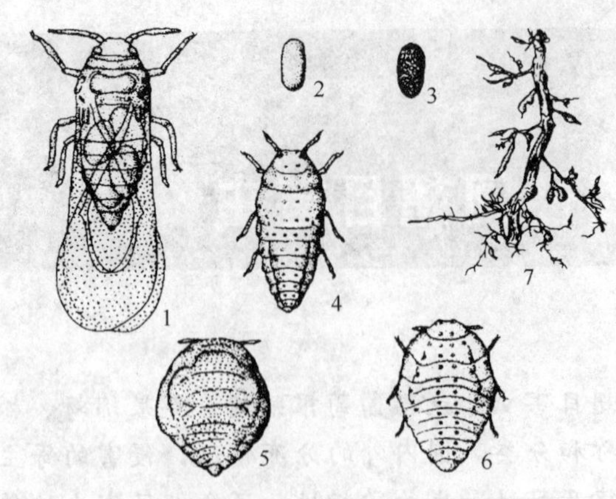

图 14-1 葡萄根瘤蚜（仿农业部植物检疫实验所）
1—有翅型雌蚜；2—有性卵；3—无性卵；
4—有翅型若蚜；5—叶瘿型孤雌蚜；
6—根瘤型孤雌蚜；7—葡萄根被害状

（1）根瘤型无翅孤雌蚜　体长1.20～1.50mm，宽0.57 mm，卵圆形，污黄色或鲜黄色，头部色稍深，触角和足深褐色。体背面有黑色瘤，头部4个，胸节各6个，腹节各4个，瘤上有毛1～2根。触角3节，第1、2节等长，第3节长于前两节，近端部有一圆形感觉圈。喙7节。3对足等长，末节端有冠毛2根。

（2）叶瘿型无翅孤雌蚜　体长0.9～0.1mm，近圆形，黄色。体背无瘤，有细纹。触角顶端有刺毛5根。胸腹两端有明显的气孔，腹末有长刺毛5根，其他同根瘤型。

（3）有翅孤雌蚜（产性蚜）　体长0.9mm，宽0.45mm，淡黄褐色，复眼红色。触角端2个感觉孔。前翅翅痣大，具1根中脉和共柄的2根肘脉，后翅仅1根径分脉，前缘有钩刺。前后翅面上都有半圆形小点。

（4）雌蚜　体长0.38mm，宽0.18mm，无翅，喙退化。触角第3节为前两节之和的2倍，跗节1节。

（5）雄蚜　体长0.30mm，宽0.16mm，外生殖器突出于腹末乳突状。其他同雌蚜。

（6）卵　分无性卵和有性卵。无翅孤雌蚜产的卵均为无性卵，卵长0.30mm，宽0.15mm，长椭圆形，黄色有光泽。有性卵为有翅型所产，大卵为雌卵，长0.35mm，宽0.15mm，小卵为雄卵，长0.27mm，宽0.14mm，其他同无性卵。

（7）若蚜　共4龄。无翅若蚜淡黄色，体梨形；有翅若蚜2龄后身体变狭长，色稍深，3龄后出现翅芽。

五、发生规律及习性

葡萄根瘤蚜主要以孤雌生殖进行繁殖，只有在秋末才行两性生殖，而孤雌生殖产生的是卵而非若虫，这与多数蚜虫的卵胎生有所不同。

我国山东烟台葡萄根瘤蚜一年发生7～8代，以各龄若虫在土表1cm以下的二年生以下的粗根根叉和被害处缝隙内越冬。翌年4月份开始活动并为害根，5月上旬开始产卵，孵化后的若虫为害较粗的根，5月中旬至6月底蚜量较多，7、8月份雨季被害根开始腐烂，蚜虫即迁移到表土层的须根上为害。7月上旬开始出现有翅蚜（性母蚜），9月下旬至10月下旬为发生盛期。烟台地区有翅蚜很少出土。在国外发生区有翅蚜可出土迁移到茎叶上，产生大、小两种卵，分别孵化为雌、雄性蚜，交配后在二年生、三年生枝条上，每雌产一粒受精卵，以卵越冬。在美洲系品种上卵孵化的干母可成活，其后代可在叶上形成叶片凹陷、叶背凸的叶瘿，此种蚜虫称叶瘿型。在欧洲系、亚洲系品种葡萄上罕见形成虫瘿。但在根上的孤雌根瘤蚜可产生无性卵进行孤雌卵生。据观察，根瘤型每雌产卵39～86粒，若虫期12～18d，成虫寿命14～26d。美洲系品种根瘤蚜的生活史包括地上有性繁殖阶段（形成虫瘿）和地下无性繁殖阶段，生活史是完整的。欧洲系品种根瘤蚜一般只在根部无性繁殖，生活史是不完整的。

根瘤蚜的发生与气候及土壤因子有密切关系。卵和若虫有较强的耐寒力，在－14～－13℃时才可被冻死，4～10月份月均温度13～18℃，总降水量100～200mm适于发生和繁殖。7～8月份降雨过多，虫口下降，若此时干旱可猖獗发生。疏松壤土湿度稳定，有利于蚜虫迁移、发育和繁殖，而沙质土温湿度变化大，不利于繁殖，蚜虫发生量少或不发生。

六、传播途径

主要随带根葡萄苗木远距离传播，美洲系品种有时亦可随接重穗传播。

七、检验方法

草木、插条和砧木，尤其是带根的葡萄苗是根瘤蚜远距离传播的主要途径。因此，在葡萄根瘤蚜发生地区，严禁葡萄苗木、插条等外运；在其他地区引进葡萄苗木、插条时，要严格检查苗木、插条及其运载工具和包装物。检查时要注意苗木的叶片上有无虫瘿，根部尤其是须根上有无根瘤，根部皮缝和其他缝隙有无虫卵。在进行田间检查时，若发现树势明显衰弱，提前黄叶、落叶，产量下降或整株枯死的可疑被害株，要小心挖去主根附近的泥土，露出须根，检查根部有无根瘤和蚜虫，特别要注意须根上有无菱形或鸟头状的根瘤。

八、检疫与防治

(1) 不从疫区调入苗木，必须调入的需经过严格的检验。若发现虫情，可按以下方法处理：

① 将 10～20 株苗木捆成一捆，用 50%辛硫磷乳剂 1500 倍液浸泡 1min 后放在架上晾干，用作包装的草袋也同样处理。

② 用 30～40℃热水浸泡 5～7min 后移入 50～52℃热水中浸泡 7min，可杀死卵和若虫。

③ 用 80%敌敌畏乳剂 1500～2000 倍液蘸 2～3 次，然后取出晾干。

④ 在 26.7℃条件下，砧木用 30.5g/m^3 溴甲烷熏蒸 3h。

(2) 药剂处理土壤

① 用 1∶100 的 50%辛硫磷毒土处理树盘土壤，每公顷用药量约 3.75kg，撒药后犁入土中。

② 在植株周围打 10～15cm 深的孔每 1m^2 4～6 个，共放入二硫化碳 36～72g 后封口熏蒸处理。前苏联用氯丁二烯 15～25g/m^3 处理土壤，有效期可达 3 年以上。美国用六氯环戊二烯 250kg/km^3，效果也很好。

(3) 沙地育苗，培育无虫苗木。

(4) 培育抗蚜优质葡萄品种。

第二节 苹果绵蚜

一、名称及分类地位

学名 *Erisoma lanigerum* (Hausmann)

英名 Woolly apple aphid

分类 同翅目，蚜总科，瘿绵蚜科

二、分布

原产北美洲东部，现几乎遍布美洲、欧洲、非洲、亚洲及大洋洲适于苹果栽培的国家。中国辽宁、山东、云南和西藏有分布。

三、寄主及危害性

以苹果为主，还有山荆子、海棠、沙果、花红。在原产地也为害山楂、洋梨、美国榆和花椒。

该虫喜群集在果树树干的剪锯口、伤口、芽腋、短果枝叶簇基部等处吸取汁液，被害部形成肿瘤，肿瘤增大破裂后，易诱发苹果腐烂病和苹果透翅蛾的为害。该虫还可群集在果柄、梗洼和萼洼，使果柄变成黑褐色，果实发育受阻并易脱落，产量和品质降低。苹果绵蚜还可为害浅土中或露在土外的根，诱发根瘤。为害严重时，全树枝条被覆白色绵毛状分泌物，使树体发育不良，延迟结果，缩短树龄。被害严重时遇严寒和干旱易引起树体死亡。

苹果绵蚜于1787年在美国发现，1801年传入欧洲，1872年由美国传入日本，1880年由日本传入朝鲜。据报道，我国最早是由1910年由德国传入青岛的，以后又由日本传入大连，西藏的苹果绵蚜可能是20世纪初从印度传入的。该虫极易随贸易渠道传播，稍不注意就会蔓延开来，造成苹果生产的巨大损失。

四、形态特征

苹果绵蚜的形态如图14-2所示。

(1) 无翅孤雌蚜　体长1.70～2.10mm，宽0.90～1.30mm，黄褐色至红褐色。喙粗，长达后足基节。触角短粗，有微瓦纹。腹管黑色，半环状，尾片及生殖板灰黑色，片馒头状具1对短刚毛。足短粗。膨大的腹部背面各节横排4个泌蜡孔共组成4条纵列泌蜡孔可分泌白色长蜡丝。

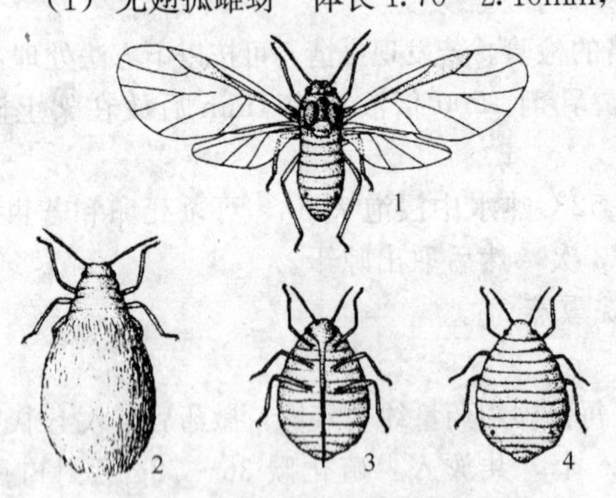

图14-2　苹果绵蚜（仿商鸿生）
1—有翅孤雌蚜；2—无翅孤雌蚜；
3—若蚜腹面；4—若蚜背面

(2) 有翅孤雌蚜　体长2.30～2.50mm，宽0.90～0.97mm，长卵圆形。头、胸黑色，腹部橄榄绿色。全身被覆白粉，腹部有白色长蜡丝。喙不达后足基节，触角为体长的1/3。前翅1根径分脉，中脉1分支，肘脉和臀脉各1根，后翅径脉、中脉、肘脉各1根。腹部赤褐色环状小孔。

(3) 雌蚜　体长0.80～1.00mm，淡黄褐色，长椭圆形。触角5节，口器退化。腹部赤褐色稍被绵状物。

(4) 雄蚜　体长0.50～0.55mm，长形，黄褐色至暗绿色，圆筒形，腹节间有明显的沟痕。其他同雌蚜。

(5) 卵　长约0.5mm，椭圆形，初为橙黄色后变暗褐色，表面光滑，外覆白粉，稍大的一端精孔突出。

(6) 若虫　共4龄，圆筒形，身体被覆白色绵状物。

五、发生规律及习性

我国大连一年发生13～14代，青岛一年发生17～18代。以1～2龄无翅若蚜在苹果树干裂缝中、瘤状虫瘿下、伤口、剪锯口及不育芽上越冬，越冬虫体于翌春4月初开始活动为害，5月初迁至嫩枝上孤雌生殖。5月下旬至7月中旬为全年第一次无翅蚜发生高峰期。在20～25℃条件下，平均8d可完成一代，9月中旬至10月底为全年第2次无翅蚜发生高峰期，11月中旬越冬。每年还出现两次有翅蚜，5月下旬至6月下旬为第1次，这次数量少不易看到；8月底至10月下旬为第2次，这次数量可达总蚜量的40%。有翅蚜虽有喙但未见取食，其下一代为雌、雄性蚜，均无喙，交配后雌蚜产1粒卵，在我国卵不能越冬。在北美有美国榆的地区，该虫是以卵在榆树粗皮裂缝里越冬，早春繁殖2～3代后发生有翅蚜迁向苹果树为害，秋季又产生有翅蚜迁回榆树，在榆树上产生性蚜，经交配后产卵越冬。苹果绵蚜的发生、消长与气候和天敌有关，繁殖适温 22～25℃，当日均温连续多日超过 26℃以上，其繁殖率显著下降。苹果绵蚜的重要天敌是苹果绵蚜小蜂。

六、传播途径

成、若蚜可随苗木、接穗、果实和包装物远距离传播。

七、检验方法

以产地检疫为主。在苹果绵蚜发生期，当出现大量虫体和白色絮状物时，调查芽接处、嫩梢基部、嫩芽、叶腋、伤口愈合处、粗皮裂缝、顶芽、卷叶害虫的为害部位和其他缝隙的隐蔽处以及根部等，检验果实时注意梗洼和萼洼。对于调运的苗木、接穗和果实进行检验时，除注意上述部位外，对其包装纸、果箱和果筐等也需检验。

八、检疫与防治

(1) 对苹果、山荆子等苗木、接穗和果实实施严格产地检疫和调运检疫。产地检疫最好在 5～6 月份和 9～10 月份进行。

(2) 调运苗木、接穗发现虫情后用以下方法灭虫处理：

① 80%敌敌畏乳油 1000～1500 倍液浸泡 2～3min。

② 40%乐果或氧化乐果乳油 2000 倍液浸泡 10min。

③ 敌敌畏乳油加热熏蒸。用塑料薄膜搭成 $1m^3$ 的塑料棚，棚内离地面 10cm 高处搭一层架子，其上每隔 30cm 高再搭一层，共三层架子，将熏蒸材料摆放在架子上，然后在地面角落处用酒精灯加热烧杯中的 80%敌敌畏原液，再将塑料棚封严，在棚内保持 36℃左右的条件下熏蒸 30min，熏蒸后将材料放在阴凉处 4min，各种虫态均可杀死。

(3) 果树休眠期刮除树体翘皮、树洞、伤口等处的绵蚜，剪除枝条上的绵蚜群落，随后立即销毁。彻底铲除寄主树的根蘖和实生苗。刮皮后用 40%氧化乐果或 50%久效磷 10～20 倍液涂刷树干、树枝。用 40%氧化乐果 0.5kg 加细土和水各 15～20kg 调成糊状，堵抹树洞、树缝。

(4) 4 月份及 10～11 月份，在树盘土表施 0.5%乐果粉剂或 5%辛硫磷颗粒剂或喷洒 40%氧化乐果乳剂 1000～2000 倍液，然后浇耕 4～5cm 深。还可用 5%涕灭威颗粒剂（每 1 株 25～30g），5%乙拌磷颗粒剂（每 1 株 50～60g），施用树干周围挖的浅沟中并覆土，可防治根部和根蘖上的绵蚜。

(5) 在绵蚜繁殖期，结合其他病虫的防治，抓住两次高峰期，每隔 10～15d 喷 1 次 40%氧化乐果乳剂或 40%乐果乳剂。

第三节 松突圆蚧

一、名称及分类地位

学名 *Hemiberlesia pitysophila* Takagi

英文名 Pine scale

分类 同翅目，蚧总科，盾蚧科

二、分布

1965 年，日本学者在我国台湾采到标本，1969 年定为新种。1980 年，在日本冲绳诸岛、先岛诸岛发现有分布。

中国现分布于台湾、香港、澳门和广东。

三、寄主及危害性

寄主主要有琉球松、马尾松、台湾松、赤松、油松、黄松、湿地松、黑松、加勒比松、南亚松等松属植物。

松突圆蚧主要危害松树的针叶、嫩梢和球果，在寄主的叶鞘内或针叶、嫩梢、球果上吸食汁液，使针叶和嫩梢生长受到抑制，严重影响松树造脂器官的功能和针叶的光合作用，致使被害处变色发黑、缢缩或腐烂，针叶枯黄，受害严重时针叶脱落，新抽的枝条变短、变黄，甚至导致全株枯死。

松突圆蚧的扩散非常迅速。20 世纪 70 年代末在广东惠东和宝安两县发现，1983 年松林受害面积 110000hm^2，1986 年约 310000hm^2，1987 年增加到 400000hm^2，到 1990 年底发生面积已达 718000hm^2，造成超过 130000hm^2 的马尾松林枯死，可见其危害的严重程度。新发生区多呈散发性分布，早期被害状不明显，虫体小而隐蔽，调查和防治都比较困难。据反映，松叶出现枯黄等被害状后，经 3 年左右即有死亡危险，而成片松林被毁，仅需 5 年时间。

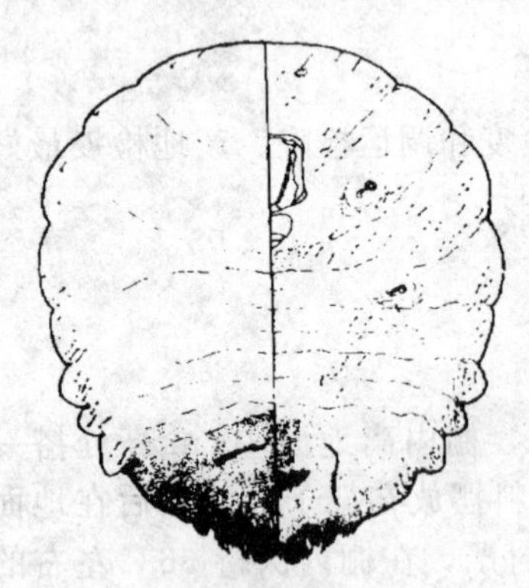

图 14-3 松突圆蚧雌成虫（背、腹面）（仿商鸿生）

四、形态特征

松突圆蚧的形态如图 14-3 所示。

(1) 雌成虫　雌介壳长约 2mm，淡黄至灰白色，圆形或椭圆形。壳点位于中心或偏中部，橘黄色。壳下的雌成虫呈倒梨形，淡黄色，触角一对为小突起，各具刚毛 1 根。腹部第 2～4 腹节侧缘常明显向外突出。臀板后部宽圆，中臀叶粗大，顶端平截，两侧有缺刻；第 2 对臀叶呈小齿状斜向内伸出，小而高度硬化；第 3 对臀叶不明显或全无。臀棘不甚发达，细长如刺或略有分叉，在中臀叶间的一对臀棘不达叶端。臀板上背管腺细长，中臀叶间的一根背管腺长度远超过肛门，其他背管腺在臀板两侧排成简单的 3 条纵列。肛孔大而圆，其直径与中臀叶长度相同。

(2) 雄成虫　雄介壳为长卵形，淡黄褐色至灰白色。壳点突出在一端，橘黄色。雄成虫体长 0.8mm 左右，翅展 1.1mm。触角 10 节，每节有毛数根。单眼 2 对。足发达。翅 1 对，膜质，具翅脉 2 条，后翅退化为平衡棍，端部有毛 1 根。交尾器呈针状发达，长而稍弯曲。

(3) 若虫　初孵若虫长卵形，眼一对发达，位于头前端靠近触角。触角 4 节，其基部 3 节较短，顶端节最长。口器发达，有足 3 对，背面从中胸到腹部末端的体缘分布有管状腺。

五、发生规律及习性

在广东一年发生 3～5 代，以第 4 代为主，主要以若虫越冬。各代雌虫历期依次为 62.1d、50.5d、48.9d 和 123.9d。产卵期持续 30～50d，由于产卵期长，造成世代重叠严重，每雌孕卵量平均为 10 粒，卵胎生。在砍树后 10d 的枝叶上仍有 70％以上的雌成虫存活。各代初孵若虫盛期分别为 3～4 月份、6 月份、7 月底至 8 月上旬以及 9 月底至 10 月中旬。3～6 月份是林间种群数量增殖的高峰期，7～8 月份死亡率最高。天敌约有 15 种，其中红点唇瓢虫、寡节瓢虫、大赤螨、草蛉和小蜂可利用。

六、传播途径

该虫在一个区域内可通过风、雨、虫等自然传播，远距离传播主要随种苗、带皮原木、新炭材枝条等进行。

七、检验方法

在检验过程中，可采取根据为害状直观检验和室内检验结合的方法。

在口岸或产地检验中，按比例随机抽样，验证样品是否被松突圆蚧所寄生。对于中样的虫体进行现场鉴定，因蚧虫类的虫体微小，必须将虫染色制成玻片，在显微镜下才能准确鉴别虫种，根据所制标本的形态特征，查阅蚧类资料中对该虫的特征描述进行鉴定。初步认为鉴定该蚧虫的关键特征为：第 2 对臀叶小而明显较硬化，第 3 对臀叶不明显或全无，第 3 对臀叶外侧有不分叉的臀棘 3 根左右，中臀叶间具 1 根细长背管腺，第 4 腹节有亚缘腺。

八、检疫与防治

（1）严格执行检疫，严禁随意调运苗木。

（2）加强林区管理　松林应适当进行修枝间伐，保持冠高比为 2∶5，侧枝保留 6 轮以上，以降低虫口密度，增强树势；发现有虫枝及时修剪，减少虫源。

（3）化学防治　可采用松脂柴油乳剂（0 号柴油∶松脂∶磷酸钠＝22∶38.9∶5.6）3～4 倍、40％久效磷乳油 800～1000 倍液均匀喷洒，杀虫效果可达 90％以上。

（4）生物防治。

可在林间小片繁殖松突圆蚧花角蚜小蜂种蜂，人工挂放或用飞机撒施就地繁育的种蜂枝条的办法放蜂。

第四节　日本松干蚧

一、名称及分类地位

学名　*Matsucoccus matsumurae*（Kuwana）

英文名　Pine bast scale

分类　同翅目，蚧总科，珠蚧科

二、分布

境外主要分布在日本和朝鲜。国内目前发生于辽宁、吉林、上海、江苏、浙江、安徽和山东 7 个省、市。

三、寄主及危害性

日本松干蚧主要危害赤松、油松、马尾松、琉球松和日本松等。

日本松干蚧破坏树木皮层组织，使树势衰弱，针叶变黄。当幼树受害后，枝条表现软化而弯曲，叶黄芽枯，皮层硬化，卷曲翘裂，常诱发次期病虫害，如松干枯病、切梢小蠹虫、象鼻虫、松天牛、吉丁虫和白蚁等，使生长停滞，甚至死亡。

1903 年，首次在日本发现日本松干蚧，1952 年，在我国大连及青岛也发现有危害，1970 年，已扩大到沿海 5 省市，现已分布全国 7 省市。该虫在我国东部发生面积广阔，仅

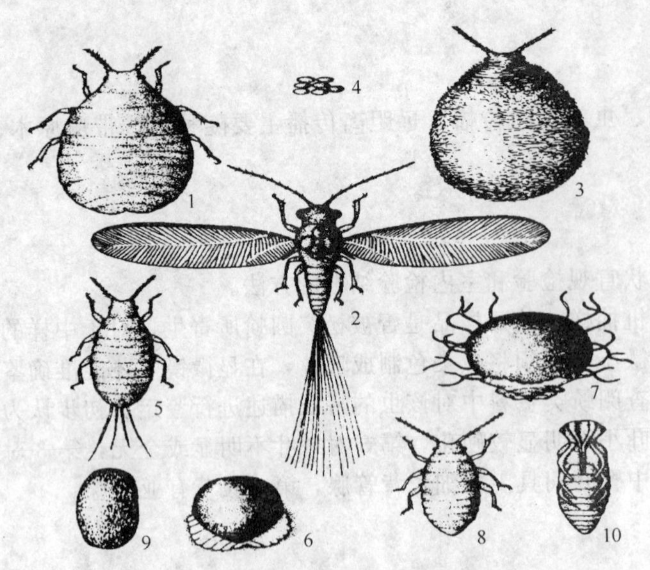

图 14-4 日本松干蚧（仿赵方桂）

1—雌成虫；2—雄成虫；3—卵囊；4—卵；5—1 龄若虫；6—1 龄寄生若虫；7—2 龄若虫；8—3 龄若虫；9—茧；10—雄蛹

辽宁南部就有达 66.67hm² 成片松林被毁。

四、形态特征

日本松干蚧的形态如图 14-4 所示。

（1）雌成虫　体长 2.50～3.30mm，卵圆形，橘褐色。头窄腹阔，体柔软，分节不明显。触角 9 节，基部两节粗大，其余为念珠状，其上生有鳞纹。口器退化。单眼 1 对，黑色。胸足 3 对，胸气门 2 对，腹气门 7 对。腹背有横列的圆形小背疤，第 8 腹节腹面有多孔盘腺。全身背腹两面，分布有双孔管腺排成一整环。生殖孔在腹末的凹陷处。

（2）雄成虫　体长 1.3～1.5mm，翅展 3.50～3.90mm，头胸部膨大，足 3 对。前翅发达，膜质透明，翅面有明显的羽状纹；后翅为平衡棒。腹部 9 节。第 8 节背面有一个马蹄形硬片。其上有管状腺 10～18 根，可分泌白色长蜡丝。在腹部末端有一钩状交尾期向腹面弯曲。

（3）卵　长 0.24mm，宽 0.14mm，椭圆形，黄色。卵包被于絮状卵囊中，卵囊白色椭圆形。

（4）若虫

① 1 龄初孵若虫　长 0.26～0.34mm，长椭圆形，橘黄色。触角 6 节，单眼 1 对。喙圆锥状，口针极长，寄生前卷曲于喙中。胸足发达。腹部分节明显，腹末有长、短尾片各 1 对。

② 1 龄寄生若虫　长 0.42mm，宽 0.23mm，橘黄色。在背面两侧有白色蜡条，腹面有触角、足等附肢。

③ 2 龄无肢若虫　触角及足全部消失，口器发达，雌、雄分化显著，雌若虫较大，圆珠形或扁圆形，橘褐色。雄若虫较小，椭圆形，褐色或黑褐色。其虫的末端均有 1 龄若虫的蜕皮。

④ 3 龄雄若虫　体长 1.50mm，橘褐色。外形与雌成虫相似，腹部略窄，背面无背疤，腹末不向内凹入。

（5）蛹　雄蛹为淡褐色，眼紫褐色，附肢和翅灰白色，腹部第 9 节末端圆锥形。包被于白色茧中。

五、发生规律及习性

在我国辽宁，日本松干蚧一年发生 2 代，以 1 龄寄生若虫越冬，翌年春天 3 月份开始活动为害，后变 2 龄无肢若虫，以后雌雄发育过程有差异。2 龄无肢雌若虫老熟后，于 5 月中旬脱壳羽化为第一代雌成虫；2 龄无肢雄若虫，再蜕一次皮变为 3 龄若虫，老熟后于 4 月下旬在树干裂缝、叶丛、球果背面等处结茧化蛹，也于 5 月份羽化为第一代成虫。交尾后，雌虫在树干翘皮下、轮枝分叉处及球果鳞片间，分泌白色蜡丝包围虫体，形成卵囊，并在其中产卵。每头雌虫平均卵量为223～268粒。卵孵化后，即进入1龄初孵若虫期，以后变为1龄寄生若虫，再变为2龄无肢若虫。该若虫老熟后，蜕皮则成为雌成虫，2龄无肢雄若虫蜕皮后变为3龄若虫。然后，再化蛹，则羽化出的即为雄成虫。在8月下旬，出现第2代成虫。

六、传播途径

日本松干蚧主要随苗木、接穗和新伐原木传播。卵囊可被大风、雨水、鸟兽携带，而扩散蔓延到其他地方。

七、检验方法

在检验过程中，可采取根据为害状直观检验和室内检验结合的方法。在口岸或产地检验中，按比例随机抽样，验证样品是否被日本松干蚧所寄生。对于中样的虫体进行鉴定，因蚧虫类的虫体微小，必须将虫体染色制成玻片，在显微镜下才能准确鉴别虫种。

八、检疫与防治

(1) 严禁从疫区外调苗木、原木和枝柴，必须调运时，要严格实施检疫。应实施调运检疫和产地检疫的范围包括赤松等寄主的苗木、大树、原木、小径材、枝桠、球果等。调运原木时要行剥皮处理并将剥皮立即销毁。

(2) 及时处理被害枝干。砍伐枯死树干，并及时处理或销毁。

(3) 春季用95%氟乙酰胺可湿性粉剂5～10倍液，秋季用15～20倍液，每株涂药2ml (10年左右树) 或4～6ml (20年以上的树) 或用50%久效磷乳油5～10倍液或50%氧化乐果3～5倍液涂抹树干。涂干时先刮去老树皮。若虫发生盛期喷布1～1.5波美度的石硫合剂。卵囊盛期喷布50%杀螟松乳油200～300倍液。

(4) 保护和助迁其天敌蒙古光瓢虫和异色瓢虫。

思考与练习题

1. 简述葡萄根瘤蚜的危害状。
2. 简述葡萄根瘤蚜的检验方法。
3. 简述日本松干蚧的国内外分布及危害情况。
4. 简述松突圆蚧的发生规律及习性。

第十五章　检疫性杂草

本章学习要点与要求

本章主要介绍几种有代表性的检疫性杂草，介绍了这些杂草的名称及分布情况、侵害植物及危害性、识别要点及发生规律、传播途径和检验方法、检疫和防治方法等。要求学生重点掌握这些杂草的识别要点、检验方法和防治措施。了解它们的名称、分布和危害情况。

第一节　毒　麦

一、名称及分类地位

学名　*Lonium temulentum* Linn.（也称黑麦子、小尾巴麦子）

英文名　Poison rye-grass

分类　禾本科，毒麦属

二、分布

广布世界大部分地区，境外已知分布的国家及地区有：印度、斯里兰卡、阿富汗、日本、朝鲜、菲律宾、伊朗、伊拉克、土耳其、约旦、黎巴嫩、以色列、埃及、肯尼亚、摩洛哥、南非、埃塞俄比亚、突尼斯、德国、法国、英国、意大利、希腊、俄罗斯、奥地利、葡萄牙、阿尔巴尼亚、波兰、美国、加拿大、墨西哥、阿根廷、哥伦比亚、巴西、智利、乌拉圭、委内瑞拉、澳大利亚、夏威夷。

中国分布于黑龙江、吉林、辽宁、内蒙古、河北、河南、山西、甘肃、宁夏、新疆、山东、江苏、上海、浙江、江西、安徽、福建、湖北、湖南、四川、云南、广西。

三、寄主及危害性

常侵害小麦、大麦和燕麦等麦田。

毒麦是小麦、大麦和燕麦等麦田的一种有毒的恶性杂草，主要与旱地作物争夺水肥，使作物减产，混入作物种子种植，3～5年后混杂率可达50%～70%。毒麦籽粒中，在种皮与糊粉层之间，寄生有一种有毒真菌（*Endoconidium ptemulentum* Prill. et Delacr.），会产生毒麦碱、毒麦灵、黑麦草碱及印防己毒素，毒麦碱对脑、脊髓、心脏有麻痹作用。人吃了含有4%毒麦的面粉即可引起急性中毒，表现为眩晕、发热、恶心、呕吐、腹泻、疲乏无力、眼球肿胀、嗜睡、昏迷、痉挛等，重者中枢神经系统麻痹死亡。家畜吃毒麦的剂量达到体重0.7%时，也会中毒。未成熟或多雨潮湿季节收获的种子中的毒麦毒性最强。毒麦的茎叶无毒。

四、形态特征

毒麦的穗部形态如图15-1所示。

毒麦系一年生草本。茎直立丛生，高 50～110cm，光滑；幼苗叶鞘基部常呈紫色，叶片比小麦狭窄，叶色碧绿，下面平滑光亮；成株叶鞘疏松，长于节间；叶片长 10～15cm，宽 4～6mm，叶脉明显，叶舌长约 1mm。复穗状花序长 10～25cm，小穗轴节间长 5～15mm；每花序有 8～19 个小穗；小穗单生，无柄，互生于花序轴上，长 9～12mm（芒除外），宽 3～5mm；每小穗含 4～7 小花，排成 2 列；第一颖（除顶生小穗外）退化，第二颖位于背轴的一侧，质地较硬，有 5～9 脉，长于或等长于小穗；外稃椭圆形，长 6～8mm，芒自外稃顶端稍下方伸出，长 7～10mm；内稃与外稃等长。颖果（农业上称种子）长椭圆形，灰褐色，无光泽，长 5～6mm，宽 2～2.5mm，厚约 2mm，腹沟宽，与内稃紧贴，不易分离。

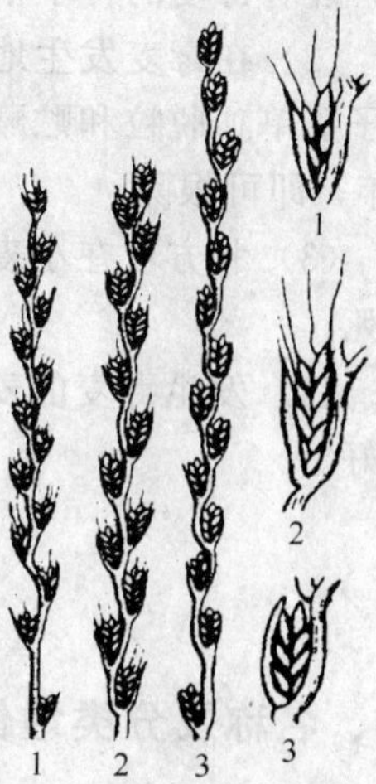

图 15-1 毒麦穗部形态
1—毒麦；2—长芒毒麦；3—田毒麦

种下变种：

（1）长芒毒麦 var. *longiaristotum* Parnell. 与原种的主要区别：幼苗叶鞘常绿色；每小穗通常含 6～9（11）小花，以 9 为常见，外稃的芒长达 1cm 以上；千粒重 9～10g。分布同毒麦。

（2）田毒麦 var. *arvense* Bab. 与原种的主要区别：外稃无芒或有小芒尖；每小穗含7～8 小花；带稃颖果长 5.5～8mm，宽2.5～3mm，厚约 2.5mm，千粒重 10～11g。分布同毒麦。

相似种：

（1）波斯毒麦 *L. persicum Boiss*. et Hohen 形态性状：第 2 颖具 5 脉；芒自外稃顶端伸出；带稃颖果长 5～6mm，宽 1.5～2mm，厚 1～1.25mm，千粒重 6～8g。

（2）细穗毒麦 *L. remotum* Schrank 形态性状：第 2 颖略短于小穗，外稃无芒；带稃颖果长 3～4.5mm，宽 1.2～2mm，厚 0.75～1mm；千粒重 3.5～4g。

五、发生规律及习性

毒麦系一年生草本。种子在土内 10cm 深处仍能萌发，室内贮藏 2～3 年仍有萌发力。从播种到出芽须 5d。在北方，一般在 4 月下旬出苗，5 月下旬抽穗；在南方，一般在 3 月下旬出苗，5 月上旬抽穗。总体上比小麦迟 5～7d。

六、传播途径

通过旱作植物的果实和种子传播。

七、检验方法

1. 产地检验

在小麦和毒麦的抽穗期，根据毒麦的穗部特征进行鉴别，记载有无毒麦发生和毒麦的混杂率。

2. 室内检验（目检）

对调运的旱作种子做抽样检查，每个样品不少于 1kg，按照毒麦籽粒特征鉴别，计算混杂率。

八、检疫及防治

（1）凡从国外进口的粮食或引进种子，以及国内各地调运的旱地作物种子，要严格检疫，混有毒麦的种子不能播种，应集中处理并销毁，杜绝传播。

(2) 在毒麦发生地区，应调换没有毒麦混杂的种子播种。麦收前进行田间选择，选出的种子要单独脱粒和贮藏。有毒麦发生的麦田，可在毒麦抽穗时彻底将其销毁，连续进行2～3年，即可根除。

(3) 北方可在小麦收获后进行一次秋耕，将毒麦籽翻到土表，促使当年萌芽，在冬季冻死。

(4) 发生毒麦的麦田与玉米、高粱、甜菜等中耕作物轮作，尤其与水稻轮作，防治效果很好。

第二节 假高粱

一、名称及分类地位

学名 *Sorghum holepense* (Linn.) Pers. (也称石茅、约翰逊草、宿根高粱)

英名 Johnson grass or Egyptian-grass

分类 禾本科，高粱属

二、分布

广泛分布于北纬55°到南纬45°的热带和亚热带地区。目前境外已知分布的国家和地区有：印度、巴基斯坦、阿富汗、泰国、缅甸、斯里兰卡、印度尼西亚、菲律宾、土耳其、伊朗、伊拉克、黎巴嫩、约旦、以色列、摩洛哥、坦桑尼亚、莫桑比克、南非、法国、瑞士、希腊、意大利、西班牙、葡萄牙、前南斯拉夫、波兰、罗马尼亚、保加利亚、俄罗斯、美国、加拿大、古巴、牙买加、巴西、墨西哥、智利、秘鲁、巴拉圭、阿根廷、哥伦比亚、委内瑞拉、洪都拉斯、危地马拉、波多黎各、萨尔瓦多、多米尼加、玻利维亚、澳大利亚、新西兰、新几内亚、夏威夷等。

中国分布于海南、台湾、香港、广东、福建、贵州。

三、寄主及危害性

假高粱是世界性危害最严重的杂草之一，很难防除，常生长在热带和亚热带地区的耕地里，对大田、菜地和果园都能造成危害。常危害谷类、甘蔗、棉花、麻类、苜蓿、大豆等30多种旱地作物。可使甘蔗减产25%～50%，玉米减产12%～33%，大豆每$1hm^2$减产300～600kg，它以种子和根茎繁殖蔓延。混入后，不仅使作物的产量下降，而且它的花粉容易与高粱属作物杂交，致使品种纯度下降。假高粱是C_4植物，生长快，一个生长季能生长8kg植株和70m长的地下茎；一小段根茎就能繁殖形成新植株。每株可结籽2万～3万粒，具有很强的繁殖能力和竞争力。假高粱的幼苗和嫩芽含有氰苷，经酶解产生氢氰酸，家畜误食会中毒死亡。

四、形态特征

假高粱的形态如图15-2所示。

假高粱系多年生草本，有地下横走根状茎。秆直立，高1～3m，直径约5mm，叶片阔线状披针形，长25～80cm，宽1～4cm。基部有白色绢状疏柔毛，中脉白色而厚。叶舌长约1.8mm，具缘毛。圆锥花序长20～50cm，淡紫色至紫黑色。分枝轮生，基部有白色柔毛，分枝上生出小枝，小枝顶端着生总状花序。穗轴具关节，较纤细，具纤毛。小穗成对，一具柄，一无柄。有柄小穗较狭，长约4mm，颖片草质，无芒。无柄小穗椭圆形，长3.5～4mm，二颖片革质，近等长。第一颖的顶端具3齿，第二颖的上部1/3处具脊。每小穗1小花，第一外稃膜质透明，被纤毛，第二外稃长约为颖片的1/3，顶端微2裂，主脉由齿间伸出呈小尖头或芒。果实带颖片，椭圆形，长约1.4mm，暗紫色（未成熟的呈麦秆黄色或带紫色），光亮，被柔毛。第二颖基部带有一枝小穗轴节段和一枚有柄小穗的小穗柄，二者均具纤毛；去颖颖果倒卵形至椭圆形，长2.6～3.2mm，宽1.5～2mm，棕褐色，顶端圆，具2枚宿存花柱。

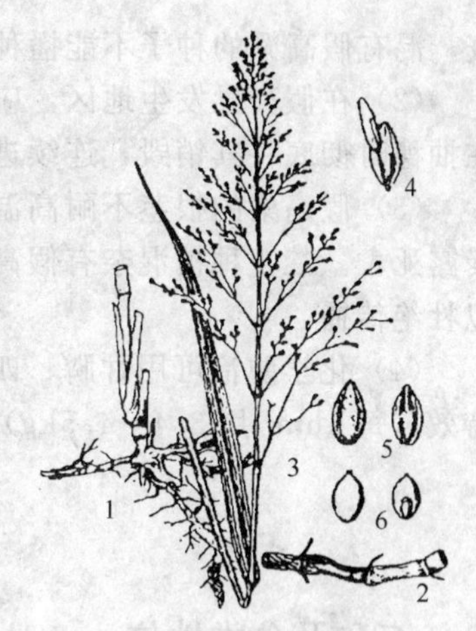

图15-2 假高粱

1—根系与茎；2—根茎；3—圆锥花序；4—有柄和无柄小穗；5—带颖片的果实；6—颖果

相似种：

光高粱 *S. nitidum*（Vahl.）Pers.；拟高粱 *S. propingquum*（Kunth.）Hit；高粱 *S. vulgare* Pers.；苏丹草 *S. sudunense*（piper.）Stapf.

上述种类可检索如下：

1. 植株较纤细；叶片狭，宽2～5mm；圆锥花序分枝单纯，小穗毛棕色 …………… 光高粱
1. 植株粗壮；叶片阔，宽1～4cm；圆锥花序分枝可再分枝；小穗毛白色
  2. 多年生杂草，具发达的根茎
    3. 圆锥花序淡紫色至紫黑色；第一颖顶端具3齿；外稃无芒或有芒 …………… 假高粱
    3. 圆锥花序麦秆黄色；第一颖顶端无齿或齿不明显；外稃无芒；叶片基部及花序分枝基部毛较密 ……………………………………………………………………………………… 拟高粱
  2. 一年生栽培植物
    4. 粮食作物；无柄小穗卵状椭圆形，长5～6mm，宽约3mm，成熟时宿存…… 高粱
    4. 引种牧草；无柄小穗长至长圆状披针形，长6～7mm，宽约2mm，成熟时连同穗轴节间与有柄小穗一齐脱落；带颖片的果实黑紫色，长约5mm，宽约3mm ……… 苏丹草

五、发病规律

在亚热带地区，4～5月份出苗，从根茎上生长的芽苗出现较早；出苗后20d左右，地下茎形成短枝，开始分蘖。6月上旬抽穗开花，可延续到9月份，7月份果实开始成熟。

六、传播途径

通过旱地作物植物的果实和种子传播，也经地下根茎繁殖蔓延。

七、检验方法

1. 产地调查

在假高粱生长期，根据其形态特征进行鉴别。

2. 室内检验（目检）

对调运的旱作种子进行抽样检查，每个样品不少于1kg，按照假高粱颖果特征鉴别，计算混杂率。

八、检疫与防治

（1）凡从国外进口的粮食或引进种子，以及国内各地调运的旱地作物种子，要严格检

疫，混有假高粱的种子不能播种，应集中处理并销毁，杜绝传播。

（2）在假高粱发生地区，应调换没有假高粱混杂的种子播种。有假高粱发生的地方，可在抽穗时彻底将其销毁，连续进行2～3年，即可根除。

（3）假高粱的根茎不耐高温、低温和干旱，可配合田间管理进行伏耕和秋耕，使其根茎暴露死亡。禁止种植混杂有假高粱的作物种子，可用选种机或过筛彻底清除，将筛下物粉碎以杜绝传播。

（4）化学防治可用甘膦、四氟丙酸钠、磺草灵等除草剂。磺草灵对甘蔗种植区的防治有特效（每1hm² 用3.4～4.5kg）。

第三节 菟 丝 子

一、名称及分类地位

学名 *Cuscuta chinensis* Lam

英文名 Dodder

分类地位 菟丝子科，菟丝子属

二、分布

亚洲分布在伊朗、朝鲜、日本、蒙古及东南亚地区；欧洲分布在俄罗斯；大洋洲分布在澳大利亚。

中国分布在黑龙江、吉林、辽宁、河北、山西、陕西、宁夏、甘肃、内蒙古、新疆、山东、江苏、安徽、河南、浙江、福建、四川、云南、湖南、湖北。

三、寄主及危害性

菟丝子常寄生在豆科、菊科、蓼科、苋科、藜科等多种植物上，常侵害胡麻、苎麻、花生、马铃薯和豆科牧草等旱地作物。

菟丝子是大豆产区的恶性杂草，菟丝子种子在大豆幼苗出土后陆续萌发，缠绕到大豆或杂草上，反复分枝，在一个生长季节内，能形成巨大的株丛，使大豆成片枯黄，可使大豆减产20%～50%，严重的甚至颗粒无收。菟丝子也常寄生在园林树木和花卉植物上。

四、形态特征

图15-3 菟丝子形态
（仿李杨汉）

菟丝子形态如图15-3所示。

菟丝子系一年生寄生草本。茎纤细，直径仅1mm，黄色至橙黄色，左旋缠绕，叶退化。花簇生节处，外有膜质苞片包被；花萼杯状，5裂，外部具脊；花冠白色，长为花萼的2倍，顶端5裂，裂片三角状卵形，向外反折；雄蕊5，花丝短，着生花冠裂口部；花冠内侧生5鳞片，鳞片近长圆形，边缘细裂呈长流苏状；子房2室，每室有2个胚珠，花柱2，柱头头状。蒴果近球形，直径约3mm，成熟时全部被宿存的花冠包住，盖裂。每果种子2～4粒，卵形，淡褐色，长1～1.5mm，宽1～1.2mm，表面粗糙，有头屑状附属物，种脐线形，位于腹面的一端。

相似种：

(1) 南方菟丝子 *C. australis* R. Br. 与菟丝子的主要区别是：花萼平滑无脊；花冠裂片卵形或长圆形，直立不反折；花冠内生鳞片小，顶端2裂，边缘流苏状毛短而少或成小齿。蒴果仅下部被凋存的花冠包被。种子表面有明显至不明显的凹点，连成网状。此种分布澳大利亚，广布中国南北各省区。

(2) 五角菟丝子 *C. pentogona* Engelm 与菟丝子的主要区别是：花白色，长1.5～2mm；花萼几乎包住花冠管，萼片的宽大于长；花冠近钟状，5裂，裂片三角状卵形，先端急尖或渐尖，常反折；花冠内侧鳞片较大，长椭圆形，伸至花冠管中部稍上方处；蒴果扁球形，从凋谢的花冠露出，不开裂；种子长1～1.5mm，黄色至红褐色，表面有细斑点，种脐白色，位于腹面光滑环形区内。分布于北美洲，现广布于美国、加拿大、阿根廷、牙买加、波多黎各、德国、法国、意大利、丹麦、南斯拉夫、俄罗斯、澳大利亚等地。中国尚未发现该种。

(3) 日本菟丝子 *C. japonica* Choisy 与菟丝子的主要区别是：茎较粗壮，直径1～2mm，常有紫红色瘤状斑点。花冠白色或淡红色，内侧鳞片椭圆形，边缘的流苏较小。蒴果椭圆状卵形，长约5mm，近基部盖裂；种子1～2个，表面光滑，淡褐色至褐色，长2～2.5mm。分布于越南、朝鲜、日本、俄罗斯及中国南北各省区，常寄生在茶树、果树、柳树、乌桕及园林花木等木本植物和略似木质的草本植物上。

(4) 单柱菟丝子 *C. monogyna* Vabl 本种近似于日本菟丝子，茎较粗壮，直径1～2mm，微红色，具深紫红色瘤状突起。花冠紫色，花柱单1；种子长3～3.5mm，表面光滑，淡褐色。分布于俄罗斯、蒙古、伊朗、巴基斯坦、意大利、罗马尼亚、埃及及中国的新疆、河北。常寄生在苹果、桃、梨、杏、葡萄、杨树等果木上。

(5) 田野菟丝子 *C. campestris* Yuncker 与菟丝子的主要区别是：花常有腺体，花梗短，聚成头状团伞花序；花冠内侧鳞片卵形，伸至花冠管顶部。蒴果基部具凋谢的花冠。种子卵形，淡褐色，表面粗糙，长1～1.5mm。分布于世界各地。中国分布于福建和新疆。

(6) 亚麻菟丝子 *C. epilinum* Weihe 与菟丝子的主要区别是：茎黄色或浅红色；花柱线形，柱头伸长，短于子房；蒴果盖裂；种子卵形，长1～1.5mm，常成对并生；种子表面粗糙，密布头屑状附属物。分布于美国、加拿大、德国、法国、意大利、俄罗斯等国。多寄生在亚麻上，为害较严重，其次是大麻、苜蓿、三叶草等作物。

五、生物学特性

在亚热带地区，4～5月份出苗，从根茎上生长的芽苗出现较早；出苗后20d左右，地下茎形成短枝，开始分蘖；6月上旬抽穗开花，可延续到9月份，7月份果实开始成熟。

六、传播途径

通过旱地作物植物的果实和种子传播，也经地下根茎繁殖蔓延。

七、检验方法

1. 产地调查

在生长期，根据各种菟丝子形态特征进行鉴别。

2. 室内检验

(1) 目检 对从国外进口的植物种子和国内调运的种子进行抽样检查，每个样品不少于

1kg，按照各种菟丝子种子特征用解剖镜进行鉴别，计算混杂率。对调运的苗木等带茎叶材料及所带土壤也必须严格仔细地进行检验，可用肉眼或放大镜直接检查。

(2) 筛检　对按规定所检种子进行过筛检查，并按各种菟丝子种子特征用解剖镜进行鉴别，计算混杂率。如检查种子与菟丝子种子大小相似的，可采取比重法、滑动法检验，并用解剖镜按各种种子的特征进行鉴别，计算混杂率。

3. 隔离种植鉴定

如不能鉴定到种，可以通过隔离种植，根据花果的特征进行鉴定。

八、检疫与防治

(1) 如发现有菟丝子混杂，可用合适的筛子过筛清除混杂在调运种子中的菟丝子种子，将筛下的菟丝子做销毁处理。

(2) 在大豆出苗后，结合中耕除草，拔除烧毁被菟丝子缠绕的植株。用玉米、高粱、谷子等谷类作物与大豆轮作，防除效果很好。

(3) 亚麻不能连作，应建立留种区，严格防止菟丝子混杂。

(4) 用除草剂：拉索、毒草胺等对菟丝子有一定的防治效果，胺草磷、地乐胺防治大豆田中的菟丝子有高效，同时能防除大豆苗期的其他杂草，消灭桥梁寄主。

第四节　列　当　属

一、名称及分类地位

学名　*Orobanche cumana* Wallr.　向日葵列当（直立列当）

英文名　sunflower broomrape

分类地位　列当科，列当属

二、分布

向日葵列当境外分布于印度、缅甸、希腊、意大利、匈牙利、捷克、斯洛伐克、保加利亚、前南斯拉夫、前苏联、哥伦比亚。

中国分布于黑龙江、吉林、辽宁、内蒙古、河北、北京、甘肃、山西、陕西、青海、新疆等省、市。

在印度、巴基斯坦、阿富汗、伊朗、伊拉克、约旦、黎巴嫩、以色列、土耳其、埃及、英国、保加利亚、匈牙利、前南斯拉夫、俄罗斯、哥伦比亚等地也有瓜列当分布。

三、寄主及危害性

向日葵列当主要危害向日葵等作物，多寄生在向日葵5～10cm深处的侧根上。向日葵列当也能寄生在烟草、番茄、茄子、红花属、艾属等植物上。

一株向日葵最多寄生列当143株。受害植株细弱，花盘小，瘪粒多，含油率下降，严重的不能开花结实，甚至干枯死亡。

瓜列当在新疆普遍发生，为害也很严重，主要寄生在哈密瓜、西瓜、甜瓜、黄瓜上，其次是番茄、烟草、向日葵、葫芦、胡萝卜、白菜以及一些杂草上。

在瓜田，一般在6～7月份温度升高以后列当才大量发生，严重的寄生率高达100%。轻者造成减产和品质下降，重者萎蔫枯死。

四、形态特征

向日葵列当和瓜列当的形态如图 15-4 所示。

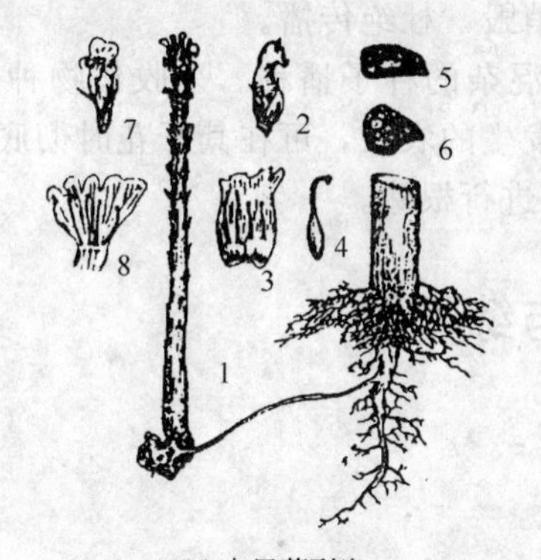

(a) 向日葵列当
1—寄生植株；2—花；3—展开的花冠；
4—子房；5, 6—种子；7, 8—花和展开的花冠

(b) 瓜列当
1—花序部分；2—种子

图 15-4　向日葵列当和瓜列当

茎直立，单生，高 15～50cm，黄褐色或带紫色。叶退化鳞片状。穗状花序有花 20～40（80）朵；苞片披针形；花萼 5 裂，贴茎的一个裂片不显著，基部合生；花冠二唇形，长 15～18mm，上唇 2 裂，下唇 3 裂，蓝紫色；雄蕊 4，2 强，插生于花冠筒上，花冠在雄蕊着生以下部分膨大；雌蕊柱头膨大，花柱下弯，子房卵形，由 4 个心皮合生，侧膜胎座。蒴果卵形，熟后 2 纵裂，散出大量尘末状种子。种子形状不规则，略呈卵形，黑褐色，坚硬，表面有网纹，长 0.2～0.5mm，宽与厚各 0.2～0.3mm。

相似种尚有瓜列当（*O. aegytiace* Pers.），主要区别：茎丛生，分枝多，被腺毛。穗状花序长 8～15cm；种子略呈卵形，一端较窄而尖，黄褐色至暗褐色，表面有网纹。

五、生物学特性

一年生寄生草本。列当属种子在土壤中接触到寄主根部分泌物时，便开始萌发。如无寄主，种子可存活 5～10 年。幼苗以吸器侵入寄主根内，吸器的部分细胞分化成筛管与管状分子，通过筛孔和纹孔与寄主的筛管和管状分子相连，吸取水分和养料，逐渐长大，植株上部由下而上开花结实。每株列当能结籽 10 万粒以上，种子寿命较长。

六、传播途径

主要靠种子传播。由于种子小，易黏附在向日葵籽上或根茬上传播，亦能借风力、水流、人、畜及农机具传播。

七、检验方法

1. 产地调查

在生长期，根据列当各种形态特征进行鉴别。

2. 室内检验（筛检）

对从国外进口的植物种子和国内调运的种子进行抽样检查，每个样品不少于 1kg，主要通过对所检种子进行过筛检查，并按列当种子的各种特征用解剖镜进行鉴别，计算混杂率。

八、检疫与防治

(1) 凡从国外进口的粮食或引进种子，以及国内各地调运的旱地作物种子，要严格检疫，混有列当种子不能播种，应集中处理并销毁，杜绝传播。

(2) 在列当发生地区，应调换没有列当混杂的种子播种。采收作物种子时进行田间选择，选出的种子要单独脱粒和贮藏。有列当发生的农田，可在其开花时彻底将其销毁，连续进行2～3年即可根除，也可通过深耕、锄草进行根除。

思考与练习题

1. 简述毒麦与小麦的形态上有何不同。
2. 简述毒麦在国内外的分布及危害情况。
3. 简述菟丝子的形态特征。

实训项目

实训一　分离培养检测

一、实训目的

熟悉病原菌常用培养基的配制，学会病原菌分离培养的一般检测技术以及病原菌的常用鉴定方法，会做危险性植物病原真菌、细菌等分离培养检测。

二、仪器与材料

1. 烧杯、三角瓶、纱布、试管、棉塞、包扎纸、搅拌玻棒、天平、刀片、电炉、漏斗及漏斗架、高压锅；马铃薯、葡萄糖或蔗糖、琼脂。

2. 剪刀、镊子、酒精灯、培养皿（灭菌过）、超净工作台、瓷碗、培养箱（或恒温箱）；待检病株（病叶、病果、病根等）、洗衣粉、70%乙醇、0.1%升汞、无菌水、75%乙醇（加棉球）、PDA（或PSA）。

3. 试管（装有固态培养基）、培养皿（灭菌过）、接种针、载玻片、盖玻片、显微镜、酒精灯、超净工作台；分离的菌种、PDA（或PSA），95%乙醇。

三、方法与步骤

（一）配制真菌（PDA或麦芽浸膏培养基）或细菌（MS或CG或Zeller或改良魏氏培养基或NA）培养基

1. 麦芽浸膏培养基　配方为（1000ml）：麦芽浸膏30g、琼脂20g，121℃高压灭菌15min，加链霉素30μg/ml。如榆树枯萎病无性阶段病原菌的分离鉴定。

2. PDA（PSA）　配方为（500ml）：马铃薯100g、琼脂7g、葡萄糖（或蔗糖）10g。

步骤为：去皮后称量马铃薯，切碎马铃薯并放入烧杯中加适量水搅拌煮沸，过滤去渣，滤液加入葡萄糖（或蔗糖）、琼脂及加水定容，搅拌煮沸，分装到试管、三角瓶，加塞、包扎后放入高压锅高压灭菌（121℃、20min），拿出三角瓶、试管（放成斜面凝固）。

3. 液体培养基　硝酸钾0.5g、硝酸钠2.36g、硫酸镁1g、FeNaEDTA（乙二胺四乙酸铁钠）0.03g、蒸馏水1000ml，pH值为5.6。大豆疫病纯培养的菌丝可产生孢子囊。

4. 改良魏氏培养基　配方为（1000ml）：酵母膏3g、蛋白胨5g、蔗糖10g、磷酸二氢钾0.5g、硫酸镁0.25g、抗坏血酸1g，pH值为7.2～7.4。如玉米细菌性枯萎病病原菌的分离鉴定。

（二）病原菌分离

1. 洗衣粉水洗涤待检病株（病叶、病果、病根等）、然后清水冲洗。

2. 取材：病部与健康部的交接处（即病健部）。

3. 剪段（或剪片）：剪为0.5cm长的小段或0.5cm见方的小块。

4. 使用的仪器与药剂放好在超净工作台上，开紫外灯10min，然后开始操作。

5. 培养皿中倒好培养基（将预先配好的PDA培养基煮溶，然后倒入灭菌过的培养皿中）。

6. 待检材料表面消毒（70%乙醇浸0.5min，0.1%升汞浸0.5～2min，无菌水浸洗2～3min）。

7. 接种（把表面消毒过的待检材料接种到装有培养基的培养皿上）。

8. 培养（把培养皿放置在培养箱中培养3～5d，温度25～28℃）。

（三）病原菌移植、保存、观察

1. 在超净工作台上无菌操作倒好PDA（或PSA）于灭菌过的培养皿中。

2. 用接种针在分离出的病菌上挑一点于试管培养基中培养、保存。

3. 用接种针在分离出的病菌上挑一点于培养皿内培养基上培养3～5d。

4. 用接种针在分离出的病菌上挑一点于载玻片上，滴上一小滴水，盖上盖玻片在显微镜下观察真菌的菌丝体、孢子或细菌及其菌落等，根据其特征进行检测、鉴定。

四、实训结果

每人交一种分离出来的病原菌（用试管保存）并标明名称；每组交一份实训报告。

五、实训操作考核要点及参考评分

序号	实训小项目	考核内容	技能要求	评分（满分100）
1	准备工作	准备和检查所需仪器、试剂、材料	(1)能准备、检查所需仪器、试剂、材料 (2)实训场地清洁，器具、试剂、材料等摆放	5
2	培养基配制	用材称量、处理、配制；分装、包扎、灭菌、斜面冷却	(1)能根据配方称量、配制培养基 (2)能分装到试管、三角瓶，包扎、高压灭菌 (3)斜面冷却	30
3	病原菌分离	试材处理、剪切；超净工作台的准备；无菌操作	(1)能因地制宜进行不同试材处理、剪切 (2)懂得超净工作台、用具、表面消毒剂、无菌水等准备 (3)能熟练进行无菌操作	30
4	培养、移接、保存、镜检、检测	培养条件；移植；保存；镜检检测、鉴定	(1)能熟知不同病原菌的培养条件 (2)懂得培养箱的使用 (3)能熟练进行病原菌移接 (4)掌握保存方法或技术 (5)能熟练进行镜检，并根据菌丝、孢子等特征进行鉴定	10
5	结果	实训结果判断、记录	(1)能判断、分析结果 (2)能提出克服或改进方法（措施）	10
6	实训报告	格式、内容	(1)格式正确、内容完整、拍摄结果 (2)能正确观察记录实训现象或数据，能分析原因和提出克服或改进措施	15

实训二 洗涤检测

一、实训目的

由于肉眼或放大镜不易检查，可通过洗涤检验来检查附着在植物组织表面的各种真菌孢子、细菌或病原线虫，从而掌握洗涤检验技术；会做真菌孢子、细菌或病原线虫的洗涤检验。

二、仪器与材料

（一）仪器

血球计数板、载玻片、盖玻片、培养皿、显微镜、蒸馏水、毛笔、离心机与10～20ml刻度的离心管、吐温20、席尔液。

（二）材料

送检样品（如麦粒、豆粒）、待检的植物病组织（植株、叶、枝等）。

三、方法及步骤

1. 将送检样品充分混匀后抽取50g加100ml蒸馏水，再加1～2滴吐温20进行洗涤，振荡5min，将洗涤液倒入灭菌的10～20ml刻度的离心管内，1000r/min离心3min，弃去上清液，重复离心，直至用完全部洗涤液。视沉淀物的多少用席尔液定容至1～3ml，制片观察。如TCK（小麦矮化腥黑穗病）的冬孢子。

2. 用毛笔将病组织上的孢子洗涤于培养皿中的蒸馏水中，可计算孢子数。用血球计数板计数孢子数（查出5大格即80小格中的孢子数，然后用公式＝4000000×孢子数/80即为1ml悬浮液中的孢子数）。菌液备用，在显微镜下观察及鉴别。

四、实训结果

观察、绘出孢子示意图或拍摄并标明孢子类型。

五、实训操作考核要点及参考评分

序号	实训小项目	考核内容	技能要求	评分(满分100)
1	准备工作	准备和检查所需仪器、试剂、材料	(1)能准备、检查所需仪器、试剂、材料 (2)实训场地清洁，器具、试剂、材料等摆放	5
2	取样	样品抽取	能根据不同检测材料合理地取样	15
3	洗涤	洗涤	能根据具体情况应用合适的方法将样品进行洗涤处理	30
4	离心	离心	能根据具体情况采用不同的离心方法	15
5	结果	血球计数板的使用 制片观察 实训结果判断、记录	(1)能正确使用血球计数板 (2)能制片观察 (3)能判断、分析结果 (4)能提出克服或改进方法(措施)	25
6	实训报告	格式、内容	(1)格式正确、内容完整、拍摄结果 (2)能正确观察记录实训现象或数据，能分析原因和提出克服或改进措施	10

实训三　接种检验

一、实训目的

通过熟悉真菌、细菌、病毒等接种方法，学会接种检验的一般技术，会做真菌、细菌、病毒等接种检验。

二、仪器与材料

（一）仪器

尖头镊子、解剖针、解剖刀、培养皿、无菌水、注射器、大头针、接种环、解剖剪、细木棍；捣碎器、碾钵、纱布、离心机与10～20ml刻度的离心管、过滤器、漏斗架。

（二）材料

待检的植物病组织（植株、叶、枝等）、健康植株，0.1%亚硫酸钠溶液。

三、方法及步骤

（一）真菌孢子

孢子悬浮液的准备同洗涤检测。

1. 喷雾接种　把孢子悬浮液用喷雾器喷洒至健康植株上，保湿24h，之后检查发病情况。

2. 拌种接种法　黑粉病菌孢子（准备同上）与种子混合后播种（100g种子加厚垣孢子0.5g），观察幼苗的发病情况。

3. 花器接种法　花期侵入的病菌如小麦散黑穗病，其冬孢子0.5～1.0g加入1000ml水中配制成悬浮液，用注射器注液接种到花内，每花1滴；或用喷雾的方法。观察花穗的发病情况。

（二）细菌

分离培养基上长出的细菌菌落或稀释成一定溶度的菌液备用。

1. 切片接种法　将萝卜、白菜等用自来水充分洗干净后，用纱布蘸70%乙醇擦拭表面进行消毒。使用萝卜时，将消毒过的刀切成1cm厚的圆片；白菜只要切取中肋部，大小以能放入培养皿即可。然后，放在加入少量灭菌水的灭菌培养皿中，再用接种环从分离培养基上长出的菌落中挑取细菌，接在切片的中央。然后在一定的温度下保存1～2d再观察发病的状况，据此鉴定细菌。

2. 针刺接种法　针束（6枚大头针或昆虫针）蘸取菌液后在健康株叶片（叶片前端1/3处）或茎秆上穿刺，或用注射针吸取菌液注入木本植物（如果树）的茎干，观察植株的发病情况。如水稻细菌性条斑病（在感病品种5片叶龄期，5d后可见叶片上有透明条斑）。

3. 剪叶接种法　将解剖剪在细菌液中浸一下，剪去健康株叶片的叶尖3～5cm，每浸一次可剪叶5片，检查发病情况。如菜豆细菌性萎蔫病（会出现水渍状病斑和萎蔫症状）。

4. 伤根接种法　用细木棍在植株根部周围插穿，损伤根系后接种或倒入细菌液，检查发病情况。如根癌病（用向日葵幼苗，在20～27℃和高湿下1周后可观察到癌肿症状）。

5. 浸根或浸种接种法　植株根系或种子放入细菌液中浸10min左右，然后栽植或播种，以后观察幼苗的发病情况。

（三）病毒

病毒的抽取、备用［新鲜或新鲜冰冻的感病植物组织，通常在适宜的缓冲液存在下，于捣碎器中捣碎、匀浆，将匀浆液通过2～3层纱布过滤，获得植物粗汁液，离心（2000r/min，10min）获得上清液。对不稳定的植物病毒，在碾磨时要立即加入保护剂，并在低温下提取。保护剂如0.1%亚硫酸钠］。

1. 摩擦接种法　病叶片与健康植株叶片摩擦，观察发病情况。如南方菜豆花叶病毒病。

2. 汁液接种法　病毒汁液接到有轻微伤口的健康叶片上或农事操作（修剪、切花）使病毒汁液接触到健康植物。如南方菜豆花叶病毒病、蚕豆染色病毒；香石竹环斑病毒病。

3. 金刚砂接种法　适用于一些不容易摩擦接种的植物。用少许金刚砂于健康叶片上摩擦造成轻微伤口，然后用棉花蘸取病毒汁液接到轻微伤口部位。如柑橘一些病毒病。

4. 嫁接接种法　适用于一些木本植物病毒病的接种检验。

5. 桥梁植物法　在病株与健康植株之间人为移栽菟丝子，通过它的缠绕寄生，观察健康株有无发病情况。适用于一些不容易摩擦或汁液接种的植物。

6. 指示植物法　适用于同种植物接种后发病症状不明显或不容易判断的植物，选用一些发病症状典型的植物作为接种对象，然后间接检验出样品植物。如柑橘一些病毒病用长春花作为指示植物，马铃薯帚顶病毒病用白肋烟作指示植物。

四、实训结果

1. 观察记录真菌接种后发病情况并分析结果。
2. 观察记录细菌接种后发病情况并分析结果。
3. 观察记录接种后病毒病发病的症状、发病情况并分析结果。比较几种接种法的优劣。

五、实训操作考核要点及参考评分

序号	实训小项目	考核内容	技 能 要 求	评分(满分 100)
1	准备工作	准备和检查所需仪器、试剂、材料	(1)能准备、检查所需仪器、试剂、材料 (2)实训场地清洁，器具、试剂、材料等摆放	5
2	真菌接种检验	喷雾接种、拌种接种法 花器接种法等	(1)能根据具体情况采用不同的接种方法 (2)能熟练操作几种接种方法 (3)能观察、判断、分析结果	25
3	细菌接种检验	切片接种法、针刺接种法、剪叶接种法、伤根接种法、浸根或浸种接种法	(1)能根据具体情况采用不同的接种方法 (2)能熟练操作几种接种方法 (3)能观察、判断、分析结果	25
4	病毒接种检验	摩擦接种法、汁液接种法、金刚砂接种法、嫁接接种法、桥梁植物法、指示植物法	(1)能根据具体情况采用不同的接种方法 (2)能熟练操作几种接种方法 (3)能观察、判断、分析结果	25
5	结果	实训结果判断、记录	(1)结果的原因分析 (2)提出克服或改进方法(措施) (3)能分析比较各种方法的优劣	10
6	实训报告	格式、内容	(1)格式正确、内容完整、拍摄结果 (2)能正确观察记录实训现象或数据，能分析原因和提出克服或改进措施	10

实训四　染色检测

一、实训目的

组织化学染色是生物化学与病理学相结合的一种技术，学会常见的真菌、细菌、病毒染色检测方法。

二、仪器与材料

(一) 仪器

显微镜、载玻片、盖玻片、镊子、表面皿、颜色铅笔、解剖刀、烧杯、电炉、刀片、解剖针、挑针、烧杯、酒精灯、接种环、铂丝、纱布、培养皿、三角瓶、恒温箱、匀浆器、不锈钢网、水浴锅、载玻片、盖玻片。

(二) 材料

待检的植物病组织（病块根、病叶、病根、病果等）或待检的病原物。

(三) 试剂

1. 脱离子水、10%甲醛、2%黄色硫化铵溶液（95%乙醇700ml，37%甲醛20ml，蒸馏水230ml混合）、1mol/L NaOH溶液。

2. 二甲苯、0.5%过碘酸、亮绿（0.2g亮绿＋0.2ml冰醋酸定容成100ml）、碱性复红（2g碱性复红＋95%乙醇20ml＋蒸馏水80ml）、Schiff液（1g碱性复红＋1g无水焦亚硫酸钠＋1mol/L盐酸10ml＋蒸馏水200ml）、95%乙醇、无水乙醇。

3. 甲液：5%硼酸2ml＋蒸馏水25ml；乙液：5%硝酸银溶液1ml＋3%环六亚甲基胺溶液20ml；其他试剂：二甲苯、无水乙醇、95%乙醇、5%铬酸、1%亚硫酸氢钠溶液、0.1%氯化金溶液、2%硫代硫酸钠溶液、0.1%亮绿。

4. 铁苏木紫、0.1%吖啶橙溶液（0.1%吖啶橙1ml，20%KOH溶液9ml）、二甲苯、无水乙醇、95%乙醇。

5. 蒸馏水、10%KOH溶液、19%KOH溶液或3%高锰酸钾溶液、0.05%苯胺蓝乳酚油。

6. 磷酸缓冲液乳酚油。

7. 蒸馏水、0.1%升汞或1%锇酸、3%甲紫或1%酸性品红。

8. 脱离子水。

9. 乙醇甲醛溶液（95%乙醇700ml，37%甲醛20ml，蒸馏水230ml）、1mol/L NaOH溶液。

10. 生理盐水（0.85%）、草酸铵结晶紫、革兰碘液、碱性品红、无水乙醇、香柏油、二甲苯；33%肉汤琼胶15～20ml的试管、装少量灭菌水的试管、70%乙醇。

三、方法与步骤

(一) 磷酸酶染色法（真菌）

1. 用病组织如患有黑斑病的甘薯块根做徒手切片，切成薄片。或取已经褐变的待检病组织，如有病斑的叶片，用镊子剥取有病斑叶片的表皮。

2. 组织用10%甲醛固定，用脱离子水洗净2次，将切片在试剂中于37℃下浸60min，再用脱离子水洗净2次，用2%黄色硫化铵溶液浸1min，再用脱离子水洗2次，最后镜检。在酶活性存在的部位有黑褐色的硫化铅沉积。

(二) 过碘酸Schiff染色（简称PAS或PASH或糖原染色）（真菌）

真菌细胞壁含有多糖，过碘酸使糖氧化成醛，再与品红-亚硫酸结合而成为红色，故菌体均染成红色，核为蓝色，背景为淡绿色。

1. 组织切片先用二甲苯脱脂及95%乙醇逐级脱水。

2. 浸于0.5%过碘酸溶液5min。蒸馏水冲洗2min。

3. 将切片浸入碱性复红或Schiff液中15min，自来水冲洗直至切片发红。

4. 亮绿复染5s。95%乙醇脱色1次，再用无水乙醇脱色2次，二甲苯透明2次。

5. 封片、镜检。

（三）嗜银染色（GMS）（真菌）

原理与PAS染色相似，用铬酸代替过碘酸。结果是真菌染成黑色，菌丝内为旧玫瑰红色，背景淡绿色。

1. 组织切片先后用二甲苯、无水乙醇、95%乙醇及蒸馏水各脱脂2次。
2. 浸5%铬酸溶液中氧化1h后用自来水冲洗15s。
3. 用1%亚硫酸氢钠溶液处理1min后，用自来水冲洗10min。
4. 用蒸馏水冲洗3次后置染色液中染色30～40min（60℃）。
5. 用蒸馏水洗涤5～6次后，加0.1%氯化金溶液退色2～5min，再用蒸馏水洗涤。
6. 加2%硫代硫酸钠溶液处理2～5min，水洗，加0.1%亮绿复染40s。
7. 依次加95%乙醇、无水乙醇各脱水1次，二甲苯清洗2～3次，封片、镜检。

（四）荧光染色

组织切片先用铁苏木紫染色5min，使背景呈黑色；水洗5min后用0.1%吖啶橙染2min；水洗后用95%乙醇脱水1min，再用无水乙醇脱水2次，每次3min；最后，用二甲苯清洗2次后，用无荧光物质封片、镜检。

（五）KOH溶液脱色法（真菌）

1. 一般脱色法　对一些暗色的病部组织，为更好地镜检，把病部切成大小为5mm见方的细片，置于19% KOH溶液或3%高锰酸钾溶液中煮沸2～5min，组织中菌丝染成深色而其他组织脱色成浅色，镜检。

2. 组织透明法　从老病斑周围剪取若干小块于小烧杯中，加入适量10%KOH溶液（或其他叶片组织透明剂），煮沸5～10min至组织透明，加0.05%苯胺蓝（棉蓝）乳酚油作浮载剂，镜检有无卵孢子。如烟草霜霉病。

（六）冰冻匀浆法（真菌）

取可疑病斑或叶片（直径1cm）0.1g，加磷酸缓冲液（pH 7，PBS）2ml，搅拌，在室温下静置15min，然后于－18℃速冻2h，将冰冻叶片移入匀浆器内，加1～2ml PBS冲洗，匀浆4～6min，孔径为60μm的不锈钢网摔筛过滤，并不断冲洗，收集滤液，以1000r/min离心3min，弃去上清液，加乳酚油定容至1ml，记录卵孢子数。如烟草霜霉病。

（七）品红染色法（真菌）

将病组织于蒸馏水中浸30min，吸1滴上层液置于载玻片上，加一滴0.1%升汞或1%锇酸液固定，使其干燥，在加一滴1%的酸性品红或3%甲紫染色1min，然后用水冲洗，镜检孢子。如马铃薯癌肿病（单鞭毛游动孢子和双鞭毛接合子）

（八）氧化酶染色法（病毒）

剥取包括病斑部的病叶表皮或是将包括病斑部的病叶切成小片直接供试验，将表皮或组织在37℃下浸60min，用脱离子水洗涤，镜检或肉眼观察，病斑部周围变为黑褐色。如菜豆病毒病。

（九）多酚体染色法（病毒）

落叶果树（感染病毒病后常积累多酚体，其与NaOH反应显深蓝色）叶片剪开或嫩枝/根切成薄片投入乙醇甲醛溶液的试管内，在水浴锅内加温且保持80℃使完全脱去绿色，然后投入1mol/L NaOH溶液试管中，在80～100℃水浴锅内加温待充分显色为止。感染病毒的呈深蓝色，未感染的呈现黄色。

（十）革兰染色反应（细菌）

滴一小滴生理盐水于载玻片上，挑取细菌（菌脓）于生理盐水中并涂匀，将涂片在酒精灯

(电炉)上方来回过几下，使菌膜干燥固定，滴一滴结晶紫于菌膜上染色1～3min，用水轻轻冲去多余的染液，加碘液冲去残水，再加一滴碘液染色1min，用水冲洗碘液，滤纸吸去多余水分，滴无水乙醇脱色25～30s，用水冲洗乙醇并用滤纸吸干，用碱性品红复染0.5～1min，再用水冲洗品红及吸干，观察。不退色的为革兰染色阳性反应，退色为阴性反应。

(十一)特殊结构染色法(细菌)

特殊结构	染色法	结果
荚膜	1. 黑斯法(Hiss)	菌体及背景呈紫色，菌体周围有一圈淡紫色或无色的荚膜
	2. 密尔法(Muir)	菌体呈鲜红色，荚膜呈蓝色
	3. 奥尔特氏法(Oit)	菌体呈赤褐色，荚膜呈黄色
鞭毛	1. 魏曦氏鞭毛染色法	菌体及鞭毛均呈红色
	2. 鞭毛镀银染色法	菌体呈深褐色，鞭毛呈褐色
芽孢	芽孢染色法	菌体呈蓝色，芽孢呈红色
异染颗粒	1. 阿尔培脱法(Albert)	菌体呈蓝绿色，异染颗粒呈蓝黑色
	2. 奈瑟法(Neisser)	菌体呈黄褐色，异染颗粒呈深紫色

四、实训结果

观察记录结果(拍摄)并进行分析比较。

五、实训操作考核要点及参考评分

序号	实训小项目	考核内容	技能要求	评分(满分100)
1	准备工作	准备和检查所需仪器、试剂、材料	(1)能准备、检查所需仪器、试剂、材料 (2)实训场地清洁，器具、试剂、材料等摆放	5
2	染色法	真菌、细菌、病毒染色法	(1)能根据具体情况采用不同的染色方法 (2)能熟练操作几种染色方法 (3)能观察、判断、分析结果	40
3	脱色法	真菌脱色法	(1)能取样 (2)能将样品脱色处理 (3)能制片、观察	20
4	冰冻匀浆法	真菌冰冻匀浆法	(1)能取样 (2)能将样品冰冻、匀浆处理 (3)能制片、观察、记录数据	10
5	结果	实训结果判断、记录	(1)结果的原因分析 (2)提出克服或改进方法(措施) (3)能分析比较各种方法的优劣	10
6	实训报告	格式、内容	(1)格式正确、内容完整、拍摄结果 (2)能正确观察记录实训现象或数据，能分析原因和提出克服或改进措施	15

实训五 线虫的分离与检测

一、实训目的

以在植物体上的寄生状况作为一个例子来观察根瘤组织内染了色的根结线虫。再从旱地土壤中分离线虫，而且为了测定土壤中线虫的分布，还要学会贝尔曼（Baermann）法、漂浮分离法、过筛检验法等。

二、仪器与材料

光学显微镜、表面皿、解剖针、带橡皮头的小滴管、镊子、漏斗、漏斗架、纱布、橡皮管、节流夹、载玻片、盖玻片、烧杯、电炉，0.05%酸性品红、乳酚油（苯酚 20ml、乳酸 20ml、甘油 40g、脱离子水 20ml）。白瓷盆、Fenwick 胞囊漂浮器、10～20cm 直径的三层筛(30 目、60 目、100 目)。

根结线虫病的被害根、7～10 月份在砂质壤土或其他发生有线虫的旱地土壤。

三、方法与步骤

1. 症状观察法　被害植物地上部好似缺乏微量元素的症状；被害植物地下部症状。

2. 挖根检验法　直接挖取植株根系，在室内浸入水盆中，使土团松软而脱离根系，或用细喷头仔细把土壤慢慢冲洗掉，用放大镜观察病根上的胞囊或线虫。

3. 根瘤组织内线虫的染色法　水洗根瘤，用含有 0.05%酸性品红的乳酚油煮沸根瘤1～2min，用水洗后浸渍于乳酚油中，在室温下 1～2min 后线虫即被染成红色。在组织内可以透视，或用解剖针取出线虫于载玻片的水滴中，载玻片在酒精灯火焰上方往返几次，约5～6s 至虫体突然伸直时停止，加盖后在显微镜下观察，根据形态特征予以鉴别。

4. 贝尔曼取线虫法　采取土壤 50g 包在 3～4 层纱布中，把它放在漏斗内、关闭漏斗下端橡皮管上的节流夹，从漏斗上端沿漏斗壁慢慢加水使纱布包全部没在水中，静置 18～24h、土壤内的线虫便游出来从纱布里钻出来、落到橡皮管内节流夹附近，打开节流夹一刹那，含有线虫的少量的水便流到表面皿中，用带橡皮球的小滴管吸取表面皿内的线虫放在载玻片上镜检。

5. 过筛检验法　田间采集的湿土样品于容器内加水搅拌后，倒入孔径分别为 30 目、60 目、100 目而且直径为 10～20cm 的三层筛中，接在水池上用细喷头冲洗，把细筛内的胞囊用清水冲入白瓷盆内，滤去水就可得到胞囊。如马铃薯胞囊线虫

6. 漂浮分离法　采回的土样放于纸上晾干或风干，参照 4. 的方法进行。也可直接用 Fenwick 胞囊漂浮器分离并收集漂浮。

四、实训结果

比较上述线虫分离法的优劣。

五、实训操作考核要点及参考评分

序号	实训小项目	考核内容	技能要求	评分(满分 100)
1	准备工作	准备和检查所需仪器、试剂、材料	(1)能准备、检查所需仪器、试剂、材料 (2)实训场地清洁，器具、试剂、材料等摆放	5
2	症状观察法	被害植物地上部、地下部症状	能根据被害植物地上部、地下部症状来判断、分析结果	15
3	挖根检验法	被害植物根系胞囊或线虫	(1)能取样 (2)能观察识别	10
4	根瘤组织内线虫的染色法	染色法、组织透明解剖	(1)能取样 (2)能染色、观察、解剖	10

续表

序号	实训小项目	考核内容	技能要求	评分(满分100)
5	贝尔曼取线虫法	漏斗法、制片	(1)能取样 (2)能用漏斗取线虫、观察识别	10
6	过筛检验法	三层筛法	(1)能取样 (2)能用三层筛法取线虫、观察识别	15
7	漂浮分离法	漂浮器分离并收集	(1)能取样 (2)能用漂浮器分离并收集线虫、观察识别	10
8	结果	实训结果判断、记录	(1)结果的原因分析 (2)提出克服或改进方法(措施) (3)能分析比较各种方法的优劣	10
9	实训报告	格式、内容	(1)格式正确、内容完整、拍摄结果 (2)能正确观察记录实训现象或数据，能分析原因和提出克服或改进措施	15

实训六 保湿萌芽检测

一、实训目的

熟悉最常用的保湿萌芽检测方法。保湿萌芽检测一般又分为吸水纸法、冰冻吸水纸法、琼脂平板法等。广泛应用于各种类型种子，简单方便、快速准确、易于掌握及鉴定。一般用于真菌检测。

二、仪器与材料

培养皿、吸水纸、无菌水、恒温箱、显微镜、200μl/L 金霉素或土霉素、1.5%～1.7%琼脂液、1mm 筛孔的筛、乙醇或甲醛、普通河沙、萌芽器、1%水琼脂培养基、长 160mm ×16mm 的大型试管、1%～4%葡萄糖液。待检种子。

三、方法与步骤

1. 吸水纸法　广泛应用于各种类型种子。无菌吸水纸三层，吸足无菌水后去掉多余水，放入消毒过的培养皿内，将种子或病组织（2%次氯酸钠表面消毒 1～2min，再无菌水冲洗）以不少于 1～1.5cm 的间距排列在吸水纸上（9cm 直径的培养皿放 25 粒种子），然后置于20～28℃的恒温箱内、12h/d 光照，经过 3～10d 观察在种子表面的病菌并镜检，如玉米霜霉病、苜蓿黄萎病。也可适用于叶片保湿（18℃、黑暗 24h）后检查有无霉层，如烟草霜霉病。

2. 冰冻吸水纸法　为改进的保湿培养法。方法同上。一般谷物种子在 10℃下保持 3d 以使其萌芽，然后在 20℃下保持 2d（其他种子 4d），再将幼苗在－20℃下冰冻过夜，以死亡的幼苗作为培养基，然后在 20℃下 12h/d 光照保持 5～7d 后观察（为防止细菌污染可在吸水纸上加些 200μl/L 金霉素或土霉素数滴）。

3. 琼脂平板法　用 1.5%～1.7%琼脂液灭菌后倒入无菌培养皿中，制成一定厚度的斜面代替吸水纸，将种子置于其上。如检验枯萎病菌、黄萎病菌、锈病冬孢子等。

4. 沙土萌芽检测法　普通河沙 1mm 筛孔的沙粒，水洗去泥后用沸水煮过，铺在经过酒精或甲醛消毒过的萌芽器内，加冷开水使沙相对湿度达 60%，沙面低于萌芽器 4cm，将沙铺平排列好种子（间距）再加消毒过的细沙覆盖 2～3cm 并加盖子，置于 25℃温箱中培养；当第一个幼苗长高碰到盖子时即去掉盖子，经过一定时间将幼苗连根拔起并取出未发芽种子来计算发芽率及发病率。

5. 试管幼苗症状测定法　160mm×16mm 的大型试管，内装 1%透明的水琼脂培养基 10ml。消毒后保持 60°斜角凝固后放入 1 粒种子，塞紧盖子，置于 20℃下按照 12h 光照、12h 黑暗培养 10～14d，当幼苗长到试管顶部时打开盖子检查幼苗症状。

6. 生长检验法　将带菌的种子播于灭菌土中，当幼苗产生症状时，将病叶上的老孢子囊（梗）用水冲洗掉，在 1%～4%葡萄糖液中浸 5min，于室温下培养 14h 以增加产孢量。然后将孢子悬浮液接种于 1 叶期玉米幼苗上，等到 4～5 叶期时可表现发病症状，并镜检病原。如玉米霜霉病。

四、实训结果

记录与计算分析观察到的结果。

五、实训操作考核要点及参考评分

序号	实训小项目	考核内容	技能要求	评分(满分 100)
1	准备工作	准备和检查所需仪器、试剂、材料	(1)能准备、检查所需仪器、试剂、材料 (2)实训场地清洁，器具、试剂、材料等摆放	5
2	吸水纸法	吸水纸法、冰冻吸水纸法	(1)能根据具体情况采用不同的方法 (2)能熟练操作吸水纸法 (3)能观察、判断、分析结果	20
3	琼脂平板法	配制琼脂培养基、平板法	(1)能取样 (2)能平板培养、观察	10
4	沙土萌芽检测法	材料处理、培养条件、发芽及发病率计算	(1)能取样 (2)能进行材料处理、培养 (3)能观察、记录数据、计算	20
5	试管幼苗症状测定法	水琼脂培养基、培养条件、症状观察	(1)能取样 (2)能进行材料处理、培养 (3)能观察、记录数据、计算	10
6	生长检验法	材料处理、葡萄糖液配制	(1)能取样 (2)能进行材料处理、培养、接种 (3)能观察、记录	10
7	结果	实训结果判断、记录	(1)结果的原因分析 (2)提出克服或改进方法(措施) (3)能分析比较各种方法的优劣	10
8	实训报告	格式、内容	(1)格式正确、内容完整、拍摄结果 (2)能正确观察记录实训现象或数据，能分析原因和提出克服或改进措施	15

实训七　害虫检测

一、实训目的

懂得常用的害虫检测方法，一般广泛应用于各种类型种子中的钻蛀性害虫。原理是健康种子比有虫害、杂草籽粒重，简单方便、快速准确、易于掌握及鉴定。也要学会最常用的症状检测、形态识别检测。

二、材料与仪器

培养皿、放大镜、铜/铁丝网、白色吸水纸、饱和食盐水、硝酸铵溶液、5%～10%食盐溶液、1%高锰酸钾溶液、酸性品红、1%碘化钾溶液或2%碘酊、0.5%氢氧化钾（钠）溶液、软X射线透视机。待检种子。

三、方法及步骤

（一）实验室检测

1. 密度检测（饱和食盐水法） 豆粒等较重种子，用饱和食盐水（1000ml 20℃温水中，溶入食盐360g）或硝酸铵溶液（硝酸铵300～500g溶于1000ml水中）浸泡，浸入后搅拌5～10s后静止1～2min，可漂浮出豆象危害的豆粒并计算虫害率。稻谷、燕麦等一般用5%～10%食盐溶液来漂洗。

2. 高锰酸钾染色法 样品数克，去杂质后倒入铜/铁丝网中，浸入30℃温水内1min，移浸于1%高锰酸钾溶液中浸染45～60s，取出清水洗净后倒在白色吸水纸上用放大镜观察，凡种子表面有直径0.5cm左右黑点的即为虫害粒，可鉴定和计算虫害率。

3. 品红染色法 样品数克，去杂质后倒入铜/铁丝网中，浸入30℃温水内1min，移浸于酸性品红液中浸染2～5min，取出清水洗净后倒在白色吸水纸上用放大镜观察，凡种子表面有直径0.5cm左右桃红色小点的即为虫害粒，而损伤则染色浅且斑点不规则，鉴定和计算虫害率。

4. 碘化钾染色法 样品数克，去杂质后倒入铜/铁丝网中，浸入1%碘化钾溶液或2%碘酊中1～1.5min，取出移入0.5%氢氧化钾（钠）溶液中浸30s，取出清水洗15～20s后倒在白色吸水纸上用放大镜观察，凡种子表面有直径1～2mm的黑色圆斑者即为虫害粒，可鉴定和计算虫害率（多用于豆子）。

5. 软X射线透视检测法 样品100粒，单层平铺于仪器内样品台上，开通电源，调节光强和清晰度，通过观察窗即可在荧光屏上观察。凡健康种子全粒均匀透明，有阴影斑点（块）为虫害粒。

（二）症状检测

根据害虫危害的症状来判别检疫性害虫。

（三）形态识别检测

根据害虫的形态特征、生活习性等来识别害虫。

四、实训结果

记录与计算分析观察到的结果。

五、实训操作考核要点及参考评分

序号	实训小项目	考核内容	技能要求	评分(满分100)
1	准备工作	准备和检查所需仪器、试剂、材料	(1)能准备、检查所需仪器、试剂、材料 (2)实训场地清洁,器具、试剂、材料等摆放	5
2	密度检测	饱和食盐水法、硝酸铵法	(1)能根据具体情况采用不同的方法 (2)能熟练操作密度检测 (3)能观察记录、判断、分析结果	20

续表

序号	实训小项目	考核内容	技能要求	评分(满分100)
3	染色法	高锰酸钾、品红、碘化钾	(1)能根据具体情况采用不同的方法 (2)能取样、样品染色处理 (3)能观察、记录	10
4	软X射线透视检测法	软X光仪的使用	(1)能取样 (2)能使用仪器观察、记录数据	10
5	症状检测	害虫危害的症状	能根据害虫危害的症状来判别	10
6	形态识别检测	害虫的形态特征、生活习性	能根据害虫的形态特征、生活习性等来识别害虫	20
7	结果	实训结果判断、记录	(1)结果的原因分析 (2)提出克服或改进方法(措施) (3)能分析比较各种方法的优劣	10
8	实训报告	格式、内容	(1)格式正确、内容完整、拍摄结果 (2)能正确观察记录实训现象或数据，能分析原因和提出克服或改进措施	15

实训八　危险性害草检测

一、实训目的

懂得常用的害草检测方法，一般多采用形态鉴别，其简单方便、快速准确、易于掌握及鉴定。学会抽样检测、产地调查、隔离种植检查、密度检测等。

二、仪器与材料

放大镜、解剖镜、5%～10%食盐溶液、筛、培养皿。

三、方法及步骤

1. 抽样检查　按规定取样进行过筛，如检查材料与杂草种子大小相似，可采用密度法、滑动法或磁吸法检验，并用解剖镜或放大镜等按照其特征进行鉴别，计算混杂率。如毒麦、菟丝子、列当。对苗木等带茎叶的材料，可用肉眼或放大镜直接鉴别。如假高粱。

2. 产地调查　在检查材料、杂草的生长期，根据其形态特征进行鉴别。如毒麦。

3. 隔离种植检查　对不能鉴定到种的可通过隔离种植，根据花果的特征进行鉴别。如菟丝子。

4. 密度检测　稻谷、燕麦等较重种子，用5%～10%食盐溶液浸泡，浸入后搅拌5～10s后静止1～2min，可漂浮出危险性杂草并计算混杂率。如菟丝子。

四、实训结果

记录与计算分析观察到的结果。

五、实训操作考核要点及参考评分

序号	实训小项目	考核内容	技能要求	评分(满分100)
1	准备工作	准备和检查所需仪器、试剂、材料	(1)能准备、检查所需仪器、试剂、材料 (2)实训场地清洁,器具、试剂、材料等摆放	5
2	密度检测	食盐水法	(1)能根据具体情况采用不同的方法 (2)能熟练操作密度检测 (3)能观察记录、判断、分析结果	10
3	抽样检查	取样、选筛用筛、解剖镜或放大镜的使用	(1)能根据具体情况选用不同的筛 (2)能合理取样、使用解剖镜或放大镜 (3)能进行形态鉴别、记录	20
4	产地调查	选择生长期内某一阶段最能反映特征的时期	(1)能根据生长期的形态特征进行鉴别 (2)能使用仪器或肉眼观察、记录	20
5	隔离种植检查	隔离种植、根据花果的特征进行鉴别	(1)能进行隔离种植 (2)能根据花果的特征进行鉴别害草	20
6	结果	实训结果判断、记录	(1)结果的原因分析 (2)提出克服或改进方法(措施) (3)能分析比较各种方法的优劣	10
7	实训报告	格式、内容	(1)格式正确、内容完整、拍摄结果 (2)能正确观察记录实训现象或数据,能分析原因和提出克服或改进措施	15

实训九　检疫性真菌病害的观察与识别

一、实训目的

常见的危险性植物病原真菌的检验多采用植物被害症状与真菌形态鉴别，其简单方便、易于掌握及鉴定。学会对有明显被危害症状的植物材料进行直接检验、目测及显微镜或放大镜观察等。

二、仪器与材料

台式放大镜、显微镜、解剖镜、载玻片、盖玻片、挑针、解剖刀、小镊子、乳酚油滴瓶、蒸馏水滴瓶；小麦腥黑穗病菌装片和大豆疫病（疫霉菌）标本。

三、方法及步骤

1. 玻片标本制作与观察　清洁载玻片，中央滴1滴蒸馏水，用挑针挑取少许大豆疫霉菌的白色绵毛状菌丝放入水滴中，用2支挑针轻轻拨开过于密集的菌丝，然后自水滴一侧用挑针支持，慢慢加盖玻片即成。然后放在显微镜下观察，并画出病菌形态图及标注名称，根据其形态特征进行鉴别。

2. 装片观察　将小麦腥黑穗病菌装片放在显微镜下观察，并画出病菌形态图及标注名称，根据其形态特征进行鉴别。

3. 直接检验　对有明显被危害症状的植物材料可进行直接检验。将送检样品置台式放大镜下检验，仔细观察有无菌瘿，根据其形态特征进行鉴别。另外，目测送检植物被危害的症状进行鉴别。

四、实训结果

描绘与分析观察到的结果。

五、实训操作考核要点及参考评分

序号	实训小项目	考核内容	技能要求	评分(满分100)
1	准备工作	准备和检查所需仪器、试剂、材料	(1)能准备、检查所需仪器、试剂、材料 (2)实训场地清洁,器具、试剂、材料等摆放	5
2	玻片标本制作与观察	自制玻片标本、显微镜的使用	(1)能熟练制作玻片标本 (2)能熟练使用显微镜观察 (3)能观察描绘、判断、分析结果	30
3	装片观察	显微镜的使用	(1)能熟练使用显微镜观察 (2)能进行形态鉴别、记录	20
4	直接检验	有明显症状的植物材料进行直接检验、台式放大镜下检验	(1)能根据送检植物被危害的症状进行鉴别 (2)能使用台式放大镜检验,并根据其形态特征进行观察、鉴别、记录	20
5	结果	实训结果判断、记录	(1)描绘观察到的结果 (2)能分析比较各种方法的优劣	10
6	实训报告	格式、内容	(1)格式正确、内容完整、描绘结果 (2)能正确观察记录实训现象,能进行装片观察与鉴别	15

实训十　检疫性细菌病害的观察与识别

一、实训目的

常见的危险性植物病原细菌的检验多采用植物被危害症状与细菌形态鉴别，其简单方便、易于掌握及鉴定。学会对有明显被危害症状的植物材料进行直接检验、目测及带油镜显微镜观察等。

二、仪器与材料

带油镜显微镜、载玻片、盖玻片、挑针、无菌蒸馏水滴瓶、香柏油、二甲苯、擦镜纸；梨火疫病细菌装片和菜豆细菌性萎蔫病标本。

三、方法与步骤

1. 玻片标本制作　清洁载玻片，在其两端各滴1滴无菌蒸馏水备用。用挑针挑取受害菜豆种子其种脐上挑取适量菌脓放入载玻片两端水滴中，用挑针搅匀涂薄即成。

2. 制片或装片观察　将制片或装片依次先用低倍、高倍镜找到观察部位，然后在细菌涂面上滴少许香柏油，再慢慢地把油镜转下使其浸入油滴中，并由一侧注视，使油镜轻触玻片，观察时用微动螺旋慢慢将油镜提到观察物像清晰为止。画出病原细菌形态图，根据其形态特征进行鉴别。镜检完毕后，用擦镜纸蘸少许二甲苯轻拭镜头，除净镜头上的香柏油。

3. 直接检验　对有明显被危害症状的植物材料可进行直接检验。即根据植物细菌性病害的症状进行观察，指出症状特点和哪些病部有菌脓溢出。最后，根据植物被危害的症状特点等进行鉴别。

四、实训结果

描绘与分析观察到的结果。

五、实训操作考核要点及参考评分

序号	实训小项目	考核内容	技能要求	评分(满分100)
1	准备工作	准备和检查所需仪器、试剂、材料	(1)能准备、检查所需仪器、试剂、材料 (2)实训场地清洁,器具、试剂、材料等摆放	5
2	玻片标本制作	自制玻片标本	能熟练制作玻片标本	15
3	制片或装片观察	带油镜显微镜的使用	(1)能熟练使用带油镜的显微镜 (2)能进行形态鉴别、描绘记录	35
4	直接检验	有明显症状的植物材料进行直接检验	(1)能指出危害的症状特点及菌脓溢出部位 (2)能根据送检植物被危害的症状进行观察、鉴别、记录	20
5	结果	实训结果判断、记录	(1)描绘观察到的结果 (2)能分析比较两种方法的优劣	10
6	实训报告	格式、内容	(1)格式正确、内容完整、描绘结果 (2)能正确观察记录实训现象,能进行装片观察与鉴别	15

实训十一 检疫性害虫的观察与识别

一、实训目的

常见的危险性害虫的检验多采用危害症状与害虫形态鉴别，其简单方便、易于掌握及鉴定。学会对有明显危害症状的植物材料进行现场调查、为害状观察、害虫形态观察等。

二、仪器与材料

显微镜、体视显微镜、双目解剖镜、手持放大镜、载玻片、盖玻片、挑针、镊子、培养皿、检索表；虫害标本和危害状标本。

三、方法及步骤

1. 现场调查、为害状观察　根据植物被危害的症状特点进行鉴别。

2. 虫害标本的鉴定　借助手持放大镜、体视显微镜，根据相关教科书的检索表，以及害虫的形态描述进行观察与鉴定。

体视显微镜：根据观察物颜色，选择载物台黑、白面，将所需观察的物体放在载物台面中心；选择适当的放大倍率，换上所需目镜（10×或20×）。卸下2×大物镜，其有效工作距离为85～88mm，如加上2×大物镜，放大倍率可达160倍，有效工作距离约为25～35mm。为了得到适当的放大倍率，可拨动转盘，改变其变倍物镜的放大倍率或换插不同倍数物镜。变倍物镜的放大倍率可在读数圈上读出。（参考江世宏的方法）

四、实训结果

描绘与分析观察到的结果。

五、实训操作考核要点及参考评分

序号	实训小项目	考核内容	技能要求	评分(满分100)
1	准备工作	准备和检查所需仪器、试剂、材料	(1)能准备、检查所需仪器、材料 (2)实训场地清洁,器具、材料等摆放	5
2	害虫形态观察与鉴定	体视显微镜的使用	(1)能熟练使用体视显微镜 (2)能熟练使用检索表 (3)能进行形态鉴别、描绘记录	45
3	现场调查、为害状观察	能根据植物被危害的症状特点进行鉴别	(1)能指出植物被危害的症状特点 (2)能根据送检植物被危害的症状进行观察、鉴别、记录	25
4	结果	实训结果判断、记录	(1)描绘观察到的结果 (2)能分析比较两种方法的优劣	10
5	实训报告	格式、内容	(1)格式正确、内容完整、描绘结果 (2)能正确观察记录实训现象,能进行装片观察与鉴别	15

附录一

全国农业植物检疫性有害生物名单

根据《植物检疫条例》的有关规定和全国农业植物有害生物普查结果，农业部组织制定了新的《全国农业植物检疫性有害生物名单》和《应施检疫的植物及植物产品名单》，于2006年3月2日发布施行。1995年4月17日农业部发布的《农业植物检疫对象和应施检疫的植物、植物产品名单》同时废止。

昆虫

1. 菜豆象 *Acanthoscelides obtectus*（Say）
2. 柑橘小实蝇 *Bactrocera dorsalis*（Hendel）
3. 柑橘大实蝇 *Bactrocera minax*（Enderlein）
4. 蜜柑大实蝇 *Bactrocera tsuneonis*（Miyake）
5. 三叶斑潜蝇 *Liriomyza trifolii*（Burgess）
6. 椰心叶甲 *Brontispa longissima* Gestro
7. 四纹豆象 *Callosobruchus maculates*（Fabricius）
8. 苹果蠹蛾 *Cydia pomonella*（Linnaeus）
9. 葡萄根瘤蚜 *Daktulosphaira vitifoliae* Fitch
10. 苹果绵蚜 *Eriosoma lanigerum*（Hausmann）
11. 美国白蛾 *Hyphantria cunea*（Drury）
12. 马铃薯甲虫 *Leptinotarsa decemlineata*（Say）
13. 稻水象甲 *Lissorhoptrus oryzophilus* Kuschel
14. 蔗扁蛾 *Opogona sacchari* Bojer
15. 红火蚁 *Solenopsis invicta* Buren
16. 芒果果肉象甲 *Sternochetus frigidus*（Fabricius）
17. 芒果果实象甲 *Sternochetus olivieri*（Faust）

线虫

18. 菊花滑刃线虫 *Aphelenchoides ritzemabosi*（Schwartz）Steiner & Buhrer
19. 腐烂茎线虫 *Ditylenchus destructor* Thorne
20. 香蕉穿孔线虫 *Radopholus similes*（Cobb）Thorne

细菌

21. 瓜类果斑病菌 *Acidovorax avenae* subsp. *citrulli*（Schaad et al.）Willems et al.
22. 柑橘黄龙病菌 *Candidatus liberobacter asiaticum* Jagoueix et al.
23. 番茄溃疡病菌 *Clavibacter michiganensis* subsp. *michiganensis*（Smith）Davis et al.
24. 十字花科黑斑病菌 *Pseudomonas syringae* pv. *maculicola*（McCulloch）Young et al.
25. 番茄细菌性叶斑病菌 *Pseudomonas syringae* pv. *tomato*（Okabe）Young，Dye & Wilkie
26. 柑橘溃疡病菌 *Xanthomonas axonopodis* pv. *citri*（Hasse）Vauterin et al.
27. 水稻细菌性条斑病菌 *Xanthomonas oryzae* pv. *oryzicola*（Fang *et al*）Swings et al.

真菌

28. 黄瓜黑星病菌 *Cladosporium cucumerinum* Ellis & Arthur

29. 香蕉镰刀菌枯萎病菌 4 号小种 *Fusarium oxysporum* f. sp. *cubense*（Smith）Snyder & Hansen Race 4

30. 玉米霜霉病菌 *Peronosclerospora* spp.

31. 大豆疫霉病菌 *Phytophthora sojae* Kaufmann & Gerdemann

32. 马铃薯癌肿病菌 *Synchytrium endobioticum*（Schilb.）Percival

33. 苹果黑星病菌 *Venturia inaequalis*（Cooke）Winter

34. 苜蓿黄萎病菌 *Verticillium albo-atrum* Reinke & Berthold

35. 棉花黄萎病菌 *Verticillium dahliae* Kleb.

病毒

36. 李属坏死环斑病毒 *Prunus necrotic ringspot ilarvirus*

37. 烟草环斑病毒 *Tobacco ringspot nepovirus*

38. 番茄斑萎病毒 *Tomato spotted wilt tospovirus*

杂草

39. 豚草属 *Ambrosia* spp.

40. 菟丝子属 *Cuscuta* spp.

41. 毒麦 *Lolium temulentum* L.

42. 列当属 *Orobanche* spp.

43. 假高粱 *Sorghum halepense*（L.）Pers.

附录二

应施检疫的植物及植物产品名单

一、稻、麦、玉米、高粱、豆类、薯类等作物的种子、块根、块茎及其他繁殖材料和来源于发生疫情的县级行政区域的上述植物产品；

二、棉、麻、烟、茶、桑、花生、向日葵、芝麻、油菜、甘蔗、甜菜等作物的种子、种苗及其他繁殖材料和来源于发生疫情的县级行政区域的上述植物产品；

三、西瓜、甜瓜、香瓜、哈密瓜、葡萄、苹果、梨、桃、李、杏、梅、沙果、山楂、柿、柑、橘、橙、柚、猕猴桃、柠檬、荔枝、枇杷、龙眼、香蕉、菠萝、芒果、咖啡、可可、腰果、番石榴、胡椒等作物的种子、苗木、接穗、砧木、试管苗及其他繁殖材料和来源于发生疫情的县级行政区域的上述植物产品；

四、花卉的种子、种苗、球茎、鳞茎等繁殖材料及切花、盆景花卉；

五、蔬菜作物的种子、种苗和来源于发生疫情的县级行政区域的蔬菜产品；

六、中药材种苗和来源于发生疫情的县级行政区域的中药材产品；

七、牧草、草坪草、绿肥的种子种苗及食用菌的种子、细胞繁殖体和来源于发生疫情的县级行政区域的上述植物产品；

八、麦麸、麦秆、稻草、芦苇等可能受检疫性有害生物污染的植物产品及包装材料。

附录三

中华人民共和国进境植物检疫性有害生物名录

为防止危险性植物有害生物传入我国，根据《中华人民共和国进出境动植物检疫法》及其实施条例等法律法规，由国家质检总局、农业部共同制定的《中华人民共和国进境植物检疫性有害生物名录》于2007年5月29日发布并实施。1992年7月25日农业部发布的《中华人民共和国进境植物检疫危险性病、虫、杂草名录》同时废止。

昆虫

1. 白带长角天牛 *Acanthocinus carinulatus*（Gebler）
2. 菜豆象 *Acanthoscelides obtectus*（Say）
3. 黑头长翅卷蛾 *Acleris variana*（Fernald）
4. 窄吉丁（非中国种）*Agrilus* spp.（non-Chinese）
5. 螺旋粉虱 *Aleurodicus dispersus* Russell
6. 按实蝇属 *Anastrepha* Schiner
7. 墨西哥棉铃象 *Anthonomus grandis* Boheman
8. 苹果花象 *Anthonomus quadrigibbus* Say
9. 香蕉肾盾蚧 *Aonidiella comperei* McKenzie
10. 咖啡黑长蠹 *Apate monachus* Fabricius
11. 梨矮蚜 *Aphanostigma piri*（Cholodkovsky）
12. 辐射松幽天牛 *Arhopalus syriacus* Reitter
13. 果实蝇属 *Bactrocera* Macquart
14. 西瓜船象 *Baris granulipennis*（Tournier）
15. 白条天牛（非中国种）*Batocera* spp.（non-Chinese）
16. 椰心叶甲 *Brontispa longissima*（Gestro）
17. 埃及豌豆象 *Bruchidius incarnates*（Boheman）
18. 苜蓿籽蜂 *Bruchophagus roddi* Gussak
19. 豆象（属）（非中国种）*Bruchus* spp.（non-Chinese）
20. 荷兰石竹卷蛾 *Cacoecimorpha pronubana*（Hübner）
21. 瘤背豆象（四纹豆象和非中国种）*Callosobruchus* spp.［*maculatus*（F.）and non-Chinese］
22. 欧非枣实蝇 *Carpomya incompleta*（Becker）
23. 枣实蝇 *Carpomya vesuviana* Costa
24. 松唐盾蚧 *Carulaspis juniperi*（Bouchè）
25. 阔鼻谷象 *Caulophilus oryzae*（Gyllenhal）
26. 小条实蝇属 *Ceratitis* Macleay
27. 无花果蜡蚧 *Ceroplastes rusci*（L.）
28. 松针盾蚧 *Chionaspis pinifoliae*（Fitch）
29. 云杉色卷蛾 *Choristoneura fumiferana*（Clemens）
30. 鳄梨象属 *Conotrachelus* Schoenherr

31. 高粱瘿蚊 *Contarinia sorghicola* (Coquillett)
32. 乳白蚁(非中国种) *Coptotermes* spp. (non-Chinese)
33. 葡萄象 *Craponius inaequalis* (Say)
34. 异胫长小蠹(非中国种) *Crossotarsus* spp. (non-Chinese)
35. 苹果异形小卷蛾 *Cryptophlebia leucotreta* (Meyrick)
36. 杨干象 *Cryptorrhynchus lapathi* L.
37. 麻头砂白蚁 *Cryptotermes brevis* (Walker)
38. 斜纹卷蛾 *Ctenopseustis obliquana* (Walker)
39. 欧洲栗象 *Curculio elephas* (Gyllenhal)
40. 山楂小卷蛾 *Cydia janthinana* (Duponchel)
41. 樱小卷蛾 *Cydia packardi* (Zeller)
42. 苹果蠹蛾 *Cydia pomonella* (L.)
43. 杏小卷蛾 *Cydia prunivora* (Walsh)
44. 梨小卷蛾 *Cydia pyrivora* (Danilevskii)
45. 寡鬃实蝇(非中国种) *Dacus* spp. (non-Chinese)
46. 苹果瘿蚊 *Dasineura mali* (Kieffer)
47. 大小蠹(红脂大小蠹和非中国种) *Dendroctonus* spp. (*valens* LeConte and non-Chinese)
48. 石榴小灰蝶 *Deudorix isocrates* Fabricius
49. 根萤叶甲属 *Diabrotica* Chevrolat
50. 黄瓜绢野螟 *Diaphania nitidalis* (Stoll)
51. 蔗根象 *Diaprepes abbreviata* (L.)
52. 小蔗螟 *Diatraea saccharalis* (Fabricius)
53. 混点毛小蠹 *Dryocoetes confusus* Swaine
54. 香蕉灰粉蚧 *Dysmicoccus grassi* Leonari
55. 新菠萝灰粉蚧 *Dysmicoccus neobrevipes* Beardsley
56. 石榴螟 *Ectomyelois ceratoniae* (Zeller)
57. 桃白圆盾蚧 *Epidiaspis leperii* (Signoret)
58. 苹果绵蚜 *Eriosoma lanigerum* (Hausmann)
59. 枣大球蚧 *Eulecanium gigantea* (Shinji)
60. 扁桃仁蜂 *Eurytoma amygdali* Enderlein
61. 李仁蜂 *Eurytoma schreineri* Schreiner
62. 桉象 *Gonipterus scutellatus* Gyllenhal
63. 谷实夜蛾 *Helicoverpa zea* (Boddie)
64. 合毒蛾 *Hemerocampa leucostigma* (Smith)
65. 松突圆蚧 *Hemiberlesia pitysophila* Takagi
66. 双钩异翅长蠹 *Heterobostrychus aequalis* (Waterhouse)
67. 李叶蜂 *Hoplocampa flava* (L.)
68. 苹叶蜂 *Hoplocampa testudinea* (Klug)
69. 刺角沟额天牛 *Hoplocerambyx spinicornis* (Newman)
70. 苍白树皮象 *Hylobius pales* (Herbst)
71. 家天牛 *Hylotrupes bajulus* (L.)

72. 美洲榆小蠹 *Hylurgopinus rufipes*（Eichhoff）
73. 长林小蠹 *Hylurgus ligniperda* Fabricius
74. 美国白蛾 *Hyphantria cunea*（Drury）
75. 咖啡果小蠹 *Hypothenemus hampei*（Ferrari）
76. 小楹白蚁 *Incisitermes minor*（Hagen）
77. 齿小蠹（非中国种）*Ips* spp.（non-Chinese）
78. 黑丝盾蚧 *Ischnaspis longirostris*（Signoret）
79. 芒果蛎蚧 *Lepidosaphes tapleyi* Williams
80. 东京蛎蚧 *Lepidosaphes tokionis*（Kuwana）
81. 榆蛎蚧 *Lepidosaphes ulmi*（L.）
82. 马铃薯甲虫 *Leptinotarsa decemlineata*（Say）
83. 咖啡潜叶蛾 *Leucoptera coffeella*（Guérin-Méneville）
84. 三叶斑潜蝇 *Liriomyza trifolii*（Burgess）
85. 稻水象甲 *Lissorhoptrus oryzophilus* Kuschel
86. 阿根廷茎象甲 *Listronotus bonariensis*（Kuschel）
87. 葡萄花翅小卷蛾 *Lobesia botrana*（Denis et Schiffermuller）
88. 黑森瘿蚊 *Mayetiola destructor*（Say）
89. 霍氏长盾蚧 *Mercetaspis halli*（Green）
90. 桔实锤腹实蝇 *Monacrostichus citricola* Bezzi
91. 墨天牛（非中国种）*Monochamus* spp.（non-Chinese）
92. 甜瓜迷实蝇 *Myiopardalis pardalina*（Bigot）
93. 白缘象甲 *Naupactus leucoloma*（Boheman）
94. 黑腹尼虎天牛 *Neoclytus acuminatus*（Fabricius）
95. 蔗扁蛾 *Opogona sacchari*（Bojer）
96. 玫瑰短喙象 *Pantomorus cervinus*（Boheman）
97. 灰白片盾蚧 *Parlatoria crypta* Mckenzie
98. 谷拟叩甲 *Pharaxonotha kirschi* Reither
99. 美柏肤小蠹 *Phloeosinus cupressi* Hopkins
100. 桉天牛 *Phoracantha semipunctata*（Fabricius）
101. 木蠹象属 *Pissodes* Germar
102. 南洋臀纹粉蚧 *Planococcus lilacius* Cockerell
103. 大洋臀纹粉蚧 *Planococcus minor*（Maskell）
104. 长小蠹（属）（非中国种）*Platypus* spp.（non-Chinese）
105. 日本金龟子 *Popillia japonica* Newman
106. 桔花巢蛾 *Prays citri* Milliere
107. 椰子缢胸叶甲 *Promecotheca cumingi* Baly
108. 大谷蠹 *Prostephanus truncatus*（Horn）
109. 澳洲蛛甲 *Ptinus tectus* Boieldieu
110. 刺桐姬小蜂 *Quadrastichus erythrinae* Kim
111. 欧洲散白蚁 *Reticulitermes lucifugus*（Rossi）
112. 褐纹甘蔗象 *Rhabdoscelus lineaticollis*（Heller）
113. 几内亚甘蔗象 *Rhabdoscelus obscurus*（Boisduval）

114. 绕实蝇（非中国种）*Rhagoletis* spp.（non-Chinese）
115. 苹虎象 *Rhynchites aequatus*（L.）
116. 欧洲苹虎象 *Rhynchites bacchus* L.
117. 李虎象 *Rhynchites cupreus* L.
118. 日本苹虎象 *Rhynchites heros* Roelofs
119. 红棕象甲 *Rhynchophorus ferrugineus*（Olivier）
120. 棕榈象甲 *Rhynchophorus palmarum*（L.）
121. 紫棕象甲 *Rhynchophorus phoenicis*（Fabricius）
122. 亚棕象甲 *Rhynchophorus vulneratus*（Panzer）
123. 可可盲蝽象 *Sahlbergella singularis* Haglund
124. 楔天牛（非中国种）*Saperda* spp.（non-Chinese）
125. 欧洲榆小蠹 *Scolytus multistriatus*（Marsham）
126. 欧洲大榆小蠹 *Scolytus scolytus*（Fabricius）
127. 剑麻象甲 *Scyphophorus acupunctatus* Gyllenhal
128. 刺盾蚧 *Selenaspidus articulatus* Morgan
129. 双棘长蠹（非中国种）*Sinoxylon* spp.（non-Chinese）
130. 云杉树蜂 *Sirex noctilio* Fabricius
131. 红火蚁 *Solenopsis invicta* Buren
132. 海灰翅夜蛾 *Spodoptera littoralis*（Boisduval）
133. 猕猴桃举肢蛾 *Stathmopoda skelloni* Butler
134. 芒果象属 *Sternochetus* Pierce
135. 梨蓟马 *Taeniothrips inconsequens*（Uzel）
136. 断眼天牛（非中国种）*Tetropium* spp.（non-Chinese）
137. 松异带蛾 *Thaumetopoea pityocampa*（Denis et Schiffermuller）
138. 番木瓜长尾实蝇 *Toxotrypana curvicauda* Gerstaecker
139. 褐拟谷盗 *Tribolium destructor* Uyttenboogaart
140. 斑皮蠹（非中国种）*Trogoderma* spp.（non-Chinese）
141. 暗天牛属 *Vesperus* Latreile
142. 七角星蜡蚧 *Vinsonia stellifera*（Westwood）
143. 葡萄根瘤蚜 *Viteus vitifoliae*（Fitch）
144. 材小蠹（非中国种）*Xyleborus* spp.（non-Chinese）
145. 青杨脊虎天牛 *Xylotrechus rusticus* L.
146. 巴西豆象 *Zabrotes subfasciatus*（Boheman）

软体动物

147. 非洲大蜗牛 *Achatina fulica* Bowdich
148. 硫球球壳蜗牛 *Acusta despecta* Gray
149. 花园葱蜗牛 *Cepaea hortensis* Müller
150. 散大蜗牛 *Helix aspersa* Müller
151. 盖罩大蜗牛 *Helix pomatia* Linnaeus
152. 比萨茶蜗牛 *Theba pisana* Müller

真菌

153. 向日葵白锈病菌 *Albugo tragopogi*（Persoon）Schröter var. *helianthi* Novotelnova

154. 小麦叶疫病菌 *Alternaria triticina* Prasada et Prabhu
155. 榛子东部枯萎病菌 *Anisogramma anomala* (Peck) E. Muller
156. 李黑节病菌 *Apiosporina morbosa* (Schweinitz) von Arx
157. 松生枝干溃疡病菌 *Atropellis pinicola* Zaller et Goodding
158. 嗜松枝干溃疡病菌 *Atropellis piniphila* (Weir) Lohman et Cash
159. 落叶松枯梢病菌 *Botryosphaeria laricina* (K. Sawada) Y. Zhong
160. 苹果壳色单隔孢溃疡病菌 *Botryosphaeria stevensii* Shoemaker
161. 麦类条斑病菌 *Cephalosporium gramineum* Nisikado et Ikata
162. 玉米晚枯病菌 *Cephalosporium maydis* Samra, Sabet et Hingorani
163. 甘蔗凋萎病菌 *Cephalosporium sacchari* E. J. Butler et Hafiz Khan
164. 栎枯萎病菌 *Ceratocystis fagacearum* (Bretz) Hunt
165. 云杉帚锈病菌 *Chrysomyxa arctostaphyli* Dietel
166. 山茶花腐病菌 *Ciborinia camelliae* Kohn
167. 黄瓜黑星病菌 *Cladosporium cucumerinum* Ellis et Arthur
168. 咖啡浆果炭疽病菌 *Colletotrichum kahawae* J. M. Waller et Bridge
169. 可可丛枝病菌 *Crinipellis perniciosa* (Stahel) Singer
170. 油松疱锈病菌 *Cronartium coleosporioides* J. C. Arthur
171. 北美松疱锈病菌 *Cronartium comandrae* Peck
172. 松球果锈病菌 *Cronartium conigenum* Hedgcock et Hunt
173. 松纺锤瘤锈病菌 *Cronartium fusiforme* Hedgcock et Hunt ex Cummins
174. 松疱锈病菌 *Cronartium ribicola* J. C. Fisch.
175. 桉树溃疡病菌 *Cryphonectria cubensis* (Bruner) Hodges
176. 花生黑腐病菌 *Cylindrocladium parasiticum* Crous, Wingfield et Alfenas
177. 向日葵茎溃疡病菌 *Diaporthe helianthi* Muntanola-Cvetkovic Mihaljcevic et Petrov
178. 苹果果腐病菌 *Diaporthe perniciosa* É. J. Marchal
179. 大豆北方茎溃疡病菌 *Diaporthe phaseolorum* (Cooke et Ell.) Sacc. var. *caulivora* Athow et Caldwell
180. 大豆南方茎溃疡病菌 *Diaporthe phaseolorum* (Cooke et Ell.) Sacc. var. *meridionalis* F. A. Fernandez
181. 蓝莓果腐病菌 *Diaporthe vaccinii* Shear
182. 菊花花枯病菌 *Didymella ligulicola* (K. F. Baker, Dimock et L. H. Davis) von Arx
183. 番茄亚隔孢壳茎腐病菌 *Didymella lycopersici* Klebahn
184. 松瘤锈病菌 *Endocronartium harknessii* (J. P. Moore) Y. Hiratsuka
185. 葡萄藤猝倒病菌 *Eutypa lata* (Pers.) Tul. et C. Tul.
186. 松树脂溃疡病菌 *Fusarium circinatum* Nirenberg et O'Donnell
187. 芹菜枯萎病菌 *Fusarium oxysporum* Schlecht. f. sp. *apii* Snyd. et Hans
188. 芦笋枯萎病菌 *Fusarium oxysporum* Schlecht. f. sp. *asparagi* Cohen et Heald
189. 香蕉枯萎病菌（4号小种和非中国小种）*Fusarium oxysporum* Schlecht. f. sp. *cubense* (E. F. Sm.) Snyd. et Hans (Race 4 non-Chinese races)
190. 油棕枯萎病菌 *Fusarium oxysporum* Schlecht. f. sp. *elaeidis* Toovey
191. 草莓枯萎病菌 *Fusarium oxysporum* Schlecht. f. sp. *fragariae* Winks et Williams

192. 南美大豆猝死综合症病菌 *Fusarium tucumaniae* T. Aoki，O'Donnell，Yos. Homma et Lattanzi

193. 北美大豆猝死综合症病菌 *Fusarium virguliforme* O'Donnell et T. Aoki

194. 燕麦全蚀病菌 *Gaeumannomyces graminis*（Sacc.）Arx et D. Olivier var. *avenae*（E. M. Turner）Dennis

195. 葡萄苦腐病菌 *Greeneria uvicola*（Berk. et M. A. Curtis）Punithalingam

196. 冷杉枯梢病菌 *Gremmeniella abietina*（Lagerberg）Morelet

197. 榅桲锈病菌 *Gymnosporangium clavipes*（Cooke et Peck）Cooke et Peck

198. 欧洲梨锈病菌 *Gymnosporangium fuscum* R. Hedw.

199. 美洲山楂锈病菌 *Gymnosporangium globosum*（Farlow）Farlow

200. 美洲苹果锈病菌 *Gymnosporangium juniperi-virginianae* Schwein

201. 马铃薯银屑病菌 *Helminthosporium solani* Durieu et Mont.

202. 杨树炭团溃疡病菌 *Hypoxylon mammatum*（Wahlenberg）J. Miller

203. 松干基褐腐病菌 *Inonotus weirii*（Murrill）Kotlaba et Pouzar

204. 胡萝卜褐腐病菌 *Leptosphaeria libanotis*（Fuckel）Sacc.

205. 十字花科蔬菜黑胫病菌 *Leptosphaeria maculans*（Desm.）Ces. et De Not.

206. 苹果溃疡病菌 *Leucostoma cincta*（Fr.：Fr.）Hohn.

207. 铁杉叶锈病菌 *Melampsora farlowii*（J. C. Arthur）J. J. Davis

208. 杨树叶锈病菌 *Melampsora medusae* Thumen

209. 橡胶南美叶疫病菌 *Microcyclus ulei*（P. Henn.）von Arx

210. 美澳型核果褐腐病菌 *Monilinia fructicola*（Winter）Honey

211. 可可链疫孢荚腐病菌 *Moniliophthora roreri*（Ciferri et Parodi）Evans

212. 甜瓜黑点根腐病菌 *Monosporascus cannonballus* Pollack et Uecker

213. 咖啡美洲叶斑病菌 *Mycena citricolor*（Berk. et Curt.）Sacc.

214. 香菜腐烂病菌 *Mycocentrospora acerina*（Hartig）Deighton

215. 松针褐斑病菌 *Mycosphaerella dearnessii* M. E. Barr

216. 香蕉黑条叶斑病菌 *Mycosphaerella fijiensis* Morelet

217. 松针褐枯病菌 *Mycosphaerella gibsonii* H. C. Evans

218. 亚麻褐斑病菌 *Mycosphaerella linicola* Naumov

219. 香蕉黄条叶斑病菌 *Mycosphaerella musicola* J. L. Mulder

220. 松针红斑病菌 *Mycosphaerella pini* E. Rostrup

221. 可可花瘿病菌 *Nectria rigidiuscula* Berk. et Broome

222. 新榆枯萎病菌 *Ophiostoma novo-ulmi* Brasier

223. 榆枯萎病菌 *Ophiostoma ulmi*（Buisman）Nannf.

224. 针叶松黑根病菌 *Ophiostoma wageneri*（Goheen et Cobb）Harrington

225. 杜鹃花枯萎病菌 *Ovulinia azaleae* Weiss

226. 高粱根腐病菌 *Periconia circinata*（M. Mangin）Sacc.

227. 玉米霜霉病菌（非中国种）*Peronosclerospora* spp.（non-Chinese）

228. 甜菜霜霉病菌 *Peronospora farinosa*（Fries：Fries）Fries f. sp. *betae* Byford

229. 烟草霜霉病菌 *Peronospora hyoscyami* de Bary f. sp. *tabacina*（Adam）Skalicky

230. 苹果树炭疽病菌 *Pezicula malicorticis*（Jacks.）Nannfeld

231. 柑橘斑点病菌 *Phaeoramularia angolensis*（T. Carvalho et O. Mendes）P. M. Kirk

232. 木层孔褐根腐病菌 *Phellinus noxius*（Corner）G. H. Cunn.
233. 大豆茎褐腐病菌 *Phialophora gregata*（Allington et Chamberlain）W. Gams
234. 苹果边腐病菌 *Phialophora malorum*（Kidd et Beaum.）McColloch
235. 马铃薯坏疽病菌 *Phoma exigua* Desmazières f. sp. *foveata*（Foister）Boerema
236. 葡萄茎枯病菌 *Phoma glomerata*（Corda）Wollenweber et Hochapfel
237. 豌豆脚腐病菌 *Phoma pinodella*（L. K. Jones）Morgan-Jones et K. B. Burch
238. 柠檬干枯病菌 *Phoma tracheiphila*（Petri）L. A. Kantsch. et Gikaschvili
239. 黄瓜黑色根腐病菌 *Phomopsis sclerotioides* van Kesteren
240. 棉根腐病菌 *Phymatotrichopsis omnivora*（Duggar）Hennebert
241. 栗疫霉黑水病菌 *Phytophthora cambivora*（Petri）Buisman
242. 马铃薯疫霉绯腐病菌 *Phytophthora erythroseptica* Pethybridge
243. 草莓疫霉红心病菌 *Phytophthora fragariae* Hickman
244. 树莓疫霉根腐病菌 *Phytophthora fragariae* Hickman var. *rubi* W. F. Wilcox et J. M. Duncan
245. 柑橘冬生疫霉褐腐病菌 *Phytophthora hibernalis* Carne
246. 雪松疫霉根腐病菌 *Phytophthora lateralis* Tucker et Milbrath
247. 苜蓿疫霉根腐病菌 *Phytophthora medicaginis* E. M. Hans. et D. P. Maxwell
248. 菜豆疫霉病菌 *Phytophthora phaseoli* Thaxter
249. 栎树猝死病菌 *Phytophthora ramorum* Werres，De Cock et Man in't Veld
250. 大豆疫霉病菌 *Phytophthora sojae* Kaufmann et Gerdemann
251. 丁香疫霉病菌 *Phytophthora syringae*（Klebahn）Klebahn
252. 马铃薯皮斑病菌 *Polyscytalum pustulans*（M. N. Owen et Wakef.）M. B. Ellis
253. 香菜茎瘿病菌 *Protomyces macrosporus* Unger
254. 小麦基腐病菌 *Pseudocercosporella herpotrichoides*（Fron）Deighton
255. 葡萄角斑叶焦病菌 *Pseudopezicula tracheiphila*（Müller-Thurgau）Korf et Zhuang
256. 天竺葵锈病菌 *Puccinia pelargonii-zonalis* Doidge
257. 杜鹃芽枯病菌 *Pycnostysanus azaleae*（Peck）Mason
258. 洋葱粉色根腐病菌 *Pyrenochaeta terrestris*（Hansen）Gorenz，Walker et Larson
259. 油棕猝倒病菌 *Pythium splendens* Braun
260. 甜菜叶斑病菌 *Ramularia beticola* Fautr. et Lambotte
261. 草莓花枯病菌 *Rhizoctonia fragariae* Husain et W. E. McKeen
262. 橡胶白根病菌 *Rigidoporus lignosus*（Klotzsch）Imaz.
263. 玉米褐条霜霉病菌 *Sclerophthora rayssiae* Kenneth，Kaltin et Wahl var. *zeae* Payak et Renfro
264. 欧芹壳针孢叶斑病菌 *Septoria petroselini*（Lib.）Desm.
265. 苹果球壳孢腐烂病菌 *Sphaeropsis pyriputrescens* Xiao et J. D. Rogers
266. 柑橘枝瘤病菌 *Sphaeropsis tumefaciens* Hedges
267. 麦类壳多胞斑点病菌 *Stagonospora avenae* Bissett f. sp. *triticea* T. Johnson
268. 甘蔗壳多胞叶枯病菌 *Stagonospora sacchari* Lo et Ling
269. 马铃薯癌肿病菌 *Synchytrium endobioticum*（Schilberszky）Percival
270. 马铃薯黑粉病菌 *Thecaphora solani*（Thirumalachar et M. J. O'Brien）Mordue
271. 小麦矮腥黑穗病菌 *Tilletia controversa* Kühn

272. 小麦印度腥黑穗病菌 *Tilletia indica* Mitra

273. 葱类黑粉病菌 *Urocystis cepulae* Frost

274. 唐菖蒲横点锈病菌 *Uromyces transversalis* （Thümen）Winter

275. 苹果黑星病菌 *Venturia inaequalis* （Cooke）Winter

276. 苜蓿黄萎病菌 *Verticillium albo-atrum* Reinke et Berthold

277. 棉花黄萎病菌 *Verticillium dahliae* Kleb.

原核生物

278. 兰花褐斑病菌 *Acidovorax avenae* subsp. *cattleyae* （Pavarino）Willems et al.

279. 瓜类果斑病菌 *Acidovorax avenae* subsp. *citrulli* （Schaad et al.）Willems et al.

280. 魔芋细菌性叶斑病菌 *Acidovorax konjaci* （Goto）Willems et al.

281. 桤树黄化植原体 Alder yellows phytoplasma

282. 苹果丛生植原体 Apple proliferation phytoplasma

283. 杏褪绿卷叶植原体 Apricot chlorotic leafroll phtoplasma

284. 白蜡树黄化植原体 Ash yellows phytoplasma

285. 蓝莓矮化植原体 Blueberry stunt phytoplasma

286. 香石竹细菌性萎蔫病菌 *Burkholderia caryophylli* （Burkholder）Yabuuchi et al.

287. 洋葱腐烂病菌 *Burkholderia gladioli* pv. *alliicola* （Burkholder）Urakami et al.

288. 水稻细菌性谷枯病菌 *Burkholderia glumae* （Kurita et Tabei）Urakami et al.

289. 非洲柑橘黄龙病菌 *Candidatus Liberobacter africanum* Jagoueix et al.

290. 亚洲柑橘黄龙病菌 *Candidatus Liberobacter asiaticum* Jagoueix et al.

291. 澳大利亚植原体候选种 *Candidatus* Phytoplasma australiense

292. 苜蓿细菌性萎蔫病菌 *Clavibacter michiganensis* subsp. *insidiosus* （McCulloch）Davis et al.

293. 番茄溃疡病菌 *Clavibacter michiganensis* subsp. *michiganensis* （Smith）Davis et al.

294. 玉米内州萎蔫病菌 *Clavibacter michiganensis* subsp. *nebraskensis* （Vidaver et al.）Davis et al.

295. 马铃薯环腐病菌 *Clavibacter michiganensis* subsp. *sepedonicus* （Spieckermann et al.）Davis et al.

296. 椰子致死黄化植原体 Coconut lethal yellowing phytoplasma

297. 菜豆细菌性萎蔫病菌 *Curtobacterium flaccumfaciens* pv. *flaccumfaciens* （Hedges）Collins et Jones

298. 郁金香黄色疱斑病菌 *Curtobacterium flaccumfaciens* pv. *oortii* （Saaltink et al.）Collins et Jones

299. 榆韧皮部坏死植原体 Elm phloem necrosis phytoplasma

300. 杨树枯萎病菌 *Enterobacter cancerogenus* （Urosevi）Dickey et Zumoff

301. 梨火疫病菌 *Erwinia amylovora* （Burrill）Winslow et al.

302. 菊基腐病菌 *Erwinia chrysanthemi* Burkhodler et al.

303. 亚洲梨火疫病菌 *Erwinia pyrifoliae* Kim，Gardan，Rhim et Geider

304. 葡萄金黄化植原体 Grapevine flavescence dorée phytoplasma

305. 来檬丛枝植原体 Lime witches' broom phytoplasma

306. 玉米细菌性枯萎病菌 *Pantoea stewartii* subsp. *stewartii* （Smith）Mergaert et al.

307. 桃X病植原体 Peach X-disease phytoplasma
308. 梨衰退植原体 Pear decline phytoplasma
309. 马铃薯丛枝植原体 Potato witches' broom phytoplasma
310. 菜豆晕疫病菌 *Pseudomonas savastanoi* pv. *phaseolicola* (Burkholder) Gardan et al.
311. 核果树溃疡病菌 *Pseudomonas syringae* pv. *morsprunorum* (Wormald) Young et al.
312. 桃树溃疡病菌 *Pseudomonas syringae* pv. *persicae* (Prunier et al.) Young et al.
313. 豌豆细菌性疫病菌 *Pseudomonas syringae* pv. *pisi* (Sackett) Young et al.
314. 十字花科黑斑病菌 *Pseudomonas syringae* pv. *maculicola* (McCulloch) Young et al.
315. 番茄细菌性叶斑病菌 *Pseudomonas syringae* pv. *tomato* (Okabe) Young et al.
316. 香蕉细菌性枯萎病菌（2号小种）*Ralstonia solanacearum* (Smith) Yabuuchi et al. (race 2)
317. 鸭茅蜜穗病菌 *Rathayibacter rathayi* (Smith) Zgurskaya et al.
318. 柑橘顽固病螺原体 *Spiroplasma citri* Saglio et al.
319. 草莓簇生植原体 Strawberry multiplier phytoplasma
320. 甘蔗白色条纹病菌 *Xanthomonas albilineans* (Ashby) Dowson
321. 香蕉坏死条纹病菌 *Xanthomonas arboricola* pv. *celebensis* (Gaumann) Vauterin et al.
322. 胡椒叶斑病菌 *Xanthomonas axonopodis* pv. *betlicola* (Patel et al.) Vauterin et al.
323. 柑橘溃疡病菌 *Xanthomonas axonopodis* pv. *citri* (Hasse) Vauterin et al.
324. 木薯细菌性萎蔫病菌 *Xanthomonas axonopodis* pv. *manihotis* (Bondar) Vauterin et al.
325. 甘蔗流胶病菌 *Xanthomonas axonopodis* pv. *vasculorum* (Cobb) Vauterin et al.
326. 芒果黑斑病菌 *Xanthomonas campestris* pv. *mangiferaeindicae* (Patel et al.) Robbs et al.
327. 香蕉细菌性萎蔫病菌 *Xanthomonas campestris* pv. *musacearum* (Yirgou et Bradbury) Dye
328. 木薯细菌性叶斑病菌 *Xanthomonas cassavae* (ex Wiehe et Dowson) Vauterin et al.
329. 草莓角斑病菌 *Xanthomonas fragariae* Kennedy et King
330. 风信子黄腐病菌 *Xanthomonas hyacinthi* (Wakker) Vauterin et al.
331. 水稻白叶枯病菌 *Xanthomonas oryzae* pv. *oryzae* (Ishiyama) Swings et al.
332. 水稻细菌性条斑病菌 *Xanthomonas oryzae* pv. *oryzicola* (Fang et al.) Swings et al.
333. 杨树细菌性溃疡病菌 *Xanthomonas populi* (ex Ride) Ride et Ride
334. 木质部难养细菌 *Xylella fastidiosa* Wells et al.
335. 葡萄细菌性疫病菌 *Xylophilus ampelinus* (Panagopoulos) Willems et al.

线虫

336. 剪股颖粒线虫 *Anguina agrostis* (Steinbuch) Filipjev
337. 草莓滑刃线虫 *Aphelenchoides fragariae* (Ritzema Bos) Christie

338. 菊花滑刃线虫 *Aphelenchoides ritzemabosi*（Schwartz）Steiner et Bührer
339. 椰子红环腐线虫 *Bursaphelenchus cocophilus*（Cobb）Baujard
340. 松材线虫 *Bursaphelenchus xylophilus*（Steiner et Bührer）Nickle
341. 水稻茎线虫 *Ditylenchus angustus*（Butler）Filipjev
342. 腐烂茎线虫 *Ditylenchus destructor* Thorne
343. 鳞球茎茎线虫 *Ditylenchus dipsaci*（Kühn）Filipjev
344. 马铃薯白线虫 *Globodera pallida*（Stone）Behrens
345. 马铃薯金线虫 *Globodera rostochiensis*（Wollenweber）Behrens
346. 甜菜胞囊线虫 *Heterodera schachtii* Schmidt
347. 长针线虫属（传毒种类）*Longidorus*（Filipjev）Micoletzky（The species transmit viruses）
348. 根结线虫属（非中国种）*Meloidogyne* Goeldi（non-Chinese species）
349. 异常珍珠线虫 *Nacobbus abberans*（Thorne）Thorne et Allen
350. 最大拟长针线虫 *Paralongidorus maximus*（Bütschli）Siddiqi
351. 拟毛刺线虫属（传毒种类）*Paratrichodorus* Siddiqi（The species transmit viruses）
352. 短体线虫（非中国种）*Pratylenchus* Filipjev（non-Chinese species）
353. 香蕉穿孔线虫 *Radopholus similis*（Cobb）Thorne
354. 毛刺线虫属（传毒种类）*Trichodorus* Cobb（The species transmit viruses）
355. 剑线虫属（传毒种类）*Xiphinema* Cobb（The species transmit viruses）

病毒及类病毒

356. 非洲木薯花叶病毒（类）*African cassava mosaic virus*，ACMV
357. 苹果茎沟病毒 *Apple stem grooving virus*，ASPV
358. 南芥菜花叶病毒 *Arabis mosaic virus*，ArMV
359. 香蕉苞片花叶病毒 *Banana bract mosaic virus*，BBrMV
360. 菜豆荚斑驳病毒 *Bean pod mottle virus*，BPMV
361. 蚕豆染色病毒 *Broad bean stain virus*，BBSV
362. 可可肿枝病毒 *Cacao swollen shoot virus*，CSSV
363. 香石竹环斑病毒 *Carnation ringspot virus*，CRSV
364. 棉花皱叶病毒 *Cotton leaf crumple virus*，CLCrV
365. 棉花曲叶病毒 *Cotton leaf curl virus*，CLCuV
366. 豇豆重花叶病毒 *Cowpea severe mosaic virus*，CPSMV
367. 黄瓜绿斑驳花叶病毒 *Cucumber green mottle mosaic virus*，CGMMV
368. 玉米褪绿矮缩病毒 *Maize chlorotic dwarf virus*，MCDV
369. 玉米褪绿斑驳病毒 *Maize chlorotic mottle virus*，MCMV
370. 燕麦花叶病毒 *Oat mosaic virus*，OMV
371. 桃丛簇花叶病毒 *Peach rosette mosaic virus*，PRMV
372. 花生矮化病毒 *Peanut stunt virus*，PSV
373. 李痘病毒 *Plum pox virus*，PPV
374. 马铃薯帚顶病毒 *Potato mop-top virus*，PMTV
375. 马铃薯 A 病毒 *Potato virus A*，PVA
376. 马铃薯 V 病毒 *Potato virus V*，PVV
377. 马铃薯黄矮病毒 *Potato yellow dwarf virus*，PYDV

378. 李属坏死环斑病毒 *Prunus necrotic ringspot virus*，PNRSV
379. 南方菜豆花叶病毒 *Southern bean mosaic virus*，SBMV
380. 藜草花叶病毒 *Sowbane mosaic virus*，SoMV
381. 草莓潜隐环斑病毒 *Strawberry latent ringspot virus*，SLRSV
382. 甘蔗线条病毒 *Sugarcane streak virus*，SSV
383. 烟草环斑病毒 *Tobacco ringspot virus*，TRSV
384. 番茄黑环病毒 *Tomato black ring virus*，TBRV
385. 番茄环斑病毒 *Tomato ringspot virus*，ToRSV
386. 番茄斑萎病毒 *Tomato spotted wilt virus*，TSWV
387. 小麦线条花叶病毒 *Wheat streak mosaic virus*，WSMV
388. 苹果皱果类病毒 *Apple fruit crinkle viroid*，AFCVd
389. 鳄梨日斑类病毒 *Avocado sunblotch viroid*，ASBVd
390. 椰子死亡类病毒 *Coconut cadang-cadang viroid*，CCCVd
391. 椰子败生类病毒 *Coconut tinangaja viroid*，CTiVd
392. 啤酒花潜隐类病毒 *Hop latent viroid*，HLVd
393. 梨疱症溃疡类病毒 *Pear blister canker viroid*，PBCVd
394. 马铃薯纺锤块茎类病毒 *Potato spindle tuber viroid*，PSTVd

杂草

395. 具节山羊草 *Aegilops cylindrica* Horst
396. 节节麦 *Aegilops squarrosa* L.
397. 豚草（属）*Ambrosia* spp.
398. 大阿米芹 *Ammi majus* L.
399. 细茎野燕麦 *Avena barbata* Brot.
400. 法国野燕麦 *Avena ludoviciana* Durien
401. 不实野燕麦 *Avena sterilis* L.
402. 硬雀麦 *Bromus rigidus* Roth
403. 疣果匙荠 *Bunias orientalis* L.
404. 宽叶高加利 *Caucalis latifolia* L.
405. 蒺藜草（属）（非中国种）*Cenchrus* spp.（non-Chinese species）
406. 铺散矢车菊 *Centaurea diffusa* Lamarck
407. 匍匐矢车菊 *Centaurea repens* L.
408. 美丽猪屎豆 *Crotalaria spectabilis* Roth
409. 菟丝子（属）*Cuscuta* spp.
410. 南方三棘果 *Emex australis* Steinh.
411. 刺亦模 *Emex spinosa*（L.）Campd.
412. 紫茎泽兰 *Eupatorium adenophorum* Spreng.
413. 飞机草 *Eupatorium odoratum* L.
414. 齿裂大戟 *Euphorbia dentata* Michx.
415. 黄顶菊 *Flaveria bidentis*（L.）Kuntze
416. 提琴叶牵牛花 *Ipomoea pandurata*（L.）G. F. W. Mey.
417. 小花假苍耳 *Iva axillaris* Pursh
418. 假苍耳 *Iva xanthifolia* Nutt.

419. 欧洲山萝卜 *Knautia arvensis* (L.) Coulter

420. 野莴苣 *Lactuca pulchella* (Pursh) DC.

421. 毒莴苣 *Lactuca serriola* L.

422. 毒麦 *Lolium temulentum* L.

423. 薇甘菊 *Mikania micrantha* Kunth

424. 列当（属）*Orobanche* spp.

425. 宽叶酢浆草 *Oxalis latifolia* Kubth

426. 臭千里光 *Senecio jacobaea* L.

427. 北美刺龙葵 *Solanum carolinense* L.

428. 银毛龙葵 *Solanum elaeagnifolium* Cay.

429. 刺萼龙葵 *Solanum rostratum* Dunal.

430. 刺茄 *Solanum torvum* Swartz

431. 黑高粱 *Sorghum almum* Parodi.

432. 假高粱（及其杂交种）*Sorghum halepense* (L.) Pers. (Johnsongrass and its cross breeds)

433. 独脚金（属）（非中国种）*Striga* spp. (non-Chinese species)

434. 翅蒺藜 *Tribulus alatus* Delile

435. 苍耳（属）（非中国种）*Xanthium* spp. (non-Chinese species)

备注 1：非中国种是指中国未有发生的种。

备注 2：非中国小种是指中国未有发生的小种。

备注 3：传毒种类是指可以作为植物病毒传播介体的线虫种类。

附录四

中华人民共和国进境植物检疫禁止进境物名录

根据《中华人民共和国进出境动植物检疫法》第五条和《中华人民共和国进出境动植物检疫法实施条例》第四条和第七条的规定，为防止植物危险性病、虫、杂草及其他有害生物传入中国，中华人民共和国农业部根据所掌握的国外疫情情况，修订了新的《中华人民共和国进境植物检疫禁止进境物名录》，并于1997年7月29日发布执行。

禁止进境物名称	禁止进境的原因 （防止传入的危险性病虫害）	禁止的国家或地区
玉米（*Zea mavs*）种子	玉米细菌性枯萎病菌 *Pantoea stewartii* subsp. *stewartii*（Smith）Mergaert et al.	亚洲：越南、泰国 欧洲：独联体、波兰、瑞士、意大利、罗马尼亚 美洲：加拿大、美国、墨西哥
大豆（*Glycine max*）种子	大豆疫病菌 *Phytophthora Sojae* Kaufmann et Gerdemann	亚洲：日本 欧洲：英国、法国、独联体、德国 美洲：加拿大、美国 大洋洲：澳大利亚，新西兰
马铃薯（*Solanum tuberosum*）块茎及其繁殖材料	马铃薯黄矮病毒 *Potato yellow dwarf virus* 马铃薯帚顶病毒 *Potato mop-top virus* 马薯金线虫 *Globodera rostochiensis*（Wollen.）Behrens 马铃薯白线虫 *Globodera pallida*（stone）Behrens 马铃薯癌肿病菌 *Synchytrium endobioticum*（Schilb.）Percival	亚洲：日本、印度、巴勒斯坦、黎巴嫩、尼泊尔、以色列、缅甸 欧洲：丹麦、挪威、瑞典、独联体、波兰、捷克、斯洛伐克、匈牙利、保加利亚、芬兰、冰岛、德国、奥地利、瑞士、荷兰、比利时、英国、爱尔兰、法国、西班牙、葡萄牙、意大利 非洲：突尼斯、阿尔及利亚、南非、肯尼亚、坦桑尼亚、津巴布韦 美洲：加拿大、美国、墨西哥、巴拿马、委内瑞拉、秘鲁、阿根廷、巴西、厄瓜多尔、玻利维亚、智利 大洋洲：澳大利亚、新西兰
榆属（*Ulmus* spp.）苗、插条	榆枯萎病菌 *Ceratocystis ulmi*（Buisman）Nanmf.	亚洲：印度、伊朗、土耳其 欧洲：各国 美洲：加拿大、美国
松属（*Pinus* spp.）苗、接穗	松材线虫 *Bursaphelenchus Xylophilus*（Steiner & Bührer）Nickle 松突圆蚧 *Hemiberlesia pitysophila* Takagi	亚洲：朝鲜、日本、中国香港、中国澳门 欧洲：法国 美洲：加拿大、美国
橡胶属（*Hevea* spp.）芽、苗、籽	橡胶南美叶疫病菌 *Microcyclus ulei*（P. Henn.）von Arx.	美洲：墨西哥、中美洲及南美洲各国
烟属（*Nicotiana* spp.）繁殖材料-烟叶	烟草霜霉病菌 *Peronospora hyoscyami* de Bary f. sp. *tabacina*（Adam）Skalicky	亚洲：印度、伊朗、沙特阿拉伯、叙利亚、黎巴嫩、约旦、以色列、土耳其 欧洲：各国 美洲：加拿大、美国、墨西哥、危地马拉、萨尔瓦多、古巴、多米尼加、巴西、智利、阿根廷、乌拉圭 大洋洲：各国

续表

禁止进境物名称	禁止进境的原因（防止传入的危险性病虫害）	禁止的国家或地区
小麦（商品）	小麦矮腥黑穗病菌 *Tilletia controversa* kühn 小麦印度腥黑穗病菌 *Tilletia indica* Mitra	亚洲：印度、巴基斯坦、阿富汗、尼泊尔、伊朗、伊拉克、土耳其、沙特阿拉伯 欧洲：独联体、捷克、斯洛伐克、保加利亚、匈牙利、波兰（海乌姆、卢步林、普热梅布尔、热舒夫、塔尔诺布热格、扎莫希奇）、罗马尼亚、阿尔巴尼亚、南斯拉夫、德国、奥地利、比利时、瑞士、瑞典、意大利、法国（罗讷-阿尔卑斯） 非洲：利比亚、阿尔及利亚 美洲：乌拉圭、阿根廷（布宜诺斯艾利斯、圣非）巴西、墨西哥、加拿大（安大略）、美国（华盛顿、怀俄明、蒙大拿、科罗拉多、爱达荷、俄勒冈、犹他及其他有小麦印度腥黑穗病发生的地区）
水果及茄子辣椒、番茄果实	地中海实蝇 *Ceratitis capitata* (Wiedemann)	亚洲：印度、伊朗、沙特阿拉伯、叙利亚、黎巴嫩、约旦、巴勒斯坦、以色列、塞浦路斯、土耳其 欧洲：匈牙利、德国、奥地利、比利时、法国、西班牙、葡萄牙、意大利、马耳他、前南斯拉夫、阿尔巴尼亚、希腊 非洲：埃及、利比亚、突尼斯、阿尔及利亚、摩洛哥、塞内加尔、布基纳法索、马里、几内亚、塞拉利昂、利比里亚、加纳、多哥、贝宁、尼日尔、尼日利亚、喀麦隆、苏丹、埃塞俄比亚、肯尼亚、乌干达、坦桑尼亚、卢旺达、布隆迪、扎伊尔、安哥拉、赞比亚、马拉维、莫桑比克、马达加斯加、毛里求斯、留尼汪、津巴布韦、博茨瓦纳、南非 美洲：美国（包括夏威夷）、墨西哥、危地马拉、萨尔瓦多、洪都拉斯、尼加拉瓜、厄瓜多尔、哥斯达黎加、巴拿马、牙买加、委内瑞拉、秘鲁、巴西、玻利维亚、智利、阿根廷、乌拉圭、哥伦比亚 大洋洲：澳大利亚、新西兰（北岛）
植物病原体（包括菌种、毒种）、害虫生物体及其他转基因生物材料	根据《中华人民共和国进出境动植物检疫法》第五条规定	所有国家或地区
土壤	根据《中华人民共和国进出境动植物检疫法》第五条规定	所有国家或地区

注：因科学研究等特殊原因需要引进本表所列禁止进境的物品，必须事先提出申请，经国家动植物检疫局批准。

参考文献

[1] 耿秉晋．中国植物检疫性害虫图册．北京：中国农业出版社，1999.

[2] 中华人民共和国植物检疫研究所．中国进境植物有害生物选编．北京：中国农业出版社，1997.

[3] 洪霓，高必达．植物病害检疫学．北京：科学出版社，2005.

[4] 中国农田杂草原色图谱编委会．中国农田杂草原色图谱．北京：中国农业出版社，1990.

[5] 中国医学科学院流行病研究所．常见病毒病实验技术．北京：科学出版社，1978.

[6] 中国科学院植物研究所．中国高等植物图鉴：1～5册．北京：科学出版社，1972～1976.

[7] 北京农业大学．植物检疫学．北京：北京农业大学出版社，1989.

[8] 阴知勤．新疆高等寄生植物——菟丝子 *Cucusta* L．八一农学院学报，1997，1：7-14.

[9] 洪霓．植物检疫方法与技术．北京：化学工业出版社，2006.

[10] 田波．植物病毒学方法．北京：科学出版社，1987.

[11] 浙江农业大学等．果树病理学．第2版．上海：上海科学技术出版社，1979.

[12] 刘东明．埃及吹绵蚧在木兰科植物上的发生及防治．植物保护，2003，29（6）：36-38.

[13] 汪劲武．种子植物分类学．北京：高等教育出版社，1985.

[14] 华南热带作物学院植物保护系，华南热带作物科学研究所．热带作物病虫害防治．北京：农业出版社，1980.

[15] 吴国芳．种子植物图谱．北京：高等教育出版社，1989.

[16] 吴国芳，冯志坚等．植物学．北京：高等教育出版社，1992.

[17] 范伟功．新疆十字花科部分杂草种子微形态的研究．新疆大学学报，1997，14（3）：17.

[18] 商鸿生．植物检疫学．北京：中国农业出版社，1997.

[19] 徐志刚．植物检疫学．南京：江苏科学技术出版社，1998.

[20] 徐天森．林木病虫防治手册．北京：中国林业出版社，1987.

[21] 赵养昌等．植物检疫害虫鉴定手册．北京：科学出版社，1974.

[22] 赵鸿，彭德良，朱建兰．根结线虫的研究现状．植物保护，2003，29（6）：6-9.

[23] 吴坚等．日本松材线虫病发生与防治及对我国的启示．中国森林病虫，2009，28（1）：42-45.

[24] 于恒纯等．高度重视马铃薯金线虫的入境检验．中国马铃薯，2003，17（5）：313-314.

[25] 方天松等．广东省黑松感染松材线虫病．林业建设，2006，（6）：46-48.

[26] 朋金和．论松材线虫病的检疫与治理．森林病虫通讯，1999，（4）：40-42.

[27] 范军祥等．松材线虫病的诊断方法探讨．广东林业科技，2008，24（5），52-55.

[28] 马士能等．松材线虫病防治技术概述．江西植保，2008，31（4）：179-182.

[29] 詹开瑞等．溴甲烷对松木片中松材线虫的熏蒸作用．植物保护，2009，35（1）：46-50.

[30] 美国白蛾编写组．美国白蛾．北京：农业出版社，1981.

[31] 葛锡锐．免疫活性细胞和免疫方法进展．北京：科学出版社，1982.

[32] 顾云琴等．简化有效积温法预测稻水象甲发生期研究初报．植物保护，2003，29（6）：43-45.

[33] 曹骥等．植物检疫手册．北京：科学出版社，1988.

[34] 张生芳，刘水平．菜豆象卵、老熟幼虫及成虫的快速鉴定研究．植物检疫，1991，5（5）：326-331.

[35] 张书圣，焦奎，陈洪渊等．MAP-H202-HRP 伏安酶联免疫分析测定南方菜豆花叶病毒．高等学校化学学报，2000，（8）：1200-1204.

[36] 张有才，陈宪斌，焦慧燕．南芥菜花叶病毒（ArMV）．植物检疫，1994，（8）：284-285.

[37] 张玉茹等．菜豆象的染色检出法试验．植物检疫，1993，7（3）：165-166.

[38] 张则恭．杂草种籽检疫鉴定图说．中华人民共和国动植物检疫总所，1986.

[39] 章正．烟草霜霉病检疫病理学特性的研究．植物病理学报，1998，28（2）：131-138.

[40] 朱水方，沈淑琳．类病毒病害及其检疫．植物检疫，1990，4：421-426.

[41] 朱西儒，徐志宏，陈枝楠．植物检疫学．北京：化学工业出版社，2004.

[42] 郭琼霞等．鳞球茎茎线虫风险分析．武夷科学，2003，19：190-195.

[43] 方中达．植病研究方法．北京：农业出版社，1979.

[44] Abraham A，Makkouk K M. The incidence and distribution of seed-transmitted viruses in pea and lentil seed lots in Ethiopia. Seed Science and Technology，2002，30（3）：567-574.

[45] Agarwal V K，Verma H S. A simple technique for the detection of Karnal bunt infection in wheat seed samples. Seed Research，1983，11（1）：100-102.

[46] Castro C，Schaad N W，Bonde M R. A technique for extracting Tilletia indica teliospores from contaminated wheat seeds. Seed Sci& Technol，1994，22：91-98.

[47] Chevrier D, Rasmussen S R, Guesdon J L. PCR product quantification by non-radioactive hybridization procedures using an oligonucleotide covalently bound to microwells. Molecular and Cellular Probes, 1993, 7: 187-197.

[48] Christian A Heid, Junko, et al. Real Time Quantitative PCR. Genome Research. 1996, 6: 986-994.

[49] EU. Directive 2001/18/EEC on the deliberate release into the environment of genetically modified organisms and repealing Council Directive 90/220/EEC. Official Journal of the European Communities, L 106.

[50] Frederick R D, Karen E S, Tooley P W, et al. Identification and differentiation of *Tilletia indica* and *T. walkeri* using the polymerase chain reaction. Phytopathology, 2000, 90 (9): 951-960.

[51] Graham J H, et al. Surivival of *Xthomonas campestris* pv. *citri* in citrus plant debris and soil in Florida and Argentina. Plant Disease, 1987, 71 (12): 1094-1098.

[52] Kay S, Van den Eede G. The limits of GMO detection. Nature Biotechnology, 2001, 19: 405.

[53] Lipp M, Anklam E, Stave J W. Validation of an immunoassay for detection and quantitation of genetically modified soybean in food and food fractions using reference materials: interlaboratory study. J AOAC Int., 2000, 83: 919-927.

[54] MacCormick C A, Griffin H G, Underwood H M, et al. Common DNA sequences with potential for detection of genetically manipulated organisms in food. J Appl Microbiol, 1998, 84: 969-980.

[55] Martelli G P. Graft-transmissible disease of grapevines, handbook for detection and diagnosis. FAO, 1993.

[56] Michell W C, Saul S H. Current control methods for the Mediterranean fruit fly *Ceratitis capitata* and their application in the USA. Review of Agricultural Entomology, 1990, 78: 923-940.

[57] Németh M. Virus, mycoplasma and richettsia diseases of fruit trees. Martinus Nijhoff Publishers, 1986.

[58] 卢颖. 植物化学保护. 北京：化学工业出版社，2009.

[59] 李涛. 植物保护技术. 北京：化学工业出版社，2009.

[60] 刘宗亮. 农业昆虫. 北京：化学工业出版社，2009.